In Gottes Namen

Friedel Brenneke

In Gottes Namen

Historischer Roman aus dem Dreißigjährigen Krieg

Bibliografische Information der Deutschen Nationalbibliothek:
Die Deutsche Nationalbibliothek verzeichnet diese Publikation in der Deutschen
Nationalbibliografie; detaillierte bibliografische Daten sind im Internet über
http://dnb.d-nb.de abrufbar.

1. Auflage 2018

Umschlagdesign, Satz: Waltraud Brenneke
Umschlagmotiv: © fotolia, Dark Illusion
Herstellung und Verlag: BoD - Books on Demand, Norderstedt

ISBN: 978-3-7460-6382-9

INHALT

Prolog: Im Turm

Jodokus Wallbaum wurde ohne Aufsehen zu verursachen ergriffen, zum Stadtturm geführt und dort in eine Zelle gesperrt. Ob er angeklagt werde oder frei komme, ob er schuldig sei oder nicht, das werde sich zeigen, wenn die gelehrten Herren ihn befragt hätten, hatten die Stadtbüttel erklärt, die auch nicht sagen konnten, was ihm vorgeworfen wurde. Sie hatten mit ihren Partisanen, diesen aus Kriegszeiten bekannten langstieligen Spießen, gegen die Tür des kleinen Fachwerkhauses gehämmert. Die Männer der Stadtwache hatten nur einen Befehl ausgeführt, als sie in das kleine Häuschen eindrangen, das sich armselig hinter der Stadtmauer der Neustadt duckte. Die Männer kannten den zu Inhaftierenden seit Jahren. Er verstand etwas von Waffen und war gelegentlich behilflich, wenn in der Schmiede neben dem Stadttor ihre eisernen Waffen zusammengeflickt wurden. Sie ließen ihm daher Zeit, sich etwas überzuziehen, bevor sie ihn mitnahmen. Jodokus Wallbaum griff zu einer abgewetzten Jacke und ließ schnell noch einen ledernen Beutel dort drunter verschwinden, bevor er sich abführen ließ.

Er war schon mehrmals in seinem Leben zwischen die Mahlsteine fremder Mächte geraten und so nahm er es stoisch hin, dass man ihn in dieses Loch gestoßen hatte. Er schaute sich um und musste daran denken, dass er schon weit schlechter gelegen hatte. Seine neue Behausung hatte ein Dach, es regnete nicht herein, obschon auch hier die Wände feucht und nass waren. Dämmeriges Licht fiel durch ein paar Schießscharten, denn sein Gefängnis war einst ein Teil der Befestigungsanlagen der Stadt gewesen. Aber nachdem in Münster und Osnabrück der Frieden verkündet worden war, brauchten die Stadttürme nicht mehr mit Mannschaften besetzt werden. Der Große Krieg war lange vorbei, die Gefahren lauerten nun innerhalb der Mauern der Stadt.

Jodokus Wallbaum ging aufmerksam in seinem Turmverlies auf und ab und inspizierte wie ein alter Soldat die neuen Örtlichkeiten. Neben der Tür befand sich ein stinkender Eimer, in dem er seine Notdurft verrichten konnte. Gegenüber der Tür war ein Haufen muffiges Stroh auf dem nackten Boden ausgebreitet, sein Lager in der ansonsten leeren, kalten Zelle. Aber ihm war nicht entgangen, dass eiserne Ringe in den Turmmauern verankert waren und er hatte in seinem Leben genug erlebt und gesehen, um sich vorzustellen, wozu diese Ringe dienten.

Er ließ sich auf das Strohlager nieder und dabei spürte er die vielen zurückliegenden Jahre im Freien bei eisiger Kälte und verbrennender Hitze, die an seinen Kräften gezehrt hatten. Sein Rücken schmerzte und seine Bewegungen waren langsam und schleppend wie bei einem alten Mann. Sein noch volles Haar war weiß wie Schnee und sein Gesicht zerfurcht wie die Rinde eines uralten Baumes, obwohl er noch keine fünfzig Jahre alt war. Ächzend setzte er sich auf und lehnte seinen Rücken an die Wand. Nachdenklich schaute er auf die gegenüberliegende Tür, unter deren Ritzen das Licht durchschimmerte. Ein Schlupfloch ins Freie nur für die Mäuse und Ratten. Mit Glück und Geschick war er bisher durchs Leben geschlüpft und war aus einigen scheinbar aussichtslosen Lagen entkommen. Wie zum Trost kramte er den kleinen Lederbeutel unter seinem Hemd hervor, der ihn sein ganzes Leben begleitet hatte und dessen Inhalt ihn an Glück und Unglück, Verzweiflung und Tod erinnerte. Er knüpfte die Schnur auf, die oben um den Beutel geschlungen war, und öffnete ihn. Zwei Silbertaler rutschten heraus. Er nahm sie und legte sie in seine flache rechte Hand. »Des Volkes Freund, der Pfaffen Feind«, lautete die Prägung auf den Münzen.

Jodokus Wallbaum erinnerte sich sehr genau an das Jahr, als diese Taler geprägt wurden.

1. Der Tolle Christian

»Da Reiter, da«, rief aufgeregt das kleine Mädchen und deutete mit der Hand in ein Tal, aus dem sich ein Trupp Reiter der Anhöhe vor dem Dorf näherte. »Weg hier, wir müssen unsere Leute warnen«. Der etwa dreizehnjährige Junge zog das Mädchen hinter sich her und rannte den kleinen Hügel hinunter zurück ins Dorf, wo sich um einen Teich einige Höfe gruppierten. Sie erreichten den ersten Hof, als die Reiter auf der Anhöhe erschienen und ins Dorf hinabritten. Der Junge zog das Mädchen im letzten Moment von der Dorfstraße in einen löchrigen Schuppen, der neben dem ersten Bauernhaus stand. Sie versteckten sich hinter einem Holzstapel und hörten das Geschrei, als die Reiter den Hof stürmten. Das Wiehern eines Pferdes und das Muhen von zwei Kühen waren deutlich zu hören, als diese aus dem Stall ins Freie getrieben wurden. Das schrille Kreischen eines Schweins, das offensichtlich abgestochen wurde, übertönte möglicherweise menschliches Geschrei, das aus dem Wohnbereich des Hauses nicht nach draußen drang.

Die beiden Kinder duckten sich im Schuppen flach hinter dem Holzstapel und wagten es nicht, durch die Löcher in der Bretterwand nach draußen zu spähen. Ein Schuss dröhnte aus dem Innern des Hauses ins Freie und allmählich drang ein lauter werdendes Prasseln in ihr verängstigtes Bewusstsein. Und dann roch der Junge es. Diesen süßlichen Geruch, den er nie vergessen würde. Er schaute auf, sah viel Rauch und die ersten Flammen aus dem Hof schlagen. Und mit diesem schrecklichen Geruch sah er ihn wieder in den Flammen stehen.

Er hatte als kleiner Junge vor wenigen Jahren an der Hand seiner Mutter dem Schauspiel vor dem Dorf zugesehen, als ihr Grundherr einen Werwolf überführte. Der Hexenmeister versprach dem Freiherrn eine silberne Kette, die so lang wäre, dass sie um das freiherrliche Schloss gewickelt werden könnte, wenn er ihn nicht brennen ließe. Es hatte ihm nichts genutzt. Wahrscheinlich hatte er die Kette nicht, hatte der Junge damals immerfort denken müssen, als die Flammen über dem Unglücklichen zusammenschlugen. Die drängelnde Menge hatte ihn nach vorn geschoben und eine laute Stimme über ihm hatte gerufen. »Riecht ihr den Wolfsgestank. Das sind die üblen Dünste des Satans.« Er hatte erschrocken die Luft angehalten, um nicht den Werwolf einzuatmen.

Und dieser ekelhaft süßliche Geruch von verbranntem Fleisch stieg dem Jungen jetzt wieder in die Nase. Beschützend legte er seine Arme um seine jüngere Schwester und flüsterte ihr zu: »Wir müssen uns ganz still verhalten«.

In diesem Moment flog krachend das morsche Tor in den Schuppen. Ein Soldat mit einem ausgreifenden Filzhut hatte sich mit einem Fußtritt Zugang verschafft, auf der Suche nach verborgener Beute. Er trat ein paar Schritte in den fast leeren Schuppen und näherte sich dem Holzstapel. Der Landsknecht glotzte überrascht, als ein Junge hinter dem Holzstapel hervor auf ihn zustürzte. Er griff zum Säbel, aber der Junge rief nur: »Quartier«.

Verblüfft verharrte der Soldat für einen kurzen Augenblick, dann löste sich sein Griff vom Säbel und er prustete lauthals los: »Wen haben wir denn da, ein richtiger Soldat, weiß, wie man Pardon einfordert und sich ergibt.« Dann verfinsterte sich seine Miene wieder, er trat näher heran und zog den Jungen mit einer Hand ganz nah an sich heran und zischte ihm zu: »Aber warum soll ich Quartier geben, dich verschonen und nicht wie eine Laus zerquetschen?«

Der Junge schaute hoch und presste hervor: »Ich kann mit Pferden umgehen«. Der Soldat zögerte, dann lockerte sich sein Griff und er murmelte: »Trossbube«. Er sah den kräftigen, etwas gedrungenen Körper des Jungen. In ein, zwei Jahren würde er nur noch schwer umzustoßen sein. Dann fauchte er seinen neuen Pferdeknecht an: »Komm mit.«

Auf dem Platz vor dem brennenden Hof herrschte ein großes Durcheinander, wurde gestikuliert und geschrien. Zwei Soldaten hatten das abgestochene Schwein nach draußen auf den gefrorenen Boden gezogen, schlitzten mit ihren Säbeln den Bauch auf und schoben die noch dampfenden Eingeweide in den tauenden Dreck. Der Soldat mit dem großen Filzhut zeigte auf das aufgeregt im Hof herumirrende Pferd und den Ackerwagen. Ungehalten befahl er seinem neuen Pferdeknecht, endlich einzuspannen und beim Aufladen der Getreidesäcke zu helfen, die zwei weitere Soldaten nach draußen geschleppt hatten. Gemeinsam wuchteten sie auch das geschlachtete Schwein auf den Wagen und Jodokus Wallbaum musste zeigen, dass er mit Pferden umgehen und ein Gespann führen konnte. Misstrauisch beäugte ihn seine Eskorte aus fünf Reitern.

Nur einmal wagte es der Junge sich umzudrehen, bevor das Dorf hinter den Hügeln verschwand. Allein über ihrem Hof stand eine Rauchsäule, die anderen Höfe waren unversehrt und ihre Bewohner würden schon bald wieder aus ihren Verstecken hervorkriechen, vielleicht auch seine Eltern, so machte er sich Mut. Sie und seine Schwester würden sicher Aufnahme bei ihrem Nachbarn, dem Schneeberger, finden. Ein wenig erleichtert lenkte er das Gespann über den gefrorenen Boden. Verstohlen musterte er seine Begleiter. Verwegene Gestalten in ledernen Stulpenstiefeln, großen Hüten und übereinander gezogener bunter Kleidung, die schon vornehmere Vorbesitzer getragen hatten.

Der Anführer des kleinen Trupps wurde Jost gerufen, hatte ein rotes Gesicht und neben dem Säbel eine lange Pistole im Gürtel stecken. Er war der Mann mit dem riesigen Filzhut und sein neuer Herr. Auf wen oder was hatte dieser Jost in seinem Elternhaus geschossen, grübelte der Junge, ohne diese Frage an seinen Begleiter zu richten. Der ritt neben dem Wagen und wollte nun wissen, woher sein neuer Pferdejunge die Begriffe aus der Soldatensprache kannte.

Stockend antwortete der Junge, dass Josts Reiter nicht die ersten Soldaten gewesen seien, die ins Dorf kamen. Der nahe Weserübergang bei Höxter führte schon andere durchziehende Kriegsvölker in diese Gegend. Der adlige Herr Ludwig von Asseburg war von seiner Burg im nahen Wald aufgebrochen, hatte 160 Reiter geworben, die er auf den Musterplatz nach Prag geführt hatte, um für die Evangelischen gegen die katholische Liga zu kämpfen. Als er mit wenigen Männern nach der verlorenen Schlacht am weißen Berg zurückkehrte, schwirrten die Erzählungen von Pardon geben und Quartier erhalten durch die Gegend und hatte die Fantasie der Jungen beflügelt.

Am frühen Nachmittag erreichte die kleine Kolonne einen Gutshof. Die Gebäude waren um einen großen, zu einer Seite offenen Innenhof angeordnet. Das repräsentative Herrenhaus in der Mitte wurde von Stallungen und Scheunen auf beiden Seiten eingefasst. Der Hof wimmelte von Soldaten, Frauen und Kindern. Die Wagen anderer Streiftrupps, die vor ihnen eingetroffen waren, wurden abgeladen und standen zwischen einigen offenen Feuern, über denen in schwarzen verrußten Kesseln Fleischstücke gekocht wurden. Lange Spieße, Hellebarden und Piken lehnten an den Hauswänden. Schwere Musketen und die dazugehörenden Stützgabeln waren im Eingangsbereich einer großen Scheune abgelegt, deren Tore weit offen standen. Lebendes Kleinvieh, Kühe, Pferde, verdreckte Kinder, kochende Frauen lärmten oder stritten mit herumfuchtelnden Landsknechten und ergaben ein Drunter und Drüber, das nur entfernt an ein diszipliniertes Soldatenlager erinnerte.

Jodokus Wallbaum war beim Fähnlein eines Kapitäns Neuhoff angekommen, wie er vom rotgesichtigen Filzhutträger erfuhr. Dieser Kapitän Neuhoff war gerade vor das Herrenhaus getreten und sah erstaunt, wie geschickt dieser Blondschopf in den Lumpen eines Bauernjungen sein Gespann durch das Labyrinth durcheinanderwirbelnder Vieh- und Menschenknäuel bugsierte, vorausschauend in den Weg stolpernde Hindernisse umkurvte und den Wagen neben einem Feuer vor einer Stalltür zum Stehen brachte, wo das Rotgesicht die Umstehenden anblaffte, die Wagenladung zu bergen.

Der Kapitän trat hinzu und herrschte den absitzenden Reiter an, als der seinen Trossbuben anwies, sein Pferd in den Stall zu führen. »Jost Hermann, du musst dir einen anderen Trossbuben suchen, der da wird auf den Pulverwagen gebraucht. Schick ihn zum Pulvermeister«, befahl er, drehte sich um und entfernte sich wieder in Richtung des Herrenhauses. Jost Herrmann schickte seinem Kapitän aus schmalen, grauen Augen gehässige, verachtende Blicke wie spitze Pfeile hinterher. Er nahm seinem neuen und schon wieder verlorenen Pferdeknecht die Zügel seines Pferdes ab und knurrte ihn wütend an, wie einen Hund, dem man seinem Knochen aus dem Maul gerissen hatte.

»Du hast gehört, was der Kapitän angeordnet hat«, und er deutete auf einen runden, dicklichen Mann, der ein paar Schritte weiter an einer Scheunenwand in der Nähe eines Feuers saß. Seine kaum zu unterdrückende Wut ließ er dann an einem jungen Burschen aus, den er zum Wagen prügelte, um beim Abladen der Säcke zu helfen.

Der runde Mann klopfte mit der flachen Hand auf ein Holzfass neben sich und forderte Jodokus Wallbaum auf, sich neben ihn ans Feuer zu setzen. Die Frau des Pulvermeisters rührte in einem großen über dem Feuer hängenden rußigen Topf und ein Kind, das in einer viel zu großen Jacke steckte, um sich vor der Kälte zu schützen, war damit beschäftigt, Lederzeug zu säubern und zu fetten.

Die meisten Soldaten hatten Frauen, Kinder oder Trossbuben dabei, die ihnen zur Hand gingen, das Essen bereiteten und das Vieh versorgten, bemerkte Jodokus Wallbaum, als er seinen Blick zu den brennenden Feuern auf dem Hof schweifen ließ. Neugierig beobachtete der Junge seine neue Familie. Die Frau wirkte verschlossen und hart. Mit kurzen knappen Befehlen gab sie ihrem Kind zu verstehen, worum es sich kümmern sollte. Das Kind, wohl ein Junge fast in seinem Alter, dachte Jodokus, redete nicht, sondern erfüllte wortlos seine Arbeiten.

Der runde, glatzköpfige Mann aber war gutmütig und gesprächig, wie Jodokus im Laufe des Abends erfuhr. Er war unter die Soldaten des Herzogs Christian von Braunschweig geraten, die für die protestantische Sache gegen die katholische Liga fochten. Zu Beginn des Jahres 1622 waren sie ins Hochstift Paderborn eingefallen auf der Suche nach warmen Winterquartieren und Beute in diesem reichen katholischen Bistum.

Es war kalt im Januar 1622 und es hatte geschneit als das Lager am nächsten Morgen aufgelöst wurde und der kleine Heereszug sich in Bewegung setzte. An der Spitze ritt der Kapitän Neuhoff mit ein paar Begleitern und auf den Seiten wurden sie von Reitern eskortiert, als ob die darauf zu achten hätten, dass niemand verloren ging oder sich heimlich entfernte. Der mitfühlende Pulvermeister hatte am Vorabend die Nöte und Gedanken des Jungen erahnt, ihn aber vor Jost Hermann und seinen Reitern gewarnt, die sich einen Spaß daraus machten, entlaufene Knechte und Pferdejungen wieder einzufangen. Die Fußsoldaten mit ihren schweren Musketen folgten in einem ungeordneten Haufen und sie benutzten die Stützgabeln ihrer Musketen als Stöcke zur Unterstützung bei diesem mühsamen Marschieren. Hinter den Musketieren trotteten einige Pikeniere, die ihre überlangen Piken über die Schulter legten und transportierten. In Tuchfühlung zu den Soldaten steuerte der Pulvermeister den Pulverwagen des Fähnleins. Hinter ihnen bewegten sich in einem ungeordneten Zug die Frauen vorwärts, die schwer behängt mit Töpfen, Hausrat, Decken und Kleidung versuchten, Schritt zu halten; unterstützt von den Kindern und Trossbuben, die Kühe, Schafe und ein paar Ersatzpferde mittrieben. Einige Trosswagen rumpelten in diesem weit auseinandergezogenen Anhängsel des Fähnleins mit und hatten alles geladen, was eine Abteilung Soldaten unterwegs benötigte.

Jodokus Wallbaum saß neben dem glatzköpfigen Pulvermeister und übernahm nach einer kurzen Zeit die Zügel und steuerte den Wagen durch das unwegsame Gelände, ohne den Kontakt zu den letzten Soldaten abreißen zu lassen. Hinter ihnen unter einer Plane standen ein paar Pulverfässer, lagen Beutel mit Kugeln, waren einige Musketen abgelegt und ein paar Piken stachen unter der Plane hervor, ragten hinten aus dem Wagen heraus und hielten mögliche Verfolger auf Abstand.

Am frühen Nachmittag erreichten sie ein kleines Dorf, in dem mehrere Gehöfte brannten. Jost Hermann, der rotgesichtige Entführer des Jungen, und einige Reiter hatten Hausrat aus den brennenden Häusern nach draußen geschleppt und wühlten in hölzernen Truhen. Triumphierend heulten sie auf, wenn sie zwischen den auseinandergerissenen Leinen einige Münzen fanden.

»Unser Brandmeister übertreibt es«, knurrte der Pulvermeister als sie ihr Fuhrwerk neben einer Scheune abstellten. Der Junge schaute fragend und der Glatzkopf erklärte ihm die Art der Kriegsführung, die der protestantische Herzog im katholischen Hochstift bevorzugte. Der Braunschweiger hatte gedroht, das ganze Stift abzubrennen und alle Bewohner niederzuhauen, dass darüber noch Kindes-Kinder sich beklagen sollten, wenn man ihm nicht zu Willen sei. Seine

Brandmeister übergaben in den Ortschaften des Hochstifts seine Brandbriefe, die an allen vier Ecken angesengt waren oder manchmal in der Mitte ein eingebranntes Loch besaßen mit der Umschrift »Feuer, Feuer! Blut, Blut!«. Wer nicht einen Schutzbrief erwarb und die geforderten Zahlungen leistete, dem zündeten die Brandmeister Haus und Hof an. »Aber«, setzte der dicke Pulvermeister hinzu, »wenn der hitzige Jost Hermann hier alles abbrennt, müssen wir im Freien schlafen.«

Ächzend stieg er vom Wagen ab und schaute verächtlich auf Jost Hermann und seine Gefährten. Und an den Jungen gewandt, sprach er wie zu sich selbst. »Vorausschauende Brandmeister drohen nur mit der Brandschatzung, um die Bauern zur Herausgabe ihrer Habe und die Städte zur Übergabe zu zwingen. In Lippstadt konnte unser Herzog mit 300 Reitern ohne Kampf in die befestigte Stadt gelangen und hat dort nun einen warmen Platz.«

Der Pulvermeister machte ein paar Schritte auf das Rotgesicht zu, packte ihn an der Schulter, gestikulierte in Richtung des brennenden Hauses und fauchte den Brandmeister an: »Muss das sein?«

Doch bevor er weitersprechen konnte, riss sich Jost Hermann los und erwiderte: »Die Bauern waren alle weg und haben sich im Wald verkrochen. Nicht wie gestern, als wir einen frechen Bauern niederschießen mussten, der mit der Forke auf uns losging, als wir seine Frau gebrauchen wollten.«

Der blonde Junge, der hinter dem Pulvermeister abgestiegen war, erstarrte in der Bewegung. Dann griff er unter die Plane des Wagens, zog einen Spieß hervor und stürzte sich mit weit aufgerissenen Augen auf den Brandmeister. Der drehte sich reaktionsschnell zur Seite, ließ den Jungen ins Leere stoßen, griff zum Säbel und hätte den Jungen im nächsten Augenblick in Stücke gehauen, wenn nicht der Pulvermeister ihm in den Arm gefallen wäre. Der dickliche, jedoch wendige Pulvermeister stellte sich zwischen dem Soldaten und dem Jungen und brachte ihn rückwärtsgehend aus der Gefahrenzone, während der Junge in seinem Rücken immerfort stammelte: «Er hat meinen Vater und meine Mutter …« und der Soldat von vorn giftete: »Wenn der Bastard mir noch einmal unter die Augen tritt, dann hat er seinen letzten Schnaufer getan.« Der Pulvermeister schob den Jungen zwischen einige Trosswagen, die inzwischen im Dorf eingetroffen waren und wies in die Ferne, wo sich Frauen und Kinder näherten und ins Dorf tröpfelten.«Geh ihnen entgegen und hilf der Frau, den Hausrat herbeizuschaffen.«

Jost Hermann schaute noch unschlüssig in ihre Richtung, dann drehte er sich um und ging in Richtung der Truhen, um das Geraubte vor dem eintreffenden Gesindel, wie er das sah, in Sicherheit zu bringen.

Wie von einem schweren Schlag halb betäubt, taumelte der Junge aus dem Dorf vorbei an Frauen, Kindern und Vieh, die ihm entgegenkamen. »Tot, Tot,« hämmerte es in seinem Kopf und fast wäre er über einen Kleiderhaufen gestolpert, der am Boden lag.

»Hilf mir, ich kann nicht mehr«, stöhnte es aus dem vermummten Bündel. Und das Kind des Pulvermeisters deutete hilflos zu einer Frau hinüber, die sich entfernte, ohne sich nach ihrem Kind umzudrehen.

Jodokus Wallbaum erwachte aus seinem Albtraum und ließ sich neben dem Kind nieder, das ihn aus großen braunen Augen anblickte. »Wie heißt du eigentlich?«, murmelte der Junge.

»Klara«, kam es zurück.

»Was?«, entfuhr es dem Jungen.

»Klara, Klara Büsing«, schallte es ihm widerwillig und etwas lauter entgegen.

»Was, du bist ein Mädchen?«, stieß der Junge hervor und schaute überrascht.

»Na und« gab Klara trotzig zurück, »muss ich nicht genauso schleppen wie ein Junge?« Damit deutete sie mit einer Kopfbewegung in Richtung des riesigen Gepäckhaufens, der neben ihr im Deck lag.

Der blonde Junge erwiderte nichts und betrachtete schweigend das Mädchen, das nur wenig jünger als er selbst und ebenso verzweifelt war. Wie zwei allein in der Welt zurückgelassene Wesen saßen sie nebeneinander und starrten verloren ins Nichts. Als die Kälte unter ihre Kleider kroch, stand der Junge abrupt auf, schulterte den Packen und fragte »Geht's wieder?« Klara nickte und zusammen trotteten sie in Richtung des Dorfes, das in der einsetzenden Dämmerung mit hell leuchtenden Feuerscheinen der brennenden Gebäude nicht zu verfehlen war. Mit schweren, nassen Flocken begann es zu schneien, als sie die Häuser erreichten und in einer Scheune unterkrochen. Hier hatte der Pulvermeister Hans Büsing Pferde und Wagen abgestellt und ihr Lager eingerichtet.

In den nächsten Tagen quälte sich das Fähnlein Soldaten nur mühsam vorwärts. Kälte und Schnee behinderten ein zügiges Vorwärtskommen und Soldaten, Tross und Bagage bewegten sich in einer langen, an vielen Stellen auseinandergerissenen Schlange vorwärts. Jodokus Wallbaum hatte es so eingerichtet, dass Klara Schritt halten und unbeschwert von Gepäck dem Zug folgen konnte. Zwischen den Pulverfässern unter einer Plane hatte er ihre Last versteckt.

Die Soldaten fluchten und hätten bald gemeutert, da man nach ihrer Meinung im Winter keinen Krieg führen könne, sondern man es sich in einem warmen Winterquartier gutgehen lassen müsse, wie man es ja auch von ihrem Herzog Christian und seinem Gefolge aus Lippstadt höre. Die hätten dort reiche Wintervorräte und gutes paderbornsches Bier angetroffen. Das Fähnlein hatte ein Winterquartier vor Augen, als es in kleinen Gehöften in Sichtweite einer Stadt gelegt wurde.

Jodokus Wallbaum hatte in seinem Leben noch nie eine so große Stadt gesehen. Paderborn war gut befestigt, hatte hohe Stadtmauern, viele wehrhafte Türme, Schanzen und Wälle und thronte fast uneinnehmbar in der verschneiten Winterlandschaft. Gewaltige, hohe Kirchtürme überragten die Stadtmauern und wiesen in den Himmel. Paderborn war eine alte Bischofsstadt und der letzte, jüngst verstorbene Fürstbischof Dietrich von Fürstenberg, hatte die Wortführer der Lutheraner aus der Stadt getrieben. Die Bewohner der Stadt hatte er mit Schwert und Henker zur Rückkehr zum alten katholischen Glauben gezwungen.

Diese katholische Festung war nicht ohne Schanzzeug und Kartaunen einzunehmen, mit denen die Mauern löchrig geschossen wurden, behauptete der Pulvermeister. Es galt sich einzurichten.

Und so hatten sie sich auf zwei Bauernhöfen ausgebreitet, Ställe, Scheunen, Deelen, Kammern und gute Stuben mit Tieren und Menschen belegt. Bei der großen Kälte und dem tiefen Schnee, der die Wege versperrte, konnte man nur abwarten.

Es wurde gemunkelt, dass der Paderborner Rat bereits eine Abordnung zum Herzog Christian von Braunschweig nach Lippstadt geschickt habe, um über eine Abfindungssumme zu verhandeln, wenn er ihre Stadt verschone. Auch hieß es, dass die Lutheraner in der Stadt danach schrien, den Herzog in die Stadt zu lassen. Sie hofften, durch ihn wieder auf freie Religionsausübung und die verhassten Jesuiten loszuwerden, die der letzte Fürstbischof in die Stadt geholt hatte, um sie zu bekehren.

Reiter verkehrten zwischen dem Hauptquartier in Lippstadt und den Abteilungen vor Paderborn. Und so erfuhren sie, dass der reiche Kaufmann Arnold Drohm als Wortführer der Protestanten unter den Paderborner Räten mit nach Lippstadt gereist war. Er hatte dem jungen Braunschweiger Herzog im Geheimen geraten, nicht wegen einer Abfindungssumme zu verhandeln, sondern nach Paderborn zu kommen und dort selbst die Kontributionen von den Papisten zu holen. Er und die Seinigen würden schon dafür sorgen, dass ihm die Tore geöffnet würden.

Jodokus Wallbaum und Klara Büsing waren froh, dass die beschwerlichen Tagesmärsche aufgehört hatten. Sie beschäftigten sich nicht mit den wirren Gerüchten über Abfindungssummen, Schutzbriefe gegen Brandschatzungen und Übergabedrohungen. Ihnen blieb die Niedergeschlagenheit und Bestürzung bei der katholischen Partei verborgen, als Soest übergeben wurde und die Dörfer in der Nähe brannten. Die wilde Aufregung und Empörung der Lutheraner in Paderborn sahen sie an einem klaren sonnigen Wintertag, als sie die Enge ihrer Übergangsbehausung verließen, wo Mensch und Tier auf engstem Raum zusammengepfercht waren. Sie flüchteten vor den untätigen Soldaten, die würfelten, sich stritten und vom Profos des Fähnleins nur mühsam zur Ordnung gebracht werden konnten.

Jodokus und Klara erstiegen einen kleinen Hügel und schauten auf die imposante Stadt und eines der Stadttore. Wütende Bürger hatten sich zur Torwache gestellt. Sie beschimpften offensichtlich einige schwarz gekleidete Menschen und versuchten, sie zu schlagen. Nur mit Mühe konnte die bedrängte Torwache die Menge beruhigen und einige der Schwarzgekleideten konnten durch das Stadttor nach draußen entweichen.

Der Pulvermeister schmunzelte zufrieden, als sie ihm am Abend von diesem Zwischenfall berichteten. »Die Domherren, die Geistlichen und Jesuiten fliehen aus der Stadt. Das ist ein gutes Zeichen, dann haben die Lutheraner wohl die Oberhand in der Stadt errungen.«

Der kluge Pulvermeister hatte die Zeichen richtig gedeutet. Arnold Drohm und sein Anhang hatte wirklich die Gewalt in der Stadt übernommen. Am nächsten Tag wurden die Stadttore geöffnet und der Kapitän Neuhoff mit seinem Fähnlein besetzte Paderborn.

Jodokus durfte den Pulverwagen lenken als sie durch eines der fünf Stadttore fuhren. Mit leichtem Schaudern sah er, dass über dem Tor ein menschlicher Totenschädel angebracht war. Der blonde Bauernjunge machte große Augen als er die steinernen Häuser der Paderborner Bürger sah. In seinem Dorf hatten selbst die größten Fachwerkhöfe ein bescheidenes Ausmaß angesichts dieser baumhohen Fassaden, die den Himmel verdeckten. Vor dem neuen herrschaftlichen Rathaus hielten sie an. Der Rat der Stadt versuchte, die Neuankömmlinge durch eine großzügige Bewirtung und die Auszahlung von 250 Talern an den Kapitän wohlgesonnen zu stimmen. Die evangelischen Wortführer waren ihnen eifrig behilflich, Geschütze und Munition zu beschlagnahmen, das Jesuitenkolleg zu besetzen und seinem Kriegsvolk die Häuser der katholischen Familien zur Einquartierung zu zeigen.

Hans Büsing, der Pulvermeister und sein Anhang bezogen in der Nähe des Doms einige Räume im Haus des Stiftsschatzmeisters Heinrich Löper, der sich im Dienste des Fürstbischofs um die Erhebung der Landessteuer kümmerte. Es war ein geräumiges Dielenhaus, in das sie einzogen und auch den Pulverwagen und die Pferde sicher unterstellen konnten. Im Haus gab es Zimmer mit Betten, die die Kinder des Stiftsschatzmeisters räumen mussten. Klara und

Jodokus besetzten eine kleine Kammer, dessen Ausstattung ihnen nach den vergangenen Läuselagern wie das Paradies vorkam.

Noch am gleichen Tag lernten sie den ältesten Sohn des Hauses kennen, als die Familie des bischofstreuen Steuereintreibers den Eindringlingen im Speisezimmer auftischen musste. Bernhard Löper war ein blässlicher Junge in Jodokus Alter, dem das Tragen schwer fiel, wie sie feststellen konnten, als sie mit ihm in den Keller geschickt wurden, um ein kleines Fässchen Bier nach oben zu schaffen. Er habe ein Bruchleiden und könne nichts Schweres heben, jammerte er und ließ sich auf eines der Fässer nieder, die im Keller standen.

»Musst du denn den ganzen Tag nichts arbeiten?«, konnte Klara sich nicht zurückhalten zu fragen. Bernhard Löper schaute sie mitleidig an und begann dann in überlegener Großer-Mann-Manier darzulegen, dass er Schüler am Jesuitengymnasium sei und dass er später die Jesuitenuniversität besuchen würde. Jetzt sei das Jesuitenkolleg aber geschlossen, die meisten Jesuiten geflohen und die Schüler nach Hause geschickt worden. Er befürchte, dass die Ketzer nun Rache an den Katholiken und den Jesuiten nehmen würden.

»Warum denn?«, schaltete sich Jodokus ein.

Bernhard Löper drehte sich zu ihm um und tat erstaunt: »Habt ihr nicht die Knochen über dem Stadttor gesehen?«

»Doch einen Totenschädel«, entgegnete Jodokus.

»Das ist der Kopf des Bürgermeisters Wichard.« Und dann erzählte ihnen der Jesuitenschüler Bernhard Löper mit den brennenden Augen eines Eiferers, dass der Ketzer Wichard, und mit dem Wort Ketzer bezeichnete er alle Evangelischen, nach seiner Wahl zum Bürgermeister mit hitzigen Auftritten und volkstümlichen Reden die Paderborner Bürger aufstachelte, sich gegen den katholischen Landesherren aufzulehnen und seine Herrschaft anzuzweifeln.

Der Fürstbischof Dietrich von Fürstenberg schickte als Antwort aus seiner Neuhauser Residenz den Grafen von Rietberg mit Soldaten gegen die ungehorsame Stadt. Paderborn wurde besetzt, Wichard gefangengenommen, gefoltert und verhört. Viele, die ihm zuvor noch zugejubelt hatten, schwiegen und verfolgten die öffentliche

Gerichtsverhandlung auf dem Marktplatz der Stadt. Das Urteil, Tod durch Vierteilung, war schnell gesprochen. Auf dem Platz des Paderborner Jahrmarktes vor dem Westerntor wurde Wichard vor einer großen, schaulustigen Menge hingerichtet. Der vom Rumpf abgetrennte Kopf und die Teile des zerschlagenen Körpers wurden an den fünf Toren Paderborns ausgehängt. Möglichen Nachahmern Wichards zur Mahnung, sich in Zukunft vor solchen Dingen zu hüten, wie die Richter des Fürstbischofs erklärten.

Bevor Klara Büsing und Jodokus Wallbaum den kleinen Gelehrten weiter nach Dingen fragen konnten, die sie nicht verstanden, donnerte von oben eine Stimme: »Wo bleibt das Bier?«

Bernhard Löper war dankbar, dass er nicht benötigt wurde, dass Fässchen nach oben zu schleppen. Erstaunt sah er, wie geschickt diese ungebildeten Bauernjungen, das Fass die Kellertreppen hinaufwälzten. Ihm blieb vorerst verborgen, dass einer der Jungen ein Mädchen war.

Am nächsten Tag hatte der Trossjunge sich um die Versorgung der Pferde zu kümmern. Bernhard Löper sollte ihm nach dem Willen des Pulvermeisters behilflich sein, Wasser vom nächsten Brunnen herbeizuschaffen, um die Pferde zu tränken.

Der schlaue Jesuitenschüler machte den Vorschlag, dass es einfacher sei, die Pferde zum Wasser zu führen und nicht die Mühen auf sich zu nehmen, das Wasser herbeizuschleppen. Sie führten die Pferde um den mächtigen Dom herum zu den Paderquellen, die unterhalb des Doms noch innerhalb der Stadtmauern an vielen Stellen aus dem Boden sprudelten und sich in einem kleinen Teich sammelten. Hier konnten die Pferde saufen. Aber schon nach kurzer Zeit wurden sie von dieser Tränke verjagt, da die Soldaten des Rittmeisters Pflug in der Stadt eintrafen und ankündigten, dass sie der Vortrab des Herzogs Christian von Braunschweig seien. Diese Reiter erlaubten sich jede Zügellosigkeit, wie die beiden Jungen beobachteten, als sie die Pferde zum Haus des Stiftsschatzmeisters zurückführten. Angeführt von zwei jungen Männern, die auf bestimmte Häuser zeigten, traten sie dort die Türen ein, trieben die Bewohner mit Prügel auf die Straße und nahmen Quartier in den Häusern und Besitz von allem, was sich in ihnen befand. »Das sind die Söhne von Liborius Wichard«, flüsterte der Sohn des Stiftsschatzmeisters Jodokus zu, »und sie zeigen auf die Häuser der Juden und Katholiken. Was soll erst werden, wenn der Herzog in die Stadt kommt?«

Als Christian von Braunschweig, Administrator des Bistums Halberstadt mit seinem Gefolge in Paderborn die Straße zum Rathaus entlangritt, säumten die protestantisch gesinnten Paderborner den Weg und jubelten ihm zu. Bernhard Löper hatte Klara und Jodokus zu einem etwas erhöhten Platz geführt, von wo aus sie Zeuge dieses imposanten Einzugs wurden.

Der Herzog war ein schlanker, junger Mann Anfang zwanzig. Er trug einen schwarzen Brustharnisch und hatte eine rote Schärpe über die Schulter geworfen. Unter seinem Helmbusch mit roten Federn quollen seine vollen, dunkelbraunen Haare hervor. Unter einem Band an diesem Helm, so stellten sie erstaunt fest, steckte ein feiner Damenhandschuh. Der Herzog war ein aufregender, schöner junger Mann und Klara hauchte: »Oh, der Herzog trägt ja ein Haarzöpfchen« und auch die Jungen sahen nun das fein geflochtene Zöpfchen, das bis auf die linke Schulter reichte.

Jodokus Wallbaum hatten es aber mehr die Fahnen angetan, die die Fähnriche in der Begleitung des Herzogs in den Wind hielten. »Was steht dort auf den Fahnen?«, wandte sich Jodokus an den Jesuitenschüler.

»Auf der Fahne mit dem Bild der Frau steht: »Tout pour Dieu et pour Elle«, las Bernhard Löper. Und da er ein sprachbegabter Jesuitenschüler war, konnte er neben den lateinischen Inschriften auch das Französische übersetzen.

»Alles für Gott und für Sie«.

Jodokus Wallbaum verstand zwar, dass man gottgefällig leben sollte, aber wer war Sie? Auch die Fahneninschrift »Zurückerobern oder Sterben« ließ ihn ratlos zurück, da er sich nicht vorstellen konnte, was damit gemeint war.

Arnold Drohm und seine Anhänger begrüßten den Herzog und gaben ihrer Hoffnung Ausdruck, dass nun der Rat protestantisch besetzt und die protestantische Messe in der Stadt wieder abgehalten werde. Der Herzog hielt sich nicht lange vor dem Rathaus auf, sondern verschwand mit seinen Obristen hinter den Mauern des Jesuitenkollegs, wo er während seines Aufenthalts wohnen wollte.

Hans Büsing, der Pulvermeister, hatte den prächtigen Einzug des Herzogs verpasst. Es gab wichtigere Dinge für einen Soldaten in einem guten Quartier. Fressen und saufen bis man fast platzte. Die schlechten Tage kamen schneller als die Jahreszeiten wechselten. Das wusste er aus eigener Erfahrung, denn er hatte sich vom jungen Herzog Christian anwerben lassen und schon in den ersten Wochen ihres Kriegszuges, als sie die Weser aufwärts zogen, blieben die Barmittel aus, so dass sich ein Teil ihrer Fußtruppen wieder zerstreute. Sie waren gezwungen, ihre Existenz gegen einige Widerstände aus der jeweiligen Gegend zu bestreiten, die sie zufällig durchquerten.

In Westfalen gab es fruchtbares Land und viel Viehzucht. Hier war genügend Fleisch vorhanden, hier wurde gutes Bier gebraut, gab es viereckige Brote so groß wie Schleifsteine. Und obschon das Brot ein Tag im Ofen stand und ganz schwarz herauskam, war es ein schmackhaftes, sättigendes Brot. Hans Büsing wünschte, dass es dem Herzog und seinen Obristen hier in diesem Hochstift gefiele. Er hatte sich ins Speisezimmer des Schatzmeisterhauses zu einer Brotzeit zurückgezogen, als Klara und Jodokus hereinkamen und ihn mit ihren Fragen überfielen.

»Wer ist die Frau, die der Herzog verehrt? Was will er zurückerobern?«

Der glatzköpfige, runde Pulvermeister lehnte sich zurück und erwiderte: »Unser junger Herzog lebt in einer vergangenen Welt. Er glaubt wie ein Ritter für eine edle Dame in den Krieg ziehen zu müssen. Er verehrt die Winterkönigin.«

Und da Hans Büsing schon sehr satt war, schob er ein letztes Stück Brot in den Mund und begann noch kauend den Ahnungslosen zu erklären, dass alles mit dem Aufruhr der Böhmen begann, die den Kaiser Ferdinand bei der anstehenden Königswahl in Böhmen zurückwiesen und stattdessen den Kurfürsten Friedrich von der Pfalz zum neuen König von Böhmen wählten. Die Union der Protestanten ergriff Partei für Friedrich und die Liga der Katholiken für den Kaiser. Dieser verteidigte die in seinen Augen angestammten Rechte mit dem Schwert, eroberte nach der siegreichen Schlacht am weißen Berg nicht nur Böhmen, sondern auch die Pfalz und vertrieb den Kurfürsten Friedrich, der nur einen Winter König von Böhmen gewesen war. Und mit ihm flüchtete seine junge Frau Elisabeth, die Winterkönigin.

In Den Haag, wo der ungestüme Herzog Christian das Kriegshandwerk im Dienst der protestantischen Generalstaaten erlernte, traf er die Vertriebenen bei Hofe. Als die schöne Winterkönigin Elisabeth ihren Handschuh fallenließ, stürzte er sich darauf, gab ihn aber nicht zurück, sondern erklärte galant, »Madam, in der Pfalz werde ich ihn zurückgeben«. Alles für Gott und für Sie ließ er auf die neuen Fahnen sticken und unser temperamentvoller Herzog erklärte der ganzen Welt, dass er nicht eher ruhen werde, als dass er die Pfalz für die Winterkönigin zurückerobert habe.

Bevor der gesprächige Pulvermeister noch weitere Ausführungen über den Kriegszug des Braunschweigers machen konnte, platzte seine Frau dazwischen und blaffte ihre Tochter an, Holz für das Herdfeuer heranzuschaffen. Auch den Trossbuben scheuchte sie aus der Stube, Wasser vom nächsten Brunnen zu holen.

Als Jodokus mit zwei vollen Eimern Wasser zurückkehrte, begegnete ihm ein Trupp Soldaten, die in Richtung des Doms strebten und in ihrer Mitte meinte er den Helmbusch des jungen Herzogs gesehen zu haben. Eilig stellte er die Eimer auf der Holzbank neben dem Herdfeuer ab und gab Klara, die Holz neben dem Feuer aufschichtete, ein Zeichen, ihm zu folgen.

Seitlich vom Dom stießen sie fast mit Bernhard Löper zusammen, der von der Roten Pforte um den Dom herum zum Paradiesportal, dem Haupteingang des Kirchengebäudes hetzte.

»Die Verräter schänden das Grabmal unseres letzten Bischofs und zeigen dem Herzog die Schätze des Doms«, presste der Sohn des Stiftsschatzmeisters atemlos hervor, ohne auf die Fragen seiner überraschten, ungebetenen Begleiter einzugehen.

Hinter dem ortskundigen Bernhard Löper schlichen Jodokus und Klara in den Dom und verbargen sich hinter einer der mächtigen

Säulen, die das Mittelschiff der dreiteiligen Hallenkirche trugen. In der Mitte eines Soldatenhaufens näherten sich die Söhne Wichards dem Hochaltar im Osten des Doms. Dort stand ein aus gediegenem Silber geschlagener, stark übergoldeter und mit kostbaren Perlen besetzter schwerer Kasten oder besser gesagt, ein Sarg.

»Das ist der Libori-Schrein«, flüsterte der Jesuitenschüler seinen Begleitern zu, »darin werden die Gebeine unseres Schutzpatrons aufbewahrt.«

Der Administrator des Bistums Halberstadt, von dem es hieß, dass man für dieses Amt keinen schlechteren Mann hätte finden können, da Christian von Braunschweig nicht phlegmatisch genug sei, sondern den Reichtum des Halberstädter Bistums nur dazu benutzte, um sein Glück im Krieg zu suchen, beugte sich zu dem kunstvoll gearbeiteten Schrein hinunter. Neugierig betrachtete er die filigran gearbeiteten Figuren an den Seitenwänden, die heiligen zwölf Apostel. Nach einer kurzen Verweildauer richtete er sich auf, zeigte auf die Apostel und lästerte: »Was macht ihr hier? Steht nicht geschrieben, geht hinaus in alle Welt! Ich will Geld aus euch schlagen lassen und euch in die Welt hinausschicken.«

Der Dom hallte wider vom schallenden Gelächter und dem Klappern der Säbel des Herzoggefolges. Kurz danach mischte sich das Splittern von Holz und die dumpfen Schläge auf Behältnisse in das Getöse, das sich ausbreitete, da man nun den Dom nach Kostbarkeiten absuchte. Unter dem Hochaltar fanden die Helfer des Herzogs eine bleierne Kiste, voll mit Goldstücken, wohl jedes im Wert von 5 Talern. Der Herzog befahl alles - auch das Kirchengeschirr - zusammenzutragen und mit dem Libori-Schrein in das Jesuitenkolleg zu schaffen.

Die Dämmerung hatte den Dom in ein gespenstisches Licht getaucht und die am Altar stehenden Kerzenleuchter wurden angezündet, die jeden Winkel des Doms erhellten. Der Herzog hatte sich entfernt, aber seine vor Habgier erhitzten Soldaten begannen die Seitenaltäre und Grabgewölbe aufzubrechen und selbst den Grund der Kirche zu durchwühlen. Klara konnte gerade noch schreien »Weg hier« und ihren Fuß vorschieben, so dass der Soldat ins

Stolpern geriet und im Fallen mit seinem Säbel Jodokus um Haaresbreite verfehlte. Jost Hermann hatte die Gestalten im Schatten der Säule entdeckt, gegen die er nun aus dem Tritt geraten, taumelte und den Flüchtenden einige Flüche hinterherschickte.

Jodokus und Klara zogen es in den nächsten Tagen vor, das Haus des Stiftsschatzmeisters nur zum Pferdetränken und Wasserholen zu verlassen. Immer noch waren Soldaten unterwegs, um die wertvollen Dinge aus dem Bischofspalast, den Kirchen, Klöstern und Häusern des Klerus sowie der Juden in das Jesuitenkolleg zu schaffen, wo sich die Reichtümer der Stadt in den leergeräumten Zimmern auftürmten.

Der junge Herzog tafelte im großen Speisesaal der Jesuiten mit seinen Offizieren. Er erließ Anordnungen, den Rat der Stadt mit Protestanten zu besetzen und wieder den evangelischen Gottesdienst in der Marktkirche abzuhalten. Den Söhnen des Bürgermeisters Wichard versprach er, die sterblichen Überreste ihres Vaters von den Toren abzunehmen und beisetzen zu lassen.

Mit all diesen neuen Nachrichten kehrte Bernhard Löper in das Haus des Schatzstiftsmeisters zurück, da er sich beständig in der Stadt herumtrieb und wie ein Spion des entmachteten katholischen Bischofs, seinem Vater über alle Raubzüge berichtete. Der ehemalige Stiftsschatzmeister des Hochstifts Paderborn verzeichnete alle Schäden, um seinem Bischof, dem Kölner Kurfürsten Ferdinand, dereinst berichten zu können. In langen Zahlenkolonnen notierte er: 8000 Taler aus dem Kapitelhaus, 10000 Taler das bischöfliche Tafelgeschirr und setzte so die Summen zu geraubten Dingen, über die sein umtriebiger Sohn berichtete.

Nach einer Woche begleitete ein langer Wagenzug mit dem Libori-Schrein und der zusammengerafften Beute den Herzog Christian von Braunschweig, der nach Lippstadt zurückkehrte. Als Abfindungssumme für unterlassene Brandschatzungen erpresste er vom Domkapitel und den Geistlichen des Hochstifts 100000 Reichstaler und von den Juden 30000 Taler. Erzürnt schrieb der Stiftsschatzmeister am Ende der Sündenlitanei des Braunschweiger Herzogs auf, dass die Jesuiten 1000 Taler Kontribution aufbringen, Stifte und

Klöster zwischen 1000 bis 2000 Taler aufwenden mussten und selbst dem kleinen Paderborner Kloster Abdinghof 600 Taler für einen Schutzbrief abgepresst wurden.

Hans Büsing war zufrieden, dass sie den Herzog nicht begleiten mussten, sondern als Besatzung in Paderborn zurückgelassen wurden. Schon bald kamen neue Soldaten in die Stadt, die mit dem neuen Geld angeworben wurden, das der Herzog aus dem geraubten Gold und Silber in der Münze zu Lippstadt schlagen ließ. Die Silbermünzen, die er von dem eingeschmolzenen Libori-Schrein prägen ließ, zeigten auf der einen Seite ein Arm mit Schwert und die Losung »Tout avec Dieu 1622« und in der Mitte der anderen Seite »Gottes Freund der Pfaffen Feind.«

Es wurde eng in der Stadt und im Stiftsschatzmeisterhaus. Jodokus und Klara wurden kurzerhand in die Pferdeknechtkammern an den Seiten der großen Deele umquartiert und neuankommende Soldaten belegten jeden Winkel des Hauses.

Bernhard Löper beklagte an den Abenden als er sich mit Jodokus und Klara in einem winzigen Verschlag einrichten musste, es gäbe keinen Bürger in der Stadt mehr, dessen Haus nicht mit Pferden, Soldaten, Kindern und Räubern überfüllt sei. Und alle müssten über ihre Kräfte Getreide abliefern, so dass schon einige Einwohner Haus und Hof verließen, weil sie die alles verschlingende Soldateska nicht mehr ernähren und ertragen konnten. Zudem würden die Offiziere auf Kosten des Stadtsäckels mit Wein, Bier und allerlei Geschenken verwöhnt und schritten doch nicht ein, um ihre zügellosen Soldaten in die Schranken zu weisen.

Jodokus und Klara beeindruckten die Klagen des Jesuitenschülers wenig. Der Bauernsohn erzählte der Tochter des Pulvermeisters, was die Leute in seinem Dorf, ihrem Grundherrn an Diensten und Abgaben zu leisten hatten. Sein Vater hatte an elf Tagen des Jahres mit seinem Pferdegespann die Äcker ihres Grundherren zu bestellen oder dessen Ernte einzubringen. Er sprach weiter von Zehntgans, Rauchhuhn und der Kornheuer, so dass sie oftmals um den eigenen täglichen Getreidebrei bangen mussten. Gemessen damit, könne er über ihr jetziges Auskommen nicht klagen, schloss Jodokus seinen

Bericht über die heimatlichen dörflichen Verhältnisse. Und im gleichen Augenblick verschwand der lebhafte Zug aus seinem runden Gesicht. Der für gewöhnlich schweigsame Bauernjunge war über sich selbst erschrocken, dass er sich von der neugierigen Klara zu Geschwätzigkeit verleiten ließ und darüber fast die ihn quälende Ungewissheit nach einer Rückkehr in sein Dorf vergaß.

Klara schaute nachdenklich und ihr Blick schien auf etwas Fernes gerichtet. Sie hatte in ihrem Leben bereits mehr gesehen und war gewitzter als der einfache Bauernjunge, der nicht über den nächsten Tag hinaus dachte.

»Gutes Auskommen. Das wird nicht so bleiben«, beendete sie ihr Nachdenken.

Sie sollte Recht behalten, denn schon bald brachte der ruhelose Jesuitenschüler beunruhigende Nachrichten in ihren ruhigen Alltag auf der Scheunendeele. In Flugschriften, die auf verschlungenen Wegen in das Haus des bischöflichen Schatzmeisters fanden, wurde von den Raubzügen der Reiterscharen des Braunschweiger Herzogs berichtet, der nun als toll bezeichnet wurde. Den »tollen Christian« für seine gotteslästerlichen Taten zu bestrafen, wurde von der katholischen Liga immer vehementer gefordert.

Am Abend betete Bernhard Löper zu seinem katholischen Gott, dass Ferdinand, der Kurfürst von Köln und Bischof von Paderborn, Münster, Hildesheim und Lüttich, der gebeutelten Stadt doch bald zur Hilfe eilen möge. Der Kölner Ferdinand, so tuschelte man hinter vorgehaltener Hand, hatte den Führer der katholischen Liga, seinen Bruder, Herzog Maximilian von Bayern, überzeugt, den Grafen Anholt mit Truppen zur Befreiung der betroffenen Bistümer zu entsenden.

Als Bernhard Löper nach einem seiner abendlichen Gebete Jodokus fragte, warum dieser sich nicht an seinen Fürbitten beteiligte, erwiderte dieser verunsichert, dass sein Dorf den lutherischen Glauben ihres Grundherrn, des Freiherrn von Haxthausen, angenommen habe und er nichts davon wisse, dass dieser wieder zur katholischen Lehre zurückgekehrt sei. Daraufhin belehrte ihn der lateinisch sprechende Jesuitenschüler, dass mit dem Grundsatz »cuius regio, eius religio« wessen Land, dessen Religion nicht gemeint sei, was ein kleiner Grundherr, wie ihr Freiherr glaube, sondern der Landesherr. Und als Jodokus ihn fragend anschaute, erklärte er: »Alle Untertanen haben den Glauben des Landesherrn anzunehmen. Und der Landesherr im Paderborner Land ist der Bischof Ferdinand, der Kurfürst von Köln.«

Da schaltete sich Klara ein, die dem Gespräch bisher nur schweigend gelauscht hatte. Sie wollte dem unbeholfenen Jodokus beispringen, aber es bereitete ihr offensichtlich Vergnügen, diesen übereifrigen Jesuitenschüler herauszufordern und aufs Glatteis zu führen. Spitz bemerkte sie, da sei der Herr Löper aber nicht richtig unterrichtet, sie hätten doch einen evangelischen Landesherrn, den Herzog Christian von Braunschweig, und er müsse sich dann überlegen, den Glauben des neuen Landesherren anzunehmen. Bernhard Löper schnaubte, eher würde er das Land verlassen, aber dahin werde es nicht kommen, die Soldaten der Liga seien bereits in der Warburger Börde, hätten das braunschweigische Kriegsvolk in Warburg erschlagen und die Überlebenden gefangengenommen.

Bernhard Löper war kein Aufschneider. Der Jesuitenschüler hatte die Wahrheit gesagt, wie Klara und Jodokus erfuhren, als sie an einem verregneten Märztag auf der Deele Stroh häckselten, das sie an die Pferde verfütterten. Lautes Geschrei und Gerenne auf den Straßen ließ etwas Besonderes vermuten.

Ein zorniger Herzog war mit seinen Söldnern in die Stadt gestürmt und nahm wieder Quartier im Jesuitenkolleg. Wie ein Lauffeuer sprach es sich herum, dass der Herzog tobte und wie ein tollwütiger Hund seine Obristen und Rittmeister ankläffte, so verärgert war er darüber, dass die Anholtschen Truppen nicht nur seine Leute in Warburg erschlagen, sondern sich auch noch mit 1000 Reitern in ihrer unmittelbaren Nachbarschaft, im Städtchen Geseke, einquartiert hatten.

Noch am selben Tag verkündeten seine Ausrufer in den Straßen von Paderborn, dass sich am nächsten Tage alle Bürger vor dem Rathaus einzufinden hätten. Die Lutheraner in voller Rüstung mit ihren Waffen, die Katholiken, denen man schon alle Waffen genommen hatte, in ihren Mänteln. Jodokus vermutete etwas einfältig, vielleicht benötige der junge Herzog die Bürger der Stadt, um sich gegen die anrückenden Feinde zu wehren. Klara war da anderer Meinung, da ihr aufgefallen war, dass die Streitmacht des Herzogs durch die Werbungen der letzten Wochen beständig gewachsen war und sie keinen Mangel an Soldaten feststellen konnte.

Am nächsten Morgen erschienen die Lutheraner in großer Zahl mit ihren Fahnen und Waffen vor dem Rathaus und erwarteten hoffnungsvoll die Ankunft des Herzogs. Jodokus, Klara und Bernhard Löper waren ebenfalls zum Rathaus gekommen. Bernhard Löper begrüßte einige aus dem Häuflein Katholiken, die sich eingeschüchtert an den Rand des Platzes gestellt hatten. Ein feiner Nieselregen besprühte die Wartenden, durchweichte vornehme Schnallenschuhe und derbe Stiefel. Die Feuchtigkeit zog in die Kleidung und trübte die Stimmung der Menschen, die von diesem trostlosen Tag nichts erhofften.

Am Fenster des Rathauses erschien der Herzog von Braunschweig, zufrieden auf die blanken Waffen der Lutheraner blickend. Als eine erwartungsvolle Stille eingetreten war, hob er seinen Arm und plötzlich stürzten seine Soldaten herbei und umzingelten die Menge vor dem Rathaus. Mit lauter Stimme befahl der »tolle Christian«, alle Waffen, Rüstungen und auch die Mäntel an seine Soldaten abzuliefern. Sie sollten nach Hause gehen und alles herausgeben, was dem Herzog bei seinen anstehenden Unternehmungen nützlich sein könnte. Es war Karfreitag und Christian von Braunschweig, der sich auf seinen neuen Münzen der »Pfaffen Feind« nannte, schickte zum Osterfest seine Soldaten auch in die Häuser der Lutheraner, um sie nach Geld und brauchbaren Dingen zu durchsuchen. Bernhard Löper konnte seine Schadenfreude nicht verbergen, als in das Haus von Arnold Drohm, des Wortführers der Evangelischen, eingebrochen wurde. Hier hatten einige reiche Familien ihre wertvolle Habe deponiert in dem Glauben, dass bei Arnold Dohm ihr Besitz sicher aufgehoben sei.

Abends machte er sich gegenüber Jodokus und Klara darüber lustig, dass die Ketzer nun ihren gerechten Lohn für ihre Dienste erhalten hätten und nun bestimmt ganz dankbar seien, dass sie den Herzog in die Stadt gelassen hätten. Die evangelisch gestimmten Bürger hingegen verstanden die Welt nicht mehr. Nur einige begannen zu begreifen, dass es in diesem Krieg nicht nur um die Religion ging.

Hans Büsing allerdings verstand die Welt seines Herzogs, verfolgte mürrisch die Vorgänge in der Stadt und ahnte, was ihnen bevorstand. Er knurrte seinen Trossbuben, seine Tochter und Frau an, ihren Hausstand zusammenzupacken und allen Proviant, deren sie habhaft werden könnten. Die ruhigen Zeiten in einem warmen, bequemen Quartier waren vorbei.

Als der tolle Christian Paderborn mit seiner Hauptstreitmacht am 1. April wieder verließ, forderte er seine Paderborner Besatzung auf, sich zu rüsten und ihm in den nächsten Tagen zu folgen. Der bedächtige und gutmütige Pulvermeister drängelte zur Eile, scheuchte seinen Trossbuben auf die Deele des Hauses und lud mit ihm zusammen mehrere Fässer vom dort abgestellten Wagen.

Er öffnete die verschiedenen Fässer und brummte: »Wir brauchen nun viel Pulver.« Dann deutete er auf die einzelnen Fässer und erklärte seinem unwissenden Helfer. »Aus sieben und einem halben Teil Salpeter, einem und einem halben Teil Holzasche und einem Teil Schwefel mischen wir ein grobes Schwarzpulver, mit dem man Geschosse aller Art abschießen kann.«

In einem großen hölzernen Bottich begannen sie dieses Schwarzpulver herzustellen, das als Treibladung für das Musketenrohr benötigt wurde. Auch ein kleineres Fässchen holten sie vom Wagen, in dem sich schon ein gemischtes, aber sehr fein gemahlenes Pulver, das Zündkraut, befand.

»Das braucht der Musketier für das Zündloch, um die Treibladung der Muskete von außen mit einer Lunte zu zünden«, wies der Pulvermeister seinen Helfer in die Geheimnisse des Musketengebrauchs ein.

Was eine Lunte war, lernte der unerfahrene Bauernjunge ebenfalls kennen. Die Frau des Pulvermeisters und Klara schnitten eine kleinfingerdicke, geflochtene Flachsschnur in Längen von zwei bis drei

Fuß und legten sie in eine Lauge aus Holzasche, ungelöschten Kalk, Urin und Rinderdung. »Nach dem Trocknen«, erläuterte der Meister Büsing weiter, »haben solche Lunten, wenn sie angezündet werden, an ihrer Spitze einen gleichmäßig glimmenden Glutkegel.«

Am Morgen ihres Abmarsches kamen die Musketenträger ihres Fähnleins auf die Deele, um im Trockenen ihre Pulverflaschen aufzufüllen. An vierfingerdicken Lederriemen, die sie über der Schulter trugen, waren eine größere Pulverflasche für die Treibladung und eine kleinere für das Zündkraut befestigt. An dem Lederriemen, dem Bandelier, hingen einige kleine Holzfläschchen, die ebenfalls mit dem groben Schwarzpulver gefüllt wurden. Der Pulvermeister sah den fragenden Blick von Jodokus und gab seine Kenntnisse nicht nur an den Jungen weiter, sondern auch an die auf der Deele versammelten Soldaten, denen er nicht viel Erfahrung in der Handhabung einer Muskete zutraute.

»Wenn ihr die Muskete mit zu viel Schwarzpulver füllt, kann es passieren, dass das Rohr explodiert. Deshalb gibt es dieses kleine Holzfläschchen, das Pulvermaß. Es enthält die genau richtige Menge an Schwarzpulver, die man zum Verschießen einer Kugel braucht. Also benutzt sie, wenn es ans Schießen geht.«

Noch vor Mittag standen die Musketiere ausgerüstet und abmarschbereit vor dem Haus des Stiftsschatzmeisters. Am Bandelier hingen die gefüllten Pulverflaschen, Lunten und der Kugelbeutel. Die langen Musketen und die Stützgabeln schulterten sie und an der Seite baumelte das Rapier, ein Stoßdegen mit zweischneidiger Klinge. Schwerfällig setzte sich die Abteilung bei einem böigen Wind und einsetzendem Regen in Marsch. Langsam führten der Pulvermeister und Jodokus ihre Pferde vor dem voll bepackten Pulverwagen auf die Straße, um der Kolonne zu folgen. Klara und ihre Mutter blieben zurück. Sie sollten mit dem Tross folgen, der alle Nahrungsmittel, die man in Paderborn auftreiben konnte, ins Lager vor Geseke transportieren würde.

Schon aus einiger Entfernung hörten sie das vereinzelte Krachen von Geschützen. Das Belagerungsheer hatte damit begonnen, mit einigen Kartaunen die Mauern der nicht sonderlich befestigten Stadt zu beschießen. Zahlreiche Reiterkompanien und einige Fähnlein Fußsoldaten hatten sich vor das Stadttor an der südlichen Seite gelegt. Nicht weit davon stand ein großes, festes Haus, wo Hans Büsing das Hauptquartier der Belagerungsarmee vermutete. Der Pulvermeister steuerte ihren Wagen zu den Rändern des Lagers, wo schon einige Scheißplätze und Abfallgruben ausgehoben waren. Vorbei an den Lagerplätzen der Fußsoldaten, die unter von Zweigen gestützten Planen oder in Erdlöchern nur dürftig geschützt im Freien campierten, querten sie die Zeltplätze der Reiterkompanien, die ihre Pferde abseits von ihren Pferdeknechten und Trossbuben bewachen ließen.

Sie hielten in Sichtweite einer breiten Steintreppe, die in das vermutete Hauptquartier führte. In Richtung des Stadttores vorgeschoben, standen drei Kartaunen und schleuderten ihre über zwanzig Pfund schweren Kugeln gegen die Stadt. Hans Büsing blickte in Richtung des festen Anwesens, aus dem Obristleutnants und Rittmeister wohl mit neuen Befehlen ins Freie traten und zu ihren Abteilungen zurückkehrten.

»Wir können nicht bei diesem immerwährenden Regen bei unserem Fähnlein bleiben. Der Pulverwagen muss trocken stehen«, stöhnte Hans Büsing und wollte vom Wagen steigen, um einen der Offiziere anzusprechen.

In diesem Augenblick trat der Freiherr von Knyphausen aus dem Haus. Der Obrist war ein älterer, erfahrener Soldat, die ordnende Hand im Kriegszug des jungen Halberstädter und wie Hans Büsing seit Beginn des Feldzuges dabei. Er erfasste ohne viele Worte das Anliegen des Pulvermeisters und schickte mit einem knappen Befehl einen jungen, grobschlächtigen Mann zu ihrem Wagen.

Heinrich Holk war Däne, von einer holsteinischen Insel aufgebrochen und beim gleichaltrigen Braunschweiger Herzog als skrupelloser Haudrauf gestrandet. Heinrich Holk war ein gehorsamer Befehlsempfänger und führte sie zu einem überdachten offenen Schuppen an der Seite des Anwesens, wo sie ihren Wagen unterstellen und die Pferde an den Tragepfosten anbinden konnten. Hans Büsing und sein Gehilfe waren zufrieden und bedauerten die Trossbuben, Pferdeknechte und Schanzarbeiter, die beim Einbruch der

34

Dunkelheit begannen, einen Laufgraben in Richtung der Stadtmauer auszuheben. Gegen Mitternacht war links neben dem Laufgraben eine Bresche von 80 Fuß in die Mauer geschossen worden und Jodokus beobachtete, wie mehrere Fähnlein zu je 300 Mann zum Angriff geschickt wurden. Von den Mauern empfing sie Musketenfeuer und die Kugeln aus kleinen 6 pfündigen Kartaunen, die die Verteidiger zwischen die Mauerzinnen gelegt hatten. An der Mauerbresche war in der Dunkelheit und im Qualm der abbrennenden Musketen und Kartaunen jegliche Sicht verschwunden. Gedränge und Verwirrung entstanden, laute Schmerzensschreie gellten durch die Nacht, Trompetensignale und Rückrufkommandos verkündeten, dass der Angriff gescheitert war.

Aus dem Pulk zurückhumpelnder Soldaten und herumfuchtelnder Offiziere trat Heinrich Holk aus der Dunkelheit in ihren Schuppen.

»Wir brauchen eine Petarde für das Tor.«

Hans Büsing schaute überrascht: »Ihr wollt es noch einmal versuchen?«

Heinrich Holk überhörte den tadelnden Unterton des Pulvermeisters. Er war zu sehr beschäftigt mit dem nächsten, dann erfolgreichen Angriff.

»Die Mauer neben dem Mühlentor bröckelt schon«, und dann sah er den Jungen an und grinste verschlagen: »Du schleichst dich an das Mühlentor und hängst die Petarde daran.«

Jodokus Wallbaum schlich in der Dunkelheit des frühen Morgen an der Spitze eines neu formierten Soldatenhaufens in Richtung des Stadttores. Die Mauern neben dem Tor waren schon ein wenig eingefallen, bemerkte Jodokus, als er allein, flach an die Erde geduckt, zum Tor krabbelte und die Petarde so befestigte, wie es ihm der Feuerwerksmeister eingeschärft hatte. Der Junge erreichte unbemerkt von den Verteidigern, deren Stimmen er ganz nah vernommen hatte, wieder das vordere Fähnlein. Er beeilte sich, von den Stadtmauern wegzukriechen, als es gewaltig krachte. Die Soldaten rannten mit ihren Spießen und gezogenen Degen mit Geschrei zur Bresche in der Stadtmauer und das daneben liegende Tor. Als es dämmerte sahen sie das Ergebnis dieses zweiten nächtlichen Angriffs. Vor den Mauern lagen die Toten und das Tor war kaum beschädigt.

»Die Petarde war viel zu klein und schwach«, schüttelte der Pulvermeister den Kopf. »Der Feuerwerksmeister muss noch lernen, wie man ein kerniges Eichentor aufsprengt.«

Von den Fehlschlägen der Nacht war Christian von Braunschweig nicht sonderlich beeindruckt. Er stand hier mit einer erdrückenden Übermacht und es war nur eine Frage der Zeit, wann die Verteidiger ihm einen akkord anboten und die Stadt übergaben, wie es gute Gewohnheit bei dem Kampf um die befestigten Plätze war. In seinem Harnisch ritt er am Morgen in Begleitung seiner Obristen in Richtung der Stadt, schickte einen Trompeter vors Tor und forderte die Stadt noch einmal zur Übergabe auf. Ottmar von Erwitte und seinen Reitern ließ er einen ehrenvollen Abzug zusichern. Der Obrist der katholischen Liga erwiderte überraschenderweise, er habe vor, bis auf den letzten Mann zu fechten. Und die Bürger der Stadt überschütteten die Belagerer mit höhnischen Schimpftiraden und begannen die Breschen in der Mauer mit Holz und Steinen auszufüllen. Die Frauen, Mägde und Kinder schleppten alles Mögliche herbei, selbst Mist von den Dungstätten, um die Mauern auszubessern.

Unter den durchnässten Soldaten des Herzogs herrschten Wut und Enttäuschung, dass sie weiterhin bei Regen, vorbeiziehenden Gewittern mit Hagel, Blitz und Donner im Freien leben mussten. Die Stimmung hellte sich ein wenig auf, als am Nachmittag die ersten Wagen aus Paderborn und mit ihnen Bier, die Frauen und Kinder eintrafen.

Klara machte ein wichtiges Gesicht und erzählte Jodokus, dass 10 Wagen voller Bierfässer, 6000 Pfund Brot und 2000 Pfund Speck aus Paderborn unterwegs ins Lager seien. Jodokus hörte dem aufgeweckten Mädchen zu, sah ihre rötlichen Haare unter einem zu großen Hut hervorquellen, ihre wachen, braunen Augen blitzen und merkte, dass er Klara sehr vermisst hatte. Seine Klagen über den Grobian Heinrich Holk, der ihn so in Gefahr gebracht hatte, fand das Mädchen nicht sehr erwähnenswert. Sie fragte sich eher, warum die Petarde nicht gewirkt hatte und wieso die Verteidiger der Stadt angesichts dieser riesigen Übermacht nicht einen akkord annahmen. Auf beides gab ihnen Hans Büsing eine Antwort. Für eine richtige

Sprengladung müsse man ein anderes Mischungsverhältnis wählen als für das Musketen-Rohrpulver, mehr Schwefel und Holzasche. Und was die Verteidigung von Geseke angehe, so habe der Obrist Fleckenstein und Reiter wie Jost Hermann, dem Herzog einen Bärendienst erwiesen, als sie die Höfe und Dörfer in der näheren Umgebung geplündert und niedergebrannt und so dafür gesorgt hätten, dass die Gebrandschatzten in die befestigten Orte geflohen seien. Die geschundenen Bauernsöhne unterstützten die Bürger der Städte und berichteten ihnen, was sie von den Soldaten des Herzogs zu erwarten hätten.

Auch in der nächsten Nacht gelang es nicht in die Stadt einzudringen, obschon durch die andauernde Kanonade die Mauern an einigen Stellen schon arg ramponiert waren. Grimmig mussten die Belagerer mit ansehen, wie die Trossjungen und Schanzknechte mehr damit beschäftigt waren, Gruben für die Toten als Laufgräben auszuheben und Schanzen aufzuwerfen. Der Pulvermeister räumte dem Unternehmen bei dem anhaltenden Regen keine guten Aussichten ein, zu wenig Schanzzeug und Kartaunen. Die im schlammigen Gelände lagernden Reiter murrten, dass sie keine Fußsoldaten und Belagerungsknechte seien.

Am vierten Tag der Belagerung versammelte der Braunschweiger Herzog seine Obristen, Kapitäne und Rittmeister im Hof vor seinem Hauptquartier. Neue Pfaffenfeindtaler aus der Lippstädter Münze wurden an die Unterführer verteilt, womit sie die Stimmung unter ihren Mannschaften verbessern sollten. Jodokus und Klara beobachteten aus ihrem offenen Schuppen das rege Treiben im Quartier des Herzogs und vermuteten, dass dort eine entscheidende, neue Attacke auf die Stadt vorbereitet wurde. Jost Hermann, der rotgesichtige Filzhutträger, stiefelte nicht weit von ihnen vom Hof, offensichtlich zufrieden mit dem ausgezahlten Sold. Klara legte eine Hand auf Jodokus Schulter, da sie bemerkte, wie der Junge vor aufflackernder Wut zitterte. Abgelenkt wurde der Bauernsohn durch einen anderen Rittmeister, den er zu kennen glaubte.

»Der dort steht«, wandte er sich an Klara, »ist einer aus der großen Familie unseres Grundherren. Die sitzen überall in ihren

Burgen und die Bauern aus ihren Dörfern müssen ihnen das Korn auf ihren Ländereien mähen und vom eigenen Korn abgeben.«

Der gutmütige Pulvermeister hatte die letzten Sätze gehört und schmunzelte.

»Das kann dann aber nicht so viel abwerfen, da die adligen Söhne sich ja wie die Fliegen zum Misthaufen zu unseren Haufen hingezogen fühlen. Der Rittmeister da, ein Wolf von Haxthausen, kam mit seinem Bruder gelaufen, wohl in der Hoffnung, beim Kriegszug des jungen Herzogs nicht nur Ansehen, sondern auch ein besseres Auskommen zu finden.«

Die Rittmeister und Kapitäne kehrten zu den Lagerplätzen ihrer Fähnlein zurück und trieben die Frauen, Kinder, Knechte und Trossjungen in einen nahen Wald. Sie befahlen ihnen, Reisig in Bündeln zu binden und in Richtung des westlichen Stadttores zu schaffen. Jodokus und Klara schleppten ebenfalls Reisigbündel zu den Soldaten, die in einiger Entfernung zum Stadttor lagerten. Klara begriff zuerst, was die Obristen hier planten. Neben dem westlichen Stadttor hatten die Kartaunen eine große Lücke geschossen, aber ein sumpfiges Gelände vor dem Tor ließ hier einen Angriff unmöglich erscheinen.

Im Morgengrauen begannen die Belagerer zunächst das südliche Tor zu beschießen und zu bestürmen und als die Verteidiger dorthin eilten, griffen die Soldaten des Herzogs am westlichen Tor an. Schnell wurde der Sumpf mit den vorbereiteten Reisigbündeln bis zur Bresche in der Mauer ausgefüllt und die ersten braunschweigischen Soldaten drangen in die Stadt ein, wurden aber in einem zähen Nahkampf Mann gegen Mann wieder zurückgedrängt. Als es heller wurde, sahen Jodokus und Klara, wie die Verteidiger aus einem weiteren Stadttor einen Ausfall machten, die Angreifer in deren Rücken anfielen und in die Zange nahmen. Die Söldner des Herzogs brachen ihren Angriff ab und stoben in heilloser Flucht zurück in ihr Lager.

Der Angriffsschwung war dahin. Verbittert, zornig und rachsüchtig verwüsteten die Söldner bei ihrem Abzug von Geseke die umliegenden, ungeschützten Dörfer und ließen sie in Flammen aufgehen. Nach tagelangem Regen war es ein schöner Frühlingstag und heller Sonnenschein lag auf der Stadt, als der Pulvermeister und sein Anhang nach Paderborn zurückkehrten. Im Haus des Stiftsschatzmeisters konnte der Jesuitenschüler Bernhard Löper seine Genugtuung über das Scheitern des tollen Christians vor Geseke kaum verhehlen. Klara brachte den Jesuitenschüler zum Schweigen, als sie die Einschätzungen ihres Vaters wiedergab, dass der junge Herzog sich nicht vom Grafen Anholt in einen Kleinkrieg um ein paar unbedeutende, feste Plätze wie Geseke verwickeln lassen wollte, sondern er alle Kräfte sammeln und benötige, um jetzt endlich zur Befreiung der Pfalz für seine Winterkönigin aufzubrechen. Die edle Gesinnung des jungen Herzogs könne man daran sehen, dass er vor ihrem Abzug einen Trompeter zu den Verteidigern der Stadt schickte und ihnen seine Anerkennung und ferneres Glück ausrichten und einen guten Morgen wünschen ließ.

Die ungeliebten Rückkehrer verlebten wieder gute, friedliche Tage im Haus des Stiftsschatzmeisters. Die ersten Maitage waren angenehm warm und sonnig. Jodokus und Klara kümmerten sich um die Versorgung der Pferde, die sie auf die Paderwiesen vor den Mauern der Stadt führten, wo sie Wasser hatten und erstes Grün fanden. Der stämmige Bauernjunge schaute sorgenvoll in die Landschaft außerhalb der Stadt und befürchtete, dass, wenn das Kriegstreiben noch lange andauere und die Aussaat verhindere, im Winter der Hunger käme. Klara kannte das Wesen des Krieges besser und beschwichtigte während sie an der Stadtmauer saßen und die Pferde im Auge behielten, dass der Krieg im Mai wieder beweglich und sich in andere Gegenden verlagern würde. Dann würden die Besatzungen, die über den Winter in ihren Quartieren stillgesessen hätten, gerufen, um mal hierhin oder dorthin zu ziehen. Aus den Unterhaltungen der Männer, die mit ihrem Vater zechten, hatte sie entnommen, dass sie das Paderborner Land bald verließen, um gegen den ligistischen General Tilly zu ziehen.

Kurz vor Pfingsten traf der tolle Christian wieder in Paderborn ein. Am Abend platzte der grobschlächtige Heinrich Holk ins Haus und befahl dem Pulvermeister, am nächsten Morgen fünf Pulverfässer in den Turm des Jesuitenkollegs zu bringen. Der Herzog wolle vor ihrem Abzug das Kollegium der schändlichen Jesuiten dem Boden gleichmachen und den Turm in die Luft sprengen.

Der Pulvermeister und sein Helfer Jodokus schafften am nächsten Morgen die Fässer mit ihrem Fuhrwerk ins Jesuitenkolleg. Auf dem Marktplatz hatten sich viele der protestantisch gesinnten Bürger mit allerlei Werkzeug versammelt. Der Herzog hatte nämlich verbreiten lassen, dass alle, die hilfreich mit Hand anlegen wollten bei der Zerstörung des Kollegs, sich mit dem nötigen Werkzeug dort einfinden sollten. Der Pulvermeister und Jodokus trugen die Pulverfässer in den Turm und legten lange Lunten bereit. Der junge Herzog stand im Hof des Jesuitenkollegs und war umringt von seinen Obristen. Zwei Edelleute redeten auf ihn ein und überzeugten ihn, sich nicht mit der Zerstörung dieses Gebäudes aufzuhalten. Das Pulver könne man im anstehenden Feldzug besser gebrauchen und der Obrist Knyphausen, ein gerissener Soldat, machte den Vorschlag, die Bürger zu bitten, ihnen alle Werkzeuge zu überlassen, die man hier nicht mehr benötige, weil sie vor Geseke erfahren hätten, dass ihnen Schaufeln, Hacken und jegliches Schanzwerkzeug gefehlt habe.

Dem jungen Herzog gefielen solche Täuschungsmanöver und großmütig wandte er sich an zwei gefangengehaltene Jesuiten.

»Ihr seht, wir behandeln auch unsere Feinde gut. Daher lassen wir das Kolleg stehen.« Und großspurig setzte er hinzu: »Ich habe ja in den vergangenen Monaten so viele Nachkommen gezeugt. Die werden zukünftig die Papisten im Paderborner Land schon in Schach halten.«

Im dröhnenden Gelächter seines Anhangs verließ er das Jesuitenkolleg und befahl seinen Soldaten, den vor dem Kolleg versammelten Bürgern alle Werkzeuge abzunehmen. Alles was in einem Kriegszug zu gebrauchen war, wurde auf ebenfalls beschlagnahmte Wagen verladen. In der ganzen Stadt verbreitete sich nach dem ersten Erstaunen eine große Ernüchterung. Der gerade erst wieder protestantisch besetzte Rat beschwor den Herzog, doch eine Besatzung in der Stadt zurückzulassen. Denn sollten die Soldaten des Grafen Anholt in die Stadt einfallen, sei mit einer scharfen Strafaktion im Namen des Kölner Ferdinands zu rechnen. Christian von Braunschweig kanzelte die

Bittsteller barsch ab, dass er keine Truppen übrig habe und sie selbst sehen müssten, wie sie fertig würden. Noch wären die katholischen, kurkölnischen Truppen nicht da und sie müssten ihre Verteidigung schon selbst in die Hand nehmen.

Bernhard Löper, Klara und Jodokus sahen die protestantischen Wortführer vor dem Rathaus stehen und den abrückenden Reitern des Braunschweiger Herzogs verzweifelt hinterherschauen. Bernhard Löper zischelte ihnen zu: »Das Strafgericht wird über sie kommen, wenn erst unser Fürstbischof seine Herrschaft wieder ausüben kann.« Und Jodokus erhielt vom Jesuitenschüler zum Abschied noch eine kleine Predigt, als er sich fertigmachte, einen zweiten Wagen zu besteigen, den sie neben ihrem bisherigen Pulverwagen im Heerzug des Herzogs mitführen sollten. Der kleine Prediger beschwor Jodokus, als treues Landeskind ihres Fürstbischofs am alleinigen wahren Glauben festzuhalten und sich von der Lehre Luthers fernzuhalten und dabei schielte er zu Klara hinüber, als würde er sie für die sündige evangelische Eva für den unschuldigen katholischen Jodokus halten. Jodokus stammelte etwas von täglichen Gebeten und dass sie in ihrem Dorf immer dem Pfarrer gefolgt seien. Klara fuhr dazwischen, sprang hinten auf den Wagen und unterbrach den Glaubensstreiter, da sie sich beeilen müssten, nicht dem Pfarrer, sondern dem Wagen des Pulvermeisters zu folgen. Jodokus ergriff die Zügel und sie ließen Bernhard Löper wie den Rufer in der Wüste vor dem Haus des Stiftsschatzmeisters zurück.

Auf dem Weg nach Osten sammelten sich wie Rinnsale aus den umliegenden Tälern kleine Reitertrupps, vermischten sich mit weiteren Fußsprengeln, stauten sich vor endlosen Wagenkolonnen, mäandrierten zu beiden Seiten dieses anschwellenden Stromes, spülten Viehherden mit, um schließlich als eine breite Springflut die Weser bei Höxter zu erreichen.

In Höxter hatten die Bürger im eisigen Winter den Mittelteil der Weserbrücke abgenommen, da Eisgang und riesige Eisschollen drohten, die gesamte Brücke wegzureißen. Vorausschauend hatten sie allerdings im Frühjahr den Mittelteil der Brücke nicht wieder eingesetzt, um nicht die durchziehenden Kriegsparteien in die Stadt zu locken. Der Obrist Dodo von Knyphausen hatte die Bürger Höxters genötigt, weseraufwärts außerhalb der Stadt in aller Eile eine Schiffsbrücke über die Weser zu bauen, über die der ankommende Heerhaufen des tollen Christians über den Fluss setzte.

An der Spitze ritt der junge Herzog inmitten eines schwer bewachten Wagenzugs mit den Geldtruhen und der Kriegsbeute aus den katholischen Fürstbistümern Paderborn und Münster. Eingezwängt in einem langen Zug aus Wagen, Karren, Söldnern, Händlern, Frauen, Kindern, Knechten und Viehherden, abgehalten von einer mitfühlenden Klara und den Warnungen des Pulvermeisters vor Bestrafungen durch den Profos im Ohr, entfernte sich Jodokus immer weiter von seinem Dorf und kämpfte gegen seine Tränen als er den Fluss überquerte.

Jenseits der Weser hielt sich der Zug südwärts. Es war eine gewaltige Armee, die zwar durch viele Abenteurer, entlaufene Bauernsöhne, Handwerksburschen und so manches Galgengesicht großen Zulauf erhalten hatte, aber nur drei armselige Geschütze mit sich führte, wie der Pulvermeister grollte. Unterwegs waren die Rittmeister der Reiterkompanien damit beschäftigt, ihre neuen Reiter mit den Befehlstönen der Trompeter vertraut zu machen, sie unter ihrer Fahne zu sammeln, Angriffe zu reiten und das Abschwenken vor einem imaginären Gegner zu üben. Auch die Fußsoldaten wurden gedrillt, die langen Piken senkrecht zu halten, wenn man in größeren quadratischen Formationen auf den Gegner marschierte und sie zu senken, wenn es galt, gegnerische Reiterattacken abzuwehren. Die neuen Pikeniere mussten ungefähr zwanzig verschiedene Griffe von der Pike auf lernen. Wenn sich der Heereszug am Nachmittag in einem unübersichtlichen Lager sammelte, begannen unter dem Kommando von Hans Büsing für Jodokus und Klara die Arbeiten. Sie mischten Schwarzpulver, da nun die Musketenträger zum Übungsschießen ins Gelände abrückten und später ihre Pulvervorräte wieder auffüllten.

Gegen Abend legte sich der Schwanz dieser Armee wie ein Ring um das Soldatenlager. Unzählige Karren und Fuhrwerke kutschierten Material und Lebensmittel hinter der Truppe her. Schmiede,

Büchsenmacher, Sattler und Drechsler reparierten Geräte und Waffen. Metzger, Bäcker und Schankwirte betrieben Garküchen und die Trossbuben, ein abgefeimtes hartes Geschlecht von Taugenichtsen, wie der Pulvermeister sie bezeichnete, trieb die Viehherden und die Gepäck - und Reitpferde mit. Zum Tross gehörten auch die Frauen und Kinder, die Lastesel der einfachen Soldaten, die Lakaien und Mägde der Offiziere und die Marketender und Marketenderinnen als Rückgrat jeglicher kriegerischer Unternehmung. Sie handelten mit allem, was der Soldat brauchte und bei ihnen versilberten die Landsknechte ihre Beute. Hier trafen die Männer geschäftstüchtige Mädchen, die darauf warteten, für ihre Dienste entgegenkommende Bedingungen auszuhandeln. Der Tross war lebensnotwendig für jede Armee und zugleich Brutstätte vieler Ärgernisse und finsterer Laster. Das alles fraß, soff, heckte und vermehrte sich wie ein Haufen Ratten.

Am Morgen setzte sich diese gefräßige Schlange mit ihrem überlangen Schwanz behäbig in Marsch und schlängelte sich friedlich, wie der junge Herzog betonte, durch die Ländereien der verschiedenen Landesherren. Mit Geld versuchten sich die kleinen Städte und mit Naturalabgaben die Dörfer freizukaufen, wenn die Brandmeister des Herzogs auftauchten und ihre Schutzbriefe feilboten.

Einer dieser aufstrebenden Glücksritter im Dienste des tollen Christians war der Däne Heinrich Holk, der sich bei den Soldaten einen neuen Namen erwarb, da er außerordentliches Geschick bei der Versorgung dieser nimmersatten Schlange bewies.

»Holkuh«, wurde Heinrich Holk spöttisch von den Soldaten genannt, da er es immer wieder fertigbrachte, neue Viehherden zu den abendlichen Lagerplätzen zu treiben. Jodokus Wallbaum hatte in seinem bisherigen Leben noch nie so viel Fleisch gegessen, wie in den wenigen Wochen dieses Kriegszuges.

»Ja, was das Fressen und Saufen angeht, war das bisher ein erfolgreicher Kriegszug«, spottete der Pulvermeister mit einem geringschätzigen Unterton »und mehr will dieser Haufen auch nicht.«

Jodokus Wallbaum und Hans Büsing begleiteten mit ihren Pulverwagen das Knipphausensche Regiment und es hatte sich so

ergeben, dass Klara als weiterer Fuhrknecht auf dem Wagen mit-
fuhr. An einem sonnigen Frühlingstag Ende Mai steuerte Jodokus
am Spätnachmittag sein Fuhrwerk in ein größeres Dorf. Die Gehöfte waren malerisch um einen großen Dorfplatz gruppiert, in deren
Mitte ein Löschteich lag. Alte ehrwürdige Bäume umstanden den
Dorfteich, unter denen eine Abteilung Soldaten lagerten. Aus einiger Entfernung entdeckte Jodokus den rotgesichtigen Jost Hermann
unter ihnen. Er überlegte, sein Fuhrwerk auf die andere Seite des
Teiches abgewandt von der Soldatengruppe abzustellen und sein
Blick streifte zu den Gehöften auf dieser Seite des Dorfplatzes. Selt-
sam verbogene Gestalten lagen dort ausgestreckt, als seien sie zu
einem ruhigen, friedlichen Bild dort hingelegt worden. Aus einem
wolkenlosen Himmel tauchte die strahlende Sonne alles in ein hel-
les Licht. Jodokus brauchte einen Moment, um zu begreifen, dass
diesem Frieden und der gespenstischen Stille noch vor einer kurzen
Zeit ein schreiender Schrecken vorangegangen sein musste.

Er brachte das Fuhrwerk zwischen zwei Gehöften zum Stehen
und stieg ab. Auch Klara hangelte sich mit schreckgeweiteten Augen hinten vom Wagen. Neben dem Eingang des Gehöfts lehnte eine
Frau an der Hauswand, die noch atmete. Klara kniete sich vor sie
und legte einige Stofffetzen des zerrissenen Kleides so, dass die bloße
Brust bedeckt wurde. Teilnahmslos, ohne eine Reaktion zu zeigen,
schaute die Frau Klara aus leblosen Augen an. Ein paar Schritte weiter lag ein Häuflein, das kaum vernehmbar leise wimmerte.

»Pack mal mit an«, rief Klara Jodokus zu und zu zweit hoben sie
die Gestalt hoch. Es war ein Mädchen, kaum älter als Klara und als
sie es aufrichteten, sahen sie, wie das Blut an ihren nackten Beinen
herunterlief. Das Mädchen war mehr tot als lebendig und Jodokus
ging mit einem Tuch zum Teich, befeuchtete es und ging zurück,
um das Gesicht des Mädchens zu kühlen und das Blut abzuwischen.

Bevor die Beiden sich noch weiter umschauen konnten, stand die
hagere Frau des Pulvermeisters hinter ihnen und brüllte sie an, dass
sie nicht ihre Zeit mit Halbtoten vertrödeln, sondern im Haus nach-
schauen sollten, ob sich dort nicht etwas Brauchbares für ihre Wirtschaft finden ließ.

Jodokus und Klara betraten die Deele des Bauernhauses. Aufgebrochene Kisten und Wäschetruhen, deren Deckel aufgeklappt und die Wäschestücke herausgezogen und auf der Deele verstreut lagen, waren dort unbeachtet zurückgelassen worden. Das wertvolle Weißzeug hatten die Soldaten nicht beachtet, sie waren auf der Suche nach glänzenden Münzen gewesen. Am Ende der Deele betraten die Beiden den Herdraum. Zertrümmertes Mobiliar, hölzerne Schüsseln und allerlei Hausrat bedeckten den Boden und auf dem Küchentisch lag bäuchlings ausgebreitet ein Mann. Der Bauernjunge sah die Schnüre um den Kopf des Mannes und die Drehhölzer. Fragend schaute er Klara an.

»Raidlen«, hauchte diese. »Sie haben dem Bauern mit den Schnüren und Drehhölzern den Kopf zusammengepresst, um zu erfahren, wo er etwas versteckt hat.«

Als sie näher an den Tisch traten, sahen sie, dass der Mann tot war. Er war so geknebelt worden, dass ihm das Blut aus den Ohren, Nase und Mund gelaufen war. Fluchtartig verließen sie den grausigen Ort, rafften auf der Deele einiges Leinenzeug zusammen, um es der Frau des Pulvermeisters zu bringen, die es wiederum am Abend an den Marktständen im Lager versetzen würde.

Inzwischen waren weitere Abteilungen Soldaten angekommen und der Tross hatte begonnen sein Lager in der Umgebung des Dorfes aufzubauen. Der tolle Christian hatte das Pfarrhaus neben der Kirche bezogen. Ein Trupp seiner Soldaten hatte den Pfarrer gefangen genommen, um ihn später zu ranzionieren, was so viel bedeutete, dass sie ihn gegen ein Lösegeld wieder auf freien Fuß setzen würden. Der Pfarrer erdreistete sich, vor dem jungen Herzog über das Verhalten der Soldaten zu klagen. Die Kirche, darin die Dorfleute das Ihrige sicher glaubten, hätten die Soldaten ausgeraubt, selbst den Gotteskasten aufgerissen und Geld, zwei Kelche neben allem Kirchenornat mitgenommen. Die Altarleuchter hätten sie zermalmt, die Kanzel aufgebrochen und darin die Magd des Kirchendieners gefunden, mit der der ganze Haufen dann Schande getrieben habe.

Der junge Herzog erwiderte, dergleichen möge frommen Pfarrern wohl fremd vorkommen, aber das geschehe nun einmal in der Hitze des Krieges, den er ja nicht angestiftet habe. Auch er habe schon mit ansehen müssen, dass seine Soldaten ein Mädchen etwas zu ungestüm gebraucht hätten, so dass es halbtot in einer Scheune gelegen habe. Da habe er seinem Brandmeister befohlen, die Scheune anzuzünden, damit die gewesene Jungfrau lieber gleich in den Himmel fahre, anstatt als Schandfleck ihr Leben jämmerlich zu fristen.

Dodo von Knyphausen schaute überrascht auf den Herzog und dann misstrauisch zu Heinrich Holk und den Reitern um Jost Hermann, denen er alles zutraute, aber er konnte sich an den Vorfall nicht erinnern. Er überlegte eine kurze Zeit, was ihm da entgangen war, aber dann zog ein breites Grinsen über sein Gesicht. Er vermutete, dass der Herzog Christian solche Geschichten bewusst in die Welt setzte, damit ihm ein Schrecken verbreitender Ruf vorauseilte. Der gebildete junge Herzog war nicht toll. Sein vorauseilender, furchteinflößender Ruf erlaubte es ihm, Städte mit akkord kampflos einzunehmen, Geld zu erpressen und Land und Leute zu gewinnen.

Anfang Juni näherte sich der gewalttätige Heereszug dem Städtchen Höchst. In bewährter Manier drohte der tolle Christian mit einigen Grausamkeiten. Das Kind im Mutterleibe werde nicht verschont, wenn sie die Stadt nicht übergäben.

Nach nur kurzem Widerstand flohen die meisten Soldaten und viele Bürger mit dem Schiff nach Frankfurt und Mainz. Die braunschweigischen Truppen drangen durch das Wassertor in die Stadt, schlugen die Zurückgebliebenen nieder und räumten die Häuser leer, wobei sie Kisten, Fenster und Türen zertrümmerten. Das kleine Städtchen Höchst quoll über von den hereindrängenden Soldaten. Die aufgebrochenen Stadttore waren durch steckengebliebene Bagagewagen verstopft und die Straßen mit Unrat überhäuft.

Der weitsichtige Pulvermeister gab Jodokus Zeichen, ihre Wagen an der Stadt vorbei zu lenken. Sie zogen es vor, außerhalb der Stadt am Ufer des Mains zu lagern.

Jodokus und Klara spannten die Pferde aus und ließen sie am Mainufer grasen. Sie hockten sich auf die Uferböschung und genossen die milde, warme Nachmittagssonne. Als Klara sich nach einiger Zeit nach den Pferden umdrehte, bemerkte sie, dass Jodokus ganz abwesend in das vorbeifließende Wasser des Mains stierte. Der weißblonde kräftige Bauernjunge mit seinem runden Gesicht hatte etwas Verträumtes, aber auch Einfältiges an sich. Klara schätzte das Verlässliche in seinem Wesen und mochte diesen treuen Blick auf Mensch und Tier, denen er sich zugehörig fühlte. Das rothaarige Mädchen betrachtete ihren schon sehr vertrauten Begleiter von der Seite. Eine steile Falte zwischen ihren Augenbrauen gab ihrem schmalen Gesicht etwas Erwachsenes und Bestimmtes.

»Woran denkst du?«, unterbrach sie die Stille. Der Junge schreckte auf, schaute um sich und wies dann auf die Pferde.

»Diese Pferde da ziehen einen Wagen, der mich immer weiter weg bringt von zu Hause. Ich muss zurück, um zu sehen, was aus Marie, den Eltern, dem Hof …« Noch bevor er den Satz in seiner behäbigen westfälischen Sprechweise beenden konnte, fiel ihm das Mädchen ins Wort. Sie hatte die Härte ihrer Mutter und die Weitsicht ihres Vaters übernommen, als sie den Jungen sehr heftig unterbrach: »Wohin willst du zurück? Du wirst nichts mehr finden. Du hast Jost Hermann gehört, alles verbrannt, alle tot.«

»Aber Marie, das Dorf«, stotterte Jodokus und Tränen sammelten sich in seinen Augen. Klara rückte näher an Jodokus Seite, legte ihren Arm um seine Schulter und versuchte ihn mit leiser Stimme zu trösten«. Auch ich habe keinen anderen Platz im Leben als diesen Wagen da.«

Aneinandergelehnt, sich gegenseitig Halt gebend, saßen sie am Ufer des Mains und schauten trübsinnig in den gurgelnden Fluss, in eine ungewisse Zukunft und auf ein geschäftiges Treiben, das unterhalb von ihrem Lagerplatz einsetzte.

Berittene Obristen fauchten ihre Soldaten an, scheuchten Schanzknechte, Frauen und Kinder umher und wie in einer langen Straße von fleißigen Ameisen, schleppten diese hölzerne Bohlen, Balken, Türen und Bretter heran, rollten Fässer und Tonnen zum Fluss, führten von unterhalb und oberhalb der Stadt kleine Fischerkähne heran. Unter der Aufsicht eines Brückenmeisters wurde alles mit Lederriemen und Stricken zu schwimmenden Flößen zusammengebunden und vertäut, so dass ein schmaler Steg in den Main wuchs, der so breit war, dass er von einem Wagen befahren werden konnte. Wenn diese schwankende Brücke erst einmal fertiggestellt wäre, erklärte der Pulvermeister Jodokus am Abend, würde es sicherlich mehr als einen Tag in Anspruch nehmen, ihre Streitmacht über den Main zu bringen. Vor allem auf die Wagen mit den Pfaffenfeindtalern warteten die Soldaten Ernst von Mansfelds südlich des Mains, mit denen sich die Soldaten des Herzogs zu einer riesigen Armee vereinigen wollten. Ohne Sold waren dieser länderlose Bastard Ernst von Mansfeld, wie der Pulvermeister ihn abfällig bezeichnete, und seine Soldaten nicht bereit, für die Winterkönigin in die Schlacht zu ziehen.

Am Morgen des 20. Juni 1622 war die Brücke über den Main fertig und die ersten so wichtigen Wagen mit der Kriegsbeute wurden auf die Brücke dirigiert. Hans Büsing und Jodokus hatten ihre Wagen beladen, um sich in die endlose Schlange der wartenden Wagen einzureihen, als Fahnenträger und Trompeter herbeipreschten und zum Sammeln der Reiterkompanien bliesen. Dumpfe Schläge von Trommeln waren aus der Ferne zu vernehmen, die ihre Fähnlein zusammenriefen. Von Mund zu Mund verbreitete sich die Nachricht, dass der General Tilly mit einer großen Armee heranrückte, um ihren Übergang über den Main zu verhindern. Christian von Braunschweig war gezwungen, seine Soldaten in Schlachtordnung aufzustellen.

Der Pulvermeister wusste, was zu tun war und lenkte ihre Wagen hinter den sich aufstellenden Linien etwas seitlich in die Nähe des Mains. Der erfahrene Pulvermeister hatte seinen Lehrlingen Jodokus und Klara schon erläutert, dass es ratsam wäre, die Pulverwagen etwas abseits der Schlachtlinien zu postieren, da schon eine verirrte Kugel eine Schlacht entscheiden könne, wenn ein Pulverwagen inmitten der Soldatenhaufen getroffen würde und hochging.

Zur besseren Beobachtung beorderte Hans Büsing Jodokus auf einen Baum, von wo er ihm die Lage schildern sollte. Jodokus sah zum ersten Mal so große Menschenmassen sich gegenüberstehen. Christian von Braunschweig hatte seine Soldaten mit Front nach Osten nördlich von Höchst aufgestellt. Seine Hauptmacht gruppierte er hinter einem kleinen Bach und ein davor liegendes sumpfiges Gelände.

Die Ligatruppen des General Tilly näherten sich langsam und vorsichtig. Riesige Vierecke von Pikenträgern rückten in Reihe und Glied im Gleichklang ihrer Trommeln heran. Um sie herum marschierten die Musketenschützen, die sich sobald sie ihre Kugel abgefeuert hatten in den Schutz der Pikeniere zurückzogen, die sie dann mit ihren langen Spießen gegen Reiterangriffe verteidigten. Die Reiterkompanien bewegten sich an den Flügeln der viereckigen Gewalthaufen. Jodokus zählte laut die Kartaunen der Ligisten und meldete dem Pulvermeister, dass diese 18 Stücke im Halbkreis um ihr Zentrum aufgestellt hatten. Ihre eigenen drei armseligen Kanonen würden da wohl wenig ausrichten können, hörte Jodokus Hans Büsing von unten fluchen. Und an Jodokus gerichtet prophezeite er, dass die Ligisten die Stellungen des jungen Herzogs hinter dem Flüsschen wohl nicht angreifen würden, aber mit einem Hagel von Geschossen, Steinen und Eisenstücken ihre Stellungen zu schwächen versuchten.

»Der General Tilly ist ein schlauer alter Fuchs«, urteilte Hans Büsing, »dieser krummbeinige Pulverkopf lässt sich nicht zu vorschnellen Attacken hinreißen.

Hoffentlich hört unser hitzköpfiger Herzog auf seine Offiziere, die ihm sicherlich raten, in der Verteidigungsstellung zu verharren und so den Übergang der Bagage und des Trosses über die behelfsmäßige Mainbrücke zu ermöglichen und zu schützen.«

Gegen Mittag musste Jodokus seinen klugen Pulvermeister enttäuschen und von seinem Aussichtsbaum berichten, dass der tolle Christian seine Reiterei über den Bach zum Angriff auf das Zentrum der Ligisten schicke und seinen Fußtruppen befahl, ihnen zu folgen. Die braunschweigischen Reiter galoppierten mit Pistolen in den ausgestreckten Armen vorwärts und wurden von dem konzentrischen Feuer der Kartaunen empfangen. Jodokus sah das Blitzen der Abschüsse, den Rauch und die Kugeln, die auf dem Boden aufschlugen, davonhüpften und verheerende Schneisen in die anreitenden Braunschweiger schlugen. Der Angriff zerfaserte, bevor er eine durchschlagende Kraft entfalten konnte und im nächsten Kugelhagel der ligistischen Geschütze wurde auch eines ihrer drei Geschütze getroffen. Fast gleichzeitig zerbarst ein weiteres Geschütz der Braunschweiger wegen Überladung und der Pulvermeister stöhnte, dass sie nun schutzlos der Kanonade des Feindes ausgesetzt seien. Als Jodokus von seinem Aussichtsplatz berichtete, dass nun die ligistischen Truppen nach dem Scheitern des Reiterangriffs in ihren schweren Vierecken vorrückten und die Braunschweiger zurückdrängten, die sich aber hartnäckig wehrten, begriff der schlaue Pulvermeister, wie er sich zu verhalten hatte. Er befahl Klara, einen der Pulverwagen zu besteigen und ließ Jodokus keine Wahl.

»Du bleibst mit dem Pulverwagen hier in der Nähe unserer Linien. Die Schlacht kann sich noch lange hinziehen und einige Fähnlein müssen vielleicht ihre Pulverflaschen füllen. Ohne unsere Kartaunen brauchen wir den zweiten Wagen hier nicht mehr. Ich werde ihn schon über den Main bringen.«

Umgehend bestieg er den Wagen und steuerte ihn in Richtung der Behelfsbrücke, vor der sich die Bagagewagen stauten. Im Abfahren des Wagens rief Klara in das anschwellende Kampfgetöse: »Komm schnell nach« und Jodokus sah ihren roten Haarschopf verschwinden.

Der zurückgelassene Junge beobachtete, wie ein über den Nachmittag sich hinziehendes Hauen, Stechen und Schieben begann. Die Truppen des Braunschweiger Herzogs wurden von den vorwärtswälzenden ligistischen Kolonnen zurückgedrängt und drohten aufgerieben zu werden. Am späten Nachmittag bemerkte er, dass sich zuerst einige Reiterverbände an den Rändern der Braunschweigischen Linien lösten. Wenig später preschten einige an ihm vorbei und riefen etwas von »Rückzug befohlen.« Jodokus sah, dass die braunschweigische Armada immer mehr in Unordnung geriet. Reiter-Cornetts stoben davon und die Fußsoldaten zogen sich immer schneller auf Höchst zurück und konnten von Glück reden, dass die Reiter und Pikeniere des General Tillys nur langsam nachrückten, als befürchteten sie, in eine Falle gelockt zu werden. Aber auch so lösten sich die Braunschweiger Reihen auf und die Scharen des tollen Christians stürzten in einer haltlosen Flucht in Richtung der schmalen Brücke über den Main oder suchten vergeblich eine flache Furt durch den Main.

Jodokus sprang vom Baum, spannte das große Zugpferd vom Pulverwagen, vermied es, in den Strudel der zur Brücke strömenden Menge zu geraten und führte den Ackergaul auf kürzestem Weg zum Mainufer. An einer flacheren Stelle sah er vier Reiterkompanien, mitten unter ihnen den großen Heerführer Christian von Braunschweig, durch den Fluss hetzen. Er hielt sich am Halfter des Pferdes fest und die starke Strömung des Mains drohte ihn mitzureißen, aber der kräftige Ackergaul zog ihn hinter sich her zum gegenüberliegenden Ufer. Entkräftet ließ er das Halfter los und kroch hinter ein Weidengebüsch.

Vor der Behelfsbrücke stauten sich die noch nicht übergesetzten Trosswagen und die flüchtenden Soldaten schoben und drückten auf die Brücke, so dass Wagen, Vieh und Menschen in den Main gestoßen wurden, sich alles ineinander verkeilte und schließlich die Brücke unter dem Druck der in Panik geratenen Menge zusammenbrach und seine Last in den Main schüttete.

Aus den Weidengehölzen am rettenden, gegenüberliegenden Mainufer traten nun die Fischer und Bauern ans Wasser, stellten sich auf kleine Sandbänke, die vom Ufer in den Fluss hinausragten und fischten nach den Leichen. Mit langen Stangen zogen sie die Ertrunkenen aus dem Wasser, leerten ihre Taschen, schnitten die Knöpfe von ihren Jacken oder entkleideten sie vollständig, um sie dann nackt weiterschwimmen zu lassen. Und wenn sie einen noch Lebenden aufgriffen, stießen sie ihn zurück ins Wasser oder erschlugen den Halbtoten mit ihren Dreschflegeln und Knüppeln und riefen: »Sauft Wasser, statt Blut.« Jodokus verfolgte aus seinem Gebüsch dieses gespenstische Treiben, bei dem die Fischer und Bauern der Umgebung reich wurden. Er beschloss, die Dämmerung abzuwarten, um sich davonzumachen.

Noch immer trieben Soldaten im Fluss, die auf der Flucht vor den alles niederhauenden ligistischen Siegern in den Main gesprungen waren. Einer dieser Nachzügler strampelte und schnaufte nur wenige

Meter von Jodokus im Fluss und versuchte mit letzter Kraft das Ufer zu erreichen. Der Bauernjunge eilte dem Unglücklichen zur Hilfe, ergriff eine ans Ufer geschwemmte lange Pike und streckte dem fast Ertrinkenden die Stange entgegen. Die Pike verhakte sich in der mit Wasser vollgesogenen, schweren Kleidung des Soldaten und Jodokus begann ihn ans Ufer zu ziehen. Aber ein jähes Entsetzen ließ den Bauernjungen erstarren und sein Ziehen abbrechen, als er das aus dem Wasser aufgetauchte Gesicht des Landsknechtes erblickte. Für einen kurzen Moment begegneten sich ihre überraschten, ungläubigen Blicke, dann versank der Kopf wieder in den Fluten des Mains.

Jodokus konnte sich später nicht mehr erinnern, ob er nur nichts mehr unternahm, um den Soldaten ans Ufer zu ziehen oder ob er vielleicht, wie die Bauern und Fischer den Körper unter Wasser gedrückt hatte. Eine hasserfüllte Welle der Wut und des Zorns erfasste ihn und er kam erst wieder zu sich, als kleine Luftblasen an der Stelle des untergegangenen Soldaten aufstiegen. Wie aus einem bösen Traum erwacht, zog er unter großer Anstrengung den leblosen Körper ans Ufer. Der Landsknecht aus dem Raubheer des tollen Christians hatte seine Taschen so voll mit seiner geraubten Beute gestopft, dass es für die Zähigkeit und Gier dieses Söldners sprach, dass er mit dieser überschweren Uniform nicht längst im Main untergegangen war. Jodokus schaute nun sehr ruhig auf das tote Rotgesicht, das seinen großen Schlapphut und sein Leben verloren hatte. Er nahm Jost Hermann nur einen prall gefüllten ledernen Beutel vom Gürtel, band ihn auf und sah die silbernen Münzen, von denen er wusste, dass sie Pfaffenfeindtaler genannt wurden.

Im Turm: gefangen

Jodokus Wallbaum fröstelte. Die Kälte des beginnenden Morgens hatte ihn geweckt. Er musste im Sitzen eingeschlafen sein. Der lederne Beutel war heruntergerutscht und die zwei Pfaffenfeindtaler waren aus seiner Hand geglitten. Erst nach einigem Suchen und Tasten fand er sie in seinem Strohlager wieder. Einige dieser Münzen aus einem ehemals vollen Beutel hatte er schon auf einer beschwerlichen Rückkehr benötigt. In den Trümmern der untergegangenen Armee war ein zerlumpter Bauernjunge nicht weiter aufgefallen, der sich einem Trupp lahmgeschossener und nun abgedankter Soldaten angeschlossen hatte. So war er nach Westfalen und in sein Dorf zurückgekommen.

Ein Haufen verkohlter Balken war von ihrem Hof geblieben, unter dem seine Eltern begraben lagen. Obschon er das alles befürchtet hatte, da die Stimme des Rotgesichts ihn in seinen schlaflosen Nächten immer gequält hatte, war die Endgültigkeit dieses Unglücks, die er empfand, als er vor den Trümmern stand, für ihn schwer zu begreifen. Die Erinnerung daran, wie diese feige Tat gesühnt wurde, hatte seine Trauer nicht leichter gemacht. Nur ein wenig hatte es ihn getröstet, dass seine Schwester Marie, wie er gehofft hatte, bei ihren Nachbarn auf dem Schneeberger Hof untergekommen war.

Seine Aufnahme beim Schneeberger wurde erleichtert durch das Geld, das er nun zu ihrem Lebensunterhalt beisteuern konnte. Aber die Münzen aus dem Beutel waren so schnell verbraucht wie der Schnee in der Frühjahrsonne wegschmolz. In Zeiten der kleinen und langen Münzen gab es eine große Teuerung, da alle Kriegsparteien begonnen hatten, nicht wie bisher aus einem halben Pfund Silber 46 Gulden auszumünzen, sondern 70 Gulden zu schlagen. Auch seine Pfaffenfeindtaler gehörten zu diesen langen Münzen, die sehr an Wert verloren hatten und er hatte nur diese zwei gerettet.

Er stopfte die zwei Taler wieder in den Beutel und blinzelte in Richtung der Schießscharten, durch die das Licht des anbrechenden Tages fiel. Er verspürte ein Drängen in seinem Gedärm. Bevor sie ihn holten, hatte er Kraut und Rüben gegessen. Mühsam rappelte er sich hoch, streckte seine steifen Glieder, ging ein paar Schritte, um sich wieder hinzuhocken und sich über dem Eimer zu entleeren. Mit etwas Stroh wischte er sich ab, bedeckte damit den Eimerinhalt, zog seine leinenen Beinkleider wieder hoch und schnürte sie mit einem dünnen Strick zusammen.

Der Gefangene machte sich auf den Weg, verfiel in einen eingeübten Soldatentrott und ging in seinem Turmverlies immer in die Runde, wie ein Pferd, das in einen Göpel gespannt wurde. Es dauerte lange bis die Tür aufgeschoben wurde und ein Mann der Stadtwache einen Holznapf mit Grießbrei und einen Wasserbecher auf den Boden abstellte. Jodokus griff nach dem Essensnapf und den Becher. Er ließ sich an der gegenüberliegenden Mauer nieder und begann mit den Fingern den eingekochten, dicken Brei aus dem Napf zu löffeln.

Cord Wulf, der junge Kerl der Stadtwache, langweilte sich und konnte eine gewisse Neugier nicht verbergen, mehr über diesen seltsamen Gefangenen zu erfahren, der in der Stadt für ein Eigenbrötler gehalten wurde und über den merkwürdige Geschichten kursierten. So blieb der schlaksige, junge Mann in der offenen Tür stehen und versuchte ein Gespräch in Gang zu bringen. Auf eine plumpe Art sich anbiedernd, erklärte er: »Diese Unruhe und diese Leidenschaften sind mit dem Jesuitenpater aus Paderborn in die Stadt gekommen. Er hat diesen Aufruhr entfacht, der zu so vielen Streitereien, Verdächtigungen und Verhaftungen geführt hat.«

Jodokus schaute nur kurz auf, erwiderte aber nichts. Er hatte nicht die Angewohnheit, sich zu erklären. Und er hatte nicht vor, seinem unwissenden Bewacher mitzuteilen, dass er Bernhard Löper aus der Ferne sofort erkannt hatte, diesen hinkenden Gelehrten, der als Professor der Theologie von der Jesuitenuniversität in Paderborn zu ihrer Unterstützung in die Stadt geeilt war.

Da Jodokus schweigend seinen Brei kaute unternahm der Stadtwächter einen weiteren Versuch, etwas zu erfahren: »Wenn unsere Patres aus dem Kloster den Fall weiter bearbeitet hätten, hätte er vielleicht nicht solche Wellen geschlagen.«

Der Gefangene füllte einen weiteren Grießklumpen in seinen Mund und kaute bedächtig vor sich hin.

Er erinnerte sich gut an den Fall, als im Frühjahr vor fast zwei Jahren die Tochter und Stieftochter von Stoffel Maneken auf den Straßen der Stadt umherliefen und sich sonderbar verhielten. Sie verdrehten den Kopf, zuckten mit den Schultern und verrenkten Arme und Beine. Sie krochen in alle Winkel, unter Betten und Stühle, verzogen die Gesichter, tobten, schrien und aus ihren Mündern kam ein Grunzen wie von Schweinen, die die Erde nach Nahrung durchwühlten. Und immer wieder kreischten sie, die Trine Meyer, die Magd des Bürgermeisters Möhring, sei eine Teufelshure und habe ihnen den Dämon in den Leib gezaubert.

Als der Chirurgus der Stadt sich keinen Rat mehr wusste, übernahmen es die Kapuziner zu untersuchen, ob die Mädchen von einem Dämon besessen waren oder vielleicht nur an der Maikrankheit oder dem Veitstanz litten. Pater Antonius kannte die untrüglichen Zeichen, ob jemand vom Teufel besessen war. Ein solcher Mensch konnte in einer ihm eigentlich unbekannte Sprache reden und diese verstehen, er konnte verborgene Dinge erkennen und anzeigen.

Der Pater hatte Jodokus beauftragt, ihm heimlich ein paar ausgekochte kleine Schafsknochen, mit Wasser verdünntes Bier und etwas Pech in die Heiliggeistkapelle zu bringen. Hier empfing der Pater die beiden Mädchen und begann im Beisein des Ortspfarrers und der beiden Bürgermeister Möhring und Düweken mit der Teufelsaustreibung. In seiner Ordenstracht mit der langen, spitzen Kapuze umrundete er die Maneken Töchter, besprenkelte sie wie es schien mit Weihwasser, hielt ihnen die Reliquien von Heiligen entgegen und räucherte sie ordentlich ein. Die Mädchen zuckten, schlugen um sich und tobten als würde der Dämon den Exorzismus fürchten und in höchster Aufregung in ihren Körpern wüten. Nun stellte der Pater dem Teufel einige Fragen in lateinischer Sprache. Die Mädchen aber antworteten, sie verstünden kein Latein. Der Kapuzinerpater nahm daraufhin den Strick, der seine Kutte zusammenraffte und schlug auf die Mädchen ein.

»Ihr Heuchlerinnen«, begann er seine Strafpredigt, »wenn Teufel in euch wären, hätten sie die verborgenen Dinge und die Täuschung erkannt. Bier nicht Weihwasser habe ich vergossen, euch die Knochen von Schafen gezeigt und mit Pech keinen Weihrauch erzeugt.«

Pater Antonius beklagte lautstark ihre Falschheit und erklärte den Anwesenden, wirklich Besessene verstehen fremde Sprachen und dabei schlug er den Mädchen noch einmal mit dem Strick über den Rücken. Da jammerten die Geprügelten und wollten nicht mehr besessen sein. Der Kapuzinerpater aber verkündete sein abschließendes Urteil, dass kein Teufel in den beiden Halbschwestern sei, sondern er nur einen Betrug feststellen konnte.

»Die Kapuziner hatten Feinde in der Stadt«, ließ sich Jodokus hinreißen, dem jungen Kerl an der Tür zu antworten und schob den leergekratzten Napf von sich.

»Sie sannen auf Rache und holten den Jesuitenpater in die Stadt, der eine Vollmacht für Teufelsaustreibungen hatte, die Mädchen unter seine Obhut und mit nach Paderborn nahm.«

Der junge Gefangenenwärter schien sein Ziel erreicht zu haben, da Jodokus ihm mehr Aufmerksamkeit schenkte. Um das Gespräch nicht abbrechen zu lassen, erwiderte er: »Ein Jahr lang, so hörte man, kämpfte der Jesuitenpater mit den Dämonen und Teufeln in den Besessenen.«

»Mit dem Erfolg, dass sich der Besessenheitswahn im gesamten Hochstift wie eine Seuche ausbreitete, an vielen Orten Besessene ihr Unwesen trieben und sie zu einer Landplage wurden«, bemerkte Jodokus.

»Aber die fürstbischöflichen Räte machen jetzt ein Ende mit diesem Spuk. Der Hofrichter Warsenius und die Doktoren Weltermann, Koch und Hoffmann sind wieder in der Stadt und werden neue Untersuchungen vornehmen«, entfuhr es dem geschwätzigen Stadtbüttel.

Der Gefangene schwieg eine kurze Zeit, dann stiegen längst vergessen geglaubte Bilder vor ihm auf und er murmelte leise: »Die Arbeit des Vaters von dem Doktor Hoffmann durfte ich vor vielen Jahren im Ringelsteiner Land in Augenschein nehmen.«

Cord Wulf kannte weder das Ringelsteiner Land noch verstand er, was der alte Mann ihm damit sagen wollte. Der junge Mann der

Stadtwache begriff, dass dieser seltsame Gefangene in seinem Leben schon viel gesehen und erlebt hatte. Niemand in der Stadt wusste genau, wo er überall gewesen war und wen er getroffen hatte. Wenn er sein Vertrauen gewann, war es vielleicht möglich, mehr zu erfahren. Mitgefühl vortäuschend tröstete er: »Bei den Befragungen durch die Richter aus Paderborn hast du doch nichts zu befürchten. Du kennst einflussreiche Leute.«

Und in der Hoffnung, den Eingesperrten zu überrumpeln und ein Geheimnis entlocken zu können, fügte er listig hinzu. »Man erzählt sich, dass du im großen Krieg reich geworden bist und einen Kriegsschatz versteckt hast.«

Jodokus rappelte sich auf, stieß den Essensnapf mit dem Fuß zur Tür und wurde von einem irren Lachen geschüttelt. Er griff in den Lederbeutel, den er wieder unter seinem Hemd verborgen hatte, zog ein längliches zusammengerolltes Lederstück hervor und schwenkte es wie einen Köder in Richtung des jungen Mannes der Stadtwache. »Dieser Lederriemen aus gelbem Elchleder war mein Anteil am Kriegsschatz. Das war die gesamte Beute eines langen, schweren Tages.«

2. Die Kette des Schwedenkönigs

Im Frühjahr 1626 kam wieder ein Bote aus der nahen Stadt ins Dorf und drohte den Bauern, ihnen die Reiter auf den Hals zu hetzen, wenn sie weiter so saumselig wären und ihren Verpflichtungen bei der Unterhaltung der in der Stadt einquartierten Truppen nicht nachkämen. Die Soldaten des tollen Christians waren vertrieben. Ihren Platz hatten die Söldner des Kölner Kurfürsten und die ligistischen Regimenter eingenommen. Sie verlängerten ihren Aufenthalt im Hochstift Jahr um Jahr, da nun Christian IV, der König von Dänemark, das Oberkommando der noch nicht besiegten Protestanten übernommen hatte und mit seinen Abteilungen in Richtung der Weser vorfühlte. Die Räte des Fürstbischofs in Paderborn hatten den Städten im Hochstift Kontributionen zum Unterhalt der Besatzungen auferlegt und auch die umliegenden Dörfer nicht vergessen.

Der Abgesandte aus der Stadt hatte von 81 schweren Pferden berichtet, die vor die Geschütze gespannt wurden und nun in der Stadt versorgt werden mussten. Das Dorf hätte wöchentlich 6 Scheffel Hafer und 12 Bund Stroh abzuliefern. Desweiteren müsste ihr Dorf einen Wagen und Pferde bereithalten, um für die Armee des General Tilly Proviant zu fahren, wenn der Krieg wieder beweglich würde.

Jodokus Wallbaum und Johann Schneeberg übernahmen es, den Drohungen zuvorzukommen und die geforderte Fuhre mit Stroh und Hafer in die Stadt zu bringen. Unter Beschimpfungen, Fluchen und Verwünschungen sammelten sie das Geforderte bei den 20 Meiern und Halbmeiern des Dorfes ein, deren Höfe sich an einem kleinen Bachlauf auseinanderzogen und an einer Quelle mit einem Waschplatz zu einem Haufen klumpten.

Obschon die nächste Ernte noch in weiter Ferne lag, waren die Vorräte fast aufgebraucht. Der Sommer des vergangenen Jahres war ein verdeckter nasser Winter gewesen. Im Juni hatte es noch geschneit und ein Teil der Ernte war auf dem Halm verfault. Zudem war ein kalter scharfer Wind übers Land geheult, hatte die Pest in die Städte und Dörfer geblasen und die Gräber vollgefegt. Und zu allem Unglück nun hausten die Soldaten des Heiligen im Harnisch, wie der alte General Tilly ehrfurchtsvoll von der katholischen Partei genannt wurde, manchmal schlimmer als die Pest.

Jodokus und Johann waren in solchen Zeiten früh erwachsen geworden und schufteten mit ihren siebzehn Jahren wie zwei ausgewachsene kräftige Arbeitstiere. Aber während Jodokus in seinem Gleichmut vieles über sich ergehen ließ, nur mit den Schultern zuckte und ausrief, da kann man nichts machen, wurde Johann in seiner hitzigen Art wütend und schrie dann, das wollen wir doch mal sehen. So ergänzten sie sich wie Zwillinge, Johann befeuerte Jodokus und riss ihn aus seiner Lethargie und Jodokus bremste Johann, wenn dieser wieder übers Ziel hinausschoss und dabei war, sich eine blutige Nase zu holen.

Gemeinsam saßen der blonde Jodokus und der schwarzhaarige Johann auf einem Bund Stroh vorn auf dem Wagen. Sie steuerten ihr Fuhrwerk durch den Schling, einen Durchgang in der dornigen Hecke, die das Dorf umschloss. Hier stand eine kleine Lehmhütte und ihre Bewohner hatten in früheren Zeiten bei Gefahr mit einem Schlagbaum den Zugang zum Dorf versperrt. In den zurückliegenden Zeiten kleiner Fehden hatte diese Wallhecke Schutz bei kleineren Überfällen geboten, wenn ein benachbarter Grundherr mit seinen Bauern sein angebliches Recht durch das Wegtreiben von Vieh durchzusetzen versuchte. Inzwischen war die Hecke löchrig geworden und bot in diesen unsicheren Kriegszeiten keinen Schutz mehr.

Noch weit vor der Stadt durchquerten Jodokus und Johann die städtische Landwehr, einen 20 Schritt breiten Wall, der wie ihr dörflicher Knick mit Dornen und Gestrüpp bewachsen war, aber an beiden Seiten der Wallhecke mit zwei tiefen Gräben ein zusätzliches Hindernis aufwies. Der Durchgang des Weges durch die Landwehr wurde von einem runden Turm bewacht, in dem ein städtischer Turmwächter hauste. Der sollte nicht so sehr anrückende Soldaten mit seinem demolierten Schlagbaum aufhalten, sondern mit Feuerzeichen und Fahnensignalen die Stadtwächter auf den Stadtmauern warnen.

Der Wächter auf dem Wartturm ließ sich nur kurz sehen und machte keine Anstalten, sie am Weiterfahren zu hindern. Sie lenkten ihren Wagen einen abschüssigen Weg hinunter und sahen die Stadt vor sich liegen. Das kleine Landstädtchen versteckte sich hinter einem Wassergraben, einem aufgeschütteten Erdwall und einer Stadtmauer. Zwischen den nach Osten hinausführenden zwei Stadttoren ragten drei Türme aus der Stadtbefestigung, deren Besatzung durch schmale Schießscharten das Gelände vor den Wallanlagen einsehen und beschießen konnte.

Die beiden Bauernburschen näherten sich dem Messmecker Tor, fuhren über eine kleine Zugbrücke über den Graben und hielten bei der Stadtwache in dem steinernen Torgebäude. Söldner der Liga traten heraus, die alles kontrollierten, was in die Stadt kam oder sie verließ. Sie wurden schon erwartet und ihnen wurde befohlen, in Richtung des Heilig Geist Hospitals zu fahren und ihre Ladung in dem Haus des ehemaligen Bürgermeisters Heinrich Wippermann abzuliefern. Heinrich Wippermann war als Wortführer der Protestanten angeklagt worden, den Braunschweiger Herzog unterstützt zu haben. Sein Besitz war beschlagnahmt und er mit seinen Gefolgsleuten als Landesverräter aus der Stadt gejagt worden.

Johann Schneeberg beobachtete auf ihrem Weg durch die Stadt neugierig das geschäftige Treiben auf den Straßen. Für Jodokus Wallbaum war es der vertraute Anblick eines unruhigen Soldatenlagers. Die Offiziere mit ihrem Gesinde hatten sich in den besseren Häusern der Ratsherren einquartiert. Im ehemaligen Bürgermeisterhaus und in den benachbarten Armenunterkünften des Heilig Geist Hospitals waren die einfachen Soldaten untergebracht. Die Wippermannsche Scheune diente als Vorratslager für das Futter der Pferde.

Jodokus und Johann waren gerade dabei, das Stroh und den Hafer in die Scheune zu schaffen, als der nachgeborene Sohn eines Bauern aus ihrem Dorf zu ihnen an den Wagen trat. Belustigt und ein wenig abschätzig schaute er ihnen beim Entladen zu. Mit herablassender Anteilnahme bemerkte er hinterhältig: »Ihr schuftet für den Krieg, alle anderen leben vom Krieg.«

Verblüfft sahen die beiden Bauernjungen ihren ehemaligen Dorfbewohner an, der in die Dienste des Asseburgers getreten war. Sie waren nicht dumm und kannten das Spottlied, das die betrunkenen

Landsknechte in den Braustuben sangen: »Sobald ein Soldat wird geboren, sind ihm drei Bauern auserkoren, der erste, der ihn ernährt, der andere, der ihm ein schönes Weib beschert, und der dritte, der für ihn zur Hölle fährt.«

Der Soldat des Asseburgers prahlte, dass sein Herr nun in großem Ansehen bei den Führern der katholischen Liga stehe. Schon bei der Vertreibung des tollen Christians aus dem Hochstift habe er für den Fürstbischof ein Fähnlein Reiter geworben und zum Musterplatz nach Wünnenberg gebracht. Er verschwieg dabei, den aufmerksam zuhörenden Bauernburschen, zu erzählen, dass sein Herr als kleiner Kriegsunternehmer 4142 Reichstaler für diese Werbung vorgeschossen hatte, die der Kölner Kurfürst Ferdinand bisher nicht zurückgezahlt hatte. Nun sei Ludwig von Asseburg vom Führer der Liga, dem Kurfürsten Maximilian von Bayern zum Obristen ernannt worden und habe das heruntergewirtschaftete Nievenheimische Regiment bekommen. Er habe dafür wieder den katholischen Glauben annehmen müssen, was ihm aber nicht schwergefallen sei. Nun sei sein Herr bestrebt, sein Regiment wieder auf die alte Sollstärke zu bringen und neue Arkebusen für 1000 Reichstaler wurden bereits aus Lemgo geliefert.

»Als Soldaten würdet ihr ein besseres Auskommen finden«, beschloss er seine Werbung. »Überlegt es euch, zu den Laufplätzen des Regiments zu kommen«.

Und weiter lockte er: »Dort erhaltet ihr schon ein Handgeld und mit diesem Laufgeld macht ihr euch auf den Weg zum Musterplatz, wo ihr in das Regiment aufgenommen werdet.«

Das Asseburger Regiment lagerte zu dieser Zeit im Lippischen erfuhren die beiden Bauernsöhne. Erst später kam ihnen zu Ohren, dass dort den armen Leuten ihr Vieh weggetrieben und das Korn genommen wurde. Auf diese Art hielt der Asseburger Hof. In der Grafschaft Lippe wehklagten die Menschen und seufzten, dass Gott es zu seiner Zeit richten werde.

Auf ihrer Rückfahrt ins Dorf sprach Johann Schneeberg von nichts anderem mehr, als dass sie sich dem Asseburger Regiment anschließen sollten. Schließlich würden auch die Söhne adliger

Grundherrenfamilien für die verschiedenen Kriegsherren reiten. Warum sollten sie auf ihrer Scholle bleiben und ihre Ernte, falls sie sie einbringen konnten, schnell wieder loswerden, sei es, dass ihr Grundherr seine Kornheuer forderte oder Streiftrupps sie ihnen abnahmen. Ganz zu schweigen von den immerwährenden Kontributionen. Jodokus habe doch gesehen, dass die Soldaten gut von ihrer Arbeit lebten. Hatte er nicht selbst nach einem kurzen Feldzug einige Silbermünzen nach Hause getragen.

Ihr Wagen rumpelte unterdessen an einem verlassenen und ödgefallenen Hof vorbei und Johann deutete mit dem Kopf in Richtung der Hofstelle: »Das ist alles, was wir hier zu erwarten haben.«

Jodokus saß schweigend auf dem Wagen, hielt die Zügel in der Hand und ließ den erregten Johann seine Reden auf eine bessere Zukunft halten. Wann immer das Glück anklopfte, stand der rastlose Johann auf der Schwelle bereit, um die Tür weit zu öffnen. Für Jodokus war noch nicht entschieden, ob es besser sei, auszuharren oder wegzugehen. Er ließ die Dinge einfach auf sich zukommen.

Der regnerische Apriltag trübte sich gegen Abend noch weiter ein, als mit einem Wanderschäfer bedrohliche Nachrichten ins Dorf schwappten. Marie Wallbaum hatte das Gerücht aufgeschnappt, dass die Reiter des tollen Christians im Anmarsch seien. Jodokus Schwester wirkte eingeschüchtert und ängstlich als sie davon berichtete. Sie schien immer noch wie gelähmt hinter dem Holzstoß im Schuppen zu kauern. Die Angst war geblieben, die sie erstarren ließ, als Jodokus sie allein zurückließ und mit dem Soldaten verschwand. Ihre Schockstarre schien nur ein wenig zu weichen, wenn sie die Aufmerksamkeit von Johann gewann, der sie mit seiner Unbekümmertheit ansteckte und lebendig werden ließ.

Im Schneeberger Haushalt waren Marie und Jodokus wie zwei weitere Kinder aufgenommen worden. Marie himmelte ihren Stiefbruder an und sah Johann mit Augen an, die nahelegten, dass dieses verschreckte, eingeschüchterte Wesen kein kleines Mädchen mehr war. Johann und Jodokus wurden von den neuen Nachrichten wie das Wild bei einer Treibjagd aufgeschreckt. Während Johann ausrief: »Im Westen sitzen die Ligisten und von Osten kommen die Braunschweiger und wir sitzen dazwischen«, beherrschte Jodokus nur ein Gedanke. Er hatte in den vergangenen Jahren immer wieder diese roten Haare vor sich gesehen. Wenn er erste scheue Blicke auf ein Dorfmädchen warf, hatte er immer nur nach Klara Ausschau gehalten. Sollte sie die vergangenen Niederlagen des ungestümen Herzogs Christian von Braunschweig im Gefolge ihres weitsichtigen Vaters unbeschadet überstanden haben? War sie vielleicht nur eine Stunde Fußmarsch entfernt bei den Truppen des tollen Christians, die im Nachbarort am Abend die Stadttore aufgesprengt und sich dort einquartiert hatten?

Jodokus Wallbaum brach vor Anbruch des Tages im Morgengrauen auf. Er nahm einen Trampelpfad über einen kleinen Berg, ließ die Dorfmühle links liegen und drückte sich an den burgähnlichen festen Häusern der weitverzweigten Familie ihres Grundherren vorbei. Von dort herrschten sie über ihre Dörfer und Bauern und sie bewohnten ebenfalls eine kleine Burg in der Ackerbürgerstadt, der er sich vorsichtig näherte. Schon außerhalb der Stadt verstopfte ein Trosslager den Weg zum Stadttor. Frauen, Kinder und Soldaten hatten hier eine einfache Biwakunterkunft errichtet, indem sie die langen Piken an die Stadtmauer lehnten, darüber Stoffbahnen geworfen hatten und in diesen Höhlen zumindest etwas Schutz vor der Nässe hatten. Jodokus schlängelte sich durch diese noch schlaftrunkenen Hindernisse und schlüpfte durch das herausgerissene Stadttor.

Auf der Hauptstraße der Stadt führten einige Reiter ihre Pferde aus den Häusern nach draußen und es schien, als bereiteten sie ihren Aufbruch vor. Jodokus hielt Ausschau nach vielleicht bekannten Gesichtern oder einem abgestellten Pulverwagen. Auf die Frage nach einem Pulvermeister Hans Büsing schüttelten die angesprochenen, noch sehr jungen Soldaten nur den Kopf und brummelten etwas von erst neu geworben. Jodokus erreichte am Ende der Straße das bescheidene Burgschloss, umrundete es und klopfte an einem Seiteneingang. Eine entfernte ältere Verwandte arbeitete hier seit Jahren in der Schlossküche. Die Tür war offen und einige Bedienstete hockten in einem Raum hinter der Küche. Ein rothaariges Mädchen oder einen dicken Glatzkopf hatte niemand gesehen. Aber seine

Verwandte erzählte ihm, dass am gestrigen Abend die Stadt über-quoll mit Mensch und Tier und in dieser schwarzen Menge eine einzelne Person nicht auszumachen war. Aber sie hätten Glück ge-habt. Die Soldaten nahmen zwar was sie Essbares auftrieben, aber sie raubten die Häuser nicht aus. Das Schlimmste habe wohl Christoph Wolf von Haxthausen verhindert, der als Rittmeister dem Herzog von Braunschweig gedient habe.

Der junge Herzog habe krank ausgesehen und sei ganz friedlich gestimmt gewesen, als sie ihm in der Runde seiner Obristen auftisch-ten. Auch eine angeheiratete Tante des Rittmeisters, eine Schwester des früheren Paderborner Fürstbischofs Dietrich von Fürstenberg, war bei diesem Essen anwesend. Der tolle Christian war der alten Witwe Agatha von Haxthausen gegenüber sehr zuvorkommend und habe ihr gebeichtet, dass inzwischen alle Soldaten tot seien, die er mit dem Geld bezahlt habe, das er aus dem Paderborner Kirchen-schatz geprägt habe. Er habe die Reliquien aus dem Libori- Schrein nicht angerührt und bereits zurückgegeben.

Jodokus dachte an die verheerende Niederlage bei Höchst und er hatte davon gehört, dass der General Tilly das Heer des Braun-schweiger Herzogs ein Jahr später im Lohner Bruch völlig zerstört hatte, aber er wollte es nicht glauben, dass alle tot seien. Aber wenn der Herzog es selbst sagte, wuchsen seine Zweifel.

Lautes Gebrüll, Pferdegetrappel, das Quietschen und Knarren an-fahrender Wagen, rissen Jodokus aus seinen Grübeleien und trieben ihn ins Freie. Im Burghof versammelte sich das Gefolge des Herzogs zum Abzug aus der gebeutelten Stadt. Jodokus erschrak vor einer verwahrlosten Gestalt, die auf den Hof trat. Hol Kuh, durchzuckte es ihn. Heinrich Holk begleitete den jungen Braunschweiger Herzog, den Jodokus im Gegensatz zu seinem Begleiter fast nicht wiederer-kannt hätte. Mit schlurfenden Schritten und einer hängenden Schul-ter trat der junge Halberstädter ins Freie. Der linke Arm, der durch eine Musketenkugel zertrümmert worden war, hing in einer Schlin-ge. Alle Welt erzählte sich, dass der tolle Christian sich den Unter-arm unter Trommelbegleitung im Kreis seiner Soldaten abnehmen ließ und nun einen eisernen Arm an seiner Stelle habe. Von einem eisernen Arm konnte Jodokus nichts erblicken. Der augenscheinlich geschwächte und kranke Herzog musste von Heinrich Holk in den Sattel seines Pferdes gehoben werden. Jodokus schaute der zerlumpten Streitmacht hinterher, die nur unzureichend bewaffnet war und von einem Todkranken befehligt wurde.

Im Dorf wurde Jodokus ungeduldig erwartet. Johann Schneeberg wäre auch dem kranken Braunschweiger hinterhergezogen, hätte der erfahrenere Jodokus ihre Zukunft als Soldaten dort gesehen. Jodokus war niedergeschlagen und hatte nach seinem Besuch in der Nachbarstadt die Hoffnung aufgegeben, im Heer des tollen Christians zu finden, wonach er suchte und sich sehnte. Daher gab er seinen Widerstand auf, dem drängenden Johann vom Soldatenleben abzuraten.

Heimlich stahlen sie sich nachts vom Hof und nur Marie war von einer unerklärlichen Unruhe aufgewacht, hatte sich den beiden in den Weg gestellt und gebettelt, nicht zu den Soldaten davonzulaufen. Als Johann sie ungeduldig beiseite stieß, hielt sie sich taumelnd für einen kurzen Augenblick am Rock ihres Bruders fest und bat ihn, auf den Heißsporn aufzupassen.

Im Wirtshaus der Stadt waren sie an den Tisch des Feldschreibers getreten, wie ihnen ihr ehemaliger Dorfbewohner im Dienste des Asseburgers geraten hatte. Der schrieb ihre Namen und den Herkunftsort in das Regimentsregister ohne danach zu fragen, ob sie schon das für Soldaten vorgeschriebene Alter von zwanzig Jahren erreicht hätten. Mit ein paar Thalern Laufgeld wurden sie einem alten Haudegen übergeben, der ihre kleine Gruppe zum Musterplatz des Asseburger Regiments führte.

Am Musterplatz hatte sich eine Menschenmenge von der Kopfzahl einer kleinen Stadt eingefunden, waren viele Handwerker und Händler angezogen worden. Hier gelte es Bekanntschaften zu machen, erklärte Jodokus seinem Begleiter, da sich am Musterplatz bereits der Tross bilde, der dem Regiment bei den kommenden Unternehmungen auf den Fersen bliebe und versorge.

Da sich die Angeworbenen von ihrem Lauf- und Werbegeld selbst beköstigen, bekleiden und ausrüsten mussten, entfaltete sich ein lebhafter Handel der Soldaten mit den Bauern und Handwerkern der Umgebung. Die Marketender mit ihren Wagen waren ebenfalls zur Stelle und boten alles Erdenkliche an, auch billiges Diebes- oder Beutegut. Die Neugeworbenen bekamen lange Spieße, angerostete Säbel und gebrauchte Musketen in die Hand gedrückt, Kriegsbeute und die Hinterlassenschaften von toten Soldaten.

Johann Schneeberg tauchte wissbegierig in diese neue Welt eines Musterplatzes ein, wo sich die verloderten alten Kriegsgurgeln des Regiments eingefunden hatten und den Neugeworbenen zeigten, wie Fressen und Saufen geübt wurde und weniger das Hantieren mit Kriegsgerät. Bevor sich der Musterplatz zum Schrecken des gesamten Landstrichs entwickelte, ließen die Rittmeister das Regiment sammeln, Waffen und Pferde mustern und die neuen Arkebusen verteilen. Jodokus wog dieses Schießrohr und stellte fest, dass es viel leichter und kürzer war als die unhandlichen Musketen, mit denen die Fußsoldaten bewaffnet waren. Sie waren Arkebusierreiter, Schützen zu Pferde, die vom Pferd mit der Arkebuse schon aus weiterer Entfernung als mit einer Pistole das Feuer auf den Feind eröffnen sollten.

Die von den Trossjungen bewachten Pferde des Regiments boten allerdings nicht den besten Eindruck. Es waren grobknochige Arbeitstiere, ausgemusterte Kutschpferde und in die Jahre gekommene Reitpferde darunter. Aber sie müssten keine Reiterattacken beherrschen, hatte der alte Haudegen sie aufgezogen, sondern die Pferde müssten nur so gut sein, sie an den Feind heranzubringen. Hätten sie die feindlichen Linien erreicht, hieß es abzusitzen und auf eigenen Füßen wie die gemeinen Fußsoldaten mit Stichwaffen zu kämpfen.

Am Tag nach der Ausgabe der Waffen waren alle Soldaten des Regiments angetreten, um von ihrem Obristen vereidigt zu werden. Ein misstrauischer Abgesandter des Kurfürsten Maximilian I war anwesend, um die Regimentsliste mit der Anzahl der Angetretenen zu vergleichen.

Die Obristen und kleinen Kriegsunternehmer im Dienste der katholischen Liga, des Kaisers oder der evangelischen Union versuchten mit allerlei Betrügereien ihren Gewinn zu vergrößern, indem sie ihren Auftraggebern gefälschte Listen mit erfundenen Namen unterschoben oder Trossjungen und Schanzknechte als Soldaten in Rechnung stellten. Sie forderten Soldzahlungen für Söldner, die nie existiert hatten oder längst in den Kriegszügen und durch die in den Lagern grassierenden Seuchen umgekommen waren.

Als der Kriegskommissar in Begleitung des Obristen vor Jodokus und Johann stand, ließ er sich Namen und Herkunftsort nennen, fand die Angaben in der Liste und setzte seinen Weg fort. Ludwig von Asseburg verharrte einen Moment und flüsterte dann den beiden Bauernburschen aus dem Nachbardorf seiner Burg zu, dass sie sich nach der Musterung bei ihm melden sollten.

Nach der in Augenscheinnahme des Regiments wurde der Artikelbrief vorgetragen. Darin hieß es, dass wer vor dem Feind fliehe, von den Kameraden niedergestoßen werde. Weiter wurde aufgeführt, dass niemand ohne Befehl brandschatzen und brennen dürfe, keine Frauen, Kinder oder Pfarrer zu Schaden kommen sollten und niemand in Freundesland etwas ohne Bezahlung fortnehmen dürfe.

Sehr feierlich mit Pfeifenmusik und Trompetensignalen wurde die Regimentsfahne an den Fähnrich übergeben und das Regiment ermahnt, dass die Flucht von der Fahne und der Verlust der Fahne die größte Schande für das Regiment darstelle. Der Fähnrich gelobte dazu, dass selbst wenn er seine beiden Hände verlöre, würde er die Fahne im Maul weitertragen.

Der Obrist stellte die Rittmeister für die einzelnen Abteilungen vor, kündigte monatliche Soldzahlungen an, die aber mit dem Verweis auf noch nicht abgeschlossene Verhandlungen vage blieben. Schließlich trat der Profos vor die Reihen der Neugeworbenen und verkündete mit scharfer Stimme, dass das Würfel- und Kartenspielen, das Saufen, Raufen und Fluchen bei Strafe untersagt seien und er mit seinen Steckenknechten für Ordnung sorgen werde.

Nach der Vereidigung verlief sich die Menge im Wirrwarr des Lagers aus Wagen, Zelten und behelfsmäßigen Hütten. Jodokus und Johann fragten sich zum Zelt ihres Obristen durch und wurden von Ludwig von Asseburg schon erwartet. Der hagere Adlige hatte etwas Unstetes an sich. Unruhige Bewegungen ließen ihn zappelig erscheinen und seine Augen waren beständig auf der Suche nach etwas Unvorhergesehenem. Mit seiner spitzen Geiervogelnase vermittelte er den Eindruck, dass er beständig auf der Hut war und seinen eigenen Vorteil im Auge behielt. Gute Erfahrungen hatte er mit den Bauernburschen aus der nahen Umgebung seines Burgsitzes gemacht. Sie hatten sich nicht mit dem Werbegeld davongemacht, waren nicht auf Nimmerwiedersehen verschwunden und in die Dienste anderer Obristen getreten, sondern im Gegenteil, sie waren beunruhigt, wenn die Märsche sie zu weit von ihren Heimatorten führten.

Ludwig von Asseburg erkundigte sich bei seinen neuen Soldaten nach den Verhältnissen in ihrem Dorf und wies sie an, sich beim Rittmeister Palant zu melden, da sie in seiner Leibkompanie dienen sollten. Durch die Klagen der beiden Bauernjungen über die beständigen Lieferungen an die einquartierten Garnisonen, kam ihm schmerzlich ins Bewusstsein, dass auch seine eigene Lebenshaltung durch diese Kontributionen geschwächt wurde. Er rief seinen Schreiber zu sich und beauftragte ihn, ein Schreiben an die Paderborner Räte aufzusetzen. Darin forderte er, dass die Räte das unchristliche Verhalten der Städte unterbinden sollten, die Kontributionen in den Asseburgischen Dörfern einzusammeln. Das könnten seine armen Bauern nicht leisten, zumal sie unter Übergriffe marodierender Truppen zu leiden hätten, während die Stadtbewohner mit ihrer Garnison ruhig hinter verschlossenen Toren lebten.

Das neuformierte, notdürftig ausgerüstete und auf eine ungefähre Stärke von tausend Mann gebrachte Asseburgische Regiment setzte sich in Bewegung, um die Armee des General Tilly zu verstärken, der den Dänenkönig und die Protestanten in den Norden Deutschlands vertreiben wollte. Sie zogen weseraufwärts, umgingen das Städtchen Beverungen, in dem die Pest wütete, und begutachteten, was die Tillyschen Soldaten von der Stadt Hannoversch Münden am Zusammenfluss der Werra und Fulda übriggelassen hatten. Die Mauern waren ganz zerschmettert und die getötete Besatzung hatte man in das Wasser des Flusses geworfen. Vor Göttingen erreichten sie die Regimenter des Grafen Tilly, die einen Belagerungsring um die Stadt geschlossen hatten und die Besatzung des Dänenkönigs ausräuchern, aushungern und vertreiben wollten. Bisher hatte Johann Schneeberg feststellen müssen, dass das Soldatenleben aus warten, absitzen, die Pferde an der Leine führen, marschieren, marschieren, warten und gähnen, bestanden hatte. Die Neulinge waren von den Altgedienten nur sehr oberflächlich mit dem Gebrauch von Waffen und Kriegsgerät vertrautgemacht worden. Ein regelmäßiges Exerzieren im Gelände fand nicht statt, da es auch so schon sehr zeitraubend war, von Lagerplatz zu Lagerplatz der Hauptarmee hinterherzuziehen, wobei ihr Regiment oftmals nur eine Strecke zurücklegte, für die wie Johann feststellte, er allein nicht einmal einen Vormittag benötigen würde. Bei ihren Märschen sollten sich die Jungen, wie der Schneeberger, einfach alles Notwendige bei den Alten abgucken. Ihr Rittmeister Pallant, der mit der Asseburgschen Leibkompanie einige halbherzige Übungsformationen ritt, schnauzte den ungeduldigen Schneeberger grob an, wenn dieser wieder einmal nach der Handhabung der Arkebuse fragte.

»Das Schießen und Fechten lernt man am besten beim Kämpfen an seinem Platz in der befohlenen Ordnung«, und setzte er dann grinsend hinzu »wenn du denn den ersten Kampf heil überstehst.«

Abends foppten die schon beschossenen Knechte die Neuen, dass ein jeder nun einmal schwitze wie er kann und zusehen müsste, wie er das Geschäft des Totschlagens erlerne. Was wiederum Voraussetzung sei, das Kriegsgeschäft halbwegs unbeschadet zu überstehen. Einige grobe, alte Narbengesichter demonstrierten, wie man den tödlichen Stoß unter die Rippen ausführte und um sicherzugehen, die einfache Drehung aus dem Handgelenk.

Ihr Rittmeister Pallant war weit rumgekommen, hatte einige Schrammen und Blessuren davongetragen und regte ihre Fantasien an, wenn getrunken und angegeben wurde. Von einer Arkebusade wurde schwadroniert, einer Salbe, die man auf die Arkebuse schmiere und die verhindere, dass die Kugel den Falschen treffe oder ihnen das Schießrohr in den eigenen Händen explodiere. Es wurde von Amuletten und Glücksbringern berichtet oder unverwundbar machende Nothemden, die von Mädchen gesponnen wurden, die keine sieben Jahre alt waren. Auch ein Stück von einem gebrauchten

Henkerstrick mache fest und gefroren gegen Hieb, Stich und Kugel. Ihr General Tilly sei fest, so hieß es, und der Rittmeister Pallant behauptete, er sei dabeigewesen, als dieser kleine unscheinbare Mann von fünf Musketenkugeln getroffen wurde, die er sich nach der Schlacht ganz seelenruhig aus dem Hemd geschüttelt habe.

In dem Lager vor Göttingen strichen Leute umher, die für Geld wahrsagten und vorgaben, gegen Geld festmachen zu können. So manche Münze wechselte den Besitzer, da alle den Sturm auf die Stadt fürchteten und sich vor den heimtückisch von den Mauern herbeifliegenden Bleikugeln schützen wollten. Neben diesen unheimlichen Wunderkräften lernte Johann Schneeberg weitere wichtige Tugenden eines Soldaten kennen. Zum schweißtreibenden Schanzen waren sie sich zu schade. Ein stolzer Reiter beteiligte sich nicht am Graben von Stollen, um die belagerte Stadt zur Aufgabe zu zwingen. Das war unter ihrer Soldatenehre und der General Tilly ließ zu diesem Zweck Bergleute aus dem Harz herbeischaffen, währenddessen seine Soldaten sich nichtsnutzig im Lager herumtrieben, soffen und die Würfel kreisen ließen.

Johann Schneeberg hatte sich zu einem richtigen Soldaten entwickelt und versuchte sein Glück beim Spiel. Schließlich hatte er nach der Musterung einen Halbsold erhalten mit der Aussicht auf weitere Soldzahlungen, je nachdem, ob der Führer der katholischen Liga der Kurfürst Maximilian Geld zuschieße oder es ihnen gelänge, Kontributionen einzutreiben und Städte zum akkord zu zwingen.

Die Stadt Göttingen dachte allerdings nicht daran, den Unterhändlern des General Tilly, die mit ihren Trompetern vor die Stadtmauern zogen, einen akkord anzubieten. Das hinderte die Soldaten nicht daran, ihren bisherigen, spärlichen Sold und erwartete zukünftige Zahlungen auf's Spiel zu setzen. Zwischen den Zelten und einfachen Hütten hatten einige der Soldaten einen Mantel ausgebreitet. Hier wurde gewürfelt und als Einsatz alles genommen, was einen Wert besaß, auch die täglichen Essensrationen.

Johann Schneeberg hatte sich der Runde zugesellt, die zwei Gefreiten dabei zusahen, wie sie die Würfel mal rollten und dann wieder aus einer größeren Höhe fallen ließen. Als einer der Spieler aufgab, drängelte sich Johann Schneeberg an dessen Platz, da er glaubte zu wissen, wie man die Würfel schleifend rollen müsse, damit zwei Fünfen oder zwei Sechsen liegenblieben. Aber bereits nach wenigen Durchgängen hatte der junge unerfahrene Soldat sein letztes Geldstück an den ausgefuchsten Meister der Würfel verloren und andere Spieler versuchten es an seiner Stelle. Die Erregung am Würfelplatz stieg mit jedem Durchgang, in dem die unheimliche Siegesserie des Gefreiten anhielt. Die ersten Verlierer schrien, er sei ein Betrüger, arbeite mit Tricks, habe die Würfelkanten abgeschliffen oder die Würfel an bestimmten Stellen mit Blei beschwert. Auch Johann Schneeberg krakeelte, er habe falsche Würfel untergemengt. Im entstehenden Tumult drangen einige der sich betrogen Fühlenden, unter ihnen Johann, auf den erfolgreichen Spieler ein und wollten ihn zwingen, die Würfel herauszugeben. Als der Gefreite sich weigerte und wehrte, wurde der Streit heftiger und die Raufenden kamen erst zur Besinnung als der beschuldigte Falschspieler erstochen am Boden lag. Jodokus konnte Johann noch an seiner Jacke aus dem Gewühl beiseiteziehen, bevor das Geschrei am Würfelplatz den Profos herbeieilen ließ, der kurzerhand drei Schuldige von seinen Steckenknechten festsetzen ließ.

Der Profos war ein Hüne mit Narben im Gesicht, die zeigten, dass er in einige Händel verwickelt war. Er durfte nicht zimperlich sein, wenn er abends mit seinem Stab kräftig auf einen Fasszapfen schlug und mit dem Zapfenstreich das Signal für die Nachtruhe im Lager gab. Er hatte vor wenigen Tagen einen Landsknecht, den er beim heimlichen Anzapfen eines Branntweinfasses erwischt hatte, gemäß den Kriegsartikeln aufgeknüpft. Bei der Soldateska des Mansfelder oder des tollen Christians waren solche Verstöße ungestraft durchgegangen, weshalb diese Heerführer durchaus im hohen Ansehen bei den einfachen Soldaten standen, aber er hatte dafür zu sorgen, dass Disziplinlosigkeiten geahndet wurden und aus einem nur schwer im Zaum zuhaltenden Heerhaufen keine marodierende Bande wurde. Drohend baute er sich vor den Söldnern auf, die vom Geheule angelockt, zum Würfelplatz gelaufen kamen, und donnerte sie mit einer weit vernehmlichen Stimme an: »Ihr wisst, dass unser

General, der Graf Tilly, am liebsten alles Gesindel, auch die wohlfeilen Frauen aus dem Lager jagen würde und neben der Hurerei hasst er nichts so sehr wie die Trunksucht und den verderblichen Spielteufel. Einer von euch muss die harte Hand des Alten spüren, so wie es in den Kriegsartikeln steht.«

»Würfelt!«, wandte er sich an die drei Festgenommenen.

Teilnahmslos, ohne sich zu wehren, nahmen die drei von den Steckenknechten bewachten Soldaten die Würfel. Der mit der geringsten gewürfelten Zahl wurde ergriffen, zum mitgeführten Feldgalgen in der Mitte des Lagers geschleppt und auf ein Fass gestellt. Ein Steckenknecht legte ihm die Schlinge um den Hals, der herbeigerufene Feldgeistliche brüllte ihm ein Jesus Maria ins Ohr und dann trat der Profos das Fass um. Zur Abschreckung sollte der Leichnam noch einige Zeit für alle sichtbar am Galgen baumeln.

Johann Schneeberg war der Schreck in die Glieder gefahren. Als sie abends in ihrer Erdhütte kauerten, musste er sich von seinem Retter Jodokus vorhalten lassen, dass er nun doch gelernt habe, wie schnell man als Soldat vom Leben in den Tod befördert werden könne, wenn man sich in Gefahr begebe, auch außerhalb eines Schlachtfeldes. Und wer Ohren habe zu hören, der habe doch vernommen, dass bei dem Mönch in Uniform Ruhe im Glied zu herrschen habe und die Freuden des alltäglichen Genusses verpönt seien.

Die Freuden des alltäglichen Genusses versiegten in der Folgezeit ohne Strafen, da die ausbleibenden Soldzahlungen und der hartnäckige Widerstand der Stadtbesatzung die Stimmung bei den Belagerern niederdrückte. Andauernder Regen erschwerte die Belagerungsarbeiten und die Bevölkerung der Stadt half der dänischen Besatzung bei der Verteidigung. Sie gruben unter der Stadtmauer heraus Gegenstollen, ohne von den Belagerern im Dauerregen bemerkt zu werden, und ließen die ligistischen Annäherungsbauten mit viel Pulver in die Luft gehen, wobei die Hälfte der zwangsverpflichteten Bergleute umkam. Da aber der dänische König keine Anstalten machte, mit seinem Heer der bedrängten Stadt zur Hilfe zu eilen und die Vorräte in der Stadt allmählich aufgebraucht waren, prophezeiten einige altgediente Soldaten, dass sie die Stadt bald kampflos mit akkord einnehmen könnten. Andernfalls, so hörten Jodokus und Johann die Soldaten murren, müsste ihr Rittmeister Pallant mit ihrem Obristen über ein Sturmgeld verhandeln, denn kein Soldat sei gewillt, für nichts gegen eine starke Befestigung anzurennen. Man ließe sich nicht damit abspeisen, dass die Stadt nach erfolgreichem Sturm für einige Stunden zur Plünderung freigegeben würde.

Die zähen Verteidiger der Stadt waren allerdings schlau genug, ihr Schicksal nicht herauszufordern. Sie boten Übergabeverhandlungen an, nachdem es den Tillyschen Kanonen gelungen war, ein Loch in die Mauer zu schießen. Die dänische Besatzung bekam freien Abzug zugesichert und der Stadt blieben gegen eine angemessene Zahlung Plünderungen und ein Blutbad wie noch vor wenigen Wochen in Münden erspart.

In den nächsten Tagen stießen neue Regimenter zum ligistischen Heer, das sich stark genug fühlte, den Dänenkönig mit seinem Heerhaufen hinter die Elbe in den Norden zurückzutreiben. Der römisch-deutsche Kaiser Ferdinand hatte seinem General Wallenstein befohlen, einige neuaufgestellte und gut ausgerüstete kaiserliche Regimenter dem General Tilly zur Verstärkung des Ligaheeres zu überlassen.

Johann Schneeberg sah zum ersten Mal den Zigeuner-Vortrab der Wallensteiner Armee, über den so viele Gerüchte im Umlauf waren. Ihr Obrist Ludwig von Asseburg erläuterte seinen staunenden Reitern, dass diese wilde Truppe, die schnelle, leichte Reiterei des Obristen Isolani sei, Kroaten und Ungarn wie sie unschwer an den schwarzen Schnauzbärten erkennen könnten. Der General Wallenstein schicke diesen Vortrab zum Kundschaften, zu Verrätereien, Raub und Brand dem Feind auf dem Hals.

Noch beeindruckender fand Johann Schneeberg die schwarzen, schweren Reiter. Zwei Kürassierregimenter Wallensteins ritten in ihren glänzenden schwarzen Harnischen durch ihr Lager. Von diesen prachtvollen Kürassieren fühlte Johann sich förmlich angezogen. Im Vergleich zu ihrem armseligen Regiment waren sie die gepanzerte Faust des Heeres und im bevorstehenden Gefecht sicher die schlachtentscheidende Waffe. Jodokus hielt diesen Schwärmereien entgegen, Johann solle sich nicht durch in der Sonne glänzende Rüstungen blenden lasse. In einer Schlacht sei es viel entscheidender, ob man von oben nach unten angreife, ob man mit der Sonne oder gegen die Sonne reite oder vielleicht völlig den Überblick im Staub und Pulverdampf verliere.

Der Dänenkönig wollte einen Waffengang vermeiden und versuchte, sich nach Norden in die Gebiete der protestantischen Fürsten zurückzuziehen. Bei einem so unentschiedenen Gegner befahl der General Tilly, dem Feind auf den Fersen zu bleiben und ihn zum Schlagen zu zwingen. Die Ligatruppen blieben kampfbereit, marschierten den weichenden Dänen hinterher, ritten Maul an Schwanz in langen Reihen an diesen heißen Augusttagen vorwärts, wobei fast niemand in diesen auseinandergezogenen, endlosen Kolonnen sagen konnte, wohin es sie verschlagen würde. Die wie streunende Hunde an der Spitze des Zuges umherstreifenden Kroaten stießen immer wieder auf zurückgefallene Soldaten der flüchtenden Dänen und es kam zu ersten Zusammenstößen.

Johann Schneeberg und Jodokus führten ihre Pferde am Zügel und wurden mit ihrem Regiment in der Hauptmasse des Heerwurms eingezwängt, im Wald der Pikenträger und der Fußabteilungen der Musketenschützen vorwärtsgespült. Sie kamen durch abgebrannte Dörfer, die die dänischen Soldaten anzündeten, um die Verfolgung zu erschweren. Sie begegneten verzweifelten Leuten, die Karren voll mit ihren Habseligkeiten hinter sich herschleppten, die sie vor plündernden Soldaten in Sicherheit bringen wollten. Erschlagene oder von den Kroaten gespießte feindliche Soldaten lagen am Wegesrand und zeigten ihnen, dass ihre Vorhut mit den schweren, schwarzen Reitern und dem unberechenbaren kroatischen Vortrab beständig mit der Nachhut des Dänenkönigs scharmützelte.

Am Vormittag des dritten Verfolgungstages erreichten sie ein noch brennendes Dorf. Jenseits dieses Dorfes erstreckte sich eine leicht gewellte Ebene, die rings von waldigen Höhenzügen umschlossen wurde. Kleine Bäche kamen von den Harzbergen herunter, schlängelten sich durch die Wiesen an einzelnen Höfen und einer Mühle vorbei gen Norden. Die eintreffenden Regimenter sahen die dänischen Verbände in Schlachtordnung hinter einem Bach zwischen der Mühle und den sumpfigen Ausläufern des Harzwaldes aufgestellt und an den Rändern vorteilhaft auf den Hügeln platziert. Am Bachübergang sperrten ein Dutzend Kartaunen den einzigen Weg, der durch die Ebene führte.

Der General Tilly befahl seinen Regimentern, sich in Schlachtordnung aufzustellen und die eintreffenden bisher zurückgebliebenen Abteilungen bekamen von ihren Obristen einen Platz zugewiesen. Das Asseburgsche Regiment trabte einen Hügel hinauf und befand sich am rechten Rand der langen Schlachtreihe. Von hier beobachteten Jodokus und Johann, wie die Ebene zwischen den abfallenden Hängen der Harzausläufer sich mit Pikenieren in ihren rechteckigen Formationen füllte. An ihren Seiten postierten sich die Musketenträger und zwischen ihnen eingeschoben warteten die Reiterverbände. Die ligistischen Kanonen waren seitlich vor ihren Reihen hinter Buschwerk verborgen und würden die Dänen mit ihren Kugelhageln überraschen.

Aus der Ferne sahen sie den kleinen weißhaarigen General Tilly die Front im Zentrum der auseinandergezogenen Reihe abreiten. Bis zu ihnen wurde die Kampfparole »Seligste Jungfrau Maria« weitergegeben und der Befehl des Generals, dem Feind kein Pardon zu geben. Damit die Kämpfenden in der Unübersichtlichkeit des Gefechts besser Feind und Freund unterscheiden konnten, hatten die Soldaten farbige Bänder um ihre Arme gebunden oder an die Hüte und Sturmhauben gesteckt. Höher und höher stieg die Sonne am wolkenlosen Himmel, als sie scharfe Trompetenstöße hörten, die zu Pferde riefen und ein monotones Trommeln die viereckigen Gewalthaufen der Pikenträger in Bewegung setzte.

Das Asseburger Regiment rückte vorsichtig am äußersten rechten Rand der Formationen in Richtung einer ausgedehnten Hofanlage vor. Jodokus und Johann vernahmen das entfernte Dröhnen von Schüssen aus den Kartaunen. Links von ihnen in der Ebene wimmelte es von Männern, Pferden, Wäldern von Piken, Feldzeichen und durcheinanderwirbelnden Fahnen, gestikulierenden Offizieren und umherreitenden Obristen. Die Reiter feuerten ihre Pistolen aufeinander und verbissen sich ineinander. Kleine Wolken von Pulverdampf stiegen in die Luft und brummende Geschosse rissen Löcher in die dichten Reihen, ließen zerfetzte Menschen mit verrenkten Gliedmaßen und zuckende Pferdeleiber zurück.

Eine Reihe unübersichtlicher Angriffe und Gegenangriffe folgte und die unförmigen Karrees, in denen die Pikeniere zusammengepfercht waren und von den Unteroffizieren angetrieben wurden, versuchten den Gegner aus dem Feld zu drücken und zu schieben. Gruppen gingen nach vorn, wurden von feuerspeiendem Musketenkugelhagel empfangen und schwenkten in Rauch gehüllt zurück. Schon bald konnten Johann und Jodokus nicht mehr erkennen, was in der mit Rauch und Staubwolken verhüllten Ebene passierte.

Die Asseburger Arkebusiere erreichten ohne auf Widerstand zu stoßen die Hofanlage, sie hielten auf einem mit Gras bewachsenen Platz an einem Brunnen. Johann und Jodokus stiegen vom Pferd und setzten sich auf den Rand eines Steintrogs. In der Hitze der Nachmittagssonne flimmerte die Luft und hinter diesem unwirklichen Schleier brachen Reiter hervor, die mit lauten Schreien für »Religion und Vaterland« und Pistolen in den vorgestreckten Händen herbeistürmten. Der Obrist Asseburg brüllte seine Soldaten an, mit ihren Arkebusen auf die heranreitenden Gegner zu feuern, doch nur wenige kamen zum Schuss, denn da waren die Reiter schon heran, schossen ihre Pistolen ab und schlugen mit ihren Säbeln auf die abgesessenen Asseburger Reiter ein. Von der Wucht dieses Zusammenstoßes wurde das Asseburger Regiment förmlich gespalten und in alle Richtungen zersprengt. Jodokus und Johann waren für einen Augenblick wie gelähmt vor Schrecken, als sie die über den Haufen Gerittenen und Verwundeten sahen, die sich mit hochgerissenen Armen halb liegend vor den Pferdehufen schützen wollten. Andere wiederum, die unter dem Gewicht gestürzter Pferde eingeklemmt waren, schrien und versuchten, sich zu befreien.

Die beiden jungen Soldaten dachten nicht daran, ihre geschliffenen Degen zu ziehen und sich zu wehren, sondern stiegen auf ihre Pferde und stieben wie alle anderen in einer beschämenden Flucht davon. Da sie nicht weiter verfolgt wurden, zügelten sie hinter einem Wäldchen ihre schnaubenden Pferde und allmählich stießen weitere Reiter ihres Regiments zu ihnen. Der Obrist Asseburg fauchte die Trompeter an, zum Sammeln zu blasen und seine Rittmeister schafften es mit einiger Mühe, den größten Teil ihres Regiments wieder heranzuführen.

Mittlerweile hatten standfestere Regimenter, wie das des Obristen Erwitte, den dänischen Angriff zurückgeschlagen und als sie sich wieder dem Schlachtfeld näherten, sahen sie, dass ein Teil der dänischen Reiterei in ein sumpfiges Gelände getrieben worden war und dort unterging. Andere protestantische Regimenter hatten völlig den Überblick verloren und sich gegenseitig beschossen. Die dänischen Linien hatten sich aufgelöst, die Reste der Reiterverbände waren davongehetzt und einige Fußtruppen hatten sich hinter die Mauern der Stadt Lutter abgesetzt, wobei sie alle Kanonen und ihren Tross ungeschützt zurückließen. Die kroatischen Reiter verfolgten die Flüchtenden, meuchelten die Zurückgebliebenen und erschlugen einen Teil der verletzt Liegengebliebenen ohne Pardon zu geben, wie es der General Tilly angeordnet hatte.

Jodokus und Johann waren noch nicht so abgebrühte Soldaten, als dass sie nicht ein Schauer überfiel, als sie das blutglitschige Feld des Grauens betraten. In der Ebene verstreut lagen die Körper von Menschen und Tieren. Überall lagen tote Soldaten mit abgetrennten Gliedmaßen, klaffenden Stichwunden oder zerfransten Löchern, wo die schrundigen Bleikugeln ausgetreten waren, an einzelnen Stellen zu Ketten links und rechts säuberlich aufgereiht, wo einzelne Geschosse Schneisen in die dicht gestaffelten Reihen von Männern geschlagen hatten. Zahllose Pferde lagen zerfetzt auf dem Feld oder zerstampften im panischen Durchgehen die am Boden Liegenden. Pulver und Blutgeruch hing über der Ebene und ein auf-und abschwellender Lärm aus schrillem Pferdegewieher, Kreischen, Winseln und Stöhnen der Verletzten. Einige Abteilungen ligistischer Soldaten beteiligten sich nicht an der Verfolgung des Feindes, sondern waren dabei, die Pferde einzufangen, sich um die verwundeten eigenen Leuten zu kümmern, aber auch das Schlachtfeld und die Gefallenen nach Brauchbarem abzusuchen. Schließlich gehörte alles, was nach einer Schlacht auf dem Feld zurückblieb, denen, die das Feld behaupteten. Das Asseburger Regiment war zu spät auf dem Schlachtfeld zurück, verfolgte den Gegner nicht, sondern wurde von der sich verbreitenden Gier angesteckt, die Leichen zu fleddern.

Johann Schneeberg war einer der ersten, der sein Pferd über das Schlachtfeld führte und es mit allem belud, von dem er annahm, dass er es den fahrenden Händlern im Lager wieder versetzen könnte. Die zurückgelassenen Fahnen der Fußsoldaten und die Reiterstandarten waren eine äußerst begehrte Trophäe, da die Generäle und Obristen eine besondere Belohnung auslobten, wenn ihre Soldaten die Ehrenzeichen des Feindes als Beweis für einen glorreichen Sieg herbeischafften.

Einige Hauptleute befahlen ihren Schanzknechten und Trossjungen, die noch brauchbaren Waffen zusammenzutragen, da mit Einbruch der Dunkelheit die Schlachtfeldhyänen, Marodeure und der Auswurf der Gesellschaft, der wie die Schmeißfliegen den Heeren folgte, zum Rauben auf dem Gelände erscheinen würde. Das, was von diesen Galgenstricken noch auf dem Schlachtfeld zurückgelassen wurde, holten sich zu guter Letzt die Bauern, die die Toten begraben sollten und sie fast nackt in die ausgehobenen Gruben warfen.

Die zurückgelassenen 20 Kanonen des Dänenkönigs wurden bereits von einigen ligistischen Feuerwerkern begutachtet und Jodokus machte einen großen Bogen um diese Ansammlung von Menschen, da ihm nicht nach Fachsimpeln über Pulverzusammensetzung und Feuerkraft zumute war. Er umrundete ein mannshohes Buschwerk und erblickte dahinter einige umgestürzte Wagen mit noch angeschirrten, krepierten Pferden und zerbrochenen Pulverfässern. Und inmitten dieser Trümmer lag ein rundlicher, dicker Mann auf dem Rücken und Jodokus schaute in das Gesicht des glatzköpfigen Pulvermeisters Hans Büsing. Jodokus blieb reglos vor der zerhauenen Leiche stehen, zugleich staunend überrascht und gleichzeitig erschrocken. »Klara«, stieß er hervor und begann wie irrsinnig die zerschlagenen Bruchstücke der Pulverwagen beiseite zu räumen, drehte weitere tote Körper herum und ließ sich schließlich verzweifelt auf den Boden sinken. Dort lag er und unterschied sich kaum noch von den niedergestreckten Gestalten in seiner Umgebung. Erst nach einer längeren Zeit, in der ihm die Bilder von den Paderwiesen und dem Mainufer durch den Kopf spukten, öffnete er die Augen und sah etwas Rötliches aus dem Gebüsch scheinen. Auf allen Vieren kroch er in das Buschwerk. Das rötliche, braune Haar war durch das Blut einer Kopfwunde noch rötlicher gefärbt als er es in Erinnerung hatte. Vorsichtig zog er Klara aus dem Gebüsch und lehnte sie an das Rad eines Wagens. Sie atmete, schien aber durch einen Schlag oder Sturz auf den Kopf zu benommen zu sein, um ihn zu erkennen. Jodokus holte sein Pferd, legte sie über dessen Rücken und folgte, wie es schien, mit seiner Beute den vollgepackten Pferden seines Regiments.

Vor den Stadtmauern von Lutter hatten sich Teile der ligistischen Armee zu einer Belagerung eingerichtet, aber noch am frühen Abend ergaben sich die 30 übriggebliebenen Fähnlein der dänischen Armee. Die einfachen Soldaten wurden in die kaiserlich ligistischen Regimenter untergesteckt, wodurch diese ihre Verluste schon wieder ausgeglichen hatten. Die Offiziere wurden in Gewahrsam genommen, um sie gegen Lösegeldzahlung wieder ihren protestantischen Auftraggebern zurückzugeben.

Gellende, markerschütternde Schreie wiesen Jodokus den Weg zu zwei großen Zelten, die etwas abseits vor den Mauern aufgebaut waren. Hierhin hatte man die noch lebenden eigenen Verwundeten geschafft, die man auf dem Schlachtfeld aufgesammelt hatte. In den Zelten waren Bader, Barbiere, Chirurgen, Wundärzte und Männer, die sich dafür hielten, am Werk, mit blutverschmierten Fasszangen Kugeln aus den Schusswunden zu ziehen, siedendes Öl in offene Wunden zu schütten oder gleich ein zerschmettertes Körperteil zu entfernen, bevor es brandig wurde. Jodokus sah, wie einer dieser Feldchirurgen einem Wimmernden die Augen zudeckte, die Hände zusammenband und mit einer Knochensäge einen Unterschenkel abtrennte, wobei die ohrenbetäubenden Schreie in einem bewusstlosen Röcheln verstummten. Jodokus hatte gesehen, dass an diesem Tag viele der Schwerverletzten auf dem Schlachtfeld einen elenden Tod starben und nur wenige die Zelte der Feldchirurgen erreichten. Wer dem großen Massengrab entkommen war, den Betäubungsschlag des Feldschers überlebte, war durch die Knochensäge zum Krüppel geworden, der sein Leben zukünftig als Bettler auf der Landstraße fristen musste. Den vorläufig Geretteten drohte zudem der gefürchtete Wundbrand, der sich begleitet von hohem Fieber im Körper ausbreitete und schnell zum Tod führte.

Jodokus überzeugte mit einem Geldstück einen Feldscher mit nach draußen zu kommen, um nach Klara zu sehen. Er hatte sie dort in der noch warmen Abendsonne auf seinen Mantel gebettet. Der Feldscher schnitt mit einer Schere ein Loch in den roten Haarschopf, holte ein Schächtelchen hervor und streute ein schwarzes Pulver auf die kaum noch blutende Kopfwunde, ein bewährtes Heilmittel, wie er Jodokus erklärte, der schließlich für sein Geld sehen wollte, dass der Wundheiler etwas unternahm. Als der Feldscher begann, einen mit Blut und Schweiß verschmutzten Stofffetzen in Streifen zu reißen, um die Wunde zu verbinden, kramte Jodokus ein altes Hemd hervor, sodass der Feldscher Klara einen halbwegs sauberen Turban um den Kopf legte.

Klara lebte, aber erst nachdem Jodokus bei einer Sudlerin einen Napf fettiger Suppe aufgetrieben hatte und sie Klara vorsichtig einflößte, schlug sie endlich ihre Augen auf. Klara war verstört und brauchte einige Augenblicke, um sich zurechtzufinden. Dann starrte sie erstaunt und verwundert Jodokus an, der wie ein treuer Wachhund an ihrem Lager kauerte und freudig immer wieder, oh Klara, Klara kläffte und dabei nicht ihre Hand leckte, sondern zärtlich streichelte. Die junge Frau richtete sich ein wenig auf, wobei ihr Jodokus behilflich war, indem er ihr ein zusammengerolltes Päckchen mit Kleidern und Decken unter den Rücken schob. Etwas Farbe kehrte in ihr blasses Gesicht zurück und wie es schien, war Klara in ihr neu gewonnenes Leben zurückgekehrt.

Klara tat es gut, nach den Ereignissen des Tages diese Erleichterung und Zuneigung in Jodokus Augen zu sehen. Auch sie freute sich ehrlich über ihr Wiedersehen, aber eher auf eine unsentimentale Art, ohne die großen Gefühle, die Jodokus übermannt hatten. Sie war Jodokus dankbar, dass er zum richtigen Zeitpunkt zur Stelle war. Sie hatte in ihrem bisherigen unbeständigen Leben erfahren, dass es wichtig war, einen zuverlässigen Menschen an ihrer Seite zu haben. Jodokus könnte das sein, jetzt wo ihr Vater nicht mehr da war, brachte sie den Gedanken nicht zu Ende, da sie von den Erinnerungen überwältigt wurde. Und sie schilderte mit leiser Stimme, wie sie dem jungen Braunschweiger Herzog gefolgt waren, dabei mehrmals alles verloren hatten, einschließlich der Mutter, die von der roten Ruhr weggerafft wurde, Schließlich habe sie der schon kranke Herzog im Lager seines Onkels, des Dänenkönigs, zurückgelassen und sei nach Wolfenbüttel gebracht worden. Dort, so verbreiteten es die Flugschriften, sei er wie Herodes gestorben, da ein Riesenwurm ihn von innen zernagt habe. Ihr Unheil war in der Schlacht mit den kroatischen Reitern über sie gekommen. Ihr Vater hatte sich schützend vor sie gestellt, war mit einem Säbel niedergestreckt worden, erinnerte sie sich, bevor sie von einem fürchterlichen Schlag ins Gebüsch geschleudert wurde.

Am Tag nach der Schlacht lag der Heerwurm satt und vollgefressen in und um Lutter, verdaute den Sieg und schied die Beute wieder in den Kreislauf des Krieges aus. Es wurde geschachert, gehandelt und versetzt, Kriegsgerät wechselte den Besitzer und Stiefel, Jacken und Hüte bekamen neue Träger. Auch betrieben einige Marketenderinnen und Frauen aus dem Tross ein Nebengeschäft und verkauften ihren Körper an die zu Geld gekommenen Söldner. Wie ein Soldat, der mit den Füßen tritt und mit den Armen um sich schlägt, so setzten auch sie jedes Körperteil ein, zeigten ihre weißen Schenkel, reizten mit halbbedeckten Busen und lockten mit einem versprechenden Mund. Die Lagerdirnen riefen unverhohlen ihre Preise aus wie die Metzger, die totes Fleisch verkauften. Die Garküchen wurden belagert und die Zapfen aus den herbeigeschafften Bierfässern geschlagen. An die Verfolgung des geschlagenen Feindes und die Belagerung seiner befestigten Plätze dachten die verloderten Tillyschen Regimenter vorerst nicht. Das überließen sie den Kroaten und den ausgeruhten Truppen, die ihnen der General Wallenstein geschickt hatte. An diesem friedlichen Ruhetag erholte Klara sich unerwartet schnell von ihrem bösen Schlag und es sorgte für wenig Aufsehen, dass Jodokus sie zum Lagerplatz des Asseburger Regiments mitbrachte. Denn auch andere Söldner hatten nach der Plünderung des feindlichen Trosses einige Mädchen und Frauen ins Lager verschleppt und nahmen es als eine Selbstverständlichkeit an, dass Jodokus sich einen schönen, schlanken, weiblichen Lastesel zugelegt hatte.

Klara schüttelte den Kopf und schickte einige derbe Flüche in Richtung einiger Soldaten, die ihre jüngst geraubten Frauen schlugen und drangsalierten, damit sie ihnen zu Diensten seien. Klara wusste, dass ohne Frauen der Krieg nicht zu führen war. Sie waren eine unverzichtbare Hilfe im gemeinsamen Zelt oder der Reisighütte. Sie trugen den Hausrat der Soldaten, richteten die Kleidung, kochten, wuschen, sorgten für das leibliche Wohl und pflegten ihn, wenn er nicht mehr marschfähig war oder durch eine Verletzung niedergestreckt wurde. Das mitgeschleppte Vieh, die Pferde und Hühner wollten gefüttert werden sowie die zahlreichen Lagerhunde. Sie hatte genügend Einblicke in das Zusammenleben im Lager und auf den beschwerlichen Märschen gewonnen, um zu wissen, dass viele dieser geraubten Frauen, nachdem sie den Söldnern Weißzeug, Kleidung und allerlei Gegenstände ins Lager hinterhergetragen hatten, beim Aufbruch des Regiments wieder freigelassen würden oder entliefen. Für einen Soldaten war es nicht möglich, dachte sie zwischen Verbitterung und Zorn, mit Gewalt und Zwang eine Partnerin zu gewinnen, mit der man längere Zeit zusammenleben wollte. Wenn man die Frauen entführte, womöglich misshandelte oder gegen ihren Willen aufs gemeinsame Lager zwang, entliefen sie bei der ersten Gelegenheit, da es in dieser Lagergesellschaft, die ständig von Ort zu Ort zog, nicht möglich war, sie beständig wie eine Gefangene zu bewachen.

Klara hatte es mit Jodokus besser getroffen. Er versorgte sie an diesem Tag mit allem, damit sie wieder zu Kräften kam. Mit seiner Fürsorge, Zuwendung und Wärme tröstete er sie über den Verlust des Vaters hinweg. Sie vertraute ihm und schätzte seine bedächtige

Art, auch wenn er manchmal zu zögerlich daherkam und ihm das Feuer zu fehlen schien, ganz im Gegensatz zum Hitzkopf Johann Schneeberg, der mit seiner unüberlegten Art sie alle in Gefahr bringen könnte, wie sie Jodokus warnte, als er ihr seinen Gefährten vorstellte.

Erholung, Müßiggang und eine ausufernde Völlerei im Lager waren nicht von langer Dauer. Ein schlecht gelaunter Obrist Asseburg und seine Rittmeister schreckten ihr Regiment auf und befahlen, sich an die Verfolgung der protestantischen Armee zu beteiligen, die sich auf ihre befestigten Plätze und Garnisonen im Norden zurückzogen. Auf ihrem Zug verabschiedeten sich heimlich einige der untergesteckten Söldner, die erst vor wenigen Tagen die Seiten gewechselt hatten und versuchten, wieder Anschluss an die dänischen Abteilungen zu finden. Andere blieben bei ihrem neuen Regiment, da sie sich auf Seiten der kaiserlich ligistischen Armee eine bessere Versorgung versprachen.

Klara hatte die Seite vom evangelischen ins katholische Lager gewechselt, ohne dass das für sie eine größere Bedeutung hatte. Klara sah sehr deutlich, dass sie als junge schlanke Frau mit ihren roten Haaren und ihrem schönen Gesicht schnell lüsterne Blicke auf sich zog und es das Beste wäre, bei Jodokus zu bleiben und mit ihm in einer neuen Beutegemeinschaft ihr altes Leben fortzusetzen. In den kommenden kriegerischen Unternehmungen galt es sich zu behaupten. Ein anderes Leben kannte sie nicht.

In den schwülen Spätsommertagen bewegte sich die gefräßige Raupe nordwärts in Richtung der bremischen Lande. Der Dänenkönig war noch nicht vollständig aus dem Kriegsschauplatz geschlagen, obwohl viele der protestantischen Landesherren ihren Frieden mit dem Kaiser machten und nur die Herzöge von Mecklenburg an der Seite des Dänenkönigs verblieben. Christian IV. zog sich mit seinen Resttruppen über die Elbe zurück und quartierte seine Regimenter in seinem Herzogtum Schleswig und ins benachbarte Mecklenburg ein. Eine energische Weiterführung des Krieges stieß auf den Unwillen der ligistischen Regimenter, die sich über ausstehende Soldzahlungen beklagten und an manchen Tagen kaum noch Brot an ihren Lagerplätzen vorfanden. Nur ein satter Soldat ist ein guter Soldat, mussten die Obristen erkennen und ihren Soldaten die Zügel freigeben. Wenn man kein Geld hatte, musste man die Truppen aus dem Land leben lassen. Und so dachte Ludwig von Asseburg, das ginge nun einmal auf Kosten der Bürger und Bauern, da der Kaiser immer klamm war, Maximilian von Bayern, der Führer der Liga, selten etwas übrighatte und die Fürsten glaubten, einen Krieg führen zu können, ohne zu zahlen.

Gute warme und auskömmliche Winterquartiere zu suchen, beherrschte das Denken und Wollen in den sich immer träger dahinschleppenden Regimentern. Dem rastlosen Johann Schneeberg, der alle seine auf dem Schlachtfeld bei Lutter gewonnenen Reichtümer schon wieder verloren hatte und auf weitere Beutezüge hoffte, erklärten die alten Kriegsgurgeln des Regiments, dass für dieses Kriegsjahr von ihnen nichts mehr zu erwarten sei, denn eine alte Söldnerweisheit besage – und dabei brachen sie in ein schallendes Gelächter aus – ein Landsknecht und ein Bäckerschwein woll´n allzeit gut gemästet sein, die weil sie niemals wissen nicht, wann man sie würgt und niedersticht.

Schlechtgelaunt und gereizt bewegte sich Ludwig von Asseburg unter seinen Soldaten. Sein erster Feldzug als Obrist eines Regiments hatte unter keinem glücklichen Stern gestanden. Die Schlappe seines Regiments bei Lutter hatte man ihm angelastet. Man gab ihm zu verstehen, dass er mit der Führung eines Regiments wohl noch überfordert sei und hatte ihm einen neuen Befehlshaber vor die Nase gesetzt. Ludwig von Asseburg war in seiner Ehre gekränkt und es war kein Trost, dass er sich weiterhin kaiserlich-ligistischer Obrist nennen durfte. Er überlegte, sich auf seine Burg zurückzuziehen und seinen Dienst zu quittieren. Verletzter Stolz und die Gedanken an die nicht sehr sprudelnden Einkommensquellen seiner Familie standen im Widerstreit. Schließlich siegte die Einsicht, weiterhin im Geschäft mit dem Krieg zu bleiben. Allerdings verabschiedete er sich früh mit einem kleinen Gefolge ins Winterquartier.

Jodokus, Johann und Klara waren nicht traurig darüber, dass sie nun mit ihrem Obristen die Vorzüge einer standesgemäßen Unterbringung und Versorgung genießen durften. Schon die gewöhnliche Dienstleistung, die sie in jedem Dorf einfordern konnten, bestand aus Unterkunft, Holz für Feuer, Licht und Salz sowie Futter für die Pferde. Ihr General Tilly hatte öffentlich bekannt gegeben, dass ein Rittmeister mit seinem Gefolge täglich mit 4 Maß Wein, 20 Maß Bier, 20 Pfund Brot, 12 Pfund Fleisch, 2 Hennen sowie ein halbes Schaf oder Kalb zu versorgen sei. Und selbst die Pferdejungen und die Frauen im Tross sollten jeweils 1 Maß Bier, 2 Pfund Brot und ein Pfund Fleisch erhalten. In den städtischen Quartieren sollten feste Verpflegungssätze gezahlt werden, von denen die Soldaten ihren Lebensunterhalt und die Verpflegung ihrer Pferde bestreiten mussten. Damit würden Übergriffe und Plünderungen vermieden, hatte der alte General den immer wieder protestierenden Städten entgegengehalten.

Ludwig von Asseburg hatte vor seinem kleinen Hofstaat großspurig geprotzt, dass er als kaiserlicher Obrist alle zehn Tage einen Anspruch auf mindestens 40 Reichstaler habe und auch Jodokus und Johann als gemeine Soldaten würden 1 Reichstaler erhalten. Und fügte ihr Obrist gönnerhaft hinzu, wenn er Johann zum Fähnrich und Jodokus zum Sattler befördere, hätten sie jeweils 3 Reichstaler zu erwarten. Ohne große Mühen seien solche Geldzahlungen von den reichen Bischofsstädten zu leisten, die sie vor der Besetzung durch protestantische Truppen beschützt hätten, versicherte der Obrist, als er die ungläubigen Blicke seiner jungen Soldaten sah. So näherte sich die kleine Gruppe einer Stadt, die mit spitzen Dächern und schweren, breiten Türmen aus einer Landschaft mit Heide und Hügeln, Föhren und Birken aufstieg. Neben Jodokus, Klara, Johann und einem Pferdeknecht begleitete sie noch eine Bedienstete ihres Obristen, die zudem sein Bett teilte. Klara, die der Obrist als Jodokus Soldatenfrau ansah, musste sich gleichzeitig als Magd des Obristen um die Essenzubereitung kümmern.

Am Stadttor wurde der kaiserliche Obrist zuvorkommend durchgelassen und sie ritten durch stattliche Straßen zum Dom, in dem seit kurzer Zeit wieder die katholische Messe gelesen wurde. Am Marktplatz der Stadt herrschte ein ohrenbetäubender Lärm aus lauten Rufen von Geboten, ein Schnattern, Quieken, Krächzen, Beschimpfungen und dröhnendem Lachen. Die Markthändler priesen lauthals ihre Waren an.

»Hier gibt es herrlichen, noch warmen Kuchen.«

»Lebende Karpfen zu verkaufen.«

»Brennholz, Brennholz«, heulte eine schrille Stimme. Zwischen den Marktständen wuselte ein Junge umher und versuchte einige Bürger in eine Seitenstraße zu locken.

»Mein Vater schneidet schmerzfrei Eiterbeulen, Furunkeln und Hühneraugen.« Übertönt wurde das Geschrei durch das Gezeter einiger Marktfrauen, die miteinander in Streit gerieten und sich als altes Aas, alte Vettel und räudige Hündin gegenseitig beschimpften.

Jodokus und Johann führten ihre Pferde nun am Halfter, redeten beruhigend auf sie ein und bahnten sich an der Spitze des kleinen Zuges einen Weg an den Marktständen vorbei durch beißenden Abfallgeruch und Schmutzwasser. Argwöhnisch von den Marktbesuchern beobachtet, erreichten sie das Rathaus der Stadt. Hier wurde ihr Obrist von Mitgliedern des Osnabrücker Rates in herkömmlicher Weise mit einem Ehrentrunk empfangen, mit Geschenken in Form eines kleinen Geldbeutels und einiger Krüge Wein aus dem Ratskeller bedacht.

Nach der Begrüßung und den Wünschen zu einem bequemen Aufenthalt, führte sie ein Ratsbote ins Morrian, einer Herberge in der Bierstraße. Der Pferdejunge brachte ihre Pferde in den Stall neben ihrer Herberge und richtete sich dort seinen Schlafplatz ein. Klara und die Bedienstete des Obristen schafften alles, was sie auf den Pferderücken mit sich führten, ins Haus und beeilten sich, den geschenkten Wein schleunigst hinterherzutragen. Ihr Obrist war offenbar in Trinklaune. Ludwig von Asseburg ließ sich an einem grob zusammengezimmerten Holztisch nieder und forderte Jodokus und Johann auf, ihm ein wenig Gesellschaft beim Trinken zu leisten. Der Wein löste die Zunge und immer redseliger erläuterte der von sich überzeugte Obrist seinen schweigenden Zuhörern die Lage in diesem verwickelten Krieg. Da bevölkerten große fremde Länder den kleinen Raum und schlossen sich zu Bündnissen zusammen, von denen Jodokus und Johann bisher nichts gehört hatten. Niederländische Generalstaaten kamen ihren Glaubensbrüdern zur Hilfe und schickten Gelder in die protestantischen Lager. Da standen Spanier und der Papst in Rom treu an der Seite des Habsburger Kaisers, der mit der katholischen Fürstenliga trotz allen Streits gemeinsame Sache machte. Aber den Franzosen war nicht zu trauen, die obwohl katholisch mit den protestantischen deutschen Fürsten paktierten, die wiederum auf Geld aus England warteten und hofften, dass ihnen die Dänen und vielleicht auch der Schwedenkönig beisprangen.

Jodokus und Johann tranken fleißig mit und ließen ihren Obristen reden. Der hatte sich mittlerweile den großen Heerführern zugewandt und nuschelte mit schon schwerer Stimme. Der General Tilly sei sicherlich ein verdienstvoller und schlachtenerprobter Haudegen, aber auch ein bemitleidenswerter Bettler, der vor den Fürsten buckeln müsse und sich nie ausreichende Mittel zur Kriegsführung verschaffen könne. Ganz anders der ehrgeizige und eigensüchtige Kondottiere Wallenstein. Sein reiches böhmisches Herzogtum Friedland liefere ihm alles, Proviant, Waffen, Munition und alle übrigen Dinge, die man zur Ausrüstung der Regimenter benötige, Schuhe, Lederzeug, Sättel und selbst Hufeisen, Wagen und Pulver. Die Rechnungen dafür präsentiere er dem Kaiser, der seinem Günstling die Schulden mit Land bezahle. So wechselten Grafschaften und Fürstentümer in diesen Zeiten schnell ihren Besitzer. Dieser geschäftstüchtige Wallenstein erhob in den von ihm besetzten Gebieten fortwährend Kontributionen zum Unterhalt seiner Regimenter, selbst ausstehende Soldzahlungen trieb er ein, ganz nach dem Grundsatz, der Krieg muss den Krieg ernähren.

Inzwischen war es dunkel geworden und der schwer angetrunkene Asseburger stand auf und ging nach draußen, um sein Wasser abzuschlagen. Ein anwachsendes, sich zu einem Geschrei steigerndes Stimmengewirr veranlassten Johann und Jodokus ebenfalls nach draußen zu schwanken. In der Dämmerung sahen sie einige aufgebrachte Bürger der Stadt drohend vor ihrem Obristen stehen und sie hörten, wie ihr Wortführer ihn anfuhr: »Wir brauchen keine katholischen Besatzer in der Stadt, die wie bei einer Mäuseplage nur alles wegfressen. Katholische und Lutherische haben sich hier bisher gut vertragen.«

Ludwig von Asseburg war außer sich, was sich dieser Pöbel gegenüber einem kaiserlichen Obristen herausnahm. Er drehte sich um, stolperte zum Haus und schrie Johann an: »Hol meine Pistole« und zu Jodokus: »Schaff Licht herbei.«

Die jungen, auch schon vom Wein angeschlagenen Soldaten, konnten ihrem Obristen nicht mehr zur Hilfe kommen. Johann überreichte ihm zwar noch die geforderte Pistole, übersah die Türschwelle, stürzte und blieb auf der Treppe liegen. Klara war es, die Jodokus eine Laterne herausreichte und so konnten sie mitansehen, wie der Freiherr mit der Pistole in der Hand im flackernden Licht der Laterne wutschnaubend den erregten Bürgern entgegentrat.

»Mit Blei werde ich eure Dreistigkeit austreiben«, brüllte er und fuchtelte wild mit der Pistole. Die im Gegensatz zu Johann und Jodokus noch klar denkende Klara befürchtete, dass der Obrist im Begriff stand, seine Kavaliersehre mit der Exekution des Beleidigers wiederherzustellen.

Durch den Aufruhr und Tumult auf der Straße war die benachbarte Stadtwache alarmiert worden und die Stadtbüttel rannten herbei. Sie sahen im Halbdunkel einen erkennbar betrunkenen, wildgewordenen Mann die Ordnung bedrohen, schlugen mit ihren Partisanen auf ihn ein und verfolgten den Flüchtenden bis in den Stall, wo sie ihn übel zurichteten. Klara, Jodokus und der sich aufrappelnde Johann zogen eine stöhnende, nicht mehr herrschaftlich aussehende und auftretende Jammergestalt aus dem Pferdedreck im Stall und trugen ihn ins Haus, wo seine Bedienstete sich weiter um ihn kümmerte.

Am nächsten Morgen marschierte ein ausgenüchterter, sich zerschlagen fühlender Obrist zum Rathaus, eskortiert von seiner verkaterten Wache. Ludwig von Asseburg hatte seine blauen Flecken von den Schlägen des Vortages unter einem grell roten Wams mit kunstvollem Spitzenkragen und einem großen Federhut verborgen. Mit farbigen Bändern waren die Hosen und Strümpfe geschnürt und die Füße steckten in gelben Schnallenschuhen. Über diese vornehme

Kleidung hatte er allerdings ein Bandelier angelegt und in dem Ledergürtel steckte eine beinlange Pistole. Im Leibgürtel war zudem ein riesiger Stoßdegen befestigt, der beim Gehen über das Straßenpflaster klapperte. Auch Johann und Jodokus in ihren hohen, umgeschlagenen Reiterstiefeln, den lederbesetzten Reithosen, den Sturmhauben auf dem Kopf und der Arkebuse in den Händen, zeigten, dass sie als Soldaten unterwegs waren.

Der Rat der Stadt war über die nächtlichen Vorkommnisse bereits unterrichtet. Die Ratsvertreter versuchten den erzürnten und gekränkten Obristen damit zu besänftigen, dass eine Untersuchung bereits eingeleitet sei und die Übeltäter zur Rechenschaft gezogen würden. So einfach ließe sich das nicht aus der Welt schaffen, schnaubte der Asseburger, schließlich hätten einfache Stadtknechte in heimtückischer Weise ihre Hand gegen einen Freiherren und zumal noch kaiserlichen Obristen erhoben. Nein, er fordere blutige Genugtuung und er werde diesen Ort nicht eher verlassen, bis diese Kreaturen nicht seiner eigenen Leibwache und seiner Gerichtsbarkeit übergeben würden. Unverhohlen drohte er den Ratsvertretern, dass ihm auch andere, gewaltsame Mittel zur Verfügung stünden, um die Schläger zu bestrafen und seine Ehre wiederherzustellen.

Die Ratsherren hatten verstanden. Sie fürchteten nichts so sehr, wie das Herbeirufen weiterer Soldateska in ihre Stadt, deren Wüten man hilflos ausgesetzt war. Ein kluger Ratsherr, der wusste, dass man mit Geld viele auf den ersten Blick aussichtslose Dinge aus der Welt schaffen könnte, machte den Vorschlag, eine Entschädigung in Form einer beträchtlichen Summe Geldes, könne für den Herren Obristen doch vorteilhafter sein und sein Ehrgefühl mildern.

Ludwig von Asseburg schob seine spitze Vogelnase in Richtung des schlauen Ratsherren, unsicher ob er den hingeworfenen Köder aufpicken oder dem Hinterlistigen ins Gesicht hacken sollte. Argwöhnisch beäugte er die Runde und plusterte sich noch einmal auf. Die nichtsnutzigen Wächter der Stadt verdienten zwar keine Gnade, aber aus besonderer Rücksicht für ihren neuen Landesherren, dem Fürstbischof Franz Wilhelm von Wartenburg, lasse er mit sich über eine Abfindung reden. Und nach einer eingetretenen Pause, schob er nach. »10.000 Taler sind für so ein schändliches Vergehen wohl angemessen.«

Die Ratsherren taten erschrocken. Sie waren gute Kaufleute und verstanden es zu handeln. Nach einigem Feilschen wie auf dem Jahrmarkt einigte man sich auf 8000 Taler. Da Ludwig von Asseburg einige leidvolle Erfahrungen mit säumigen Zahlern gemacht hatte, bestand er darauf, dass die Stadt sich für die Zahlung der Entschädigung verbürge. Die Täter waren unvermögende Leute der Stadt, aber ihr Vorgehen, einen kaiserlichen Obristen zu verprügeln, hatte ihnen den heimlichen Beifall einiger vermögender Bürger eingebracht. Ewald Grave, einer der reichsten Kaufleute der Stadt, stellte sich als Bürge, so dass die erste Hälfte der Wiedergutmachungssumme an einen besänftigten Obristen ausgezahlt werden konnte.

Am Abend in der Herberge in der Bierstraße, machte sich Johann Schneeberg über das erlebte Handelsabkommen vom Vormittag lustig. Jodokus und Klara gegenüber spottete er, es sei doch ungerecht, wie leicht ein Freiherr und Obrist mit ein paar Beulen und blauen Flecken Geld verdienen könne. Er wäre bereit, für ein paar Taler sich eine richtige Tracht Prügel abzuholen. Johann Schneeberg staunte immer noch, dass eine so große Summe Geldes zu gewinnen war, ohne eine Stadt zu belagern, zum akkord zu zwingen oder einen feindlichen Tross zu plündern. Einfache Soldaten müssten darauf hoffen, dass der Krieg fortschreite und sie im neuen Jahr in die reichen norddeutschen Hansestädte einfallen könnten.

Johanns Hoffnungen erfüllten sich nicht. Die ligistischen Regimenter wurden in den weiteren kriegerischen Unternehmungen gegen den Dänenkönig nicht mehr benötigt. Auf Flugschriften erreichten sie die Nachrichten, dass Wallensteins Söldner das Heer des Dänenkönigs fast in die Ostsee getrieben hatte und nur der unverwüstliche Heinrich Holk sich in Stralsund zäh behaupten konnte. Sie hingegen lungerten als lästige Besatzung in den Garnisonsorten herum, dösten in ihren Quartieren und sorgten für allerlei Übergriffe und Beschwerden, da viele ihrer adligen Offiziere nicht mehr vor Ort weilten. Auch Ludwig von Asseburg kehrte mit seinem Gefolge auf die heimische Burg zurück, vergaß jedoch nicht, die ausstehende

Geldzahlung einzufordern. Im Herbst des Jahres schickte er Johann und Jodokus in die Stadt, um die vereinbarte zweite Rate der Wiedergutmachungssumme abzuholen. Der Rat musste eingestehen, dass er die Restschulden bei den Hauptschuldnern und Bürgen nicht eintreiben konnte. Die Hauptschuldner waren aus der Stadt verschwunden und der Hauptbürge Ewald Grawe prozessierte gegen den Rat, als der versuchte, sein Warenlager zu beschlagnahmen.

Mit freundlichen Worten schickten die Ratsvertreter die Abgesandten zu ihrem Freiherrn zurück und ließen ihm ausrichten, dass ihnen die Hände gebunden seien. Sie hätten in dieser höchst unerquicklichen Angelegenheit den Oberkommandierenden der ligistischen Regimenter, den General Tilly, um Hilfe gebeten. Der hörte sich die herzzerreißenden Klagen der Stadtbürger über die Einlagerung der Soldaten an, die über alle Kräfte ginge. Nicht nur müssten sie ihre Betten hergeben und mit Weib und Kindern auf Stroh in den Speichern hausen, sondern den Soldaten auch ihre Tische überlassen, während sie im Abfall der Städte nach Essbarem suchen müssten. Die Stadt sei mit Kontributionen so abgeschöpft, dass sie sich Geld bei denen leihen müsste, die noch etwas haben. Bald werde es dahinkommen, dass es in der Stadt nur noch Bettler gäbe. Freilich müsse es Einquartierungen geben, betonte der weißhaarige kleine General und nur der Irrglaube sei schuld, dass Hunger und Tod sich durch die Gassen schlichen. Aber er wolle die Stadt entlasten und so verfügte er, dass jegliche Zahlung an diesen habgierigen Obristen einzustellen sei.

Johann und Jodokus waren die Überbringer dieser schlechten Nachricht und beobachteten, wie ihr Obrist auf seiner Burg machtlos tobte, dass er vom Kurfürsten Ferdinand, von der Liga und überhaupt von der katholischen Partei bisher nur betrogen worden sei und es besser sei, wieder ein Werbepatent der Protestanten anzunehmen.

Dazu kam es nicht, da Friedensglocken die Zukunftsplanungen des Ludwig von Asseburg zerstörten. Der Dänenkönig schloss in Lübeck Frieden mit dem Kaiser und der Liga und verabschiedete sich vom deutschen Kriegsschauplatz. Das Asseburgsche Regiment wurde abgedankt. Die ehemaligen Soldaten mit ein paar Talern auf die Gaart geschickt, was bedeutete, dass sie sehen mussten, wo sie blieben.

Jodokus Wallbaum freute sich auf seine Rückkehr ins Dorf. Ein Pferd brachte er lieber mit einem Pflug oder nützlichem Dung in Verbindung als mit Harnisch und Pulverdampf. Er träumte davon, den elterlichen Hof wieder aufzubauen und die brachliegenden Äcker unter den Pflug zu nehmen. Er bedrängte Klara, mit ihm zu kommen und gab ihr umständlich zu verstehen, dass, wenn sie ihren Hof wieder bewirtschafteten, ihnen ihr Grundherr die Zustimmung nicht verweigern würde.

Klara schaute Jodokus nachdenklich an. Sie hatten die Burg über einen schmalen, rechteckigen Innenhof durch ein mit einem Eisengitter gesichertes Tor verlassen und schauten auf ein üppiges Blätterdach, das die Burg einhüllte. Sie gingen ein paar Schritte in den Wald, der im hellen Licht der Sonne streifig glänzte und vom Vogelgezwitscher belebt wurde. Klara antwortete nicht sofort, ihr Blick schien sich in den Baumkronen zu verlieren und in ihren Gedanken war sie weit weg. Sie hatten bisher eher wie Geschwister zusammengelebt und eine Ehe war bisher nur ins Gespräch gekommen, als der General Tilly einmal damit gedroht hatte, alle Frauen aus dem Lager zu verweisen, die ungetraut in Schande zusammenlebten. Viele Söldner mit ihren Gefährtinnen waren daraufhin zum Geistlichen gerannt und in den Ehestand eingetreten, ohne dass sich an ihrem Leben etwas Grundsätzliches geändert hätte. Im unsteten Leben einer Lagergesellschaft, den beschwerlichen Märschen, der Suche nach auskömmlichen Quartieren und der Versorgung mit dem Lebensnotwendigen, konnte es von Vorteil sein, sich in klaren Verhältnissen zu bewegen. Sie hatte nichts gegen den Ehestand, aber es graute ihr vor einem Leben in einem ärmlichen Dorf, der Plackerei auf den Feldern, der Abhängigkeit von einem Grundherrn und dem immerwährenden Kreislauf des Ausharrens und Vergehens. Sie kannte nur das Leben in der Bewegung des Krieges und in der ruhelosen Lagergesellschaft, wo sich jeder erst einmal selbst der nächste war. Sie wollte Jodokus nicht vor den Kopf stoßen und erklärte vorsichtig: »Ich wäre eine schlechte Bäuerin, ich verstehe ja nichts vom ländlichen Leben.«

Klara begriff die schlichte, kindliche Liebe des Bauernsohns zum Boden nicht, aber als sie sah, wie Jodokus unter ihren Worten zusammenzuckte, als hätte er am Schandpfahl Peitschenhiebe erhalten, setzte sie schnell hinzu: »Ich glaube, wir sollten den Sommer abwarten und sehen, wohin sich der Wind dreht, ob der Friede hält oder der Krieg nur eine Pause einlegt. Bis dahin ist es besser, wenn ich als Bedienstete auf der Burg bleibe und du in dein Dorf zurückkehrst.«

Noch am gleichen Tag verließen Jodokus Wallbaum und Johann Schneeberg als abgedankte Söldner den Asseburger und kehrten in ihr Dorf zurück. Johann Schneeberg verstand Klara. Er war über die Aussicht nicht erfreut gewesen, wieder in die Mühsal des Dorfes eingezwängt zu werden. Da aber die kriegerischen Unternehmungen eingestellt waren, sah er für sich keinen anderen Weg. Er vermutete, dass sich für Klara andere Auswege eröffnen könnten. Sie war eine hübsche, junge Frau, hatte einen eigenen Kopf und war in der Lage, ihren dichten roten Haarschopf in ein besseres Haus zu betten als in eine rauchige Bauernkate. Johann Schneeberg hatte in den vergangenen Jahren gelernt, auf seinen eigenen Nutzen zu achten und er fand es nicht verwerflich, wenn er Klara unterstellte, ihre Lage vielleicht mit ihren Reizen zu verbessern. Johann und Jodokus, die beiden Bauernsöhne waren aufgebrochen, um vom Krieg zu leben. Nun kehrten sie mit fast leeren Händen zurück. Johann hatte den Halbsold, den sie bei ihrer Entlassung erhalten hatten, schnell in der nächsten Braustube verspielt und vertrunken. Jodokus hatte aus dem abgelaufenen Söldnerleben einige Taler gerettet, die aber, wie Klara ihm in aller Härte zu verstehen gab, ein kümmerliches Dasein nur für einen kurzen Zeitraum aufhalten würden.

Sie waren mit ihren zwanzig Jahren im besten Soldatenalter, aber ausgerechnet jetzt war dem Krieg die Puste ausgegangen und hatte sie in ihr früheres Leben zurückgeweht, klagte der Schneeberger, als sie wie zwei Strauchdiebe auf ihren Pferden an den Schlagbaum heranritten, der das Dorf vor Eindringlingen schützen sollte. Die beiden ehemaligen Soldaten waren abgestiegen und führten ihre Pferde durch die dornige Wallhecke und den matschigen Schlinggraben, der kaum Wasser führte, da die im Frühjahr sprießenden Gräser und Holunderbüsche ihn fast leergeschlürft hatten.

Das Dorf bot einen heruntergekommenen, zerrupften Anblick. Die zurückliegenden Kriegsjahre, Tierseuchen, schlechte Ernten und die unausrottbaren Pestkeime hatten ihre Spuren hinterlassen. Die durchziehenden Söldnerhaufen und die Abgesandten aus den wechselnden Garnisonen im nahegelegenen Städtchen hatten erklärt, die Güter der Bauern gehören den Soldaten so gut als den Bauern selbst und also hätten sie das Recht, davon zu leben. Und mit diesem Recht des Stärkeren hatten sie Futter für ihre Pferde und Nahrung für deren nimmersatten Reiter gefordert. Mit den abgedankten Söldnern und ihren zwei Pferden vergrößerte sich der im Dorf dringend benötigte Bestand an Zugtieren für Pflug und Wagen. Eine vage Hoffnung keimte auf, sich von den Drangsalen des Krieges zu erholen. Zäune, Scheunen und Gebäude galt es auszubessern, verwüstete Ländereien wieder zu bebauen, das Sommer- und Winterkorn in die Erde zu bringen und auf dem dritten Teil des Landes, dem Brachfeld, das Vieh zu hüten.

Jodokus Wallbaum begrüßte freudig seine Schwester Marie, die ihnen vor dem Schneeberger Hof entgegengetreten war. Die strahlte, hatte aber nur Augen für Johann Schneeberg. Jodokus hielt sich nicht lange am Schneeberger Hof auf. Er machte sich sofort auf den Weg zum Anwesen seines Grundherren, das etwas außerhalb des Dorfes lag. Von einer Wasserburg zu reden, hätte dem Bauwerk zu viel Ehre eingeräumt, aber es war ein befestigter Herrensitz, der von einem nicht sehr breiten Wassergraben umgeben war und inmitten der gutsherrlichen Scheunen und Ställe lag.

Eckbrecht von Haxthausen trat dem jungen Bauernsohn wohlwollend entgegen. Er hatte sich bisher aus den kriegerischen Händeln herausgehalten und war sehr besorgt, dass sein Land wieder unter den Pflug kam. Er hatte unlängst wüst gefallene Ländereien neu verteilt und stand dem Wunsch von Jodokus aufgeschlossen gegenüber, den väterlichen Halbmeierhof wieder aufzurichten. Schließlich hing das Wohlergehen der eigenen Familie davon ab, dass möglichst viele Vollmeyer, Halbmeyer und Kötter ihre Kornheuer und Zehnten ablieferten und mit ihren Hand- und Spanndiensten die gutsherrlichen Ländereien bestellten. Denn ein freier Herr baute nicht selbst seinen Acker, das war Knechts Arbeit, die Pflicht seiner Bauern für ihren Freiherrn.

Jodokus Entschlossenheit beeindruckte Eckbrecht von Haxthausen, als dieser erklärte, ein Pferd habe er, Pflug, Egge und Ackergeschirr ständen noch neben dem Schuppen, der von ihrem abgebrannten Hof übriggeblieben sei. Er benötige zum Bau einer vorläufigen kleinen Behausung Sohlholz aus dem Wald des Grundherrn, wie es altes Recht sei. Der Freiherr verzog sein Gesicht, da er nur ungern an das Recht des dritten Pfennigs erinnert wurde. Er hatte das Holz zum Bau eines neuen Hauses zu liefern, mit der unsicheren Aussicht, beim Verkauf dieses Hauses den dritten Teil des Verkaufspreises zu erhalten.

»Ja. Ja«, seufzte er zustimmend und hoffte, dass in diesen unsicheren Zeiten nicht noch mehr Höfe dem Feuer zum Opfer fielen. »Mein Förster wird dir ein paar Ulmen im Wald anzeigen.«

Der Gedanke an die Belastungen, die sein Haus zu tragen hatte, trübte die Stimmung des Grundherren und er erinnerte Jodokus an die Pflichten eines zukünftigen Halbmeiers. So habe er für die Bemeierung und Übertragung des Meiergutes 10 Taler als Weinkauf zu leisten, die spätestens nach Ablauf eines Jahres fällig würden. Eckbrecht von Haxthausen entließ seinen neuen Meier mit der Warnung, bliebe er drei Jahre mit der Kornheuer, dem Zehnten und den anderen ihm bekannten Abgaben in Verzug, werde er abgemeiert und das Gut wieder eingezogen.

Jodokus war trotz dieser Drohworte erleichtert und voller Hoffnung und Tatendrang. Beschwingt tänzelte er am Dorfwaschplatz vorbei und ein paar Frauen schauten verwundert auf und fragten sich, was den schwerfälligen Burschen gestochen habe. Selbstbewusst betrat er durch das große Deelentor den Schneeberger Hof. Eine weite Halle öffnete sich bis zur hinteren Herdwand. Im vorderen Teil befanden sich die Ställe, standen links und rechts Kühe und

Pferde, schlossen sich die Schlafkammern der Knechte und Söhne auf der Pferdeseite und ihnen gegenüber die der Mägde und Töchter an. Die Halle, die fast einer Dorfkirchenhalle glich, war Stall-, Mistscheune, Wohn-, Arbeits-, Koch- und Aufenthaltsraum zugleich. Frei auf der Pflasterung im hinteren Teil der Hallendeele lag der Herdraum mit der offenen Feuerstelle, wo sich die Bewohner des Hofes zum Abendessen versammelt hatten. Über dem Herdfeuer hing an einem Kesselhaken ein großer Topf, in dem ein Getreidebrei köchelte. Der Herdraum war der Mittelpunkt des Hauses und das offene Feuer war sowohl Koch- wie auch im Winter Wärmefeuer und die einzige Lichtquelle, die die geräumige Deele mit einem schummrigen Flackerlicht beleuchtete. Der Rauch des Herdfeuers verbreitete sich ungehindert im ganzen Haus. Der unter einem Funkenschirm hervorquellende Rauch räucherte Schinken und Wurst hoch oben unter der Decke, vertrieb das Ungeziefer, nahm die Viehdünste auf und trocknete im Dachraum Getreide, Heu und Stroh, bevor er schließlich durch die Eulenlöcher im Dachfirst ins Freie trat. An diesen Rauch- und Lichtlöchern im Dachgiebel des Schneeberger Hofes waren merkwürdige Zeichen angebracht, Hexenzeichen, die vor Schadenzauber und einem Eindringen böser Geister schützen sollten.

Seitlich des Herdfeuers hatten sich die Angehörigen des Hofes an einem langen Tisch niedergelassen und aßen mit Holzlöffeln den heißen Haferbrei. Der alte Schneeberger, der vom Kopfende des Tisches alles übersehen konnte, verteilte dazu für jeden Angehörigen seines Hauses ein Stück Brot. Das Essen war zu wichtig, um es mit aufgeregtem Reden zu stören und wurde schweigend eingenommen. Erst dann gab der alte Schneeberger mit einem Nicken das Zeichen und Jodokus konnte die Ergebnisse seines Vorsprechens bei ihrem Grundherren der Tischrunde mitteilen. Scheinbar an seine Schwester gerichtet, aber mit Stolz in der Stimme für alle deutlich vernehmbar, frohlockte er: »Marie, schon in wenigen Wochen wirst du wieder einer eigenen Haushaltung vorstehen.«

Den alten Schneeberger bat er, ihn bei seinem zukünftigen Vorhaben zu unterstützen, so wie dieser seiner Familie schon in der

Vergangenheit beigesprungen sei. Zuerst wolle er den Schuppen ausbessern und um einen Einstellplatz für sein Pferd erweitern. Einige der Dorfarmen, und alle am Tisch kannten die sieben landlosen Familien, die nur Haus und Garten besaßen, sollten für ein paar Münzen von seinem Halbsold die Ulmen behauen, das Fachwerkständerwerk für ihre zukünftige Bleibe errichten, die Fächer des Balkengerüsts mit Weidenruten auskleiden und mit dem Lehm aus der Kuhle am Dorfrand ausstreichen und glattputzen.

Der alte Schneeberger brummte zu allem nur zustimmend und versprach, das erste Saatkorn zu leihen, da er Jodokus die Bewirtschaftung eines Meiergutes zutraute. Und in Richtung seines aus dem Krieg zurückgekehrten Sohnes, von dem er sich keine große Hilfe auf dem Hof erwartete, stöhnte der wortkarge Bauer: »Ich verzichte ungern, aber Johann soll dir bei den Arbeiten helfen.«

Zum ersten Mal an diesem Abend löste Marie Wallbaum ihren Blick von der Tischplatte, auf die sie abwesend gestiert und das bisherige Gespräch teilnahmslos verfolgt hatte. Sie schien aus ihrer Schwermut aufzuwachen, ein Lächeln huschte über ihr Gesicht und eine neue Kraft schien sie zu beleben. Sie setzte sich aufrecht an den Tisch und man hatte eine kraftvolle Frau vor Augen, die nicht unähnlich ihrem älteren Bruder, tatkräftig an eine bessere Zukunft glaubte. Sie strich ihr blondes Haar aus dem Gesicht, schaute Jodokus und den neben ihm sitzenden Johann offen an und verkündete: «Mit Johanns Hilfe werden wir das Erbe der Eltern wiedergewinnen.«

Inzwischen war die Dämmerung in die Deele gezogen und nur, wenn neues Holz nachgelegt wurde, schickte das aufflackernde Herdfeuer ein paar Lichtblitze durch den Rauch zum vorderen Deelentor. Dort meinte Jodokus einen rotschimmernden Kopf im Eingang zu sehen, der bereits im nächsten Augenblick wieder von der Dunkelheit verschluckt wurde. An diesem Abend blieb die von Jodokus sehnsüchtig herbeigewünschte Klara nur eine Erscheinung und erlosch als ein Trugbild mit dem Herdfeuer.

Klara blieb für längere Zeit unsichtbar und sie näherte sich zum ersten Mal dem Dorf, als es hieß, der Löwe aus Mitternacht, der Schwedenkönig Gustav Adolf, sei an der Ostseeküste gelandet, um für die evangelische Freiheit einzutreten. Klara war von der Burg des Asseburgers durch den Buchenwald gekommen, verharrte nun am Waldrand und schaute in ein Tal hinunter auf strohbedeckte Häuser. Sie sah Männer und Frauen in ihrer zerschlissenen, einfachen Kleidung müde und gebückt mit schweren Lasten auf dem Rücken, sich in Richtung ihrer Häuser schleppen. Sie sah die ausgetretenen Pfade und zerfahrenen Wege, auf denen hochrädige Karren und schiefe Wagen daherrumpelten. Sie sah Männer hinter dem Pflug gehen und beim Näherkommen Frauen am Waschplatz des Dorfes die tropfende Wäsche auswringen, während ihre kleinen Kinder ihnen am Rocksaum hingen. Sie sah die größeren Jungen und Mädchen das Vieh in den Wald treiben oder auf den brachliegenden Feldern hüten. Sie ahnte etwas vom herannahenden Winter, wenn diese Tiere mit kärglichen Gaben von Stroh, Heu und trockenem Laub am Leben erhalten würden, in der Hoffnung, dass viele bis ins Frühjahr überlebten und von den ebenfalls mageren Überlebenden auf zittrigen Beinen ins erste Grün geleitet würden. Klara ahnte, dass diese Menschen der Erde nichts weiter erhofften, als in Frieden gelassen zu werden bei ihrem Überlebenskampf mit einer unberechenbaren, widerspenstigen Natur. Als sie die kleine, noch nicht gekalkte neue Lehmhütte erblickte, fühlte sie etwas von den endlosen Mühen und der zurückliegenden Schufterei seiner Bewohner. Sie spürte deren Stärke und zähe Beharrlichkeit, dem kurzen Leben etwas Glück abzuringen. Ihr entging, dass deren Verständnis von der Welt in dieser kleinen Welt verhaftet war und verdunkelt wurde von Aberglauben und Irrungen, in denen böse Geister und Hexerei, unerklärliche Himmelszeichen und Hellgesichter der Alten für Albträume sorgten.

Klara schob die nur angelehnte Tür auf und betrat die Lehmhütte. Zwei Ziegen waren an einer Schlafstätte angebunden und einige Hühner flüchteten laut gackernd aus dem Raum. Im zweiten Raum beugte sich eine junge Frau über ein qualmendes Feuer, das sie zwischen aufgeschichteten Steinen entfacht hatte. Marie Wallbaum glotzte überrascht die eingetretene Frau wie eine vom Himmel gefallene Erscheinung an, begriff aber sofort, wer da durch den

Rauch in ihre Behausung getreten war. Jodokus hatte immerfort von einer rothaarigen Frau, mit einem schmalen, schönen Gesicht und einer schlanken Gestalt geschwärmt und fast täglich davon geträumt, dass sie in sein Haus käme und bliebe.

Marie hatte ihren Bruder bemitleidet und war gleichzeitig darüber verärgert, dass der Liebestrunkene nicht danach fragte, was aus ihr würde, wenn eine Bäuerin ins Haus käme. Marie war es zufrieden gewesen, da fast jeden Tag Johann Schneeberg erschien, der Jodokus zur Hand ging, wie der alte Schneeberger es angeordnet hatte. Sie musterte neugierig diese selbstbewusste Frau, die sich nicht scheute, allein den unheimlichen Wald zu durchqueren und in einem unbekannten Dorf ein fremdes Haus zu betreten.

Marie hatte ihr Dorf bisher nie verlassen, hatte sich oft von Ängsten gequält im Haus versteckt und nur aus sicherer Deckung die Betriebsamkeit im Dorf beobachtet. Erst seit Johann Schneeberg raumgreifend und mitreißend in ihr Leben platzte, war etwas von dieser Angststarre von ihr abgefallen. Immer hatte sie ein kommendes Unheil befürchtet, erblickte unheilvolle Zeichen am Himmel und hörte das Gemurmel der weisen alten Frauen, um sich die Gegenwart und Zukunft zu erklären. Johann verscheuchte alle diese Bedenken mit einem einzigen Lachen. Wie ein Wirbelwind, der beständig seine Richtung änderte, schüttelte er sie ins Leben. Zerzaust, aber doch glücklich, blieb sie zurück, wenn Johann schon längst wieder reißaus genommen hatte, ohne sich um die Folgen zu kümmern.

»Ich muss Johann und Jodokus sprechen«, kam Klara gleich zur Sache und schaute Marie freundlich an. Die spürte wieder diese luftabschnürende Beklemmung in sich aufsteigen, schnappte nach Luft wie ein Fisch, der aus dem Wasser gezogen wurde. Klara bemerkte ihre Nöte, klopfte ihr mitfühlend auf die Schulter und zog sie mit der Bemerkung ins Freie: »Lass uns aus dem Rauch gehen«. Vor der Tür hatte Marie sich wieder gefasst und deutete mit der Hand auf die kleine Scheune.

»Dort sind die beiden und lagern den Wintervorrat ein«. Und kaum hörbar flüsterte sie: »Die Ernte wird nicht reichen, um die Ansprüche des Grundherrn zu erfüllen und Geliehenes zurückzugeben.«

Traurig sah sie Klara hinterher und dachte, dass ihr Einkommen nicht reichen würde, um diese Frau zum Bleiben zu bewegen. Das Tor zur kleinen Scheune stand offen. Jodokus bearbeitete mit einem Dreschflegel die auf dem Boden ausgebreiteten Korngarben und Johann warf mit einem Sieb das Gedroschene in die Luft, so dass der durch das offene Tor einfallende Wind das Korn von Überbleibseln reinigen konnte. Schweiß und Staub hatte ein Relief in ihre Gesichter gezeichnet und ihre Augen verklebt. Als sie wie durch einen Schleier Klara erblickten, ließen sie fast gleichzeitig ihr Arbeitsgerät fallen. Jodokus setzte sich auf einen ausgedroschenen Strohhaufen und Johann scharwenzelte wie ein freudig erregter Hund um Klara herum. Beide verstanden sofort, dass Klara mit einer Botschaft gekommen war und nicht, um ihr Dorfleben zu teilen. Bei Johann löste das eine ungeduldige Erwartung aus, Jodokus versetzte es einen schmerzhaften Stich.

Klara berichtete, dass ihr Obrist auf seiner Burg zwischen Bequemlichkeit und Ungeduld hin und her zappelte. Er war das Landleben und das Kindergeschrei seiner wachsenden Familie überdrüssig, wollte besser heute als morgen wieder ein Regiment werben, da Söldner gebraucht würden, seit der Schwedenkönig in Pommern die Feindseligkeiten aufgenommen habe und auch der General Tilly als Oberkommandierender der kaiserlichen Truppen wieder zur Stelle sei.

»Hat das denn nie ein Ende«, seufzte Jodokus und Klara fuhr fort, dass nach dem Sieg der katholischen Waffen, ein Edikt des Kaisers wie ein Donnerschlag in die protestantischen Länder eingeschlagen sei. Sie wisse es nicht genau, aber es betreffe wohl viele hundert Klöster und Güter, die die Evangelischen den Katholischen in der Vergangenheit weggenommen hätten und nun nach dem Willen des Kaisers zurückgeben müssten. Selbst so große und reiche Bistümer wie Bremen und Magdeburg sollten den Besitzer wechseln. Das habe die protestantischen Fürsten in Deutschland sehr erbittert und sie hofften auf den Schwedenkönig, der die Gelegenheit ergriff, sich in die deutschen Händel einzumischen. Ihr calvinistischer Nachbar, der Landgraf von Hessen- Kassel, war einer der ersten, der Kontakt zum König Gustav Adolf suchte. Der Herr auf der Burg, ihr ehemaliger Obrist Ludwig von Asseburg, schwanke noch, welcher Partei er sich dieses Mal anschließen solle. Er wolle den Winter nutzen, seine Fühler ausstrecken und Erkundigungen einziehen. Jodokus und Johann sollten im Auftrag des Freiherren die benachbarten Adelssitze und die noch vorhandenen Garnisonen besuchen, Briefe überbringen, Meinungen einholen und dem Herrn auf der Burg berichten. Ludwig von Asseburg ging davon aus, dass er im nächsten Jahr wieder ein Werbepatent von einem der aus den Winterquartieren zurückkehrenden Generäle erhielte, nur unklar sei von welchem.

Johann zuckte mit den Achseln und feixte, ihm sei es egal, mit wem und für wen man sich demnächst schlüge, nur auf ihre Kosten müssten sie dabei kommen.

Jodokus schüttelte den Kopf: »Ich bin Bauer und kein Soldat. Wer soll den Acker bebauen? Und bleibe ich mit den Abgaben im Rückstand, verliere ich alles.«

Klara setzte sich zu Jodokus auf den Strohhaufen. Sie legte ihre Hand sanft auf seinen Arm, sah ihn fest an und erwiderte: »Jodokus, Bauern kommen im Krieg nie auf ihre Kosten. Nutze den Winter, um dir mit den Botendiensten für den Asseburger einen kleinen Verdienst zu verschaffen.« Aber der sperrige Bauer gab seinen Widerstand erst auf, als die rothaarige Schönheit ihm zuraunte: »Und wir könnten uns dann auf der Burg sehen.«

Jodokus und Johann waren fast einen halben Tag über gefrorene Äcker und durch kahle Wälder gelaufen. Sie hatten die Krempen ihrer Filzhüte über die Ohren gebogen und die dicken Jacken mit Schnüren sehr fest zugebunden, um sich vor der schneidigen Kälte eines Dezembertages zu schützen. Endlich sahen sie eine Stadt vor sich liegen, die sich im Halbkreis an den Fluss schmiegte. Fünf Tortürme ragten aus der zinnenbewehrten Mauer hervor und wiesen auf die Wege, die dort in die Stadt führten. Der Stadtmauer vorgelagert war ein breiter Wall mit zwei Wassergräben, über die Brücken zu den Toren führten. In Höxter sollten sie den Falkenberger Hof aufsuchen und nach Moritz von Falkenberg fragen, von dem es hieß, dass er als Obristleutnant in kaiserliche Dienste getreten sei. Die westfälischen Adligen verbrachten das Weihnachtsfest immer gern zuhause, hatte der Asseburger gemutmaßt und die beiden eine Woche vor Weihnachten nach Höxter geschickt.

Am Stummrigentor war der Zugang zur Stadt versperrt. Eine große Menschenmenge war aus dem Stadttor nach draußen gequollen und verteilte sich auf den zugefrorenen Stadtgraben und auf den Böschungen des Stadtwalls. Johann und Jodokus mischten sich unter die aufgeregten Stadtbürger und erfuhren, dass gleich eine Kloffe Geschke auf das Wasser geschmissen werde, da sie den Küchenjungen ihres kaiserlichen Stadtkommandanten verhext habe. Der Hauptmann Siebelhoff, der hier der Garnison vorstand, hatte den Bürgermeister der Stadt bedrängt, das alte Weib in Haft zu nehmen. Sie sei dann auf der großen Stube im Rathaus vorgeführt worden und der Meister Drain, der Stadthenker, habe ihr zugeredet, sie solle im Guten gestehen, was sie dem Jungen angetan habe, ansonsten müsse er sein Zeug holen. Die Geschke habe alles abgestritten und laut gerufen, sie habe keinem Menschen etwas Böses getan, sie sei keine Zauberin und man solle sie doch aufs Wasser werfen.

Inzwischen hatten Johann und Jodokus sich eine bessere Sicht auf den Graben verschafft, da sie auf den Wall gestiegen waren. Ein Stück des Grabens hatte man vom Eis befreit und der Henker und ein Knecht schleppten die alte Frau aus dem Zwinger am Stadttor herbei. Sie entkleideten sie bis auf ein Hemd und banden ihre Füße und Arme zusammen. Auf ein Zeichen des Bürgermeisters, der neben dem Stadtkommandanten inmitten der Ratsherren und kaiserlicher Soldaten stand, stieß der Henker die reglos am Boden liegende Frau ins Wasser. Die Frau tauchte kurz ein und kam wieder an die Oberfläche, der Henker versuchte mit einer Stange sie nach unten zu drücken. Es half nichts, Kloffe Geschke schwamm oben auf dem Wasser. Da wies der Bürgermeister den Meister Drain an, die Frau schleunigst aus dem Graben zu ziehen, bevor sie erfror und in die warme Stube im Torzwinger zu bringen. Die Untersuchung würde morgen auf dem Rathaus fortgeführt. Die Schaulustigen liefen den in ihren vornehmen Roben abrückenden Ratsherren hinterher und riefen: »Sie ist eine Toffenersche, eine Zauberin und Hexe, jeder hat gesehen, dass sie oben schwamm.« Jodokus und Johann musste man nicht erklären, dass nur wer unterging, vielleicht unschuldig war. Es konnte aber auch sein, dass der Teufel nicht zur Hilfe gekommen war.

Die beiden wurden mit der Menge in die Stadt gespült und durch die Stummrigenstraße geschoben, vorbei an imposanten Häusern mit bunten Schnitzereien an den Fassaden, die den Reichtum ihrer Besitzer widerspiegelten. Am Markt löste sich die Menge auf und verteilte sich. Sie liefen in Richtung der hohen Türme von Sankt Kiliani, erreichten das Rathaus und stolperten die Treppen in den Rathauskeller hinunter, in deren Wärme viele aus der Kälte flüchteten.

Die langen Tische im Rathauskeller waren alle besetzt und Jodokus und Johann gesellten sich an einer Tischecke zu einigen Krämern und Handwerkern. Die Stadtbürger waren noch sehr aufgewühlt von der Wasserprobe vor dem Stadttor und ein breitschultriger, kräftiger Mann bedauerte die vom Stadtkommandanten beschuldigte Geschke als ein armes, altes Weib, das um Brot bitten musste. Und ein anderer erregte sich über den kaiserlichen Hauptmann, der nichts als Unfrieden gebracht habe: »Mit Soldaten haben sie uns gezwungen, wieder die katholische Religion anzunehmen. Der Hauptmann Siebelhof hat mit einem Kommando Söldner unsere Bürgermeister in die Messe geschleppt. Aus der Hand des Abtes von Corvey musste der gesamte Rat die Kommunion entgegennehmen und ihm schmeicheln, dass das Luthertum in Höxter ausgerottet würde.«

»Aber die Siegestage der Liga sind bald vorbei«, zischelte ein schmächtiger Schneider leise in die Runde, »wenn der Schwedenkönig Ernst macht und der hessische Landgraf und andere Fürsten sich ihm anschließen.«

Mit diesem Trost beruhigten sich die protestantisch gesinnten Stadtbürger und bestellten neue Bierkrüge. Johann Schneeberg nutzte die Gelegenheit nach dem Falkenberger Hof zu fragen. Als hätte er in ein Wespennest gestochen, giftete der schmächtige Schneider wieder los: »Die gehören zum Corveyer Gesindel, der alte Falkenberger hat dafür gesorgt, dass der Fürstabt in die Stadt zurückkehren konnte.« Und ein griesgrämiger Alter aus der Zunft der Gerber fauchte mit schriller Stimme: »Die Mönche leben wie große Herren von den Speisen der Armen, denen sie lieber Segen verkaufen statt Brot zu schenken.«

Die beiden Bauernsöhne verstanden die Hintergründe der städtischen Auseinandersetzungen nicht, entnahmen jedoch aus dem durcheinandergehenden Geschrei, dass der Falkenberger Hof auf dem Rodewiek in der Nähe des Corveyer Tores läge. Sie verließen den hitzigen Rathauskeller, bestaunten die gegenüberliegenden zwei gewaltigen Türme von St. Kiliani, überquerten den großen Marktplatz, fragten noch einmal nach dem Corveyer Tor und erreichten den Rodewiek, eine mit groben Steinen gepflasterte Straße.

Der Falkenberger Hof war ein beeindruckender Adelshof mit einem außenliegenden Treppenturm für das mehrgeschossige Steinhaus. Das Dach war mit roten Sandsteinplatten gedeckt und bot einen besseren Feuerschutz als die Strohdächer in ihrem Heimatdorf. Johann und Jodokus traten an das Portal des Treppenturms und betätigten einen Türklopfer. Eine junge Bedienstete lugte hinter der Tür hervor, erkundigte sich nach ihrem Anliegen und führte sie durch das Vorderhaus in eine Kaminstube, wo zwei stattliche Männer im Gespräch zusammensaßen.

Jost Christoph von Falkenberg weilte im Stadthaus der Familie und besprach mit Georg von Oeynhausen zukünftige Vorhaben. Die männlichen Mitglieder der adligen Familien im Hochstift waren beständig damit beschäftigt, Ausschau zu halten, wie sie ihr Auskommen verbessern könnten. Die Besitztümer dieses kleinen Landadels warfen nicht so viel ab, um gerade den nachgeborenen Söhnen ein standesgemäßes Leben zu ermöglichen. Natürlich kannten die Falkenbergs die Asseburger, Haxthausens und die Oeynhausens, die durch Heirat untereinander verbunden waren. Jost Christoph von Falkenberg versprach daher, die von Johann übergebene Nachricht des Asseburgers an seinen älteren Bruder Moritz weiterzuleiten, der sich bei seinem Vater, dem Corveyer Landdrosten, im Nachbarort Blankenau aufhielt. Neugierig geworden erkundigte er sich bei den beiden Bauernburschen, was denn Ludwig von Asseburg so Wichtiges zu vermelden habe, dass er seine Boten so kurz vor Weihnachten losschicke. Johann antwortete selbstbewusst: »Der Herr von Asseburg will im neuen Jahr wieder werben und will wissen für welche Exzellenz das am günstigsten ist.«

Georg von Oeynhausen lächelte herablassend und mischte sich ein: »Ich werde zu den Kürassieren des Obristen Johann Götz gehen. Seine schweren gepanzerten Reiter werden die Schweden aus dem Feld schlagen.«

Er hatte das nicht zu den Bauernburschen gesagt, sondern sich an Jost von Falkenberg gewandt. Als dieser nicht reagierte, setzte er hinzu: »Vielleicht will dein Bruder Moritz nicht gegen die Schweden reiten, um nicht mit den Verwandten handgemein zu werden.«

Jost von Falkenberg schüttelte heftig den Kopf und entgegnete: »Moritz hat immer die katholische Sache unterstützt und nicht wie so viele andere ihre Fahne in den Wind gehängt. Er würde auch Dietrich, den Vetter unseres Vaters und Obrist des Schwedenkönigs, in Magdeburg belagern. Aber frag ihn selbst«, setzte er verärgert hinzu, »du bist ja auf dem Weg nach Blankenau.«

Georg von Oeynhausen bereute sein vorlautes Wichtigtuen und versuchte zu besänftigen: »Ich weiß, dass die Liga auf Moritz zählen kann.«

Er war um Wiedergutmachung bemüht und erbot sich, auf dem Rückweg vom Drostensitz in Blankenau Jodokus und Johann die Antwort Moritz von Falkenbergs zu übergeben. Sie sollten morgen um die Mittagsstunde, wenn die Glocken von St. Kiliani zum Gebet riefen, vor dem Rathaus auf ihn warten.

Im Adelshof der Falkenbergs konnten sie die Nacht nicht bleiben, gab ihnen Jost Christoph von Falkenberg zu verstehen, der darauf verwies, dass im nahegelegenen Minoritenkloster Arme gespeist und mittellose Durchreisende ein Nachtlager fänden. Vom Falkenberger Hof bis zur Minoritenkirche mit den angebauten Klostergebäuden waren es nur ein paar Schritte. Jodokus und Johann näherten sich der Klosterpforte, zögerten aber, zu läuten. Von ihnen unbemerkt war ein Mönch in ihrem Rücken herangetreten und sprach sie freundlich an. Sie berichteten knapp, was sie nach Höxter geführt hatte und dass es zu spät geworden sei, um in ihr Heimatdorf zurückzukehren. Zu ihrer Überraschung kannte der Corveyer Mönch ihr Dorf und ihre Herrschaft. Er läutete und nahm seine Begleiter mit ins Kloster, wo er im Auftrag des Corveyer Abtes Einiges mit den Minoriten zu besprechen hatte.

Der Fürstabt von Corvey plante bei wieder ausbrechenden Kriegswirren seinen Aufenthalt im Minoritenkloster hinter den festen Stadtmauern zu nehmen. Die uralte Reichsabtei Corvey lag nur ungenügend geschützt außerhalb der Stadtmauern und war selbst vor kleineren Streiftrupps nicht sicher. Im Refektorium des Klosters ließ sie der freundliche Mönch zurück. Sie würden dort etwas zu essen bekommen und er würde sich später um sie kümmern.

Jodokus und Johann waren satt und zufrieden, als sich der Corveyer Mönch zu ihnen setzte. Johannes von Haxthausen hatte lange nichts von seiner Familie gehört und befragte die beiden nach Neuigkeiten aus den Dörfern und Häusern seiner Familie. Die Bauernsöhne wunderten sich, hier ein Mitglied ihrer Grundherrenfamilie anzutreffen, das ihnen nicht herrisch, sondern sanftmütig gegenüber trat.

Sie fassten Vertrauen zu dem bescheidenen Mönch und fragten ihrerseits, warum die Bürger der Stadt so schlecht auf die Falkenbergs und Corvey zu sprechen seien. Das sei eine traurige Geschichte, erwiderte der Mönch. Der Kölner Kurfürst Ferdinand, auch Fürstbischof des Hochstifts Paderborn, habe den Corveyer Abt Johann Christoph von Brambach entführt und im Schloss Neuhaus gefangengehalten. Dem Abt wurde vorgeworfen, zu wenig zur Wiederherstellung des wahren Glaubens gegen die renitenten protestantischen Bürger in Höxter unternommen zu haben. »Aber in Wahrheit«, seufzte der Mönch, «wollte sich der Kurfürst die kleine Fürstabtei Corvey einverleiben.«Mit Gottes Hilfe und den Reitern des Corveyer Landdrosten Burkhard von Falkenberg sei der Abt befreit und ihm das Land vom Kaiser höchstpersönlich wieder zugesprochen worden. Nach fünf Jahren Haft sei der Abt mit seinem getreuen Landdrost zurückgekommen und habe seine Herrschaft wieder ausgeübt, sehr zum Unmut der Bürger in Höxter.

»Aber«, schloss der fromme Mönch seinen Bericht, »was sind das für Zeiten, in denen sich die Vertreter desselben, geheiligten Glaubens wie der Kurfürst und der Abt bekämpften und ein Riss viele Familien entzweit.« Er denke an seine eigene und die der Falkenbergs. Burkhard von Falkenberg mit seinen drei Söhnen Moritz, Jost Christoph und Johannes sei standhaft katholisch geblieben, während seine Vettern zu Herstelle Wedekind, Johann und Dietrich eine streng protestantische Richtung eingeschlagen hätten. Dietrich von Falkenberg sei schon früh in die Dienste des hessischen Landgrafen getreten und habe nun das Vertrauen des Schwedenkönigs Gustav Adolfs. Der habe ihn zu seinem Hofmarschall bestellt und wie man höre, als Obrist nach Magdeburg geschickt, um die Stadt gegen die katholischen Belagerer zu verteidigen.

Johannes von Haxthausen bedrückten diese Gedanken von dem Unheil in der Welt. Er sehnte sich in seinen Corveyer Konvent zurück, wo er abgeschieden von den Auseinandersetzungen zwischen den Königen, Fürsten und Herren dieser Welt, dem einzig wahren Herren dienen wollte. Bevor er sich verabschiedete, führte er die beiden Bauernsöhne aus einem Haxthausenschen Dorf in eine leerstehende Zelle, wo sie die Nacht verbringen konnten.

Die Glocken von St. Kiliani und St. Nikolai waren längst verklungen, als Jodokus und Johann fröstelnd und unschlüssig, wie sie sich verhalten sollten, vor dem Rathaus standen und auf Georg von Oeynhausen warteten. In der Zwischenzeit hatten sie beobachtet, wie der Stadthenker mit zwei Gehilfen über den Treppenturm in den großen Ratssaal geeilt war. Einer der Gehilfen hatte den schweren Sack mit den Werkzeugen für eine peinliche Befragung mitgeschleppt. Sie waren zusammengezuckt als markerschütternde Schreie nach draußen drangen und immer mehr Volk anlockte. In die wenig später einsetzende Stille vor dem Rathaus mischten sich Stimmen, die mutmaßten, nun habe der Teufel der alten Geschke den Hals umgedreht. Nach einiger Zeit kam ein schwitzender Henkersgeselle ins Freie, um sich abzukühlen. Sofort umringte ihn die Menge und er musste nicht sonderlich gedrängt werden, sich groß zu tun. Der Stadtkommandant habe angeordnet, den Henker mit seinem Zeug kommen zu lassen, um das Weib zu verhören. Meister Drain habe sie zuerst friedlich vernommen und sie ermahnt, die Wahrheit zu sagen, damit er ihr nicht mit den Schrauben Leib und Beine zerbrechen müsse. Das verstockte Weib habe aber im Guten nicht bekennen wollen. Darauf habe man ihr die Schrauben auf beide Beine gelegt, ihr die Arme auf den Rücken gebunden und sie auf der Leiter gewaltig nach oben gezogen und ordentlich gereckt. Die Toffernesche habe da ganz unmenschlich geschrien und der Teufel habe einen grauslichen Gestank auf der Stube gemacht. Endlich habe sie gewimmert, man solle sie losmachen, sie wolle gestehen. Da habe Meister Drain gefragt, wer sie alles gelehrt habe. Da habe sie gestanden, dass ihr Buhle Kick vom Busch heiße und ihr befohlen habe, sie solle Gott und allen seinen heiligen Engeln entsagen. Dann habe Meister Drain herausgefunden, wo die Zauberin ihre Kunst angewendet habe. Sie habe bei Volke Wißmann seinen Pferden was in die Krippe geworfen, woran die eingegangen seien. Und als Meister Drain ihr noch einmal mit den Beinschrauben gedroht habe, habe sie endlich andere Zauberinnen besagt. Auf dem Tanzplatz habe sie die Bokersche, die Weffelsche, die Schmeesche, Schobbe Lunnecken gesehen und sogar Anna Kramers, die Schwiegermutter des corveyischen Kanzlers Schoff. Die Besagungsliste sei sehr lang geworden, behauptete der Henkersknecht und der Stadtkommandant habe ausgerufen: »Diese Teufelsbrut, dieses Unkraut muss ausgerottet werden. Gegen die Zauberer, Unholde und Hexen muss nun scharf prozessiert werden.«

Die aufgestachelten Bürger vor dem Rathaus überboten sich daraufhin, unerklärliche Vorgänge wie das Krepieren von Tieren, Unwetter und überraschende Todesfälle auf das Wirken dieser Hexen zurückzuführen. Jodokus hatte Johann beiseite gezogen, war ganz aufgebracht und presste hervor: »Man braucht einen großen Gegenzauber, um nicht als Zauberer angeklagt zu werden.«

Johann schaute Jodokus verständnislos an und hörte schon nicht mehr hin, als dieser an den Werwolf aus ihrer Kindheit erinnerte, der nicht verbrannt worden wäre, wenn er die silberne Kette besessen hätte. Johann Schneeberg beherrschte ein anderer Gedanke.

Er drängte zum Aufbruch an das wärmende, heimische Herdfeuer, da Georg von Oeynhausen sie vergessen hatte. Auf dem Weg zum Stadttor stießen sie mit Georg von Oeynhausen zusammen, der vom Ritt durch den eisigen Wind ebenso durchgefroren war wie sie und sich nicht lange mit ihnen aufhielt. Er übereichte ein zusammengefaltetes Papier und gab ihnen mit auf den Weg, nicht zu lange auf den Asseburger zu warten, auch er sei immer auf der Suche nach brauchbaren Soldaten.

Die Mitteilung, die sie auf der Burg überbrachten, stellte den Freiherren nicht zufrieden. Ludwig von Asseburg war nicht bereit, als Rittmeister eine Kompanie Reiter zu werben und einem Obristen zuzuführen. Er beanspruchte ein Patent zur Aufstellung eines Regiments. Schließlich hatte er schon den Rang eines Obristen bekleidet. So mussten Johann und Jodokus zu Beginn des Jahres 1631 zu weiteren beschwerlichen Reisen aufbrechen, um neue Kontakte anzubahnen. Während Johann alle Häppchen vom wieder aufgeflammten Krieg begierig aufschnappte, vom Pasewalker Gemetzel der Götzischen Söldner an den Schweden ebenso hörte, wie vom Blutbad der Schweden in Frankfurt an der Oder, erkundigte Jodokus sich nach Kloffe Geschke, die auf dem hohen Feld verbrannt worden war und die Bokersche und weitere Unglückliche mit in den Tod gerissen hatte.

Jodokus bemerkte, dass es in den Gemäuern der Adelssitze wisperte und in den Dörfern heimlich getuschelt wurde, dass die Zauberkunst aller Orten heftig einreiße. Und als sie am Ende des Winters das Ringelsteiner Ländchen durchquerten, glaubten sie, einen abgebrannten Wald vor sich zu haben, so dicht standen die angekohlten Pfähle, an die die Hexen gefesselt worden waren. Entsetzt verließen sie eiligst diesen Verbrennungsplatz des Ringelsteiner Gerichtes. In den umliegenden Dörfern erzählte man hinter vorgehaltener Hand, dass der Hexenrichter Hoffmann kurzen Prozess mache und das Feuer nicht ausgehen ließe, damit dieses Teufelslaster vertilgt werde. Klara wunderte sich, dass der eher gleichmütige Jodokus einen so verstörten Eindruck machte, als er davon erzählte, sich heftig erregte und etwas von Schadenszauber und Gegenzauber stammelte.

Bei ihren Aufenthalten auf der Burg waren sich Klara und Jodokus wieder nähergekommen, hatten ein Stück ihrer alten kindlichen Vertrautheit wiedergefunden, die sie in früheren Zeiten verbunden hatte. An den Winterabenden saßen sie beieinander und vermieden es, über eine gemeinsame Zukunft zu reden, um nicht dieses angenehme Zugehörigkeitsgefühl zu zerstören. Klara sprach davon, dass sie nicht für immer im Dienst des Freiherren bleiben würde, den sie für einen Aufschneider hielt, der sich sprunghaft zwischen den Welten bewege und nicht nur seine Frau nach Herzenslust besprang. Deutlicher wurde sie nicht und sie schwieg, als Jodokus mit glänzenden Augen schwärmte, dass er von dem Lohn für die winterlichen Botengänge jetzt im Frühjahr zwei Kälber erstehen wolle. Beide unterließen es, eine Entscheidung herbeizuführen, als Jodokus in sein Leben als Bauer zurückkehrte und Klara auf ihren ungeliebten Platz in der Burg weiter ausharrte.

Mit dem Pflügen der Felder und dem ersten Grün in Wald und Flur begann erneut der immerwährende Kreislauf der Jahreszeiten. Johann unterstützte Jodokus bei den verhassten Feldarbeiten, verdrehte Marie den Kopf und schlich sich an den Sommerabenden auch in ihr Bett. Der Sommer war ungewöhnlich heiß und die Nächte brachten keine Abkühlung für die schwitzenden Körper. Marie genoss diese verzehrenden Hitzenächte und sah nicht die herannahende Dürre, während Johann nahm, was ihm angeboten wurde, ohne sich um ein Morgen zu scheren. Jodokus schlief allein und sah Klara nicht einmal in seinen Träumen, so abgekämpft und traumlos fiel er nach den Tagesmühen in einen bewusstlosen Schlaf.

Im Spätsommer hatten die beiden Bauernsöhne vom Sonnenaufgang bis Sonnenuntergang das Korn geschnitten, Marie hatte es gebunden und gemeinsam hatten sie es eingebracht. Zu Michaeli betrachteten sie stolz ihre Ernte und stellten die Scheffel bereit, die sie als Kornheuer ihrem Grundherren abliefern wollten, damit ihr Besitz nicht streitig werden könnte. Da erschienen wie von einem Herbststurm herangeblasen Soldaten im Dorf. Es waren die zerfledderten Überbleibsel der geschlagenen Armee des Generals Tilly, der mit den Resten seiner Regimenter bei Höxter über die Weser geflohen war. Jodokus ahnte nichts Gutes, aber Johann lud zwei Kaiserliche ein, sich zu setzen und über das Aufeinandertreffen mit dem Schwedenkönig zu berichten.

»Vater Jean, unser greiser General Tilly, hatte uns bei Breitenfeld in der Nähe von Leipzig in der bewährten spanischen Schlachtordnung mit unseren riesigen Tercios aufgestellt«, begann der Soldat. »Die Schweden umgingen mit kleinen beweglichen Einheiten unsere Haufen von Pikenieren, ihre Musketiere zertrümmerten mit ihren Doppelsalven unsere Reihen, dabei stellten sich die schwedischen Musketiere in eine kniende und eine stehende Reihe hintereinander und feuerten gleichzeitig. Zusätzlich befeuert wurde dieser bisher noch nicht gesehene Feuersturm durch neue leichte Feldstücke, die jedes schwedische Regiment mitführte. Selbst Schrammenhans, unser schneidiger General Pappenheim, holte sich bei seinen zahlreichen Reiterattacken eine blutige Abfuhr und musste schließlich sein Heil in der Flucht suchen. Unter den Pikenieren und Musketieren hielten die Schweden eine blutige Ernte.«

Der kaiserliche Reiter beendete seine kurze Beschreibung einer großen Niederlage mit dem Hinweis, nun müsse man die verbliebenen kaiserlichen Besatzungen abziehen, neue Regimenter aufstellen und sich in den Süden zurückziehen. Aber dazu müsse man sich zuerst einmal verproviantieren. Das Wort »verproviantieren« war Jodokus wie ein Schlag in den Magen gefahren. Ohnmächtig musste er mitansehen, wie die eben noch so redseligen Kaiserlichen damit begannen, das frisch ausgedroschene Korn mitzunehmen. Der Trupp wurde immerhin von einem weitsichtigen Hauptmann befehligt. Der sorgte dafür, dass ihnen nicht alles genommen wurde, da er wusste, dass die Bauern weiter Getreide für die nächste Aussaat benötigten, damit der Soldat auch morgen noch Brot habe.

Die Hessen nahmen da weniger Rücksicht. Sie folgten den Kaiserlichen auf dem Fuß und der Landgraf Wilhelm begehrte in seinem und des Königs von Schweden Namen Einlass in alle Städte des Hochstifts und nahm was er zum Unterhalt seiner Truppen benötigte, auch die zwei Kühe, zu denen die zwei Kälber in Jodokus Stall herangewachsen waren. Schnell war der letzte Kohlgarten kahlgefressen und die Hessen folgten als Verbündete dem schwedischen König durch die Pfaffengasse in die katholischen Bistümer an Main und Rhein. Kaum hatten sie ihre gerade eroberten Plätze wieder aufgegeben, kamen hungrig die Kaiserlichen zurück.

Die Heimsuchungen dieses Winters wollten nicht enden, da erneut die hessischen Truppen erschienen, um das Land, das ihnen der Schwedenkönig übereignet hatte, in Besitz zu nehmen. Hessische und kaiserliche Besatzungen wechselten beständig ab und die Durchzüge, Nachtlager und Beschlagnahmungen waren eine ständige Plage. Die fast vollständig leergefressenen Dörfer und ausgesogenen Städte mussten immer wieder neue Geldsummen aufbringen oder aus leeren Scheunen die letzten Wispeln Gerste, Roggen und Hafer zusammenfegen. Stroh und Heu waren an die Pferde verfüttert, weit und breit war kein Saatkorn mehr aufzutreiben und die Dorfarmen versuchten mit Wurzeln, Gras und Baumblättern ihren Hunger zu stillen. Im Frühjahr 1632 hatte Jodokus alles verloren, Rindvieh, Korn und seine Zuversicht. Johann Schneeberg hingegen schienen die durchziehenden Soldatenhaufen in eine fiebrige Erwartung und Ungeduld zu versetzen.

Auf der Burg des Asseburgers verbreitete sich Aufbruchstimmung. Ludwig von Asseburg hatte vom General Papenheim ein Patent bekommen, im Lippischen ein Regiment zu werben. Die Leibkompanie und der Stab des Obristen Asseburg sollten in Lemgo Quartier beziehen, Lüdge der Lauf- und Musterplatz werden, hatte Klara erfahren. Die Zeit war gekommen, wieder am Krieg teilzunehmen, eröffnete Klara das Gespräch mit Jodokus und Johann. Sie war zum zweiten Mal ins Dorf gekommen und hatte in einem Tuch ihre zusammengeschnürten Habseligkeiten gleich mitgebracht.

Die rothaarige, schlanke Klara und der schwarzhaarige, drahtige Johann hätten ein feuriges Gespann abgegeben. Beide konnten es kaum noch erwarten, unter die Soldaten zu kommen. Klara war jedoch klug und vorausschauend. Sie sah mit kühlem Blick in die irrlichternden Augen von Johann und hatte begriffen, dass der Krieg schon genügend Unwägbarkeiten bereithielt. Auf einen sprunghaften Gefährten wie Johann war kein Verlass. Sie brauchte Jodokus, der zwar unscheinbarer daherkam, aber ihr mit seiner kraftstrotzenden, derben Statur ausdauernd und verlässlich zur Seite stehen würde, nicht unähnlich einem in allen Armeen hochgeschätzten westfälischen Kaltblut. Sie hatte die unsicheren Existenzen der Mätressen der Adligen und der Beischläferinnen der Obristen gesehen, die Metzen der einfachen Soldaten bedauert, die kein größeres Ansehen genossen als die Lagerdirnen. Es sprach nichts dagegen, zu heiraten.

Klara benötigte keine große Überredungskunst, um den niedergeschlagenen, entmutigten Jodokus zu überzeugen, mit ihnen zu kommen. Sie unterließ es, ihn mit Versprechungen auf Laufgeld, Soldzahlungen oder Kriegsbeute zu locken, sondern gab ihm zu verstehen, dass sie zusammenbleiben könnten, wenn er es wünsche, mit dem Segen eines Pfarrers. Sie wollte einen Ehemann für den Krieg, Jodokus erhoffte sich eine Ehefrau für zukünftige Hoferben nach dem Krieg.

Johann platzte grob mit seiner Frage dazwischen, wann der Asseburger denn aufbreche und wann sie zur Stelle sein müssten. Klara verzog ihr Gesicht und schüttelte den Kopf. Mit dem Asseburger zu gehen, wäre keine gute Wahl. Der habe nur ein ärmliches Patent erhalten. Offiziere wie Soldaten sollten in ihrem Hauptquartier nur eine notdürftige Versorgung mit Futter, Licht, Zwiebeln und Bettwerk erhalten. Asseburg musste versprechen, die Bürger in ihren Privilegien nicht anzutasten, ihnen Wache, Tore, Wälle, Mauern und Munition zu lassen, auch Rathaus, Weinkeller und die Händler nicht zu belästigen und die Stadt in keiner Weise zu beschädigen. Asseburg sei ein Versager, ereiferte sich Klara, bei ihm erwarte sie nichts anderes, als sich in einem ärmlichen Quartier durchzuhungern und mit schlechter Ausrüstung beim ersten Aufeinandertreffen zusammengehauen zu werden. Klara verhehlte nicht, dass sie den Asseburger nicht mochte und es ihr lieber wäre, einem Anderen zu folgen. Johann Schneeberg sah die glänzenden schwarzen Reiter vor sich und erinnerte sich an Georg von Oeynhausen, der von den Götzischen Kürassieren geschwärmt hatte. Sie sollten sich sputen, schlug Johann vor, um mit Georg von Oeynhausen wieder Anschluss an einen lohnenden Krieg zu gewinnen.

Noch am selben Tag ließen sie das Dorf in seinem zukunftslosen Dämmerzustand zurück und Marie, die es als ihr Schicksal hinnahm, dass Johann, Jodokus und Klara ins Ungewisse verschwanden.

Im Sommer 1632 ritten die Götzischen Kürassiere nicht majestätisch in ihren schweren, geschwärzten Treibharnischen herum. Den Kürass, den Brust- und Rückenharnisch, ließen sie sich von ihren Pferdeknechten hinterhertragen. Johann Schneeberg hatte schnell verstanden, dass die schwere, glänzende Rüstung mit dem eisernen Ober-und Unterarmzeug, den blechernen Stulpenhandschuhen und sichteinschränkenden Helmen nur angelegt wurde, wenn es galt, in offener Feldschlacht die feindlichen Linien zu durchbrechen. Die Nürnberger Eisenwaren standen hoch im Kurs, allein der Kürass kostete 15 Reichstaler, die Georg von Oeynhausen für seine neu geworbenen Reiter vorgeschossen hatte und mit den anstehenden Soldzahlungen verrechnete. Noch ritten Johann Schneeberg und Jodokus Wallbaum im Götzischen Regiment ohne auf ihre Kosten zu kommen, denn auch die zwei neuen Reiterpistolen hatten ihren Preis. Mit Pferden umgehen konnten die beiden erfahrenen Soldaten, aber das Hantieren mit den neuen Radschlosspistolen musste geübt werden.

Die Pistolen waren lang und schwer, was sie auch zu einer brauchbaren Schlagwaffe machte, wenn der Reiter seinen Schuss abgefeuert hatte. Die Pistole war für einen Mann, der im Sattel saß, bedeutend einfacher zu bedienen, da das Abfeuern nicht mehr mittels einer brennenden Lunte erfolgte, sondern durch einen Funken, der im neuartigen Radschloss entstand, wenn ein durch eine gespannte Feder bewegtes Rädchen gegen einen Feuerstein gerieben wurde. Ein Kinderspiel war das nicht, musste der eifrig übende Johann feststellen. Eine Radschlosspistole zu laden und zu gebrauchen, während man auf einem Pferderücken schwankte, erforderte viel Fingerfertigkeit und selbst bei den Geübtesten versagte jeder fünfte Schuss.

Eine große Feldschlacht, in dem die neuen Kürassiere zeigen konnten, was sie wert waren, vermied ihr Obrist Götz. Ohne Not setzte man sein wertvolles, teuer ausgerüstetes Regiment nicht aufs

Spiel. Man schlug sich vereinzelt mit den sächsischen Truppen, die dem Schwedenkönig im Osten den Rücken freihielten, ging größeren Scharmützeln aus dem Weg, war an einem Tag der Jäger und am nächsten der Gejagte. Johann und Jodokus spürten den Takt des Soldatenlebens, die Unbeständigkeit war wieder zu einer Konstanten in ihrem Leben geworden, auf entbehrungsreiche Zeiten folgten Zeiten des Überflusses.

Vor den Sommergewittern und den sächsischen Verbänden des Feldmarschalls Arnim zogen sich die Kompanien des Obristen Götz in eine wohlhabende schlesische Stadt zurück. Sofort hatte man das Rathaus, die Rüstkammern und den Markt besetzt, Schildwachen zu den Türmen und auf die Mauern platziert, um den nachrückenden Feind im Auge zu behalten. Auf dem Marktplatz wurden viele Feuer angezündet, Schweine, Schafe, Hühner und Gänse gesotten und gebraten.

Nun hatten sie angefangen, strahlte der Schneeberger, recht soldatisch zu leben. Sie brachen die Häuser auf, schlugen und drangsalierten die Leute, alles herauszugeben, so dass ein großes Lamentieren, Weinen, Heulen, Klagen und Schreien durch alle Gassen hallte. Man hatte fast nichts so gut versteckt, dass es die Götzischen Soldaten nicht fanden. Nur Jodokus ließ sich abweisen, wenn ein Stadtbürger ahnungslos tat. Er zuckte dann mit den Schultern und murmelte: »Da kann man nichts machen«. Johann Schneeberg stand dabei, stampfte mit den Füßen und schäumte: »Das wollen wir doch mal sehen« und konnte von Jodokus nur mit Mühe zurückgehalten werden, jemanden dafür zu erschlagen, dass er sein letztes Erspartes nicht hergab. Johann hatte ein Gespür entwickelt, wo noch etwas zu holen war. Er nahm beständig Witterung auf wie ein unruhiger Jagdhund, der einem angeschossenen Wild nachspürte. Dabei empfand er keine Feindseligkeit. Jemandem, weil er Katholik oder Protestant war, etwas anzutun, wäre ihm genauso wenig in den Sinn gekommen, wie im Kampf standzuhalten, nur weil die Fahne in Gefahr geraten war. Im Zweifelsfall dachte er an sich selbst und schaute eher auf den Tross, wo ihre Besitztümer aufbewahrt wurden und vielleicht in Gefahr gerieten. Als Besatzer gefiel Johann Schneeberg das

Bankettieren und Zechen. Jodokus und Klara hielten sich abseits des Getöses und waren in einem Haus am Rande der Stadt untergekommen. Johann hielt sich in der Nähe seines Rittmeisters auf, der ihn mit einigen Tätigkeiten betraute. So putzte er die Waffen und kümmerte sich um die verletzten Pferde. Als Adjutant des Rittmeisters erhielt er einen Extrasold und ein komfortableres Quartier. Während Jodokus zum Wachdienst auf der Stadtmauer eingeteilt wurde, begleitete Johann seinen Rittmeister zu den wüsten Saufgelagen, die ihr Obrist Götz im großen Ratssaal veranstaltete.

Johann Götz hatte war keine imposante Erscheinung. Sein Kopf steckte wie eine Rübe zwischen seinen Schultern und er schmückte sich mit einem bei allen Feldherren beliebten Schnurrbart und das dazugehörige Ziegenbärtchen. Mit stumpfen Augen aus einem aufgedunsenen Gesicht stierte er in die Runde seiner Offiziere und ließ immer neue Krüge Wein heranschaffen. Ungeduldig goss er dann die Neige seines Bechers über den Kopf seines Tischdieners, um zu zeigen, dass er leer war und er ihn frisch gefüllt haben wollte. Es gab Tage, an denen ihr Obrist so betrunken war, dass er das Losungswort des Tages für die Wachen auf den Stadtmauern nur noch lallen konnte. Johann Schneeberg überbrachte merkwürdige Losungen an die verdutzten Soldaten auf den Mauern.

»Oll Schwein« war das Losungswort an einem dieser Tage, so war es ihm von Georg von Oeynhausen weitergegeben wurde, der die unverständlichen, gelallten Aufträge seines Obristen nach »Hol Wein« so verstanden hatte. Die eigentliche Führung des Regiments hatte der Obristleutnant Moritz von Falkenberg übernommen, der die herangeschafften oder beschlagnahmten Lebensmittel begutachtete, die Preise für die Marketender festlegte, den Wachdienst beaufsichtigte und mit Hilfe des Profos die übelsten Übergriffe einzudämmen versuchte.

Unter den Soldaten hatte es sich herumgesprochen, dass der langgediente General der Liga, ihr alter Vater Tilly, durch eine schwedische Kugel auf seine letzte Reise geschickt worden war. Die protestantischen Flugschriften jubelten, dass der Löwe aus Mitternacht Rache an dem Schlächter von Magdeburg geübt habe. Moritz von

Falkenberg gab seinem westfälischen Verwandten Dietrich von Falkenberg die Schuld am Untergang Magdeburgs. Hätte er die Stadt den Kaiserlichen übergeben, wäre es nicht zu dem Morden, Plündern und Brennen gekommen, worüber sich alle Welt erregte.

Georg von Oeynhausen fand es unerheblich, wie er Johann auseinandersetzte, ob die Stadt durch die pappenheimischen Sturmtruppen oder durch die Verteidiger in Brand gesetzt und in einen Aschehaufen verwandelt wurde. Den im Kampf umgekommenen Falkenberg könne man nicht mehr fragen. Aber es sei ein ungeschriebenes Gesetz, dass eine Stadt, die mit stürmender Hand genommen werden musste, den von der Belagerung ermatteten Soldaten zum Plündern freigegeben werden müsse.

Bei den abendlichen Trinkgelagen an der Tafel des Johann Götz wurden immer wieder Augenzeugenberichte aus den zahlreichen Flugschriften zu den Heimsuchungen der Jungfrau Magdeburgs zum Besten gegeben. Angetrunken konnte ihr Obrist ungehalten werden und erbost fragen, warum man um Magdeburg so ein Aufheben mache, wo sie bereits vor zwei Jahren gezeigt hätten, wie man eine Stadt bestrafe, die den Schweden die Tore geöffnet habe. Und stolz kramte er eine zerknitterte Flugschrift über die Zerstörung Pasewalks hervor, in der ein protestantischer Schreiber die Grausamkeiten der Götzischen Soldaten anprangerte. Neben seiner Trinkfestigkeit hielt der Obrist es für eine seiner Stärken, rücksichtslos und ohne Nachsicht ein großer Kriegsherr zu sein.

»Crudelis facti Götzius autor erat« plapperte er berauscht, bevor er den Artikel an seinen Regimentsschreiber reichte. Seine Korporale und Rittmeister waren ähnlich verroht wie ihr Obrist und quittierten mit Gelächter, die Ausführungen des Berichts, die der Regimentsschreiber zur Belustigung der versoffenen Runde vortrug.

»Wie der Feind an das Tor kam und Feuerbälle hineinwarf auch unten an den Mauern durchbrach, wehrten sich die schwedischen Soldaten ritterlich. Nicht nur die, die sich zur Wehr gesetzt hatten, wurden heftig beschossen, geschlagen und gewürgt, sondern auch alle die Unbewehrten, die dieser Furie begegneten, mussten niedergemacht werden.« »Ja, wir gaben kein Quartier«, grölte die Runde und der Schreiber las weiter. »Es hieß: Gib Geld oder Blut. Sie zerschlugen alles im Haus, da durften keine Schüssel, kein Topf, kein Hemd bleiben und es wurden einem jeden die Schuhe und Strümpfe ausgezogen, die Hüte, Hauben und Mützen vom Haupt, die Kleider vom Leib gerissen. Ja sie haben einen kranken Prediger aus dem Siechbett gehoben, ihn torquiert und gemartert. Er sollte anzeigen, wo er Geld hätte.«

»Und wir haben es gefunden«, brüstete sich einer der Pressreiter und haute vor Vergnügen mit seiner Faust auf den Tisch, so dass einige der Trinkbecher zu tanzen schienen.

»Nach der Plünderung«, fuhr der Regimentsschreiber fort, »haben sie das grausamste Werk, das je die Sonne gesehen hat, angefangen. War etwa ein ehrbares Weib, das um Gottes Willen und mit gefalteten Händen um ihre Ehre flehte, auch alles auf den letzten Pfennig hergab, so musste sie sich doch öffentlich, nicht von einem, sondern von allen, die wie Hunde über sie kamen, schänden und sich so zurichten lassen, dass sie nicht mehr laufen konnte. Die ehr- und gottvergessenen Hurenhengste haben sich nicht gescheut, Kindbetterinnen aus ihrem Lager zu jagen und zu verunehren, schwangere Frauen nackt auszuziehen und zu schänden, haben auch abgelebte alte Frauen wie etliche noch kleine Mädchen nicht verschont. Etliche haben sie an die Wagen oder mit den Armen an die Sattelknöpfe gebunden und also bei sich hertraben lassen, hernach dieselben, einer dem anderen, wie ein Rindvieh verkauft.«

»Es waren schöne Mädchen dabei«, krächzte einer der Trunkenbolde unbeeindruckt und sich nicht schämend für diese Schandtaten und ein anderer johlte: »Und fast jeder hat eines bekommen.«

Der Profos des Regiments, der mit schiefem Grinsen neben dem Obristen saß, ergriff die Gelegenheit, seinen Becher zu erheben und ein »Auf Pasewalk« in den Saal zu brüllen. Als wieder Ruhe einkehrte, las der Schreiber die abschließenden Sätze aus der Flugschrift vor: »Als endlich in den Häusern nichts mehr zu finden gewesen war, ist bald hier bald dort Feuer gelegt worden, welches alsbald gewaltig um sich gefressen hat, auf die Marienkirche sprang und alle schönen Werke darin zur Asche werden ließ. In diesem Feuer sind viele

Kinder verbrannt, die die Mütter auf der Flucht in den Wiegen und Betten zurücklassen mussten. Und man hat die neroischen Worte vielfältig gehört.« Und hier musste der Regimentsschreiber den Satz nicht zu Ende bringen. Denn die alten Kriegsgurgeln des Götzischen Regiments kannten diesen Schlusspunkt des protestantischen Berichts, der ihnen zugeschrieben wurde. Alle brüllten wie auf ein geheimes Kommando: »Siehe, wie fein brennt Pasewalk.«

Was war dagegen Magdeburg, wo doch der Dom das Feuer überstanden hatte, überboten sich die Zecher mit vergangenen Ruhmestaten.

Johann Schneeberg hatte dieser abendlichen Vorstellung in Begleitung seines Rittmeisters beigewohnt und war ein wenig verunsichert über die in seinen Augen unnötigen Grausamkeiten. Georg von Oeynhausen belehrte ihn, dass ihr Obrist Götz und jeder Rittmeister wisse, dass ihm keine gottesfürchtigen Leute oder gar gebildete Doktoren und Magister zulaufen, sondern ein Haufen böser Buben aus allerlei Nationen und seltsames Volk, das alles verlässt und dem Krieg folgt.

»Gut leben, Beute machen und ein Weib halten, raufen und spielen, das will doch jeder, ob er die Messe hört oder das Lutherlied singt. Nach der Religion fragt man nicht, sondern nur ob einer zu kämpfen versteht.« Ihr Obrist Götz sei ein gutes Beispiel, beendete der Rittmeister seine Ausführungen. Der habe sein Handwerk unter dem berüchtigten Mansfelder auf der protestantischen Seite gelernt und sei nun ein Kaiserlicher und gehorche dem Wallenstein.

Johann traf Jodokus nur noch, wenn er mit Befehlen aus der Stadtmitte zum Stadtrand an die Mauer kam und mit ihm sein Wissen teilte, dass er im Umfeld seines Rittmeisters aufgeschnappt hatte.

Jodokus und Klara hatten sich in die Bequemlichkeiten des Stadtlebens eingerichtet. Sie teilten alles miteinander, Brot und Bier, das Zimmer und ihr Lager. Für Klara war es eine Selbstverständlichkeit, dass Jodokus sie nicht geheiratet hatte, um wie ein Mönch zu leben. Obwohl in den heutigen Zeiten es selbst die Mönche wie die Ziegen trieben, lachten die Soldatenfrauen bei solchen Vergleichen. Wenn sie träge und zufrieden beieinanderlagen, vergaß Jodokus seine

Trauer über das Verlorene, lebte auf und zeigte eine nicht vermutete Leidenschaft, obschon mit der Zeit der Mangel an Geschicklichkeit bei Jodokus und ein Mangel an Begierde bei Klara ihren Umgang einschränkte. Wenn sie still unter ihm lag, fragte er sich, ob sie nichts mehr empfinde und sie sagte nicht, dass sie kein Vergnügen daran hatte.

Bei der sich unter den Besatzern ausbreitenden Untätigkeit und Schläfrigkeit, vergaß es Klara nicht, vorzusorgen. Gleich zu Beginn ihrer Einquartierung verschaffte sie sich einen Sack Roggen und Gerste. Und als nach wenigen Wochen die Nahrung in der Stadt knapp wurde, hatten Jodokus und Klara genug Brot, das sie selbst in einem kleinen Backofen in ihrer Behausung buken. Klara hatte noch weitere Vorräte angelegt und die richtigen Schlüsse aus dem gezogen, was Jodokus beim Wachdienst auf der Stadtmauer sah.

Die Reiter des sächsischen Generals Arnim umkreisten haufenweise die Stadt. Und nach und nach rückten Fußsoldaten heran, ließen sich zwischen den Gärten vor den Mauern blicken und wurden von oben beschossen. Schließlich hatte der Feind große Stücke draußen auf den Äckern gepflanzt und begann die Türme zu beschießen. Die Stadt war eingeschlossen und selbst den abgefeimten Mausköpfen gelang es nicht mehr, Verpflegung in die Stadt zu schmuggeln. Brei und Wassersuppen sowie das immerwährende Einerlei aus Kraut und Rüben bestimmten nun die Mahlzeiten der einfachen Soldaten. Und wer noch Zähne hatte, riskierte sie im Kampf mit altem, steinhartem Roggenbrot. Frisches Brot verkaufte Klara unter der Hand über Johann für viel Geld an die Offiziere.

Eines Abends schleppte der Schneeberger einen Kauderwelsch sprechenden Rittmeister mit. Ein Wallone, der schon unter Tilly in Halbeuropa gedient hatte und der bereit war, etwas Besonderes für frische Ware aus Klaras Backofen zu bezahlen. Er zeigte Jodokus eine weiße, klein Fingernagel große Perle und erklärte radebrechend, dass Perlen geronnene Tränen seien und jede Frau freiwillig tausend Freudentränen vergießen würde, wenn ihr eine solche Perle um den Hals gelegt würde. Durch ein winziges Loch zogen sie einen Faden, so dass Klara die Perle als Halsschmuck unter ihrer Kleidung tragen konnte. Jodokus legte Klara diese ovale Perle wie ein verspätetes Heiratsgeschenk um den Hals und sie glänzte in der Abendsonne mit einem bläulichen Schimmer. Klara war gerührt und Jodokus von seinen Gefühlen überwältigt. Die Perle an Klaras Hals leuchtete für sie wie ein weiterer Stern am Himmel und war ihr Zeuge für ein stilles Glück.

Trotz Klaras heimlichen versteckten Lieferungen blieben an der Speisetafel des Obristen Götz die kulinarischen Glanzlichter aus schmackhaften Brot, Würsten, Innereien und Stockfisch aus, verirrten sich die Gaumenfreuden nur noch vereinzelt in ihre Schüssel. Stattdessen übertünchten die Köche mit kräftigen Gewürzen das strenge Aroma des madenzerfressenen Fleisches. Den Durst stillten die einfachen Soldaten mit Wasser und abgestandenes Braunbier. Guter Wein wurde zur Mangelware und Johann Götz tobte, als ihm gestreckter und gepanschter Wein vorgesetzt wurde. Das war ein böses Erwachen und großes Erschrecken für den trunksüchtigen Obristen. Und obschon der Feind sich nicht ernsthaft zum Stürmen rüstete und die Vorräte längst nicht vollständig aufgebraucht waren, begann man zu akkordieren. Bereits nach kurzen Verhandlungen wurde ein weißes Tuch auf dem Turm herausgestreckt und ein Trompeter hat den akkord hinausgeblasen.

Das Götzische Regiment erhielt freien Abzug, aber ohne alle Fahnen, Wagen und Bagage. Um diese Schmach erträglicher zu gestalten, trugen die abrückenden Reiter ihre glänzenden, schweren Harnische und Waffen, schmückten ihre Offiziere sich mit prächtigen Stoffen, Atlas und Samt in leuchtenden Farben. Aus ihren geschlitzten Hosen schaute das üppig herauspludernde Futter heraus, die reich verzierten Gürtel glänzten in der Sonne und an den breitkrempigen Baretten prunkten Federbüsche. Nur die Frauen, Kinder, Knechte und Trossbuben mussten alles zurücklassen und durften nichts aus der geplünderten Stadt mitnehmen. Für Klara war das kein großes Unglück, da sie ihre Vorräte noch rechtzeitig in Geldmünzen umgewandelt hatte, die sie unter ihrer Kleidung am Körper trug. Für den Verlust ihrer gesamten Bagage musste die geschundene Bevölkerung büßen, die der abziehende Haufen bei seinem Rückzug heimsuchte. Dorf um Dorf, Hof um Hof wurde abgesucht, Pferde und Wagen aus Ställen und Scheunen geholt und alles mitgenommen, was einen Wert besaß. Manchmal lagerte eine ganze Kompanie in einem Bauernhaus und die Söldner haben wie Ungeziefer alles beschmutzt, aufgefressen, verwüstet und vernichtet. Und wenn das Regiment Götz ein Dorf verließ, lagen abscheuliche, stinkende Lumpen, zerschlagener Hausrat, Köpfe, Füße und Gedärme von verzehrten Tieren, menschlicher Unrat und einige Tote auf den Straßen. In den Spätsommertagen wurden die Feldfrüchte abgeschnitten und als die Nächte im beginnenden Herbst kühler wurden, brachen die Söldner Schuppen und Hausdächer ab. Sie demolierten die Häuser in den Ortschaften, um Holz zum Backen, Brauen und Heizen zu gewinnen.

Dem Götzischen Regiment war der abgehauene Schwanz rasch nachgewachsen, hatte der Tross sich neu mit Pferden, Wagen und Karren gebildet und hing mit Händlern, Hausierern, Wirten und Schankmädchen, Sudlern, Trossknechten und Reiterbuben, Soldatenfrauen und Kindern wie eine Klette an ihm. Gefolgt von Lagerdirnen, Gartbrüdern, Maradeuren und Bettlern.

Der Obrist Johann Götz hatte sein Regiment vor dem nahenden Winter nach Sachsen geführt und war wieder zur Hauptarmee der Kaiserlichen gestoßen. Anfang November warteten alle sehnsüchtig darauf, in alle Richtungen entlassen und in trockene Winterquartiere geführt zu werden. Ihr Oberbefehlshaber Wallenstein hatte deshalb die Regimenter des Feldmarschalls Pappenheim vorausgeschickt, um die Bistümer Magdeburg und Halberstadt für die Einrichtung von Winterquartieren freizukämpfen.

Jodokus sehnte das Ende des beschwerlichen Herumstreifens besonders herbei, da es Klara nicht gut ging. Nur mit Mühe schaffte sie es, im Tross zu folgen und sie hatten einem Sattler einiges dafür gegeben, dass er sie auf seinem Wagen mitnahm. Auf ihren eigenen Füßen hätte sie es nicht mehr geschafft. Klara nahm kaum noch Nahrung zu sich, denn alles, was Jodokus an den Abenden in der Lagerküche auftrieb und ihr brachte, behielt sie nicht bei sich. Es war ihr ständig übel und sie übergab sich nach fast jedem Essen.

Klara brauchte Ruhe und Pflege in einer warmen Unterkunft. Auch der Herzog von Friedland, der kaiserliche oberste Befehlshaber Wallenstein, war kriegsmüde und von schweren Gelenkschmerzen gezeichnet. Niemals hatte er damit gerechnet, dass der Schwedenkönig ihn im kalten November zum Kampf zwingen würde. Im Winter wurden die kriegerischen Unternehmungen eingestellt, bekam der Krieg ein Loch, aber Gustav Adolf hielt sich nicht an diese ungeschriebenen Gesetze. Heranhetzende Meldereiter verbreiteten die unglaubliche Nachricht von Angriffen der Schweden auf ihre Nachhut und dem Friedländer blieb kaum noch Zeit, seinen Heerhaufen für eine Schlacht zu ordnen. Eiligst schickte er den Pappenheimer Regimentern durch einen Kurier einen Hilferuf hinterher, sofort zurückzukehren.

Jodokus Wallbaum und Johann Schneeberg erreichten am Spätnachmittag des 15. November 1632 die weite, flache Ebene bei der kleinen Stadt Lützen und sie sprachen vom Glück, dass die nahende Dämmerung ein Aufeinandertreffen mit dem Schwedenkönig an diesem Tag verhinderte. Auf dem Postweg, einer gut gebauten Straße, die aus der Stadt Lützen in ostwestlicher Richtung nach Leipzig verlief, stand ein mit den Armen wild gestikulierender Feldmarschallleutnant, der die ankommenden Verbände einwies. Jodokus wunderte sich, dass Hol-Kuh nur noch ein Auge besaß, aber mit diesem verbliebenen Auge musterte er scharf die Kerle, übersah die Lage und gruppierte die eintreffenden Regimenter. Jodokus zeigte Johann den berühmten Meister des Kleinkriegs und des Leuteverderbens. Heinrich Holk war bei Freund und Feind verschrien als Mordbrenner und Beutegeier. Jeder Söldner wusste, dass er für den tollen Christian geritten war und Stralsund für den Dänenkönig gegen Wallenstein verteidigt hatte. Es störte niemanden, dass dieser Unhold die Seiten gewechselt hatte und nun als Protestant die katholischen Reihen sortierte und den Kaiserlichen Befehle erteilte.

Ihr Obrist Johann Götz ließ anhalten und absitzen. Er begrüßte einen dicken Kommandeur eines weiteren Regiments schwer geharnischter Kürassiere. Ottavio Piccolomini konnte sich mit Johann Götz und Heinrich Holk messen, gaben die altgedienten

Götzischen Reiter Johann und Jodokus zu verstehen. Er soff, raubte, unterschlug, übte Gewalt, war falsch und verschlagen, aber gerissener und klüger als die nur mäßig begabten Überläufer Götz und Holk. Johann Schneeberg begegnete diesem feisten Draufgänger aus Siena zum ersten Mal, von dem es hieß, dass er keine Angst und keine Ehre kenne, sondern nur Aufstieg, Reichtum und Erfolg, etwas von dem auch Johann träumte.

Ottavio Piccolomini schickte das Regiment von Johann Götz in Richtung Lützen, wo vor den Mauern der Stadt einige Gärten lagen, die von Lehmmauern umfriedet waren. Hier stellten sie ihre Pferde ab, die von den Pferdejungen versorgt und bewacht wurden. Auf der Straße, die durch eine völlig ebene Landschaft aus der Stadt in Richtung eines Floßgrabens führte, waren Pferdegespanne unterwegs, die lange, schwere Kartaunen in Richtung eines kleinen Hügels schleppten, auf dem Windmühlen standen. Auf dem Windmühlenhügel warfen die Gespannknechte Verschanzungen auf, gruben 14 gewaltige Kartaunen ein, luden Pulverfässer und Kugeln ab.

Die gut befestigte Poststraße nach Leipzig hatte tiefe Gräben zu beiden Seiten. In den nördlichen Straßengraben trieb der furchterregende Heinrich Holk alle, die eine Schaufel halten konnten. Trossjungen, Schanzknechte, Musketiere und Pikeniere mussten graben und schanzen. Hier sollte eine Befestigungslinie entstehen und die vom Süden angreifenden Feinde aufhalten. In die Gräben sollten Abteilungen von Schießern und Spießern gelegt werden, wurde den Obristen mitgeteilt. Die Musketiere könnten die Grabenwand als Brustwehr nutzen, ihre Schießrohre drauflegen und die Schweden begrüßen. Die Pikeniere sollten mit ihren Spießen nach oben auf die Bäuche der Pferde stechen, wenn es zum Reiterangriff käme.

In der kalten Nacht zum 16. November war an Schlaf nicht zu denken. Der Friedländer hatte eine lange Nacht gewonnen, um sein Fehlurteil, der Schwede werde ins Winterquartier abrücken, wiedergutzumachen. Niemand schläft, nicht die Söldner, die den Straßengraben vertiefen und mit Laufgräben verbinden, die Bäume fällen und Erdwälle aufschütten, die Obristen nicht, die umherlaufen und Befehle erteilen und ihre Einheiten an ihre Plätze stellen. Heinrich

Holk war überall, schnauzte mal den Einen mal den Anderen an, beaufsichtigte im Schein von Feuern und Fackeln die Schanzarbeiten und inspizierte die Regimenter in ihren Stellungen. Die Generäle und ihr Oberkommandierender Wallenstein hatten aus den vergangenen Aufeinandertreffen mit dem Schwedenkönig gelernt. Die massierten schwerfälligen Schlachthaufen, die tercios, waren verschwunden und mit ihnen die Tausende in ihren Vierecken als Schiebeochsen eingezwängten Pikeniere. Auch die Kaiserlichen wurden in zwei Treffen mit einem Erst- und Zweitschlag aufgestellt. Die zwei hintereinander gestaffelten Linien, jede nirgendwo tiefer als zehn Mann, zogen sich entlang der Poststraße weit auseinander von Lützen bis an den Floßgraben, einen kleinen Kanal der Holzschiffer. Der linke Flügel in der Nähe des Floßgrabens wurde nur sehr dünn besetzt. Hier, so hoffte man, könnten sich noch rechtzeitig die zurückerwarteten Pappenheimer einreihen. Geschützt wurde diese schwache Stelle in der Verteidigungslinie vorläufig durch schwache Reiterschwärme und sieben Kartaunen, die man seitlich vor dem Zentrum aufgebaut hatte.

Die stärkste Stellung war rechts bei Lützen mit den 14 Geschützen bei den Windmühlen. Hier lagerten vier Regimenter Panzerreiter, die je nach Schlachtverlauf die Entscheidung bringen sollten. Im Umfeld der Lützener Stadtgärten brannten viele Wachtfeuer. Georg von Oeynhausen, sein Adjutant Johann Schneeberg und weitere Reiter ihrer Kompanie drängten sich dicht ums Feuer, da es ihnen bei der heraufziehenden nassen Kälte fröstelte. Sie hatten Zaumzeug und Sättel geprüft, die Waffen gereinigt, die Harnische bereitgelegt und dann war von irgendwoher wie von Geisterhand ein kleines Bierfass an ihr Feuer gerollt und hatte die Anspannung gelöst, die selbst die hartgesottensten Galgenvögel vor einer Schlacht befiel.

Um die Mitte der Nacht war der Obristleutnant Moritz von Falkenberg an ihr Feuer getreten und hatte sich zu ihnen gesetzt. Missbilligend schaute er in die Runde und stieß hervor: »Der Herzog duldet es nicht, dass in der Nacht vor einer Schlacht böse gezecht wird.« Georg von Oeynhausen beruhigte seinen Obristleutnant: »Das gilt wohl nur für heiße Sommernächte, aber im frostigen November muss eingeheizt werden, wenn es später Feuer geben soll«, und nach einer kurzen Pause setze er hinzu, «über unsere Tapferkeit wird morgen niemand klagen.«

Moritz von Falkenberg hatte nicht ernsthaft erwogen, seinen Leuten den Muttrunk abzusprechen und nahm nun seinerseits einen Schluck aus dem Krug, der ihm gereicht wurde. Er war gekommen, um seine Reiter zu unterrichten, was sie bei Anbruch des Tages zu erwarten hätten. Der Herzog von Friedland sei ein vorsichtiger Feldherr, ein richtiger Schleicher, der sich vor dem angriffslustigen Löwen hinter Batterien, Gräben und allerlei Hindernisse verstecke. Der Friedländer wolle nicht angreifen, sondern die schwedischen Brigaden sollten unter fortgesetzten Spielen der eigenen Kartaunen vor den Gräben der Leipziger Poststraße verbluten. Und wenn die verwegenen Pappenheimer Reiter endlich erschienen, wolle man zu gezielten Hauptstößen ansetzen. Dann sei ihre Zeit gekommen.

Am Feuer war es ruhig geworden. Die Söldner hingen ihren Gedanken nach, ob am nächsten Tag vielleicht schon das Ende ihrer Zeit gekommen wäre. Sollte es ihn wirklich einmal treffen, fantasierte Johann, würde er mit Fanfaren und Salutschüssen begraben. Und Jodokus tröstete sich, dass Gott dafür sorgen würde, dass er im ewigen Schlaf seinen Frieden finden würde. Der Feldgeistliche hatte gar vom Paradies gepredigt, dass denen sicher sei, die im Kampf für den rechten Glauben stürben. Jodokus vermutete hingegen, dass viele der am Feuer Sitzenden nicht allein auf Gott vertrauten, sondern ihre geheimen Amulette und Talismane bei sich trugen. Auch hielt sich das Gerücht, der Satan liefere Kugeln, die nie fehlschlügen, aber er tat es nicht umsonst.

Die grüblerische Stille am Feuer wurde von Georg von Oeynhausen unterbrochen, der seinen Obristleutnant ansprach, ob es stimme, dass der König von Schweden ein besonderes Schwert führe, das mit geheimnisvollen Sprüchen und Figuren verziert sei und mit einer geheimen Kraft den Erfolg der schwedischen Waffen herbeiführe. Moritz von Falkenberg stutzte kurz und erwiderte gereizt: »Ein solches Zauberschwert, das unbesiegbar macht, habe ich nicht gesehen.« Alle am Feuer waren überrascht gewesen, als Moritz von

Falkenberg erst vor wenigen Tagen aus schwedischer Gefangenschaft wieder zu ihnen gestoßen war, ohne dass eine Lösegeldzahlung für ihn erfolgt war. Der König von Schweden persönlich habe ihm die Freiheit geschenkt, im Andenken an Dietrich von Falkenberg, seinem Verwandten, der als heldenhafter Verteidiger Magdeburgs mit der Stadt untergegangen sei.

»Doch etwas Sonderbares und Unheimliches hat der König an sich gehabt«, fuhr Moritz von Falkenberg fort: »Statt eines Kreuzes trug er eine goldene Halskette, an der ein in Gold eingefasster Türkisstein voll schwarzer und grünlicher Flecken glitzerte.« Welche überirdischen Kräfte diesem Stein innewohnten, wisse er nicht, außer, dass er uralt und bereits im Besitz der ältesten schwedischen Könige gewesen sei und deren Aufstieg begleitet habe.

Jodokus und die meisten Reiter am Feuer argwöhnten, dass der unbesiegbar scheinende König mit unsichtbaren Mächten im Bunde stünde wie auch ihr Generalissimus Wallenstein, der aus den Sternen lesen könne. Sie hingegen müssten, wo bald das Tor des Todes weit geöffnet wurde, umgehend flehentliche Rufe nach gnädigen Schutzengeln in den Novemberhimmel schicken.

Johann Schneeberg hatte das Gerede von Zauberschwertern und Amuletten in seiner Neugier angestachelt, mehr über den Schwedenkönig zu erfahren. Er wollte sich ein genaueres Bild machen und erkundigte sich bei seinem Obristleutnant, ob der berühmte König ein so großer, gewaltiger Krieger sei, wie überall erzählt wurde.

»In der Tat ist der König hochgewachsen, aber«, schmunzelte Moritz von Falkenberg, »er hat doch sehr an Gewicht zugelegt, so dass sein Pferd ordentlich an seinem schwergewichtigen Reiter zu tragen hat. Gustav Adolf verfügt über eine derbe Natur, hat eine frische Gesichtsfarbe, helle etwas kurzsichtige Augen und einen rotblonden Spitzbart.«

Der Obristleutnant nahm einen Schluck aus dem Bierkrug und fuhr fort. In der Schlacht trage der Schwedenkönig wegen einer alten Verletzung keinen drückenden Eisenharnisch, sondern einen Spezialkoller, einen Wams aus gelbem Elchleder und keinen Helm, sondern den bei Soldaten beliebten Biberhut. Blut und Schmutz in der Schlacht störe diesen Feldherrn nicht. In beiden hätten die königlichen Stiefel schon bis zu den Knöcheln gesteckt, obschon an ihnen goldene mit Diamanten eingefasste Sporen prangten.

»Für Gold und Diamanten würde ich bis zum Bauch in Blut und Dreck steigen«, lachte Johann Schneeberg. Der Obristleutnant sah seinen jungen, ungestümen Soldaten nachdenklich an. Er erwiderte nichts und behielt für sich, dass er befürchtete, dass demnächst die meisten von ihnen in Blut und Schlamm untergehen würden und mit Gottes Segen in die Hölle führen.

Der Untergang vieler tausend Soldaten aus aller Herren Länder, Protestanten, Katholiken und Ungläubigen verzögerte sich an diesem nebelgrau verhangenen Novembermorgen, an dem es nicht Tag werden wollte. Dichter Nebel hatte sich über das feuchte, flache Land gelegt. Die Götzkürassiere hatten ihre Pferde gesattelt, hielten sie am Halfter und warteten einsatzbereit in voller Rüstung seitlich hinter den Geschützbatterien. Die Reiter konnten kaum ihren Vordermann erkennen, aber sie hörten aus der Ferne schrille Trompetensignale, dumpfe Trommelwirbel und das Geklapper der Schweden, die sich hinter der querlaufenden Straße für alle unsichtbar zur Schlacht aufstellten.

»Der Nebel war ein guter Katholik«, spottete Georg von Oeynhausen, er verhindere jede größere Bewegung und zwinge die Schweden förmlich auf der Stelle zu treten. Eine Schonfrist für die Kaiserlichen, die auf das baldige Erscheinen der Regimenter des unberechenbaren Pappenheim hofften. Das endlose, zermürbende Warten nutzten einige Obristen, ihre Söldner zum Gebet zu ermutigen, andere, ihnen Versprechungen zu machen, was beim Feind zu holen sei. Jodokus klopfte seinem Braunen beruhigend auf die Brust, tätschelte seinen Hals und sah anteilnehmend zu dem Geschecken von Johann und dem Schwarzen mit der Blesse ihres Obristleutnants hinüber. Bei den Attacken der schwarzen Reiter, die in ihren Harnischen und heruntergeklappten Helmen nicht voneinander zu unterscheiden waren, schaute er weniger auf ihre farbigen Armbinden und Fahnen, sondern er erkannte die Reiter an ihren Pferden. Johann auf dem Geschecken, ihr Obristleutnant mit dem Blessierten, besondere Farben und Zeichnungen gaben jedem Pferd etwas Eigenes. Der Bauernsohn litt mit den Pferden, die in den Schlachten zu Schande geritten, geschlagen, gespießt, erstochen und erschossen wurden und als wehrlose Kreaturen oft qualvoll und in größerer Zahl starben als ihre rücksichtslosen Reiter.

Zahlreich kamen gleichfalls Obristen, ihre Leutnants und Rittmeister in den Kämpfen um, denn ihre Söldner folgten nur ihren Befehlen, wenn sie sich vor ihnen auf den Feind stürzten und sich sehr nah in dem folgenden Getümmel befanden. An der Spitze ihres wartenden Verbandes wandte sich Moritz von Falkenberg an seinen Rittmeister, Fähnrich und Trompeter: »Der Nebel wird bald steigen, es ist zu frisch für einen nebligen Regentag.«

Am späten Vormittag begann der undurchdringliche Dunst sich zu bewegen, er lichtete sich und wurde durchsichtiger. Man sah tropfnasse Bäume, die die Straße begrenzten, zwischen Nebelschwaden auftauchen und seitlich die schweren Geschütze vor den Windmühlen. Der neblige Schleier löste sich, aufgesogen von einer milchig durchscheinenden Sonne und im klarer werdenden Tageslicht zeigten sich die Verschanzungen, die die Kaiserlichen während der Nacht am Straßengraben aufgeworfen hatten. Johann Schneeberg und Jodokus Wallbaum erblickten hinter der Straße die schwedischen Fußvolkeinheiten und ihre Reiterei in einer langen Reihe, bereit und für die Schlacht aufgestellt. Zahlreiche ihrer beweglichen Feldgeschütze waren vor dieser Front aufgefahren und begannen um die elfte Stunde die kaiserlichen Stellungen zu beschießen. Vorn zu ihrer Linken sahen sie, wie die Feuerwerker ihres Feldzeugmeisters Pulver in ihre Kartaunen schaufelten, Kugeln und Zeug aus Stroh, Moos und Gras hineinwarfen und alles mit langen Stopfern verdichteten. Mit Getöse und weißem Pulverrauch brummten die Geschosse los, die wenig gezielt ins Irgendwo und Ungefähre gefeuert wurden. Unbeeindruckt davon rückten die schwedischen Pikeniere und Musketiere flankiert von ihren Reiterverbänden über die matschigen Felder an die Landstraße heran, wurden vom knatternden Feuer aus den Gräben empfangen und drangen in die Gräben ein. Hier verbissen sie sich in einem fürchterlichen Nahkampf aus schaurigen Schusswechseln, schepperndem Aufeinanderschlagen von Piken und Degen auf Harnische und Sturmhauben, um schließlich in einem tödlichen Handgemenge zu enden, wo ein jeder seine eigene Haut zu retten suchte.

Als an ihrem rechten Flügel die Truppen Bernhards von Weimar über die Straße quollen, ließ Johann Götz seine Trompeter zum Angriff blasen. Johann Schneeberg und Jodokus Wallbaum brüllten »Jesus Maria« den Schlachtruf der Kaiserlichen und brausten ihrem Rittmeister hinterher, die gespannte Radschlosspistole in ihrer ausgestreckten rechten Hand. Die gedrillten Pferde ritten in enger Formation und ihren ebenfalls gedrillten Reitern hatte man eingeschärft, erst ihre Pistolen abzubrennen, wenn sie schon das Weiße im Auge des Feindes sehen könnten. Wie in Trance folgten Johann und Jodokus ihrer flatternden Standarte und sie feuerten erst kurz vor dem Aufprall. Das Mündungsfeuer stach in die Luft und dichte Rauchschwaden verhüllten die Sicht, so dass Freund und Feind sich verwischten. Der Zusammenprall war hart, wüst und verworren. Sie zogen ihre Degen, schlugen nach allen Seiten um sich und stießen wie ein Keil in ein wirres und schreiendes Durcheinander. Johann Schneeberg hieb wie im Rausch nach allem, was sich bewegte. Sie brachen wie ein Erdrutsch in die schwedischen Linien, zerstreuten ihre Reiterei und drangen tief in das Fußvolk ein. Menschen und Tiere liefen kreuz und quer. Und zwischen den Hufen der Pferde, zerbrochenen Piken, fallengelassenen Musketen und allerlei Bruchstücken, lagen die auf dem zertretenen Boden, die schon verloren hatten. Verwundete schrien vor Schmerzen oder hatten sich wie Elendshäufchen zwischen den trampelnden Pferden zusammengerollt, ihren Kopf mit den Armen schützend.

Die Wucht dieses gewaltigen Stoßes der schwarzen Schlachtenreiter brandete wie eine Welle gegen einen Strand, verlor allmählich seine Kraft und kam zum Stillstand, als die schwedischen Brigaden hinter die Straße zurückgeworfen waren.

Johann und Jodokus vernahmen das Trompetensignal zum Rückzug, drehten um und galoppierten zurück hinter ihre Linien.

Von ihren Fahnen und den Trompetensignalen geleitet, sammelten sie sich hinter den Windmühlen. Die Pferde schnaubten und Schaum und Geifer stand vor den Mäulern. Ihr Obristleutnant ließ absitzen, denn schon jeder Pferdeknecht wusste, dass die Pferde verschnaufen mussten und Pausen benötigten, wenn man mit ihnen einen langen Tag Angriffe reiten wollte.

Von Lützen hetzten kroatische Reiter auf ihren struppigen Pferden heran, begleitet von dunklen Rauchschwaden, denn sie hatten die Stadt an mehreren Stellen in Brand gesteckt. Der stinkende, beißende Rauch trieb nicht nur in Richtung der schwedischen Linien, sondern auch die Kanoniere an ihren Kartaunen verfluchten die verdammten Rotmäntel des hartgesottenen Generals Isolani. Sie legten ihre Stopfer und Luntenstöcke beiseite, um sich mit pulververschmierten Händen ihre Augen auszureiben. Die wilde Meute des Kroatengenerals kreuzte den Weg der Götzkürassiere und der Rote schrie ihrem Obristen zu: »Habe nur die Sicht verbessert. Wenn die Knallerei jetzt aufhört, macht das unsere Pferde nicht mehr scheu.«

»Scheelgesichtiger Bastard«, knurrte Johann Götz, »die Kroaten sind überall und nirgends und führen immer ihren eigenen Krieg.«

Er sah unentschlossen und ratlos den Kroaten hinterher. Die Schlacht zerfiel wie immer in viele Einzelteile, einem regellosen Hin- und Herwogen an unterschiedlichen Orten, wo einzelne Verbände versuchten, sich aus dem Feld zu schlagen. Für einen Obristen war es unmöglich, den Überblick zu bewahren.

Johann Götz war froh, dass ihm Entscheidungen abgenommen wurden, als der dicke Piccolomini mit seinen Kürassieren heranpreschte und die Götzischen Reiter aufforderte, mit ihnen den linken Flügel zu verstärken. Ihr rechter Flügel sei gesichert und benötige ihre Bedeckung nicht mehr, aber ihr linker Flügel beim Flößergraben befände sich in Auflösung, die vorderen Linien bereits überrannt und die sieben Kartaunen seien verloren. Moritz von Falkenberg wies seine Reiter an, schnell aufzusitzen und in geschlossener Ordnung zu folgen. Sie umritten ihr Zentrum und näherten sich dem linken Flügel. Zu ihrer Überraschung sahen sie, dass die Pappenheimer Regimenter gerade noch rechtzeitig eingetroffen waren, um hier einen Zusammenbruch zu verhindern. In einer wilden

Attacke stürzten sie sich auf den Gegner, eroberten die sieben Kartaunen zurück und trieben die Schweden zurück. Aber überraschend und unerwartet brachen die dreitausend Pappenheimer Reiter ihren erfolgreichen Angriff abrupt ab, ohne die Schweden wieder über die Straße zurückzujagen. In kopfloser Flucht machten sie kehrt und stoben in alle Richtung auseinander.

Ein Obristleutnant mit einem kleinen Gefolge kreuzte bei seiner Flucht ihren Weg und wurde von Moritz von Falkenberg zur Rede gestellt. Der Obristleutnant Hofkirchen keuchte abgehetzt, dass der von allen seinen Soldaten verehrte Feldmarschall Pappenheim mitten im ersten Angriff von einer Drahtkugel getroffen wurde und tödlich getroffen vom Pferd fiel. Der Fall ihres Befehlshabers habe die für ihren Mut berühmten Reiter so verstört, dass sie nicht weiter kämpfen wollten und das Weite gesucht hätten. Moritz von Falkenberg fuhr den Pappenheimer an, wenn er ein richtiger Kavalier wäre, solle er sich ihnen anschließen.

Es war die Stunde nach Mittag als wieder gespenstischer Nebel sich auf das Schlachtfeld senkte, sich mit dem Pulverdampf und den Rauchschwaden der brennenden Stadt mischte und Sonne und Tod verbarg. Johann Schneeberg hielt sich in der vorderen Reihe in der Nähe seines Rittmeisters auf, als sie ein Fähnlein verstreuter Musketiere passierten, deren Korporal aufgeregt auf einen Trupp schwedischer Reiter zeigte, der plötzlich aus dem Nebel geritten kam.

»Auf diesen musst du schießen, denn der ist etwas Vornehmes«, hörte Johann den Korporal rufen. Einige Musketen wurden abgeschossen, aber die Schweden waren wieder im Nebel verschwunden. Einen Augenblick später riss ein Windstoß eine Lücke in die Nebelwand und sie erblickten den kleinen Trupp wieder. Die Reiter waren offensichtlich bemüht, den am Arm Verwundeten im Sattel zu halten und aus dem Gefecht zu führen.

»Das ist der richtige Vogel«, brüllte Moritz von Falkenberg und sprengte auf die schwedischen Reiter los, gefolgt von seinen Reitern mit Johann Schneeberg an der Spitze. Der hatte mit einem Blick erfasst, dass der massige Reiter mit dem zerschossenen linken Arm, ein gelbes Koller und einen Biberhut trug. Der kaiserliche Obristleutnant erreichte als Erster die Schweden und feuerte seine Pistole auf den Rücken Gustav Adolfs ab. Die Kugel schlug unter dem Schulterblatt ein und schon einen Wimpernschlag später wurde Moritz von Falkenberg vom Pferd geschossen. Nun waren weitere Reiter heran und es entstand ein planloses Getümmel aus erregten Gesichtern, fuchtelnden Armen und zustechenden Waffen.

Die Begleiter des Schwedenkönigs wehrten sich, ließen die Zügel des königlichen Pferdes fahren und konnten ihren schwer verletzten und mit weiteren Stichen zugerichteten schutzlosen Herrscher nicht weiter verteidigen und flohen. Ein weiterer Schuss löste sich, streifte den Hals des königlichen Pferdes und in dem Augenblick, wo es sich aufbäumte und durchging, versetzte Johann Schneeberg dem König noch einen Degenstoß in die Brust. Der Schwedenkönig glitt vom Pferd, blieb mit einem Sporn im linken Steigbügel hängen und wurde ein Stück mitgeschleift, bevor er am Boden liegenblieb. Er lebte noch. Ein junger, ebenfalls verletzter Page war bei ihm, versuchte ihn aufzurichten und aufs Pferd zu setzen. Aber schon waren Johann Schneeberg, Jodokus und zwei weitere Reiter heran, sprangen von ihren Pferden, stachen den Pagen nieder, noch ein Stich in den Leib des Königs und jemand setzte die Pistole an die Schläfe des liegenden Mannes mit dem rotblonden Bocksbart und drückte ab.

Ein Trompeter war dabei, die Stiefel mit den Sporen von den Füßen zu ziehen und Johann Schneeberg hatte schnell das gelbe Koller aus Elchleder aufgeschnürt, es mit Jodokus Hilfe ausgezogen und dabei eine Uhr aus der Innentasche entnommen. Johann kniete über dem toten Schwedenkönig, zog ihm den Ring vom Finger, riss ihm die Kette vom Hals und sprang in Richtung seines Pferdes, um seine Beute zu verstauen. Das alles ging so schnell, dass Jodokus immer noch mit dem Koller in der Hand neben dem König verharrte, der nur bekleidet mit blutgetränkten Hemden mit dem Gesicht nach unten im nassen Dreck lag. Da lag der berühmte König der Schweden in seinem Blut, nicht unähnlich dem geschlachteten Schwein, das die Söldner vor vielen Jahren aus dem brennenden Hof in den Dreck geworfen hatten. Auch Könige sterben elend und allein, dachte Jodokus. Wie aus dem Nichts war nun unvermutet der dicke

Obrist Piccolomini erschienen und herrschte Jodokus an: »Ist das der Schwedenkönig da?«, und als Jodokus nickte, riss er ihm das königliche Koller aus der Hand, so dass er nur zwei dünne Lederriemen festhalten konnte.

Im Turm: verdächtig

Die gelben Lederriemen hatte Jodokus Wallbaum immer noch in der Hand als er tief in seinen Erinnerungen versunken wieder damit begonnen hatte, in seinem Verlies in die Runde zu gehen. Cord Wulf, sein junger Bewacher, der seinen Rückfall in eine längst vergangene Geschichte ausgelöst hatte, war verschwunden und hatte seinen geheimnisumwitterten Gefangenen alleingelassen. Jodokus unterbrach sein ruheloses Umhergehen, holte den zerschlissenen Beutel unter seinem Hemd hervor und stopfte die lächerlichen Reste von Gustav Adolfs Koller wieder hinein.

Er hatte an jenem lange zurückliegenden Tag, als der Schwedenkönig getötet wurde und mit ihm Tausende auf beiden Seiten, einen guten Schutzengel gehabt. Noch mehrmals hatte Ottavio Piccolomini seine und die Götzischen Kürassiere in todesmutige Attacken gegen die schwedischen Linien geführt, wobei der verwegene Sienese mehrfach verwundet wurde und mehrmals die ihm unterm Leib weggeschossenen Pferde wechseln musste. Ihre Kompanien schmolzen dahin und lichteten sich bedenklich, aber der dicke Reiterobrist schien es nicht zu bemerken. Einige der erprobtesten Regimenter, die Pappenheimer, hatten das Schlachtfeld nach dem Fall ihres Feldmarschalls längst verlassen, trieben sich hinter den eigenen Linien herum und waren so ausgehungert, dass sie über den eigenen Tross herfielen. Als Jodokus am späten Nachmittag dieses Tages halb taub vom dumpfen Schlagen der Trommeln, den schrillen Signalen der Trompeten, vom Geklapper der Harnische, dem Knallen der Schießrohre, den Splittern der Piken, den Schmerzensschreien von Menschen und Tieren sah, dass einige kroatische Reiterverbände in Richtung ihres Trosses ritten, dachte er voller Sorge an Klara und verließ die Fahne.

Der Tross befand sich in Auflösung, das, was die Pappenheimer nicht mitgenommen hatten, zerwühlten kroatische Reiter, die auf den Widerstand der Soldatenfrauen stießen, die Pferde ausspannten, ihre Habe daraufpackten und verschwanden. Auch einige herrenlose Pferde waren aus dem Lärm und dem Inferno der Schlacht geflüchtet.

Jodokus gelang es, die Zügel eines Braunen zu greifen. Er fand Klara bei den Wagen der Sattler, hob sie so geschwächt wie sie war auf das eingefangene Pferd und sie entschwanden in die beginnende Dunkelheit, die dem Schießen, Hauen und Töten ein Ende setzte.

Die Tür zum Stadtturm wurde aufgestoßen und ein mit einem pelzbesetzten Mantel und Hut gut gekleideter Mann betrat in Begleitung zweier Stadtbüttel das Gefängnis. Den Gografen Ludowici kannte jeder in der Stadt. Er wohnte in einem der vornehmen Häuser in Sichtweite des Rathauses und übte im Auftrag des Landesherrn die Gerichtsbarkeit in der Stadt aus. Er nahm Anschuldigungen und Klagen entgegen, vernahm Zeugen, leitete Prozesse und setzte Verfahren in Gang.

Wilhelm von Ludowici wunderte sich, dass der Gefangene sich frei in seinem Turmverlies bewegen konnte. Er befahl den nachlässigen Wächtern, ihn zu binden und an den eisernen Ring in der Turmmauer anzuketten, wie es üblich war und der Justiz den entschlossenen Nachdruck verlieh. Schließlich war er von ihrem Fürstbischof beauftragt worden, eine inquisitio generalis durchzuführen. Er hatte daraufhin schon einige Verdächtige festsetzen lassen. Durch Befragungen von glaubwürdigen Bürgern sollte er nachforschen, wer ernsthaft wegen Hexerei verdächtigt werden müsse, ohne auf das Geschrei der Besessenen zu hören, die auf den Straßen der Stadt ihr Unwesen trieben.

Erst unlängst hatten einige der Mädchen sich trunken gesoffen und in der Straße um den Markt lauter Hexen ausgerufen. Dort solle kein frommer Mensch mehr wohnen. Das hatte ihn erzürnt und einige der vornehmen Familien der Stadt sehr beleidigt.

Der Gograf ließ sich einen Stuhl bringen, setzte sich, betrachtete den Gefangenen, der vor ihm auf dem Boden kauerte und erklärte: »Ich habe jedem Zeugen eingeschärft, die Wahrheit zu sagen und niemanden falsch zu belasten. Jede Aussage wird zudem mit dem Eid bezeugt.«

Der Gograf betrachtete diesen ehemaligen Soldaten, der seinem Nachbarn und Verwandten Heinrich Möhring zu Diensten war und Arbeiten für die Kapuziner zuverlässig erledigt hatte, aber immer wieder ins Gerede gekommen war. Er sprach nicht sehr viel, hielt keine Gegenrede, wenn die Klatschweiber behaupteten, dass er mit geheimen Mitteln geholfen habe, die armen Menschen aus dem heiligen Bezirk zu vertreiben, wo die Kapuziner nun ihr neues Kloster errichteten.

Wilhelm von Ludowici kannte die verbreitete Sitte, eine calumnia, eine Verleumdung, in die Welt zu setzen, womit sich die verschiedenen Parteien gegenseitig zu schädigen versuchten. Den Verdächtigungen der besessenen Mädchen, die Trine Meyer sei eine Hexe und müsse zusammen mit ihrem Buhlen dem Bürgermeister Möhring und dem Guardian, dem Vorsteher der Kapuziner, verbrannt werden, musste er nicht nachgehen, aber die Aussagen unbescholtener Bürger über Schadenzauber waren sehr ernstzunehmen. In diesen aufgeregten Zeiten konnten Gerüchte und üble Nachrede jedem gefährlich werden. Selbst ihr Fürstbischof war durch die Entwicklungen, die der übereifrige Jesuit Bernhard Löper mit seinen Exorzismen ausgelöst hatte, gezwungen, zur Beruhigung der Gemüter gegen Zauberer und Hexen vorzugehen.

»Man sagt, du stammst aus einem Hexennest«, wandte sich der Gograf an den Gefangenen, »und habest dort deine Kunst gelernt.«

Jodokus Wallbaum schüttelte unwillig den Kopf: »Ich war noch ein Kind, als unser Grundherr vor dem Dorf einen Werwolf brennen ließ.«

»Mehr hast du dazu nicht zu sagen. Es wäre besser, wenn du gestehen würdest,« hakte der Gograf nach.

»Ich weiß nicht, was ich gestehen soll«, antwortete Jodokus.

Der Gograf, der gekommen war, um sich einen ersten Eindruck von dem Verdächtigen zu verschaffen, hatte nicht vor, sich länger mit ihm zu befassen. Er hatte die Aussagen verschiedener Bürger aufgeschrieben und eine Untersuchung eingeleitet, was daraus folgte, würde man sehen. Er stand auf und ermahnte Jodokus: »Du hast noch eine Nacht, um darüber nachzudenken. Morgen wirst du dem erfahrenen Hofrichter Warnesius und seinen Assessoren vorgeführt. Deren Fragen wirst du dich nicht entziehen können.«

Der Gograf hatte den Stadtturm kaum verlassen, da wurde die

Turmtür erneut aufgeschoben und der junge, neugierige Wächter Cord Wulf schlüpfte herein. Er bückte sich zu Jodokus herunter und flüsterte ihm verschwörerisch zu: »Vor dem morgigen Verhör möchte dich noch jemand sprechen. Wenn es dunkel wird, lass ich sie heimlich rein.«

Und dabei streckte Cord Wulf seinen Arm aus und öffnete seine Hand. Eine weiße Perle mit einem winzigen Loch in der Mitte funkelte auf der offenen Handfläche. Jodokus stöhnte auf, warf seinen Oberkörper nach vorn und schnappte mit dem Mund nach der Hand, um dem Stadtbüttel das so vertraute Beutestück wieder zu entreißen. Der hatte seine Hand schnell zurückgezogen, lachte hämisch auf und verschwand mit der weißen Perle, die bei Sonnenlicht bläulich schimmerte, wie Jodokus sich schmerzlich erinnerte.

3. Der Falkenberger Hof

Vor dem Nicolaitor verloren sich ein paar Bauern und einige Kauf-
leute der Stadt, um nach einer in Kriegszeiten selten gewordenen
Ware Ausschau zu halten. In besseren Zeiten war hier ein schwung-
hafter Pferdemarkt anzutreffen. Aber jetzt warteten die wenigen
Käufer auf Pferdehändler aus weiter entfernt liegenden friedlicheren
Gegenden, die hier gute Geschäfte machen könnten. Die wechselnden Einquartierungen und durchziehende Landsknechte hatten die
Pferdebestände so dezimiert, dass die Bauern befürchteten, sich im
Frühjahr selbst vor den Pflug spannen zu müssen, und die Kaufleute
klagten, dass sie ihre Wagen nicht bewegen könnten, um den Handel
in Schwung zu halten.

Jodokus schaute besorgt auf Klara, die kraftlos nach vorne gebeugt, sich kaum noch im Sattel halten konnte. Vor dem Nicolaitor
half er ihr vom Pferd und wurde mit einem Kaufmann schnell han-
delseinig, dem er Klaras Pferd überließ. Er musste Klara in der Stadt
unterbringen und hoffen, dass sie bei einem Bader wiederhergestellt
würde. Er würde dafür ihr gesamtes Geld einschließlich der schönen Summe aus dem Pferdeverkauf hergeben. Er selbst könnte sich
als erfahrener und häufig beschossener Soldat im Frühjahr wieder
einen neuen Verdienst verschaffen, um, falls es notwendig würde,
einen weiteren Unterhalt für Klara sicherzustellen. Jodokus griff mit
der einen Hand die Zügel seines Pferdes und mit der anderen Hand
hakte er sich bei Klara ein, um sie beim Gehen zu stützen.

Am Falkenberger Hof band er sein Pferd fest und klopfte mit Klara am Arm an die Tür. Er käme mit einer Nachricht von Moritz von
Falkenberg, erwies sich als Türöffner. Eine ältere Dienerin kümmerte sich um Klara und führte sie seitwärts in eine warme Küche. Jodokus wurde von Jost Christoph von Falkenberg in das Kaminzimmer
gebeten.

Die Nachricht vom Tod Moritz von Falkenbergs erschütterte
seinen Bruder. Mit traurigen Augen stierte er eine Weile ins Feuer, blickte dann auf und forderte mit leiser Stimme den verdreckten
Reiter auf, sich zu setzen und mehr über die Schlacht bei Lützen

zu berichten. Die Protestanten der Stadt hatten von einem großen schwedischen Sieg fabuliert, da diese das Schlachtfeld behauptet und die kalte Nacht unter den Toten verbracht hätten, während die Kaiserlichen in der Dunkelheit der Nacht geflohen wären. Jodokus murmelte etwas von einem unentschiedenen Ringen, betonte aber, dass die katholische Partei in allen Kirchen das tedeum laudamus angestimmt habe, da ihr großer Widersacher auf dem Feld geblieben sei. Und sein Bruder Moritz von Falkenberg habe daran einen entscheidenden Anteil gehabt.

Jost Christoph von Falkenberg bedankte sich und Jodokus nutzte die Gelegenheit nach einem tüchtigen Heiler, Feldscher oder Bader in der Stadt zu fragen, da seine Frau krank sei. Der Falkenberger war noch aufgewühlt von dem eben Gehörten und wollte dem einfachen Söldner behilflich sein, der einen weiten Weg auf sich genommen hatte, um ihnen von Moritz Ableben zu berichten.

»Bevor du den Scharlatanen deine Frau und dein Geld anvertraust, frag meine alte Köchin. Sie ist eine weise Frau und versteht viel von den Heilkräutern.«

Durch das freundliche Entgegenkommen des adligen Herren ermutigt, fragte Jodokus nach einer günstigen Bleibe in der Stadt. Jost von Falkenberg erklärte großmütig, für heute könne er in seinem Hause nächtigen. Aber morgen solle er bei den Minoriten vorsprechen, bei denen er sicher Unterkunft und Verpflegung erhalte, wenn er denn etwas anzubieten habe. Er könne sich auf ihn beziehen und im Kloster wisse jeder, wer die Falkenbergs seien, da sein jüngster Bruder Johannes schon vor vielen Jahren dem Konvent beigetreten sei.

Josepha Albers, die Köchin im Falkenberger Haus, war eine kleine, füllige Frau, deren Alter nur schwer zu schätzen war. Sie war eine einfache, aber kluge Frau, die von anderen Frauen oft zur Hilfe gerufen wurde. Die alte Albersche, wie sie in der Nachbarschaft nur genannt wurde, hatte mit ihren lebhaften, aufmerksamen Augen den Zustand von Klara sofort erfasst. Sie war wieder einmal bestürzt, wie wenig Männer vom Leben der Frauen verstanden, was sie in ihrer Meinung bestärkte, dass Frauen, wenn ihre Zeit kam, unter sich sein sollten. Der Stadtarzt hatte bisher vergeblich versucht, ihre Tätigkeiten einzuschränken, aber die Frauen vertrauten nach wie vor ihren Ratschlägen und schickten nach ihr, bei der Geburt behilflich zu sein.

Die Albersche drehte sich nur kurz zu Jodokus um, als dieser die Küche betrat, deutete mit dem Kopf auf Klara, die in Decken gehüllt neben dem Herdfeuer lag und grollte: »Wenn du weiter wie Josef und Maria durch den kalten Winter ziehst und nach einem Stall für die Geburt eines Kindes suchst, wirst du bald beide, Mutter und Kind, ins Grab bringen.«

Im Schein des Feuers stand Klaras roter Haarschopf in einem auffallenden Gegensatz zu ihrem totenblassen Gesicht und sie lag da, wie eine zum Abschiednehmen aufgebahrte Leiche, der man für ihre letzte Reise auch ihren Schmuck, eine kleine weiße Perle um den Hals gelegt hatte.

Die Albersche beugte sich zu Klara hinunter und flößte ihr mit einem Holzlöffel einen heißen Trank ein, der angenehm nach Kräutern und Honig roch. Und sehr bestimmt stellte sie fest, indem sie Klara anschaute, aber Jodokus ansprach: »Deine Frau darf sich nur wenig bewegen, wenn das Kind bei ihr bleiben soll und nicht schon zur Unzeit kommt. Viel Ruhe und meine Kräuter werden ihr dann die Übelkeit nehmen.«

»Aber hier kann sie nicht bleiben«, stieß Jodokus bekümmert hervor, »der Freiherr meinte, ich solle bei den Minoriten vorsprechen.«

Josepha Albers stellte das Gefäß mit dem Getränk beiseite, drehte sich zu Jodokus um und schien nachzudenken. Dann erklärte die weitsichtige Frau: »Die Minoriten sind keine gute Wahl. Die minderen Brüder sind zwar mildtätig und leben in Armut und Demut in ihrem Kloster, aber nicht unbedrängt in diesen Zeiten. Je nachdem, welche Partei die Oberhand gewinnt, werden sie heute geschätzt, morgen geduldet und übermorgen aus der Stadt gejagt. Ich habe einen besseren Vorschlag, wenn du Geld erübrigen kannst.«

Jodokus nickte unmerklich. Daraufhin sprach die Albersche von ihrer Schwägerin, die ein kleines Haus auf der anderen Seite des Rodewieks bewohnte. Diese sei nun Witwe und mittellos. Ihr Mann, der Bruder der Alberschen, ein Krämer sei unlängst verstorben und habe in der Vergangenheit die Familie durch einen kleinen Handel mit Stoffresten, Knöpfen, gebrauchten Lederriemen und sonstiger billiger Ware ernährt. Ihre Schwägerin sei eine zuverlässige Frau und würde Klara gegen ein kleines Zubrot aufnehmen und verpflegen. Sie selbst könnte, so oft es nötig sei, nach ihr sehen.

Jodokus hockte sich zu Klara ans Lager, die alles mitgehört hatte. Unschlüssig sah er sie an und sie sah in seinen Augen, dass er sich damit quälte, ob er auf das Angebot der Alberschen eingehen sollte. Sie nickte mit dem Kopf und mit schwacher Stimme flüsterte Klara: »Ich vertraue ihr.«

Zum Abschied am nächsten Morgen steckte Jodokus Klara das Geld aus dem Pferdeverkauf zu und versprach, bevor ihr Kind geboren würde, mit neuem Geld zurückzukehren. Jodokus vermied es, Klara damit zu beunruhigen, dass er plante, sich Ludwig von Asseburg anzuschließen.

Das Asseburger Regiment war den Kaiserlichen bei Lützen nicht zur Hilfe geeilt und es hieß, Schrammenhans selbst, der bei Lützen getötete Feldmarschall Pappenheim, habe es zum Schutz in Westfalen zurückgelassen. Im Dorf würde er erfahren, wo das Asseburger Regiment in Winterquartier läge. Und aus Erfahrung wusste er, nach Lichtmess fing man an zu rüsten und zu rekrutieren.

Es hatte geschneit, als er sich dem Dorf näherte. Wald, Felder und die sich im Tal vor dem eisigen Wind duckenden Häuser waren unter einer tiefen Schneedecke begraben. Frische Spuren führten aus dem Wald in Richtung des Dorfes, umrundeten die Wallhecke auf ihrer nächtlichen Suche nach einem Durchschlupf zu den Häusern. Wolfsspuren, schoss es Jodokus durch den Kopf. Hungrige Wölfe, die dem Dorf entreißen wollten, was sich zu weit herauswagte. Zum Glück verhinderte der tiefe Schnee, dass Wölfe in menschlicher Gestalt ins Dorf einfallen konnten, die sich nicht von Wallhecken, verriegelten Türen und Toren abhalten ließen.

Die leidvollen Erfahrungen der letzten Jahre hatte die Dorfbewohner gelehrt, auf der Hut zu sein. Sie hatten zahlreiche Erdlöcher außerhalb ihrer Behausungen angelegt und dort alles versteckt, was einen Wert besaß. Im Winter schützte der Schnee im Sommer der Wald, der den Ort umgab, dachte Jodokus, als er auf einen der Schlings in der Hecke zuhielt. Flinke Jungens saßen im Sommer auf ihren Aussichtspunkten in den Bäumen und meldeten, wenn sich eine Bedrohung aus dem Osten vom Weserstrom näherte. Dann trieb man das Vieh aus dem Dorf nach Westen in ein Waldversteck. Kam die Gefahr aus dem Westen zogen die Bauern wie die Nomaden mit ihrem Vieh in die östlichen Waldgebiete. Den Winter konnten sie zwar ungestört, abgesehen von den Wölfen, im Dorf verbringen, aber was sie im unsicheren Sommer nicht retten konnten, fehlte ihnen schmerzhaft im harten Winter.

Jodokus kreuzte die Wolfsspuren und war froh, das Dorf vor Einbruch der Dunkelheit erreicht zu haben. Marie erschrak, als der Bruder so unvermutet ins Haus trat, in dem es nach Herdfeuer, Schimmel und Armut roch. Marie hatte ihre blonden Haare unter einer verschlissenen Haube versteckt, kauerte auf einem Holzschemel im gelben Schein des Feuers und rührte in einem Brei, der in einem Topf köchelte. Als sie sich erschrocken erhob, sah er die gewaltige Wölbung ihres Bauches, der ihre zierliche Gestalt nach vorne zu ziehen schien. Er bemerkte die Enttäuschung in ihren Augen, als er hinter sich die Tür schloss und kannte die Antwort auf seine Frage bereits, bevor er sie gestellt hatte. Sie hatte Johann Schneeberg seit der Zeit nicht mehr gesehen, als er ihr sein Andenken hinterlassen hatte.

»Er wird kommen«, tröstete er seine Schwester, »und dem Kind wird es gutgehen, denn Johann wird mit einem wertvollen Ring und einer goldenen Kette heimkehren.« In ihren anderen Umständen hatte Marie sich verändert, sie hatte ihre alte Schüchternheit und Ängstlichkeit abgelegt.

»Ich komme auch allein zurecht«, erwiderte sie heftig. Aber Jodokus sah ihr an, dass sie darauf wartete, dass der unberechenbare Schneeberger wieder wie eine heftige Böe in ihr Haus gefegt kam. Marie stellte den Brei auf einen wackeligen Tisch und ließ sich von Jodokus bei dem kargen Mahl von seinen und Johanns Verwicklungen im großen Krieg berichten.

In den nächsten Tagen musste der wortkarge Jodokus seine Erzählungen mehrmals wiederholen, denn die Bauern, voran der alte Schneeberger, wollten sich ein Urteil über die verworrene Lage bilden. Jodokus wiederum wollte durch seine Befragungen Erkenntnisse über den Verbleib des Asseburger Regiments gewinnen. Der Großteil der Bauern konnte weder die ligistischen noch die antiligistischen Flugschriften lesen, in denen die Nachrichten von den Kriegsschauplätzen verbreitet wurden. Dennoch sprach es sich bis zu ihnen schnell herum, wenn Durchzüge und Bedrückungen von den verschiedenen Armeen drohten. Die Neuigkeiten von den Kämpfen und Aufenthaltsorten der Kriegsparteien kamen ins Dorf geflogen wie aufgeschreckte Gänse, die schnatterten, reißaus zu nehmen, bevor man gerupft wurde.

Vom Asseburger Regiment wusste der alte Schneeberger zu berichten, dass es sich im letzten Sommer in der Soester Börde gemästet hatte. Der alte Bauer blieb äußerlich sehr ruhig, aber es brodelte in ihm, als er mit einer erregten, zitternden Stimme die nichtsnutzigen Söldner verwünschte, die nur durch das übliche Rauben, Stehlen und Betrügen von sich Reden gemacht hatten.

»Auf die Beschwerdebriefe der Bestohlenen über die Asseburger wird es wohl keine Antworten mehr geben«, äußerte sich der Bauer mit grimmiger Empörung in der Stimme, »die vermoderten in der Gruft des Feldmarschalls Pappenheim. Im Herbst«, so fuhr der Schneeberger fort, »hatte das Asseburger Regiment Sold erhalten, ihn wahrscheinlich irgendwo verprasst, aber keinerlei Anstrengungen unternommen, die schwedischen und hessischen Verbände am Weserübergang zu hindern.« Wenn Jodokus noch zu den Kaiserlichen wolle, solle er zu Heinrich Möhring aus Brakel gehen, der erst vor kurzer Zeit einen Trommler in die umliegenden Dörfer geschickt und ein Werbepatent zur Aufstellung einer Kompanie Reiter bekanntgemacht habe. Als die beißende Kälte nachließ und Tauwetter einsetzte, befolgte Jodokus den Rat des alten Schneebergers, brach auf, um sich der neugeworbenen Kompanie des Kapitänleutnants Heinrich Möhring anzuschließen, die zur Verteidigung Paderborns vorgesehen war.

Heinrich Möhring war kein großer Krieger, fiel Jodokus schon nach wenigen Tagen auf, als sie mit kaum hundert Reitern auf vom Schmelzwasser aufgeweichten Wegen vor den Hessen nach Paderborn flüchteten. Das, was ihrem schmächtigen Kapitänleutnant an Weitsicht und soldatischer Härte fehlte, versuchte er durch Frömmigkeit wettzumachen. Heinrich Möhrings Familie gehörte zu den wenigen vornehmen Familien, die zum katholischen Bekenntnis gestanden hatten, als in der Stadt die Protestanten das Sagen hatten. Jetzt warnte ihr Kapitänleutnant vor den calvinistischen Hessen, die noch schlimmer seien als die Lutheraner und hätte diese doch fast mit seinen unklugen Befehlen in die Stadt gelassen.

Denn an einem dunstigen, lichtlosen Apriltag hatte er eine Abteilung Soldaten mit einer größeren Gruppe Paderborner Bürger vor die Stadtmauern geschickt, um die Gebäude beim Seuchenhaus abzureißen, aus Furcht der kleine Jakob, ein berüchtigter hessischer Kommandeur, könne sich dort zur Belagerung der Stadt einnisten. Fast wäre Paderborn bei weit offenstehenden Stadttoren an diesem Tag eingenommen worden, als der kleine Jakob mit seinen Söldnern aus dem Hinterhalt hervorbrach, den Soldaten, Bürgern, Bauern und Studenten den Weg zur Stadt abschnitt und die meisten von ihnen niedermachte.

Die Jesuiten waren es, die gegen die Mutlosigkeit anpredigten und die Paderborner bestärkten, die Stadt nicht kampflos zu übergeben. Ihre Studenten aus dem Jesuitenkolleg schickten sie zur Verstärkung der Verteidiger auf die Stadtmauern. Dort harrten sie mit Heinrich Möhrings Soldaten aus und mussten mitansehen, wie drei Tage lang, Kanonenkugeln und Granaten, von denen einige fünfzig Pfund wogen, über die Mauern in die Stadt gefeuert wurden. Sobald ein Gebäude in Brand geschossen wurde, waren die Jesuiten zur Stelle und übernahmen die Aufsicht über die Löscharbeiten.

Ein junger Jesuit mit einem stechenden, unnachsichtigen Blick war überall zur Stelle und schien nie zu schlafen. Als dieser unermüdliche, leicht das linke Bein nachziehende Antreiber des Verteidigungswillens sich mit lauter Stimme an nachlassende Bürger wandte, erkannte ihn Jodokus, der auf der Stadtmauer postiert war.

Der hagere Mann hatte von seinem Bruchleiden aus der Kindheit nur das leichte Hinken zurückbehalten, aber seine Rednergabe und Gelehrsamkeit weiterentwickelt.

Bernhard Löper ahnte, was die Jesuiten zu erwarten hatten, sollten die Hessen die Stadt und das Hochstift für immer als ihr von König Gustav Adolf geschenktes Erbland einnehmen. Die Calvinisten hielten die Jesuiten für das größte Übel in der Welt. Sie seien die Urheber des gegenwärtigen Krieges, Feinde der öffentlichen Ruhe, man könne ihnen nie trauen und müsse sie daher des Landes verweisen. Und so war Bernhard Löper beständig unterwegs, die Verteidiger zu ermutigen und ihren Widerstand aufrechtzuerhalten.

Der Jesuit betete öffentlich für die Gesundheit des Kurfürsten, schickte Fürbitten für den frommen, leider nicht mehr unter den Lebenden weilenden Tilly hinterher, stimmte laut ein heiliges »Vater unser« für den Kaiser an, flehte Gottes Beistand für die Verteidiger des Glaubens herbei und dass Gott die Entscheidungen des Rates lenken möge. Nachdem eine Granate das Gewölbe der Marktkirche zertrümmerte und in dem Pfarrbezirk der Marktkirche bereits 17 getötete Menschen zu beklagen waren, halfen alle Gebete und der Zuspruch der Jesuiten nicht mehr, den Rat davon abzuhalten, kleinmütige Verhandlungen aufzunehmen und Unterhändler in das Lager der Hessen zu schicken. Nach wenigen Tagen war der Kuhhandel geschlossen, die Stadt zahlte und wies seine Besatzung aus der Stadt.

Heinrich Möhring war seine neu aufgestellte Kompanie schneller wieder los als er sie geworben hatte. Jodokus Wallbaum fand sich mit anderen Söldnern, kaum im Dienst, schon wieder entlassen, wie Abfall vor die Stadt geworfen und auf die Gart geschickt. Wie überflüssiges Treibgut wurde er aus der Stadt gespült und strandete bei einer Gruppe Hahnenfedern. Es waren verwegene Kerle, Wechselläufer zwischen den Fronten, versprengte Narbengesichter, herren- und brotlose Schnapphähne, die sich im Niemandsland des Krieges zusammengefunden hatten.

Das Kommando ihres Trupps hatte ein furchteinflößender Schnapphahn übernommen, der die Losung ausgab, dass man sich nun auf eigene Hand und für den eigenen Beutel bewegen müsse, da die Hessen alle Städte besetzt hielten und die Kaiserlichen in alle Winde verstreut seien. Grasteufel war mit seinem gedrungenen Körper, seinem zerfurchten Gesicht, das von buschigen Augenbrauen beherrscht wurde, eine abschreckende Erscheinung. Aber selbstbewusst verkündigte er, auch wenn sie wie Strauchdiebe daherkämen und von Raub und Diebstahl lebten, würden sie als Freireiter kein anderes Handwerk betreiben, als was in dieser Welt die meisten täten und am allermeisten die großen Feldherren, die im höchsten Ansehen stünden. Grasteufel beendete seine kleine Ansprache wie ein erfahrener Kommandeur mit einem Ausblick auf das große Ganze.

»Es gibt in diesem Krieg keine Heiligen mehr, die stillhalten, wenn sie geschlagen werden und selbst der untertänigste Bauer betet nicht mehr für seine Peiniger. Jeder sorgt zuerst für sich allein.«

Die bunt zusammengewürfelte Truppe durchquerte eine trockene rosaleuchtende Heidelandschaft und näherte sich am Spätnachmittag einem kleinen Wäldchen verkrüppelter vom Wind verbogener Kiefern. Völlig unerwartet stolperten sie in eine Herde geraubter Schafe, die von ein paar Hütejungen und zwei Soldaten bewacht wurde. Grasteufels Reiter hätten keine Gefangenen gemacht, wenn nicht Jodokus seinem neuen Kommandeur zugerufen hätte: »Es sind Kaiserliche.«

Jodokus Wallbaum hatte einen der Soldaten mit einer schreiend roten Narbe, die quer über die rechte Gesichtshälfte lief, erkannt, der schon bei Lutter dabeigewesen war. Grasteufel ließ einhalten und forderte nach einem kurzen Wortwechsel den verschonten Soldaten auf, sie in ihr Lager zu führen. Durch eine Ansammlung von Wagen, die in einem Kreis um einen kleinen Weiler zu einer löchrigen Verteidigungsstellung aufgefahren waren, erreichten sie den Lagerplatz eines arg zerzausten, kaiserlichen Regiments. Ludwig von Asseburg war aus dem offenen Deelentor des größten Hofes getreten als der Trupp Reiter sich zwischen zwei Scheunen näherte. Er sah missmutig und mürrisch aus, fand Jodokus. Mit misstrauischem, verkniffenem Gesichtsausdruck blickte er den Ankommenden entgegen. Warum Ludwig von Asseburg sie so übellaunig empfing, obwohl er hoffen konnte, mit Grasteufels Reitern sein schwaches Regiment auffrischen zu können, begriff Jodokus, als er das Palaver zwischen Grasteufel, Asseburg und dem Rittmeister Palant verfolgte.

Schwedische und hessische Einheiten hatten den Asseburgern in den zurückliegenden Monaten übel mitgespielt. Zuerst wurden sie über die Weser gejagt, dann immer wieder verfolgt und beim letzten Zusammentreffen im Mai hatten ihnen die Hessen nicht nur 100 Pferde abgenommen, sondern eine besondere Schmach zugefügt und viele Standarten erbeutet. Von weiteren Beschädigungen des Asseburger Regiments erfuhr Jodokus im vertraulichen Gespräch mit dem rotnarbigen Schafswächter, den er vor tödlichem Schaden bewahrt hatte. Der Freiherr hatte neben Pferden, Soldaten und Fahnen auch seine vertraute Bettwärmerin verloren. Auf der Flucht vor den Hessen hatte ein Lüneburger Leutnant in Lemgo Asseburgs Mätresse gefangen und wie es üblich war, hatten Verhandlungen über die Lösegeldzahlungen begonnen. Einen Boten musste Ludwig von Asseburg ebenfalls zur Familie von Haxthausen schicken, da Moritz von Haxthausen auch in Gefangenschaft geraten war und auf seine Auslösung wartete. Das Ranzionieren, wie man diese Art von erpresserischem Menschenraub nannte, hatte sich zu einem lohnenden Geschäft zwischen den Parteien entwickelt. Die Preise für einen Obristen oder Rittmeister waren enorm gestiegen und ein Pfarrer oder ein Ratsherr konnte über 1000 Taler einbringen. Glücklich schätzen konnten sich die mitgeschleppten Personen, wenn sie aus einer zahlungskräftigen Familie stammten oder das Wohlwollen eines Kriegsunternehmers besaßen.

Ludwig von Asseburg hatte die Forderung von 3000 Talern heruntergehandelt und das Geld aufgetrieben, so zufrieden war er mit den Diensten seiner Geliebten. Der rotnarbige Soldat erzählte dieses nicht ohne Häme und einer gewissen Boshaftigkeit, denn ein einfacher Soldat konnte sich keine Hoffnung auf Ranzion machen. Er war nichts wert und froh, wenn er ein ungünstig ausgehendes Treffen überlebte und als Verstärkung vom Sieger übernommen wurde.

Inzwischen hatten die beiden eine abseits liegende kleine Einliegerkate erreicht, die noch nicht von den überall in den Hofgebäuden lagernden und in Untätigkeit schnarchenden Söldnern in Beschlag genommen war. Die Tür stand weit offen und im Halbdunkel der Kate erblickte Jodokus unerwartet Jost Christoph von Falkenberg. Höxter, Klara, Kind, durchzuckte es ihn. Und ohne seine gewöhnliche Langsamkeit und ohne die gebührende Ehrerbietung einem Freiherren gegenüber überfiel er ihn mit seinen Fragen. Jost Christoph von Falkenberg verzog gequält sein Gesicht, als ob ein Barbier gerade seine Zange zum Zähneziehen ansetzte. Mit Sorgenfalten im Gesicht berichtete er knapp, dass die Hessen Höxter und Corvey besetzthielten. Der Corveyer Abt sei mit dem Stiftsarchiv und seinem Vater nach Hameln geflohen. Diese Weserfestung trotze allein der schwedisch-hessischen Übermacht, die einen Belagerungsring um die Stadt geschlossen hätte.

»Aber wo sind, was ist mit der Alberschen, mit Klara?«, verhaspelte sich Jodokus.

Jost von Falkenberg machte eine wegwerfende Handbewegung, die ohne Worte ausdrückte, dass er sich mit solchen Nebensächlichkeiten nicht beschäftigen konnte. »Was soll schon sein«, blaffte er Jodokus an, »die Weiber in Höxter vergnügen sich jetzt wohl mit den Ketzern.« Er sei gekommen, um Ludwig von Asseburg zu ermutigen, sich an der Befreiung von Hameln zu beteiligen, wie es der neue Oberbefehlshaber in Westfalen, der General Gronsfeld, plane.

»Das ist nicht einfach, denn wenn der eitle Gronsfeld »Hü« sagt, antwortet der andere Befehlshaber Merode mit »Hot« und der Dritte im Bunde, der Obrist Dietrich von Bönninghausen«,machte der Falkenberger eine Pause, »schleicht sich zwischen den Linien davon«, rutschte es Jodokus heraus.

Der Freiherr schaute verdutzt und bevor er den ungehörigen Bauernburschen zurechtweisen konnte, erklärte dieser schnell sein abfälliges Urteil. »Bönnighausen war einer der Ersten, der in Lützen stiftenging, als Pappenheim fiel«.

Jost von Falkenberg wendete sich ab. Er hatte nicht vor, mit einem einfältigen Soldaten zu erörtern, wie die Lage zu bewerten und der Entsatz von Hameln zu bewerkstelligen war. Einen ausgiebigen, langandauernden Kriegsrat hielten Ludwig von Asseburg, seine Rittmeister und Grasteufel am Abend ab. Dazu hatten sie einen langen Tisch mit Bänken aus dem Haupthof nach draußen schleppen und alles auf den Tisch stellen lassen, was sich auftreiben ließ. Das war nicht viel und der Rittmeister Palant fluchte über die dünne Suppe, die aussehe, als wenn eine Hure ihr Hemd ausgewaschen habe. Ein schales Braunbier besänftigte die Runde und Jost von Falkenberg versuchte die Stimmung zu heben, indem er ausführte, dass das warme trockene Wetter das Leben draußen erleichtere und zudem die Gelegenheit zu kriegerischen Unternehmungen böte, was nicht zu ihrem Schaden gereichen sollte. Ihr Kurfürst und der Kaiser würden sich sicherlich erkenntlich zeigen, wenn sie zur Befreiung Hamelns dem Gronsfeld zur Hilfe eilten.

Der bärbeißige Grasteufel stieß hervor, er habe nichts mit den Schwedischen und Hessischen zu schaffen, er reite nicht für eine bestimmte Farbe, sondern für Geld. Ludwig von Asseburg griente und stimmte Grasteufel insgeheim zu. Auch was er glaubte war Verhandlungssache. Er hatte seine spitze Nase bereits mehrmals in einen großen Bierhumpen gesteckt und meckerte nun los wie eine Ziege auf einer vertrockneten Wiese.

»Ein Regiment aufzustellen und ins Feld zu führen, verschlingt riesige Summen, die ein Obrist vorschießen muss, in der Hoffnung, sie von seinen Auftraggebern zurückzuerhalten. Mir ist nicht bekannt«, versetzte er dem Falkenberger einen Seitenhieb, »dass dein Abt in Hameln sich an den Kosten beteiligt. Ein vorausschauender Obrist muss abwägen, wohin er sein Regiment führt, damit es nicht ruiniert wird und er alles verliert.«

»Aber wenn schon Gelder an Gronsfeld unterwegs sind, sollten wir da sein, wo sie ausgezahlt werden«, ließ sich der Rittmeister Palant vernehmen. Ludwig von Asseburg nickte zustimmend mit dem Kopf. Er musste etwas unternehmen, sollte sich sein Regiment nicht wieder verlaufen, seine unzufriedenen Söldner das Laufgeld anderer Vielversprecher annehmen oder gar die Seiten wechseln. Er haderte noch mit einer Entscheidung, da er einer größeren Schlacht aus dem Weg gehen wollte, als der durchtriebene Grasteufel mit einem gangbaren Vorschlag lockte. »Bei einem großen Treffen sollten wir uns im Hintergrund halten. Wir machen es wie die Kroaten, die sich überall herumtreiben und sich dann beim schutzlosen Tross bedienen.« Jodokus, der für seinen wiedergefundenen Obristen neues Bier herangeschafft hatte, hörte, wie sich die Runde für den Tross des schwedischen Befehlshaber Dodo von Knyphausen begeisterte, von dem es hieß, dass er immer eine Menge Geldkisten und geraubte Kirchengüter, wie Kelche und Schalen, mit sich führe. Jodokus schwieg. Er hatte diesen schwedischen Feldmarschall schon vor einem Jahrzehnt zu Anfang des Krieges im Heer des tollen Christians beobachtet. Dieser knurrige alte Knyphausen kannte alle Finessen des Krieges, hatte bei Lützen das zweite Treffen Gustav Adolfs kommandiert, war so kaltblütig und habgierig, dabei aber planvoll vorgehend, dass er sich sicherlich nicht von einigen Freireitern und Hahnenfedern aus dem Paderborner Land übertölpeln ließ. Jodokus hätte seinem Obristen einige Warnungen vor dem listigen Knyphausen anvertrauen können, aber er schwieg, da sie in Richtung der Weser aufbrachen und er, wie er hoffte, so Klara näher käme. Seine Hoffnungen wurden schlagartig zerstört, als die auf Hameln vorrückende kaiserlich-ligistische Armee bei Hessisch-Oldendorf in einen Hinterhalt geriet und in nur zwei Stunden vernichtend geschlagen wurde. Diese Schlacht machte wie gewöhnlich alle größeren Schlachten viel Lärm, ihre Schockwellen schwappten in jeden Winkel und verbreiteten sich auf Flugzetteln auf jedem Marktplatz. Darin wurden die unterlegenen Kaiserlichen lächerlich gemacht, da Bönnighausens Reiter beim ersten Windstoß aus dem Feld geblasen worden seien und der große General Gronsfeld Kutsche und Pferd einbüßte und sich von zwei Soldaten auf einem Holzbalken wegtragen lassen musste.

Grasteufels Freikompanie und die Hahnenfedern gingen bei Hessisch-Oldendorf leer aus. Die von Gronsfeld mitgeführten sechs Maulesel, die mit Silbergeschirr und Geld beladen waren, erbeuteten die Schweden, Hessen und Lüneburger. Sie konnten froh sein, entkommen zu sein und sich vor den verfolgenden Hessen in der Umgebung von Brakel zu verstecken. Jodokus war ihnen dabei eine große Hilfe. Er kannte die Dörfer, die Bauernhäuser, die Miststätten, Wege und Gräben, die öden Flecken und Verstecke in den ausgedehnten Waldgebieten. Er führte Grasteufels Freikompanie zu

Orten, wo sie Schutz fanden und zu Pfarrern und Gemeinden, die sie heimlich gegen die hessischen Besatzer unterstützten. Sie hörten von anderen Freischaren, die von Brandjohann, Quadfasel und Hasenbein geführt wurden, und von selbsternannten Obristen wie Erimite und Daube, die mit ihren Freischärlern den Hessen schwer zusetzten.

Grasteufels Reiter blieben unter sich, ließen sich vom Obristen Bönnighausen aus dem sicheren Sauerland nicht zu größeren Kampfhandlungen anstacheln. Sie überfielen hier eine kleinere hessische Abteilung, fingen dort eine Lieferung für die Besatzung einer Stadt ab, bekamen an einem Ort etwas zugesteckt, scheuten aber nicht davor zurück, an einem andern Ort etwas für ihre Unterhaltung zu erpressen oder sich mit Gewalt zu nehmen. Bei diesem rastlosen Umherschweifen war Jodokus an einem Tag Klara sehr nahegekommen. Er hatte die Stadtmauern von Höxter zum Greifen nah in der Abendsonne glänzen gesehen. Aber ohne Passierscheine ließen die Hessen niemanden in die Stadt rein noch raus, selbst wenn er nicht als Soldat zu erkennen war. Er spürte Klaras Nähe und gleichzeitig war sie für ihn unerreichbar weit entfernt. Jodokus litt wie ein vom Profos in ein elendes Loch gesteckter Gefangener, dass er ihr nicht beistehen konnte.

In Höxters Kirchen waren abermals protestantische Prediger eingezogen, hatte sich neue Zuversicht und eine tatkräftige Aufbruchstimmung verbreitet. Schwere Pferdefuhrwerke mit 28 Fuß langen dicken Baumstämmen rollten durch die Westernstraße zur Weser, gefolgt von weiteren Holzfuhren, die beladen waren mit schon behauenen Balken, geschnittenen Bohlen, Brettern, gezapften hölzernen Verbindungen, Holzkeilen und Riegeln. Meister Holtzapffel und seine Gehilfen begannen die völlig zerstörte Brücke über die Weser wieder neu zu errichten. Dazu rammten sie sechzehn dieser schweren Baumstämme, je vier zu einem Joch, senkrecht in den Wesergrund, verbanden sie mit Balken, Zapfen und Riegeln. Viel Volk drängte zur Weser, stritt um die besten Plätze, um zu sehen wie an einer besseren Zukunft gebaut wurde. Klara war im Haus zurückgeblieben und dem Rat der Alberschen gefolgt, dass es für sie besser sei, sich aus dem Gedränge herauszuhalten. Der Rodewiek lag wie ausgestorben da, nur einige Soldaten dösten in der Mittagssonne. Klara hatte sich in den ersten Monaten nach ihrer Ankunft kaum aus dem Haus bewegt. Durch ein kleines, halbblindes Sprossenfenster hatte sie mit dem fachkundigen Blick einer Soldatenfrau die Inbesitznahme der Stadt durch eine mit den Hessen verbündete braunschweigische Abteilung verfolgt.

Der vornehme Falkenberger Adelshof war vom neuen Stadtkommandanten mit seinen Adjutanten und Gefolge belegt worden. Vermögendere Bürger hatten jeweils einen Leutnant, die Fähnriche und Feldwebel unterzubringen und zu versorgen. Einfache Soldaten wurden meist zu Zweit in die weniger vornehmen Häuser einquartiert. Im von ihren Besitzern verlassenen Falkenberger Haus wurde eine standesgemäße Hofhaltung vorgehalten, die Dienerschaft und die Albersche als Köchin weiterbeschäftigt. Am Spätnachmittag liefen Jungen die Hintertreppe hoch mit Brot und Bier, wurden Fleisch, Fisch und Käsespeisen in die geräumige Speisehalle getragen, in der ihr Hauptmann zu Abend speiste. Gezuckerte Früchte beschlossen das Mahl und die Albersche sicherte die besten Reste, die sie zu Klara schaffte.

Die Ruhe und die regelmäßigen Mahlzeiten hatten Klara wieder zu Kräften kommen lassen, ihre Übelkeit verflog und sie wurde dick wie eine Tonne, wie ihre Hauswirtin, die Schwägerin der Alberschen tönte, die selbst dünn wie eine Bohnenstange und flach wie ein Brett war. Am Tag als die neue Weserbrücke fertiggestellt wurde, marschierte zur Einweihung eine Kompanie Fußsoldaten vom gegenüberliegenden Ufer zum ersten Mal über die Brücke in die Stadt. Die auf das Holz stampfenden Schritte hallten bis in die Stadt und da spürte Klara Tritte in ihrem Leib und krümmte sich unter Schmerzen.

Die Bohnenstange beeilte sich, in dem Gewühl auf den Straßen die Albersche zu finden. Die kundige Frau wusste, was sie von dem aufgeregten Geschnatter ihrer Schwägerin zu halten hatte und beeilte sich nicht sonderlich, ihr zu folgen. Als sie endlich die Stube in dem kleinen Häuschen auf dem Rodewiek betrat, hatte Klara sich in

Erwartung kommender Schmerzwellen hingelegt. Die Albersche lächelte und scheuchte Klara vom Strohlager hoch: »Beweg dich, tanz in der Stube herum oder klettere die Stiege zum Dachboden rauf und runter, das bringt die Wehen in Gang.« Die wissende und geübte Geburtshelferin hatte mit dieser Art der Geburtseinleitung gute Erfahrungen gemacht. Sie hielt nichts von den treibenden Tinkturen, die überall von irgendwelchen Quacksalbern im Umlauf waren, wenn die Geburten nicht vorankamen. Ganz zu schweigen von den eingebildeten Vorschlägen der studierten Ärzte, die mit Unterstützung des Rates, den Hebammen und Wehfrauen immer neue Steine in den Weg legten.

Die Albersche befahl der mithelfenden Bohnenstange zwei Waschschüsseln mit frischem, sauberem Wasser zu holen, eine für die Säuberung von Mutter und Kind nach der Geburt, die zweite - falls das erforderlich würde - für die Nottaufe. Sie selbst öffnete einen Beutel, legte Schere und Wachsfaden für die Nabelschnur bereit und einen Haken, um ein falschliegendes Kind zu drehen oder eine Totgeburt herauszuziehen. Schließlich stellte sie noch ein Töpfchen geschmolzene Butter auf den Boden, ein bewährtes Gleitmittel, um das Austreten des Kindes zu erleichtern. Als die Wehen heftiger und stärker wurden, setzte sich Klara auf den Schoß der Bohnenstange, die auf einem an die Wand gerückten Stuhl saß und kräftig mitdrückte, wobei die Schoßfrau an Klara zog und zerrte und sie anfeuerte, stärker zu pressen. Die Albersche kauerte derweil auf einem niedrigen Hocker zwischen Klaras Knien und schaute unter das knielange Unterhemd. Sie sprach Klara beruhigend zu, regelmäßig zu atmen und schon bald griff sie mit viel Geschick Klara zwischen die Beine und beförderte mit ihren geübten Händen das Kind auf die Welt, ohne dass es auf den Boden plumpste.

»Ganz die Mutter«, lobte die Albersche, als sie das neugeborene Mädchen Klara überreichte und auf den rötlich schimmernden Haarflaum wies.

Klara nannte ihre Tochter Katharina. Das Mädchen war ein lebhaftes Kind und trieb ihre Mutter in den Sommermonaten aus der stickigen Stube ins Freie, wo es dann unter dem Gekreische der Marktfrauen, dem Scheppern der Kirchenglocken und dem Klappern von Pferdehufen friedlich einschlief.

An einem bewölkten Sommertag stand Klara mit einer schlummernden Katharina im Arm in der Menge, als schwere Kutschen über die neue Weserbrücke in die Stadt rumpelten. Der braunschweigische Herzog Georg machte auf seinem Weg zu seinem Verbündeten in Kassel in der Stadt Halt. Vor dem Rathaus wurde die Tür einer wappengeschmückten Kutsche geöffnet, ein dicker Vorhang beiseitegezogen und ein junger schwedischer Prinz stieg aus. Begleitet wurde diese kleine Delegation von einem alten schwedischen General, der Gustafs Sohn, den illegitimen Sohn des toten Schwedenkönigs, bei seiner Mission begleitete. Klara erkannte den schlauen Knyphausen sofort, der vor vielen Jahren den tollen Christian beraten hatte. Sie hörte die begeisternden Zurufe der Höxteraner, die glaubten, dass nun das Stift Corvey dem Landgrafen Wilhelm von Hessen-Kassel für immer übereignet würde, da zu diesem Anlass ein Schwedenprinz persönlich erschienen sei. Klara teilte die Begeisterung nicht, sie misstraute dem gewieften Knyphausen und dem Geschacher der Fürsten, Grafen und Könige, die Land und Leute auf ihren Karten verschoben. Klara blieb nicht verborgen, dass weniger pompös und von der Menge kaum beachtet, ein paar Mönche im Minoritenkloster eine Zuflucht suchten.

Der Abt von Corvey, Christoph von Brambach, lebte nun als ehemaliger Landesherr in seinem eigenen Land in der Verbannung. Die Albersche besuchte heimlich die Mönche im Kloster und kehrte mit beunruhigenden Gewissheiten zurück. Bei Hessisch-Oldendorf hatten die hessisch-schwedischen und braunschweigischen Soldaten fürchterlich unter den Kaiserlichen gewütet. Auch Jost von Falkenberg war auf dem Feld geblieben. Der Tod des Freiherrn berührte Klara nicht, aber sie befürchtete, dass sich unter den Toten der Vater ihres Kindes befinden könnte. Im Herbst kamen weitere hessische Kriegsvölker in die Stadt, die Befestigungen wurden verstärkt, Wälle und Mauern ausgebessert, mit Staketen und Palisaden befestigt und mit Kriegsrüstungen bestückt. Der hessische Landgraf kümmerte sich und wollte in seinem neuerworbenen Kriegsstaat ein gutes

Bild abgeben. Er untersagte seinen Stadtkommandanten willkürliche Übergriffe und erließ Verordnungen, die das Leben in einer Garnisonsstadt regelten. Mit genauen Kontributionsbefehlen versuchte die neue Obrigkeit eine gewisse Ordnung und eine gerechte Verteilung der Lasten herzustellen. Die Höhe der Abgaben, ob in Groschen und Talern bezahlt, als Unterhalt für die Einquartierten in Form von Speis und Trank geleistet oder als Hafer -,Heu- und Strohlieferung aufgebracht, belastete alle Bürger der Stadt und die umliegenden Dörfer. Schicksalsergeben nahmen sie das hin, so wie sie es hingenommen hatten, dass wiederkehrende Mäuseplagen ihre Vorräte gemindert hatten, sie mit Flöhen und Wanzen ihre Betten teilten und immer wieder neue Plagegeister in ihre Häuser eindrangen.

Vier hessische Kompanien waren als Besatzung in der Stadt geblieben, tranken Bier und riefen nach Brot. Alles wurde teurer, die Preise stiegen und die Münzen blieben warm, so schnell wechselten sie die Besitzer. Die hessischen Pfennigmeister trieben die Kontributionszahlungen ein und gaben als Zahlmeister die gerade erhaltenen Geldstücke weiter, so wanderten sie zum Metzger und Bäcker, manchmal auch zu einer geschäftstüchtigen Frau, die sich von Soldaten ansprechen ließ. Auch Klaras Geldstücke aus Jodokus Hinterlassenschaft waren fast alle auf Wanderschaft gegangen und sie fürchtete, mit Katharina nicht über den Winter zu kommen. Und wieder einmal war die Albersche behilflich, die weiterhin die Küche im Falkenberger Hof führte. Sie vermittelte Klara kleinere Aufträge für die dort logierenden hessischen Offiziere. Wenn Klara verschmutzte und beschädigte Kleidung gereinigt und geflickt an seine Besitzer in den Falkenberger Hof zurückbrachte, beobachtete die Albersche mit Sorge, wie die Leutnants und Wachtmeister Klara ansahen, wie ihre Blicke vom Kinn bis zu den Zehen streiften. Unverfroren schienen sie die wohlgeformte Klara wie einen Pfannkuchen zu wenden und die andere Seite zu begaffen. Die Albersche rechnete es Klara hoch an, dass sie es ablehnte, mit ihrer aufsehenerregenden Erscheinung ihren Lebensunterhalt auf eine naheliegende Weise zu verdienen. Wenn sie die Straße auf- und abliefe, würde es ihr an lohnenden Angeboten nicht fehlen. Die Albersche war nicht traurig, als diesiger Nebel von der Weser in die Stadt kroch, böige Herbstwinde die Nässe von den durchfeuchteten Feldern und Weserauen durch die Straßen trieb, so dass die Feuchte durch jede Ritze in die Häuser drang. Das Brunften im Freien und auf irgendeinem Heuboden hörte auf und selbst der umtriebigste Soldat zog sich ins Trockene an ein wärmendes Feuer zurück.

Ein stumpfsinniger Alltagstrott stellte sich ein. Wer nicht auf der regennassen Mauer Wache laufen musste, dämmerte schläfrig in seinem Quartier und raffte sich nur dazu auf, Jacken, Hosen und vor allem Pulver und Lunten trockenzuhalten. Klara verließ wie in den Sommermonaten fast täglich mit Katharina das beengte Häuschen auf dem Rodewiek und eilte die wenigen Schritte durch Pfützen und Regenschauer zum Falkenberger Hof. Hier in der großen Küche des Adelshofes hatte es die Albersche so eingerichtet, dass Katharina einen Platz neben dem Herdfeuer fand und Klara sich daneben an einem Arbeitstisch nützlich machte. Die Pferdejungen der hessischen Offiziere sprachen in der Küche vor, um Öl und Fett aufzutreiben, um damit die Bandeliers, Lederriemen, Gürtel und Sattel einzureiben und vor der Feuchtigkeit zu schützen. Klara gewann unter ihnen neue Freunde, da sie mit ranzigen Speckschwarten aushalf, die von Schinken zu stammen schienen, die längst nicht mehr auf dem Speiseplan standen.

Die Albersche hatte Klara ins Vertrauen gezogen, wo sich noch Vorräte aus vergangenen besseren Zeiten versteckten. Im hinteren, dunklen Bereich der Küche unter den übelriechenden, stinkenden Tonnen für die Küchenabfälle, verbarg sich eine kleine, unscheinbare Bodenklappe. Schob man die Abfalltonnen beiseite und hob die Bodenluke hoch, wurde die Stiege in ein Kellergewölbe sichtbar, in dem einige Kostbarkeiten eingelagert waren. Mit Gaben aus diesem winzigen Keller, die Klara heimlich in der Nacht für die Albersche ans Tageslicht holte, erkauften sich die beiden Frauen einige Gefälligkeiten von ihren hessischen Besatzern. Ein aufgeweckter, junger Pferdeknecht mit hellen Augen besuchte fast täglich die Küche, brachte fehlende Marketenderware aus diesen Tauschgeschäften mit, machte Faxen vor Katharina, schaukelte das vor Freude juchzende Kleinkind auf seinen Armen und verbreitete Neuigkeiten, die er beim Stadtkommandanten aufgeschnappt hatte. Dieser pfiffige Junge schilderte in den grellsten Farben die Erstürmung Salzkottens durch den hessischen Landgrafen. Während noch die Übergabe der Stadt verhandelt wurde, luden die Einwohner Salzkottens die schwedischen und hessischen Soldaten zu einem Umtrunk an das offene Tor. Als von irgendwoher Schüsse fielen, schrien die Belagerer etwas von Hinterhalt, stürmten in die Stadt und richteten ein Blutbad an.

Klara und die Albersche sahen sich unsicher an. Handelte es sich um einen heimtückischen Hinterhalt oder nur um einen Vorwand fürs Plündern und eine Entschuldigung für die verübten Grausamkeiten. Sie konnten nicht mehr auseinanderhalten, was der überbordenden Fantasie des Erzählers geschuldet war oder sich tatsächlich zugetragen hatte. Die Albersche schüttelte resignierend den Kopf und klagte: »Ach, Klara, die langsamen Zeiten sind vorbei. In früheren Jahren erfuhr man nur das, was ein Augenzeuge selbst gesehen hatte und berichtete. Heute dagegen werden auf gedruckten Blättern die Ausgeburten eines gekauften oder vergifteten Hirns innerhalb kürzester Zeit in jeden Winkel verbreitet.«

Klara antwortete nicht sofort. Die Albersche war eine kluge Frau, die ihr Wissen aus den Erfahrungen eines langen Lebens und dem mündlich weitergegebenen Schatz früherer weiser Frauen bezog. Lesen und Schreiben waren eine Kunst, die im Kloster beheimatet war oder in Verordnungen des Rates auf die Straße quollen, dort aber vom Ausrufer vorgetragen werden musste, da diese Kunst nur wenige beherrschten. Die vollgekritzelten Papiere und die mit Bildern lockenden Flugblätter waren ihr fremd geblieben. Klara setzte sich zur Alberschen an den Tisch und widersprach sanft der alten Frau, ohne ihr vor den Kopf zu stoßen.

»Ja, der Krieg verändert die Zeiten, was dem Einen nutzt, schadet dem Anderen. Die eine Partei verbrennt, was die andere beherbergen könnte, die Eine nimmt weg, was die Andere ernähren könnte, die Einen behaupten und beklagen, was das Ansehen der Anderen herabsetzen könnte. Der Krieg wird auch mit Worten geführt.«

Alarmierende Worte sickerten im Frühjahr 1634 wie ein schleichendes Gift in die Küche des Falkenberger Hofes: »Die Kaiserlichen kommen.«

Der Ausguck auf dem hohen Südturm der Kilianikirche wurde nun Tag und Nacht besetzt. Die schläfrige, träge Garnison aus dem Winterschlaf geweckt und zur Herrichtung ihres Handwerkszeugs angetrieben. Die Musketiere reinigten ihre Schießrohre, in denen schon die Mäuse nisteten, so wenig waren sie über den Winter bewegt worden. Die Partisanen und die überlangen Piken hatten an ihren Spitzen eine rostrote Färbung angenommen und ihre nachlässigen Träger wurden von ihren aufgewachten Kommandanten so lange drangsaliert, bis ihre Spieße wieder blank glänzten. In Rotten eingeteilte Bürger hetzten durch die Straßen und wurden zur Verteidigung der Stadt eingeteilt. Die Ratsherren eilten in den Falkenberger Hof zum hessischen Stadtkommandanten. Es bestehe kein Grund zur Sorge, beruhigte der hessische Obrist Caspar Krug den Rat. Hessische und schwedische Soldaten wären in der Nähe, der Herzog von Braunschweig stehe als mächtiger Verbündeter auf der anderen Weserseite und der hessische Landgraf würde es nicht zulassen, dass seine Stadt in Bedrängnis geriete.

Klara und die Albersche teilten die Zuversicht der Bürger und Soldaten nicht, dass die Stadt leicht zu verteidigen sei und nicht in feindliche Hände fiele. Die Albersche hatte einige böse Vorzeichen gesehen. Sie hielt es für keine gute Prophezeiung, dass bei ihrem letzten Kirchenbesuch alle Lichter auf dem Altar ausgegangen waren. Und Klara hatte bei ihren Streifzügen durch die Stadt auf der Jagd nach Neuigkeiten in einer Trinkstube das Gespräch zweier Stadtbürger belauscht, die von ihrem Wachdienst auf der Mauer zurückkamen. Ein spitzbärtiger Mann hatte lautstark nach Bier gerufen und nach einem langen Zug aus dem Humpen rausgerülpst: »Saufen müsse man, saufen, denn die Stadt sei bald hin.« Und mit gedämpfter Stimme erzählte er einem jungen Schiffer, dass er bei seinem Wachgang auf der Mauer plötzlich ein Sausen in der Luft gespürt, nach oben geblickt und gesehen habe, dass es Vögel waren, die die Stadt in einem langen Zug verließen und sich davongemacht hätten.

Die Vögel ahnten, was die Stadt zu erwarten hätte. Der junge Schiffer prostete dem Spitzbart zu und beruhigte, dass es nicht ausgemacht sei, dass es ein großes Unglück wäre, wenn die Stadt erstürmt würde. Die Soldaten plünderten doch nur bei den Reichen, bei ihnen, den Armen, sei nichts zu holen. Klara hatte dem Gespräch unbeachtet gelauscht und widersprach lautlos in ihren Gedanken dem unerfahrenen Schiffer. Nicht allein die Reichen würden geplündert, sondern im Gegenteil, die kauften sich frei und die Armen müssten mit ihrer Haut zahlen.

Als die letzten Landleute aus den benachbarten Dörfern hinter die Mauern der Stadt flüchteten, wussten die beiden Frauen im Falkenberger Hof, dass nicht mehr viel Zeit bliebe. Das kleine Häuschen auf dem Rodewiek bot keinen Schutz und die Albersche gab Klara den Rat, mit Katharina im Minoritenkloster eine Zuflucht zu suchen. In der Nähe des Corveyer Abtes sei sie am sichersten, sollte es der katholischen Partei gelingen, gewaltsam in die Stadt einzudringen. Klara zögerte. Katharina lag wie so häufig in der letzten Zeit auf einem alten Tuchfetzen in der Nähe des Herdfeuers, strampelte mit den Beinen und griff vergnügt nach kleinen Holzstückchen, die am Boden lagen. Nach einem langen, nachdenklichen Blick auf ihre Tochter entgegnete sie: »So weit wird es nicht kommen. Ich habe im Gefolge einiger Kriegsherren viele Städte gesehen, die lieber einen großen Teil ihres Stadtsäckels opferten als ihre Bürger. Caspar Krug und der Rat der Stadt werden klug genug sein und einen akkord anbieten, wenn die Stadt nicht zu halten ist.«

Hier irrte die erfahrene Soldatenfrau. Denn als der kaiserliche Feldmarschall, der Freiherr von Gleen, mit 7000 Mann zu Pferde und 3000 zu Fuß vor Höxter erschien und nach einem ersten Austausch von Feuergranaten, Kanonen und Musketenschüssen einen akkord anbot, gaben die Verteidiger im Vertrauen auf ihre Beschützer zur Antwort, sie würden die Stadt mit allem was sie hätten bis zum letzten Mann verteidigen.

Grasteufels Reiter beobachteten von den bewaldeten Anhöhen des Wesergebirges die Belagerung Höxters. Wie ausgehungerte Aasfresser warteten sie darauf, dass die Beute endlich erlegt würde und sie sich an den Resten, die übrigblieben, sattfressen könnten. Beständig waren sie vom hessischen Obristen Geyso verfolgt worden, der die Freischärler durch Westfalen hetzte. Im Winter hatten sie sich in einem abgelegenen Waldlager versteckt. Dort hatten sie gespürt, wie sich Hunger anfühlt, der sich zu Beginn noch laut und vernehmlich bemerkbar machte. Er knurrte und rumorte in ihren Mägen und trieb sie in den Wald, um nach Pilzen zu suchen, Wurzeln auszugraben, die letzten Taubnesseln auszureißen und mit allen möglichen Gewächsen und Blättern die Leere auszufüllen. Wild ließ sich schon längst nicht mehr in der Nähe ihres im Wald versteckten Gehöftes blicken und bejagen. Im Winter hatten sie kranke und verendete Tiere aus dem Schnee gezogen und noch den letzten Knochen ausgekocht. Für ihre Pferde rissen sie das Stroh von den Dächern der Hofgebäude und verfütterten es, nachdem das im Herbst gesammelte Laub aufgebraucht war, um einige Tage später bei einsetzenden Schneeschauern darüber zu fluchen, dass sie unter einer Schneedecke schlafen mussten.

Aus Bucheckern, Eicheln und Kastanien rieben sie ein Mehl, bereiteten daraus eine Mehlsuppe, von der sich einige übergaben, aber alle abmagerten. Der Hunger war in diesem Winter zu einem vertrauten Begleiter geworden, meldete sich aber längst nicht mehr geräuschvoll und laut, sondern versteckte sich hinter einem stillen, flauen Gefühl, das sie nicht mehr quälte, aber ihnen ihre Kraft raubte und sie schwächte. Apathisch hausten sie in diesem Zustand bis aus der Ferne eine Knallerei sie aufschreckte.

Grasteufel kniff unter seinen buschigen Augenbrauen die Augen zusammen, um das Geschehen vor Höxter schärfer zu erfassen. Zufrieden grunzte er wie ein Schwein, das auf Trüffel gestoßen war und munterte seine abgerissene Truppe auf: »Die Zeit des Hungerns und Versteckens ist vorbei.« Als Grasteufel aber bemerkte, dass daraufhin Unruhe unter seinen Männern ausbrach und die ersten, allen voran der blasse Jodokus, Anstalten machten, sofort aufzubrechen, fuhr er sie heftig an: »Noch bleiben wir hier und warten ab bis Gleen und Bönnighausen den Futterplatz geöffnet haben.«

Aber so einfach machten es die Verteidiger Höxters dem kaiserlichen Tier nicht, sie wie eine arglose, wehrlose Beute zu reißen. Verdutzt sahen Grasteufels Bauernsoldaten aus ihrem Versteck, wie die Angreifer von den Mauern mit einer Mischung von Musketenfeuer und Schimpfkanonaden überschüttet wurden und sie sogar einen Ausfall auf die Belagerer wagten. Jodokus beobachtete dieses alles mit wachsender Besorgnis. Der Zeitpunkt für eine friedliche Übergabe der Stadt schien verpasst. Jodokus hatte als Soldat so manche Belagerung mitgemacht und konnte sich vorstellen, wie der General Gleen und der feige Obrist Bönnighausen nach Rache schnaubten und die Wut ihrer Söldner anstachelten, dieses elende Rattennest um jeden Preis einzunehmen und auszuräuchern.

Grasteufels abgebrühte Reiter konnten es kaum erwarten, dass die Stadt fiel, aber Jodokus zitterte bei dem Gedanken, was der Stadt und Klara drohte, wenn der rasende Haufen von seinem Recht gebraucht machte, über eine im Kampf eroberte Stadt herzufallen. Jeder Söldner kannte das unumstößliche Gesetz, dass der Sieger dann das Recht auf freie Plünderung hatte. Insgeheim hoffte er, dass der Landgraf, die Schweden oder der Braunschweiger der Stadt zur Hilfe kämen.

Fünf Tage wehrte sich die alleingelassene Stadt gegen das übermächtige, wütende Tier und an jedem Tag stieg Jodokus Verzweiflung, dass er nicht zur Hilfe eilen konnte. Beim Anbruch des sechsten Tages ließ der kaiserliche General alle Reiter absitzen, sie mit den Fußsoldaten durch die schlammigen Wassergräben waten und vereint auf den Kamm des Wallgrabens stürmen. Mit ihrer erdrückenden Übermacht drängten sie die Verteidiger zurück und ergossen sich durch die in die Mauer geschossenen Lücken wie ein brausender Strom in die Stadt, während an anderen Stellen auf den Wällen und am Fuß der Stadtmauer noch erbittert gekämpft wurde. Immer wieder vernahmen sie laute Donnerschläge, wenn ein Stadttor auseinanderflog oder Stücke der Mauer einstürzten. Schon bald standen einige Rauchsäulen über der Stadt und am Nachmittag brannte die neue Weserbrücke nieder. Jodokus ahnte etwas vom in der Stadt tobenden Inferno. Er befürchtete, dass sich in den Gassen von

Höxter all die Gräuel wiederholten, wie sie bereits Magdeburg, Pasewalk und andere der Plünderung preisgegebenen Orte getroffen hatte. Seine Erregung steigert sich, als er bemerkte, dass bis zum Abend niemand die Stadt verließ, weder Bürger noch Landmann und kein Soldat wurde als Gefangener ins Lager geführt, dass sich im Feld vor der Stadt befand.

Jodokus hielt es nicht länger aus. Die Sorge um Klara brachte ihn fast um den Verstand. In der zweiten Hälfte der Nacht verließ er Grasteufels schlafendes Lager und schlich in Richtung der Stadt. Die Freudenfeuer im kaiserlichen Lager und die noch glimmenden Pfosten der abgebrannten Weserbrücke wiesen ihm den Weg. In der Morgendämmerung kroch er über den Wall und stolperte beinahe über die Leichen, die in unförmigen Haufen im Graben vor der Mauer lagen. Jodokus zögerte nicht, einem Kaiserlichen die Jacke von den schon steifen Gliedern zu zerren, sich eine Sturmhaube über die blonden Haare zu stülpen und sich mit einem Stoßdegen zu gürten. Er vergaß auch nicht die Armbinde, die ihn als kaiserlichen Soldaten kenntlich machte. So ausgerüstet stieg er über herumliegende Trümmer durch eine Bresche in die Stadt. Er folgte der blinden Woge von Gewalt, dem mitleidlosen Morden und dachte an einen Marder, der im Blutrausch in einem Hühnerstall einfiel. Enthemmte und betrunkene Soldaten traten vor sein Auge, wie sie auf alles und alle losgehen. Hiebe und Schläge, Leichen in den Straßen, nackt, ohne Köpfe, zerstückelt, Jung und Alt niedergesäbelt, Kinder erst eine Spanne lang und ihre Mütter nach getaner Notzüchtigung. Die Verteidiger der Stadt, Soldaten wie Bürger, waren wie eine in Panik geratene Viehherde durch die engen Gassen der Stadt gejagt und abgestochen worden. Jodokus sah die Leichname der Erschlagenen wie das geschlachtete Vieh auf den Gassen liegen, etliche hatte man entkleidet, ausgeraubt und im Dreck gewälzt. Andere voller Grimm und Zorn mit Pulver bestreut und zur Unkenntlichkeit verbrannt.

Mit den Verteidigern der Stadt, den hessischen Söldnern und ihren Unterstützern, hatten die Kaiserlichen keinerlei Mitleid gehabt. Wenn diese um Quartier baten, wurde ihnen entgegengebrüllt: »Salzkottener Quartier.« Und mit diesem Schlachtruf, der die

Vergeltung für die Grausamkeiten der Hessen und Schweden in Salzkotten herausschrie, war niemand verschont worden.

Hinter grauen Wolken versteckte sich die über der Weser aufsteigende Sonne und deckte ein mildes Licht über das Grauen. Während in den Häusern noch die Betrunkenen ihren Siegesrausch ausschliefen, waren andere Sieger schon wieder unterwegs, drangen in Häuser ein und zwangen die vor Angst halb wahnsinnigen Familien noch einmal 100 oder 200 Taler Ranzion zu hinterlegen, obwohl sie sich am Vortag schon einmal losgekauft hatten. Wie betäubt taumelte Jodokus in Richtung des Marktplatzes und klammerte sich an die winzige Hoffnung, dass vielleicht auch Klara ihr Leben mit einer Geldzahlung retten konnte.

Die Gassen um den Marktplatz waren angefüllt von wirren Haufen toter Menschen, die als mittellose in die Stadt geflüchtete Landleute ihr Leben verloren hatten, da sie nicht mehr als ihre Kleider am Leib hatten. Sie hatten nichts anzubieten für die Habgier der Soldateska, was diese vom Morden abhielt. Alle Häuser der Bürger, die Kaufmannsläden und Kirchen waren aufgebrochen und verwüstet. Als Jodokus den Rodewiek erreichte, erbleichte er, als er den zerstörten Falkenberger Hof und das kleine Häuschen erblickte, in dem er Klara zurückgelassen hatte.

In seiner Vorstellung wurde das Grauen wieder lebendig. Er hörte Kinder hilflos schreiend umherirren, sah Frauen in ihrer Verzweiflung Steine auf Soldaten werfen, nun lagen sie hingestreckt mit der Todesangst in ihren Gesichtern vor dem Haus.

Im Eingang des Hauses lag die Bohnenstange. Jodokus stieg über die Leiche und durchsuchte wie von Sinnen jeden Winkel des Hauses, rannte wieder auf die Straße und befürchtete in jedem Augenblick Klara unter den Toten zu finden. Sich zu jeder Leiche niederbeugend erreichte er das Minoritenkloster. Hier war es nicht weniger schrecklich zugegangen wie anderswo. Viele Leute waren in das Kloster geflohen, weil sie hofften, beim katholischen Abt von Corvey vor seinen Glaubensbrüdern sicher zu sein. Ein Irrglaube, wie die vielen Toten im Innenhof des Klosters bekundeten. Im Inneren des Minoritenklosters stieß Jodokus unvermutet auf eine Gestalt, die auf den Knien zwischen einigen Toten in Papieren wühlte, die zerrissen und verschmutzt den Boden eines geräumigen Zimmers bedeckten. Als der Corveyer Mönch den plötzlich in seinem Rücken aufgetauchten kaiserlichen Soldaten bemerkte, sprang er auf, griff unter seine Kutte, holte ein Papier hervor und keuchte: »Hier mein salvum conductum, ausgestellt vom kaiserlichen Feldmarschall.«

Jodokus war genauso überrascht wie der Corveyer Mönch und stotterte: »Herr von Haxthausen, was machen …, wo kommen …« Und nachdem sich beide gefasst hatten, Jodokus seine Sturmhaube abgelegt und sich zu erkennen gegeben hatte, setzten sie sich auf eine umgestürzte hölzerne Truhe, die inmitten der verstreuten Papiere und zerbrochenen Siegel des Stiftsarchivs lag.

Johannes von Haxthausen, der sanfte Corveyer Mönch, musste nicht besonders gedrängt werden, die verstörenden Begebenheiten des letzten Tages zu schildern. Mit einem Stoßseufzer: »Oh Höxter, Höxter, denke an die Strafe des gerechten Gottes«, begann er und beschrieb, wie es den kaiserlichen Offizieren nur mit Mühe gelungen war, dem Abt selbst das Leben zu retten, während viele corveyische Diener und die ins Kloster Geflüchteten getötet wurden. Alles wurde zerhauen, selbst der Hirtenstab des Abtes zerbrochen und verteilt und seine Geistlichen mussten sich ranzionieren. Er selbst sei nur durch die Gnade Gottes gerettet worden, da ein ihm bekannter Offizier und Anverwandter mit seinem Degen dazwischengefahren sei, als ein Haufen Soldaten ihn zu Tode schlagen wollte. Der Abt sei in Sicherheit und habe ihn mit einem Schutz und Geleitbrief des Befehlshabers ins Kloster geschickt, damit er wichtige Briefe, Verträge und corveysche Siegel auffinde und rette. Jodokus rutschte auf der Truhe unruhig hin und her. Ihm ging es nicht um das Auffinden und Retten wertvoller Briefe, die mit Dukatengold geschrieben und versiegelt waren. Er suchte eine rothaarige Frau, die vielleicht ein Kleinkind in den Armen trug. An eine rothaarige Frau konnte sich der Mönch nicht erinnern, aber er hatte von der Frau des Stadtschreibers gehört, die, als die Stadt und ihr Mann fiel, mit ihren Kindern zur Weserbrücke flüchtete und in den nassen Tod sprang. Jodokus sackte in sich zusammen und sah teilnahmslos zu, wie Johannes von Haxthausen wieder begann, die verstreuten Reste des Stiftsarchivs zu sichten.

Als von draußen Befehle und Wagengeräusche zu vernehmen waren, verließ Jodokus das Kloster. Im Innenhof wurden Leichen auf Proviantwagen geladen und er hörte die Anordnung eines Offiziers, sie zur Weser zu bringen und in den Fluss zu werfen. Jodokus stand wieder auf dem Rodewiek und es schwindelte ihm. Die Türen zum Falkenberger Hof waren herausgerissen und Jodokus ging hinein, um nach etwas Essbarem zu suchen. Die Küche war böse zugerichtet. Scherben der zerschlagenen Gefäße bedeckten den Boden, alles war umgestoßen und durchwühlt worden. Jodokus hatte wenig Hoffnung, hier noch etwas Brauchbares gegen den Hunger zu finden. Im hinteren Teil des Herdraumes sah er ein paar Abfalltonnen und trat heran. Er verspürte keinen Ekel, als er hineingriff und die stinkenden Hinterlassenschaften umdrehte. Als er versuchte, bis auf den Grund der Tonne zu greifen, fiel sie um und rollte beiseite. Mit einiger Verblüffung starrte er die kleine Luke an, die er vorsichtig anhob. Als er gerade in das sichtbar werdende Loch hinuntersteigen wollte, schob sich ein grauhaariger Kopf durch die Luke. Die Haare klebten der alten Frau wirr um den Kopf und sie blinzelte mit den Augen, um sich an das Licht zu gewöhnen.

»Wo ist Klara« schrie Jodokus, der die Albersche sofort erkannt hatte. Die Albersche verharrte auf der Stiege und glotzte den kaiserlichen Soldaten verständnislos an. Sie hatte gehofft, dass das Wüten der Söldner nach ein, zwei Tagen abebbte und sie wieder aus ihrem Versteck hervorkriechen konnte, wie Klara es geraten hatte. Aber was hatte dieser Soldat mit Klara zu schaffen? Die Albersche stieg langsam auf der Leiter höher. Ihre Augen gewöhnten sich an das Licht und in einem plötzlichen Wiedererkennen stieß sie hervor: »Josef und Maria und das Kind im Stall.« Jodokus packte die alte Frau, die noch halb im Einstiegsloch stand an den Schultern und schrie noch einmal: »Wo ist sie?«
Die Albersche drehte sich zur Seite, um sich aus dem Griff des Soldaten zu befreien. Schwer atmend keuchte sie: »Ich weiß es nicht. In den Tagen der Belagerung war sie beständig unterwegs.«

Eine große Traurigkeit hatte die alte Frau erfasst. Müde und erschöpft setzte sie sehr leise hinzu, dass Jodokus sich vorbeugen musste, um sie zu verstehen: »Sie hat es wohl nicht mehr geschafft, zu uns in den Keller zu fliehen, aber sie hat dir etwas hinterlassen.«

Die Albersche wandte sich ab und stieg die Leiter noch einmal hinunter in das kleine, düstere Kellergewölbe und kehrte mit einem Deckenbündel zurück. Sie trat vor Jodokus und schlug die Decke auf. Ein kaum einjähriges Kind mit roten Haaren schaute ihn aus braunen Augen an. Und als in diesem Augenblick zum ersten Mal an diesem grauen Tag einige Sonnenstrahlen durch die Wolken brachen und durch die offenen Türen auf eine Perle am Hals des Mädchens trafen, leuchtete diese und schimmerte bläulich im Sonnenlicht.

Im Turm: verhört

Die Tür zum Turmverlies wurde vorsichtig aufgeschoben und zwei Schatten huschten herein, die keinerlei Licht, weder Fackel noch Kerze, bei sich hatten. Der volle Mond schaute hohläugig durch die Schießscharten des Turms, verbreitete ein fahles Licht und ließ zwei Gestalten aus der Dunkelheit hervortreten. Die Ältere der beiden Frauen schlurfte mit einem runden Rücken nach vorn gebeugt heran, bückte sich zu Jodokus hinunter und setzte ihm einen Wasserkrug an die Lippen. Noch während der Gefangene trank, kramte sie ein Stück Brot aus ihrem Umhang hervor und wollte es Jodokus in den Mund schieben. Doch der bog unwillig den Kopf zur Seite und wandte sich mit einer spürbaren Enttäuschung in der Stimme an die zweite Frau: »Wie konntest du nur das Andenken deiner Mutter hergeben.«

Die junge Frau machte eine beschwichtigende Bewegung, beugte sich ebenfalls zu dem Gefangenen hinunter und entgegnete leise, aber sehr bestimmt: »Die Perle habe ich diesem Dummkopf nur als Pfand überlassen. Ich werde sie diesem Trottel schon bald wieder abnehmen.«

Katharina führte nicht näher aus, dass es für sie ein leichtes gewesen war, den schlichten Gefängniswärter Cord Wulf zu umgarnen und ihm Hoffnungen auf mehr zu machen. Er hatte sie bereitwillig nach Einbruch der Dunkelheit ins Gefängnisverlies gelassen, war aber doch so schlau, die versprochene Verabredung mit Katharina durch die Überlassung der Perle als Pfand abzusichern. Dem jungen Stadtbüttel schwoll der Kamm bei der Vorstellung, dass er erreichen könnte, was einige, durchaus vornehmere Männer der Stadt vergeblich versucht hatten, die unnahbare, schöne und stolze Rothaarige auszuführen. Katharina war bereits 24 Jahre alt, aber sie hatte bisher alle Anträge selbst vermögender Stadtbürger abgelehnt und lebte wie eine Klosterfrau im Kapuzinerkloster.

Sie war froh und erleichtert gewesen, als sie nach dem Großen Krieg das Elend des Dorfes und ihre von Untergangsvisionen beseelte Tante verlassen konnte und als gelehriges Mädchen in der neugegründeten Niederlassung der Kapuziner untergekommen war. Dort hatte sie Lesen und Schreiben gelernt, hatte wissbegierig alles aus dieser anderen Welt der Bücher aufgesogen und sich aus den Wirtschaftsgebäuden in die Schreibstube des Guardians des Kloster emporgearbeitet, wo sie in langen Listen die Einnahmen und Ausgaben verzeichnete und alles was ins Kloster kam und es verließ. Ihr Vater hatte sie in die Stadt geholt, nachdem in den Kirchen das tedeum laudamus, das »Gott wir loben dich« auf einen langwährenden Frieden verklungen war. Er hatte nur wenig gesprochen, über den Großen Krieg geschwiegen und das Wenige, was sie über ihre Mutter erfuhr, hatte ihre Tante Marie erzählt, bei der sie den Verdacht nie loswurde, dass diese Erlebtes, Vorgestelltes und Geträumtes untrennbar vermischte. Ihre Tante Marie war alt geworden. Abgearbeitet und ausgelaugt vom Überlebenskampf fand sie Zuflucht und verlor sich gleichzeitig in einer unerklärlichen Welt von göttlicher Vorsehung und Aberglauben. Ihre Tante war völlig aufgelöst bei ihr erschienen, als sie von Jodokus Verhaftung erfuhr.

Kaum hatten sich die beiden Frauen zu dem angeketteten Jodokus an die Mauer gehockt, wisperte Marie kaum hörbar, als fürchtete sie, von einem unsichtbaren Feind belauscht zu werden: »Was wirft man dir vor, dass man dich in so ein feuchtes Loch ankettet?« Jodokus, der mit seinen schlohweißen Haaren und mit seiner Sicht der unerklärlichen Dinge seiner Schwester immer ähnlicher geworden war, entgegnete: »Ich kenne die Dämonen nicht, die mich zum Geschrei der Straße machen und mir schaden wollen.«

Hier mischte sich Katharina in das Gespräch ein, die bei den Kapuzinern gelernt hatte, sich eine eigene Meinung zu bilden und hinter das zunächst Offensichtliche zu schauen: »Natürlich gibt es Teufel und Dämonen, die sprechen aber nicht aus den Besessenen, den Maneken Töchtern und Eva Behlen.«

Jeder in der Stadt wisse doch, dass sie sich in Hurerei verloren haben. Die Behlen habe als Magd mit einem Knecht im gleichen Haus im Dienst gestanden und als der ihr ein Kind gemacht habe und ihr Zustand nicht mehr zu verheimlichen war, habe sie alles auf den Teufel und seine Verbündete, Bürgermeister Möhrings Magd Trine, abwälzen wollen. Trine habe ihr in einem Stück Kuchen den Dämon in den Leib gezaubert. Daher habe sie sich vergessen und sich dem Mann hingegeben.

»Und die Maneken Töchter«, fuhr Katharina fort, »schreien nur nach, was ihr Vater Stoffel Maneken und ihre Großmutter, die alte Schutzeisen, ihnen einflüsterten. »Der Vater«, wandte sich die junge Frau an ihre Tante, »hat sich die Wut von Stoffel Maneken und einiger der Gemeinheitsherren zugezogen, da er den Kapuzinern geholfen und Holz für den Neubau des Klosters gefahren hat.«

»Aber doch im Auftrag des Bürgermeisters Möhring«, verteidigte sich Jodokus.

»Ja, ja«, stimmte die Tochter ihrem Vater zu und ergänzte dann: »Sie schlagen den Sack und meinen den Esel. Der Gograf Ludovici wird nichts gegen seinen Verwandten Möhring unternehmen oder gegen den Guardian der Kapuziner. Dessen Bruder leitet als persönlicher Berater ihres Landesherren die fürstbischhöfliche Kanzlei, aber Mägde wie Trine, Knechte wie der Vater und gemeine Leute, die Möhring und den Kapuzinern nahestehen, sind in großer Gefahr.«

Da begann die alte Marie wie ein schwachsinniges Weib zu zetern: »Johann, die goldene Kette, die Kette des Schwedenkönigs, wir müssen sie finden.«

Jodokus nickte, sah wieder den Werwolf aus seiner Kindheit im Feuer stehen und ließ sich mit einer kraftlosen Bewegung an die Mauer zurücksinken.

«Ja, findet den Schneeberger oder sucht nach der Kette. An ihr haftet ein Zauber, der jeden beschützt, der sie besitzt.«

Jodokus lehnte an der Turmmauer, hatte die Augen geschlossen und dachte an die weniger schützenden Zaubermittel, die er in seinem Beutel unter dem Hemd mit sich trug. Sie hatten ihn in der Vergangenheit, wie er fest glaubte, vor Krankheit, Pest und totgeschossen werden bewahrt, konnten dessen ungeachtet nichts gegen ein drohendes Inquisitionsverfahren ausrichten. Man benötigte dagegen eine größere Hilfe und einen mächtigen Gegenzauber.

»Ja, grabt nach der Kette«, bekräftigte er das vorher Gesagte, öffnete die Augen und blickte mitleidig auf seine Schwester. Eine Suche nach Johann Schneeberg war sinnlos wie die Suche nach einer Nadel im Heuhaufen. In den Kriegszeiten war er immer wieder wie aus dem Nichts im Dorf aufgetaucht, hatte ihr Kinder gemacht, die gestorben waren. Nur einen Jungen hatte Marie allein durchgebracht. Johann Schneeberg, dieser entwurzelte Kriegsknecht, hatte es nicht lange auf dem elterlichen Hof ausgehalten, und war nach dem großen Krieg mit dem ebenso ruhelosen alten Asseburger nach Polen aufgebrochen, um auf neuen Kriegsschauplätzen sein Glück zu suchen. Marie hatte in all den Jahren nie sicher gewusst, war sie Ehefrau oder bereits Witwe, hatte der große Raufbold sie verlassen, war er irgendwo oder bereits tot. Nein, auf die Hilfe Johann Schneebergs konnte man nicht warten und vertrauen.

»Wir graben unter den Bäumen vor dem Schneeberger Haus nach der Kette«, stimmte Marie ihrem Bruder zu, da alle Welt davon ausging, dass der Schneeberger die Kette im Dorf vergraben hatte.

»Macht euch nicht lächerlich«, entfuhr es da Katharina. Sie hatte bei den Kapuzinern einiges gehört, um nicht an Hokuspokus zu glauben.

»Wollt ihr den gleichen Unfug betreiben, wie die Brakeler, die unter einem Birnbaum neben Möhrings Haus nach einem geheimnisvollen Topf gegraben haben?«

»Aber unser Fürstbischof selbst hat doch«, versuchte die alte Frau diesen Einwand abzuwehren, aber Katharina unterbrach sie sofort und ergänzte, »hat dem Pater Löper und dem Auflauf der Straße nachgegeben.«

Katharina hatte in der Schreibstube die Debatten der Kapuziner verfolgt, die das Vorgehen des Pater Löper ablehnten und sich wünschten, dass ihr Fürstbischof sich auf ihre Seite gestellt hätte. Der aber war unentschlossen, hatte Bernhard Löper gewähren lassen, in der altehrwürdigen Bartholomäus Kapelle neben dem Paderborner Dom unter einer sich ständig vergrößernden Zuschauerschar seine Teufelsaustreibungen an den Maneken Töchtern vorzunehmen. Man konnte die Besessenen kaum bändigen, so sehr wüteten die Dämonen in ihnen. Und besonders tobten sie in Klara Finken, die schrie, der Teufel könne aus ihr nicht ausfahren, ehe nicht die Trine Meier und ihre Buhlen, der Bürgermeister Möhring und der Guardian, verbrannt seien oder der Teufelspakt gefunden werde. Der Vertrag zwischen der Hexe und dem Teufel befände sich in einem Topf in dem Garten neben Möhrings Haus unter einem Birnbaum. Werde das Schriftstück gefunden und verbrannt, habe der Teufelsspuk ein Ende. Das alles sorgte für viel Aufsehen und der Fürstbischof sah sich genötigt, seinem Gografen in Brakel zu befehlen, nach dem Beweisstück zu graben.

Katharina hatte in der gaffenden Menge gestanden, als sich die Stadtdiener ans Werk machten, fast den gesamten Garten umzugraben und den Birnbaum zu ruinieren, ohne fündig zu werden. Wer aber geglaubt hatte, der Jesuitenpater ließe sich durch diesen Fehlschlag mäßigen, musste wenig später vernehmen, dass die Besessenen erklärten, andere Hexen hätten heimlich den Pott beiseite geschafft.

»Auch unser Fürstbischof musste erkennen, dass diese Graberei nur die Erregung verstärkte«, beschloss Katharina ihre Ablehnung, nach irgendwie gearteten unheimlichen oder geheimnisvollen Dingen zu graben. In dem schwachen, kalten Mondlicht nahm sie wahr, wie ihr Vater in sich zusammengesunken regungslos an der Mauer lehnte und ihre Tante hilflos danebenkauerte, beide bereit, sich in ihr Schicksal zu fügen. Mitleidig versuchte sie neue Hoffnung zu verbreiten. Sie glaube zwar nicht an Zauber und Gegenzauber, aber dennoch solle Marie nach dem Schneeberger und der Kette suchen, ohne Aufsehen zu erregen. Der Schneeberger oder die Kette des Schwedenkönigs wären starke, glaubwürdige Zeugen, dass Jodokus den mächtigen Widersacher der Mutter Kirche, Gustav Adolf, besiegen half.

Sie werde den Kapuziner Guardian bitten, sich beim Fürstbischof zu verwenden, dass ein solcher Streiter für die katholische Sache nicht mit Teufeln im Bunde stehen könne.

Aus dem Dunkeln zischte nun eine besorgte Stimme: »Genug geredet, schleicht euch davon, ohne dem Nachtwächter unter die Augen zu treten.« Der Stadtbüttel konnte seine Ungeduld nicht verbergen. Er bereute es schon, dass er sich von der schönen Katharina hatte beschwatzen lassen. In diesen Zeiten war es gefährlich, in Händel, Zwist und Hader zwischen die Parteien zu geraten. In der Stadt lauschten hinter jeder Tür empfindliche Ohren und schauten neugierige Augen hinter jede Mauer. Er war erleichtert, als die beiden Frauen von der Finsternis der kleinen Gasse an der Stadtmauer verschluckt wurden und verschwanden.

Die Mitglieder des bischöflichen Hofgerichts hatten hinter einem langen Tisch Platz genommen. Den Vorsitz hatte ein Greis inne, der sich mit schleppenden Bewegungen in der Mitte des Tisches auf einen Stuhl fallen ließ, aber mit kleinen, zusammengekniffenen Augen in die Runde blickte. Der Hofrichter, Doktor Warzenius, war schon über 80 Jahre alt und hatte alle großen Hexenverfolgungswellen im Bistum Paderborn seit 1600 miterlebt. Eingerahmt wurde er von seinen Beisitzern Dr. Koch und zwei unerfahrenen, jungen Assessoren, Dr. Weltermann und Dr. Hofmann. Der greise Warzenius hatte seinen Schwiegersohn, den jungen Hofmann, besonders gefördert und traute ihm zu, obwohl der erst 30 Jahre alt war, ihm in diesem Verfahren eine große Hilfe zu sein. Sein Schwiegersohn könnte in seine Fußstapfen treten, zudem er durch die Erzählungen seines Vaters, der noch in Paderborn lebte, tiefe Einblicke in ein Inquisitionsverfahren erhalten hatte. Die Ringelsteiner Prozesse des alten Hofmanns waren selbst jetzt, nach über fünfundzwanzig Jahren, noch in aller Munde.

Inzwischen hatte sich der Stadtsekretär Brabeck am äußeren rechten Rand des Richtertisches eingerichtet, Federkiel, Tintenfass und Papier bereitgelegt, um das Vernehmungsprotokoll aufzunehmen. Der Procuratori Fisci wartete an der linken Seite des Tisches, um auf Aufforderung durch die Richter die Anklage vorzubringen. Vier Schöffen aus der Bürgerschaft beobachteten aus dem Hintergrund das Geschehen. Dr. Warzenius überzeugte sich mit seinen kleinen Schweinsäuglein, dass alles seine Ordnung hatte und grunzte: »Beginnen wir!«

Ein Schöffe trat an die Tür der Ratsstube, öffnete sie und der Scharfrichter mit zwei Knechten führte Jodokus Wallbaum vor den

Richtertisch. Der alte Hofrichter Warzenius begann seine Unter-suchungen gerne mit in der Vergangenheit bewährten Verfahren und hatte angeordnet, den Angeklagten nur kurz zur Person und den Vorwürfen zu befragen. Durch eine Nadelprobe wollte er den Prozess beschleunigen und das kommende Verhör abkürzen. Jodo-kus war bereits kahl wie ein Türke geschoren worden und auf einen Wink des Hofrichters wurden ihm nun alle Kleider vom Leib ge-zerrt. Der Scharfrichter trat heran und stach mit einer langen Nadel in auffällige Hautflecken und dunkle Male auf der Stirn, an Hals und Brust und besonders da, wo bei alten Leuten gewöhnlich wenig Blut floss.

Der alte Hofrichter erinnerte sich gut, wie man bei jungen, nack-ten Frauen auch an den geheimsten Stellen zwischen den Brüsten und unter den Schamhaaren gesucht hatte, wie es die in Hexerei-Fra-gen gelehrten Autoritäten empfahlen.

In immer neue Stellen piekte der Scharfrichter auf Zuruf des Richterkollegiums, aber Jodokus zuckte nicht einmal zusammen und es entfuhr ihm kein Schmerzenslaut. Sein langes Soldatenleben hatte ihm beigebracht, Schmerzen zu ertragen. Diese kleinen Stiche waren nichts im Vergleich zu den Hieben, die er auf den Schlachtfel-dern erhalten hatte. Aus vielen der angestochenen Hautstellen seines alten ausgedörrten Körpers trat zur Überraschung der Richter Blut hervor. Unwillig befahl Dr. Warzenius dem Scharfrichter, die Unter-suchung der auffälligen Körpermale, die vom Teufel stammen könn-ten, abzubrechen. Alle am Tisch, selbst die unerfahrenen Assessoren Weltermann und Koch, waren sich einig, dass man von eindeutigen Teufelsmalen nur sprechen könnte, wenn aus ihnen beim Hinein-stechen kein Blut flösse und der Angeklagte dabei keine Schmerzen fühle. Unsicher schauten sie auf den greisen Hofrichter. Der flüsterte seinem Schwiegersohn zu: »Er zeigt keine Schmerzen. Der Teufel hilft ihm wohl, aber er blutet.«

Dr. Koch hatte das mitgehört und meldete sich für Alle vernehm-bar: »Wir sollten die Prozedur fortsetzen. Der Meister hat wohl nur die unblutigen Teufelszeichen verfehlt.« Der alte Hofrichter schien die Hinweise seines Beisitzers nicht zu hören, er begutachtete diesen

ehemaligen Soldaten, sah die Gleichgültigkeit in den zu Boden ge-
richteten Augen, erblickte die Narben überall am Körper und bemerkte eine fehlende Zehe am rechten Fuß. Während er noch darauf
starrte, fiel ihm auf, dass neben diesem Fuß unter der am Boden verstreuten Kleidung, die Schnüre eines ledernen Beutels hervorlugten.

»Bring den Beutel her«, befahl er einem der Scharfrichterknechte
und wies mit dem Zeigefinger auf die Stelle am Boden. Der Knecht
legte den ledernen Beutel vor den Richtern auf den Tisch. Dr. Koch
öffnete ihn und schüttete den Inhalt auf den Tisch. Die zwei Pfaffenfeindtaler und die gelben Lederriemen beachteten die Richter nicht.
Ihre Aufmerksamkeit richtete sich auf einen winzigen Leinenbeu-
tel mit zu Pulver gestoßenen Kräutern und auf eine kleine Kugel,
die nicht aus Blei gegossen, sondern aus einer gehärteten, fettigen
Masse geformt war. Der alte Warzenius stieß hervor: »Da sind die
Werkzeuge und Zeichen der teuflischen Magie«. Auf die Frage des
Hofrichters, von wem er diese Zaubermittel erhalten habe, antwortete Jodokus zunächst nicht. Dann hob er den Kopf, blickte das
Richterkollegium offen an und verteidigte sich. »Ich erinnere mich
nicht mehr so genau an alles, aber ich weiß, dass diese kleinen Helfer Niemandem geschadet, sondern ganz im Gegenteil, Gutes befördert haben.« Und auf den verächtlichen Einwurf des ehrgeizigen
Dr. Hofmann, dann müsse man seiner Erinnerung auf die Sprünge
helfen, verstummte Jodokus, nachdem er gemurmelt hatte: »Es gab
eine dunkle Zeit, in der mein Verstand und meine Erinnerung fast
verlorengingen.«

4. Die drei Ruthen Gottes

Jodokus war wie betäubt durch die Straßen der Stadt geirrt, hatte in die verzerrten Gesichter auf den zahlreichen Leichenkarren geschaut, auf denen Hunderte von Toten des höxterschen Blutbades zur Weser gefahren wurden. Halb benommen war er aus der Stadt geflüchtet, als ein roher kaiserlicher Soldat von einer schönen Rothaarigen schwadronierte, um die es schade gewesen wäre, dass sie mit den vielen Anderen in der Weser gelandet wäre. Er hatte das aus dieser menschlichen Hölle gerettete Kind bei Marie im Dorf abgegeben, die seine Tochter wie einen vom Himmel gefallenen Engel aufnahm. Seinen Schmerz bekämpfte er, indem er wieder der Rastlosigkeit des Krieges folgte, in der jede menschliche Regung verkümmerte und eine bewusstlose Gefühllosigkeit sich seiner bemächtigte.

In der ersten Zeit hatte er sich in seinen Tagträumen noch auf der Suche nach einer Toten verloren, glaubte Klara im Tross am Lagerplatz zu sehen und als er aufwachte, blieb nichts zurück von diesen Tagen. Sein Leben war nach und nach in einem dunklen, schwarzen Loch verschwunden. Seine Erinnerungen waren in undeutliche Fetzen zerrissen und wie aufzuckende Blitze aus dieser Dunkelheit und Finsternis seines abgestumpften Soldatenlebens tauchten grausame Bilder auf, die ihn wie in einem bösen Fiebertraum schüttelten. Da war ein Schlagen, Rütteln, Würgen, Peitschen, Martern, mit Zangen reißen, Töten, Schänden, verübt in der Kirche am hohen Altar, in Schulen, Schreibstuben, Häusern, Gassen, Winkeln, in Gärten oder auf freiem Feld, gegen Große, Kleine, Männer, Frauen, Junge oder eisgraue Alte. Es gab kein Erbarmen, wie sehr man auch Gottes Gnade und Barmherzigkeit anflehte. Sie verabreichten den berüchtigten Schwedentrunk, schütteten den Unglücklichen Urin und Mistwasser in den Mund, schnitten die Fußsohlen auf und bestreuten sie mit Salz, um das Letzte von den Ausgeplünderten herauszupressen. Es war kein Schonen, das Rauben, Morden und Brennen hörte nicht auf, selbst wenn man alles in der größten Angst offenbarte. Vor den Beutegierigen war nichts sicher, weder versteckte alte Taler und Silberknöpfe, noch die Unschuld von Töchtern und Mägden. Die Söldner aller Parteien fraßen in Zeiten des Überflusses alles kahl wie die Raupen und wenn sie in ihren Ruhequartieren hungerten, raubten sie, was sich rauben ließ. Der Drill unterwegs, im Lager oder im Winterquartier, die Härte des Kriegsgeschehens und der gewalttätige Alltag, begleitet durch die ungeheure Leere, die durch wochenlange Untätigkeit entstand, ließ die Söldner seelisch verwildern und beförderte die Abrichtung selbst eines herbeigelaufenen, gutmütigen Bauernburschen zu einem gefühllosen Totschläger.

Jodokus war einer von ihnen geworden und er verschwendete keinen Gedanken mehr daran, ob sie auf der richtigen Seite standen oder für eine gerechte Sache eintraten. Auf der einen Seite wütete die schwedische Armee mit ihren Finnen, Lappen, Iren und Zugelaufenen aus vielen Ländern und Nationen, unterstützt vom hessischen Landgrafen und den neu auf den Kriegsschauplatz auftretenden Franzosen; auf der anderen Seite hatte der Kaiser Frieden mit den deutschen Protestanten geschlossen und versuchte, mit seiner Armee aus Kroaten, Wallonen. Polen, Italienern, Gestrandeten aus vielen Regionen und den vielen heimatlosen Burschen aus den verwüsteten deutschen Ländern, die Schweden und Franzosen aus dem Reich zu vertreiben. Wer Freund oder Feind war, hatte nur noch bedingt etwas mit der Religion zu tun. Für die drangsalierten Bauern und die ausgesaugten Städte hatten sich die Unterschiede längst verflüchtigt.

Im Hochstift Paderborn klagten die Leute, als im Sommer 1636 eine Armee des Generals Götz heranrückte, um das Land von den Hessen zu befreien, dass die kaiserlichen Räuber und Kontributionsschlucker um kein Haar besser seien als der Feind. Die Menschen aus den Dörfern flüchteten vor den Befreiern hinter die Stadtmauern. Sie suchten dort Schutz, bis entschieden war, ob sie nun wieder Untertanen des Kölner Kurfürsten Ferdinand würden oder beim hessischen Landgrafen verblieben.

Die Luft flirrte in der heißen Sonne, wie in Wellen bewegten sich die Mauern und die Kirchtürme schienen sich in einem Wüstenwind zu biegen. Jodokus Wallbaum starrte auf die Mauern von Paderborn und hatte das Bild eines klaren Wintertages vor Augen, als er vor vielen Jahren mit Klara die große Stadt bestaunte. Die Götzischen Regimenter lagerten vor der Stadt, schleuderten Feuerkugeln hinein und beschossen die Schanzen am Westerntor. Von den Mauern antworteten die Hessen und feuerten auf alles, was sich bewegte. Davon unbeeindruckt hatte Jodokus wie ein Schlafwandler an der Spitze eines kleinen Sturmtrupps eine Steigleiter durch den Graben zur Mauer geschleppt. Ein sehniger Schanzknecht war ihm behilflich, blickte ihn aber mit einer Mischung aus Verachtung und Grauen von der Seite an.

»Weißt du, was sie von dir sagen«, traute er sich, seinen unheimlichen Begleiter anzusprechen. Jodokus hastete weiter, ohne zu antworten. »Du bist immer vorne, hast nie eine Schramme, noch Wunde.« Jodokus war stehengeblieben, ein müdes Lächeln huschte über sein Gesicht: »Mich braucht er nicht, mich holt er nicht.«

»Wer?«, keuchte der Schanzknecht, der die Steigleiter wieder angehoben hatte.

»Der Tod«, echote Jodokus und sprach wie zu sich selbst, »mich hat er schon.« Lebensüberdrüssig war die Angst vor den tödlichen Bleikugeln bei ihm in den Untiefen seiner Schwermut verschwunden und seine Begleiter munkelten, er sei fest und gefroren.

Ihr Hauptmann war dieses abergläubige Geschwätz nicht ungelegen gekommen. Mit berechnender Schlauheit schickte er Jodokus voran, da er wusste, dass seine Soldaten lieber einem, der fest war, folgten als hinter Fahnen und Standarten herzulaufen.

Bevor die Angreifer auf den schwankenden, langen Leitern die Mauer besteigen konnten, empfing sie ein vernichtendes Feuer von den Zinnen, wurde mit langen Spießen nach ihnen gestochen und die Angreifer fielen in den Schlamm des noch nicht völlig ausgetrockneten Wallgrabens. Im Fallen rissen sie alle mit, die wartend an den Leitern standen. In unförmigen Klumpen lagen die Toten und Verwundeten im Graben am Fuße der Mauern. Ein Söldner mit einer quer über das Gesicht laufenden Narbe zog den scheinbar unversehrten Jodokus aus den wimmernden, ineinander verkeilten Körpern hervor, musste ihn stützen und brachte ihn aus dem Gefahrenbereich zurück ins Lager.

Jakob Egger, das Narbengesicht, war einer der wenigen bekannten Gesichter, die Jodokus bei den Götzischen Reitern wieder angetroffen hatte. Jodokus hatte den farbenprächtig ausstaffierten Reiter zuerst nicht mit dem von ihm geretteten Schafswächter aus dem Asseburgschen Regiment in Verbindung gebracht, dann aber von Jakob Egger erfahren, dass Asseburgs Regiment auseinandergelaufen war und er zu den Götzischen Reitern gewechselt sei. Ludwig von Asseburg hatte die erbärmlichen Reste seines Regiments verkauft und war auf seine Burg zurückgekehrt. Jodokus hatte den Erzählungen seines neu gewonnenen Gefährten gleichgültig zugehört. Es berührte ihn nicht, zu vernehmen, dass große und kleine Kriegsteilnehmer abgetreten waren, Wallenstein in Ungnade gefallen und ermordet wurde, der unverwüstliche Holk in seiner Kutsche allein, selbst von seiner Mätresse verlassen, vergeblich nach einem Priester rufend, am Straßenrand in Pestqualen verreckt war. An ihre Stelle waren Andere getreten, Offiziere ohne Bildung und Überzeugung, lediglich getrieben, sich zu bereichern.

Johann von Götz war vom Obristen zum General und Befehlshaber der kaiserlichen Armee in Westfalen aufgestiegen. Er hatte seine Offiziere weniger nach gesundem Geist, sondern gesunder Leber ausgesucht. Wie bei Götz üblich, wurde auch vor Paderborn gezecht und abgewartet. Nach den harten Trinkgelagen lagen viele aus dem götzischen Stab darnieder und das tapfere Saufen führte zu Ausfällen bei den tapferen Versuchen bei der Einnahme der Stadt.

Jakob Egger hatte Jodokus betrunken gemacht und nach der fehlgeschlagenen Überraschung zum Feldscher geschleppt. Der hatte die beim Sturz vor der Mauer zerquetsche, kleine Zehe kurzerhand ganz abgetrennt und die weitere Wundversorgung Jakob überlassen. Das Narbengesicht kannte sich aus mit Stich- und Schnittverletzungen, stopfte ein Leinentuch auf die offene Wunde, drückte eine kleine von einem Stofffetzen umhüllte Kugel fest darauf und band sie fest.

»Ich leih dir meine Gemskugel, damit die Wunde verheilt«, wandte sich Jakob an den frisch Verbundenen. Jodokus lag auf einer löchrigen Decke am Lagerplatz und ächzte: »Wovon redest du?« Das hilfsbereite Narbengesicht setzte sich zu ihm. Jakob war ein massiger Kerl mit breiten Schultern, der in einer schwer verständlichen Sprache redete, da er aus dem Land der hohen Berge stammte.

»Die Gemse«, begann er, »siehst du nur bei uns in den Bergen. Sie klettern in die steilsten Hänge und wenn sie dort gewisse Kräuter und Früchte fressen, sind sie auf zwei, drei Tage fest und können durch keinen Büchsenschuss verletzt werden. Gelingt es einem geschickten Jäger ein solches Tier zu erlegen, muss er aus dem Mageninhalt, vermengt mit Schleim und Körpersäften eine Kugel formen und sie für den Gebrauch aushärten lassen. Eine Gemskugel auf eine Wunde gelegt, zieht das Gift aus und vertilgt es. Sie ist ein großes Hilfsmittel gegen Schwindel und Schwachheit und macht den menschlichen Körper gemsengleich, manchmal hart wie Eisen, wenn ihn eine Kugel treffen sollte.«

Der Söldner aus Bayern hatte seine mysteriösen Erklärungen stolz vorgetragen und blickte erwartungsvoll auf Jodokus. Der stierte jedoch teilnahmslos ins Nichts, so dass Jakob Egger eine weitere segensreiche Eigenschaft seiner Kugel nachschob: »Und im Übrigen verhindert sie die Aufblähung des Leibes und schränkt die Windsucht ein.«

Jetzt musste auch Jodokus grinsen. Aber wieder mit ernster Miene und voller Überzeugung stieß er hervor: »Wohl dem, der eine Gemskugel besitzt.«

Nach einer Woche nahm Jakob Egger seine Wunderkugel wieder an sich, die Wunde war nicht brandig geworden und hatte sich geschlossen. An einigen Stellen in Brand geschossen wurde unterdessen Paderborn und daraufhin wurde ein akkord mit den Hessen geschlossen. Die mussten ihre Fahnen und Standarten ausliefern und die Stadt übergeben.

Die schwüle Hitze der Spätsommertage entlud sich in einen prasselnden Gewitterregen, als Jodokus an der Seite seines Gefährten in die Stadt humpelte und nach einer trockenen Unterkunft Ausschau hielt. Die kaiserlichen Quartiermeister waren nicht zimperlich, legten die anspruchsvollen Offiziere in die besseren Häuser und stopften die ungehobelten Soldaten bis unter das letzte Dach. Der Tross mit seinen zahlreichen Frauen, Kindern, Trossjungen, Kranken,

Dirnen und allerlei sonstigem Volk schubste und drängelte sich in jede freigebliebene Lücke auf den Deelen, Schobern und Kammern. Jodokus und Jakob Egger stolperten durchnässt bis auf die Haut die Straßen entlang und wurden überall abgewiesen. Schließlich erreichten sie ein kleines an einem Stadtturm klebendes Häuschen, klopften hastig und als sich nichts rührte, stießen sie die Tür auf und retteten sich vor dem Regen. Im Herdraum roch es nach Wacholder und Essig. Auf dem Tisch stand ein Napf mit einem eingetrockneten Brei, ein Becher war umgefallen und hatte seinen Inhalt über die Tischplatte auf den Boden vergossen. Wie es schien, hatten die Bewohner fluchtartig die kleine Behausung verlassen. Während sich Jodokus auf einen Stuhl sinken ließ, da sein Fuß schmerzte, öffnete Jakob Egger die Tür zum benachbarten Raum.

Auf der Schwelle erstarrte der große, breitschultrige Mann und schrie vor Erschrecken laut auf. Jodokus stemmte sich am Tisch hoch und schob sich an dem vor Entsetzen Gelähmten vorbei in die Schlafstube. Auf dem Bett lag ein Toter mit einem grausam verzerrten Gesicht, nur halb bekleidet mit bläulich schimmernden Geschwüren unter den Achselhöhlen, dunklen Flecken wie Pfefferkörner an Unter- und Oberkiefer und einer dicken Beule, so groß wie ein Gänseei am Nacken.

»Der schwarze Tod, die Beulenpest, die Luft ist verdorben, wir müssen weg«, japste der große Mann auf der Türschwelle und zog in einer panischen Angst Jodokus mit sich.

»Habt wohl das weiße Kreuz an der Tür nicht gesehen«, meldete sich da für beide überraschend eine Stimme in ihrem Rücken und überfiel sie mit einem auf- und abschwellenden Lachgewitter.

»Hat der verdammte Regen abgewaschen«, prustete die schwarzgewandte Frau, die in den Küchenraum getreten war. Sie nahm das nasse Tuch vom Kopf und die beiden Söldner schauten in ein faltiges, unerschrockenes Gesicht. Die Alte kramte einen Krug unter ihrem Umhang hervor, stellte ihn auf den Tisch und kicherte: »Setzt euch und trinkt einen Schluck Branntwein, bevor ihr in den Regen geht.« Sie schob den Essensnapf beiseite, griff nach dem umgefallenen Trinkbecher und hockte sich an den Tisch. »Setzt euch«, wieder-

holte sie ihr Angebot und deutete mit dem Kopf zum Nebenraum.
»Der Turmwächter da, braucht keine Bewachung mehr. Aber diese feigen Kerle«, fuhr sie fort, »haben ihn einfach liegengelassen, obwohl der Rat bestimmt hat, dass jede Gilde und Zunft, Träger zum Fortschaffen der Toten zu stellen hat.« Argwöhnisch näherten sich die beiden Männer der unheimlichen Erscheinung und der große, ängstliche Bayer bellte die Alte böse an: » Wer bist du?«

Die Alte blickte den Söldner ein wenig abschätzig an und erwiderte: »Ich bin die Pestfrau und schaue nach, wer noch lebt in den Häusern, an denen das weiße Kreuz auf die Tür gemalt ist.«

Die Pestfrau drehte sich um und wandte sich an Jodokus, der ihr nicht so eingeschüchtert und von der Pestangst befallen schien wie sein Begleiter. Sie zeigte mit der Hand auf die offene Tür zum Nebenraum. »Schafft ihn nach draußen und nehmt sein Bett, ein anderes werdet ihr in dieser übervollen Stadt heute nicht mehr finden.«

Jakob Egger zerrte nun wie wahnsinnig an Jodokus Jacke und heulte mit sich überschlagender Stimme: »Keine zehn Pferde halten mich in diesem Haus, das mit Pestkeimen vergiftet ist.«

Die Alte hatte unbeeindruckt von Jakobs Gezeter etwas Branntwein in den Becher gefüllt und Jodokus versuchte, mit wiederholtem »Warte mal«, seinen Gefährten zu beruhigen und vom Durchgehen abzuhalten, wie er es bei unruhigen Pferden machte.

Die Pestfrau hob den Trinkbecher, kicherte wieder und verkündete, es sei noch nie ein Besoffener an der Pest gestorben und im Übrigen kenne sie Mittel, die seien wie Feuer und vernichteten das Pestgift. Jakob Egger ließ sich aber nicht besänftigen. Er floh aus der Stube ohne den Branntwein anzurühren und brüllte: »Eher werde ich im Hühnerstall bei den Ratten nächtigen als weiter in diesem Haus den Pesthauch zu atmen.«

Jodokus setzte sich zu der Alten und erfuhr, dass die Pest schon seit dem Frühjahr durch die Häuser der Stadt kroch und ganze Familien ausrottete. Der Rat hatte gedroht, dass Alle, die durch Gott dem Allmächtigen von der Krankheit heimgesucht wurden, ihr Bürgerrecht verlören, sollten sie sich in den Kirchen, auf dem Markt, bei den Mühlen, Backöfen oder anderen öffentlichen Orten zeigen. Den

Gesunden war es ebenfalls bei Verlust des Bürgerrechtes untersagt, die Häuser der Pestbefallenen aufzusuchen. Und selbst die Totenwache war verboten und niemand außer den Trägern sollte den Leichnam nach dem Kirchhof folgen.

Nachdem Jodokus einen kräftigen Schluck aus dem hingeschobenen Becher genommen hatte, forderte die Pestfrau ihn auf: »Pack mit an, den Toten vors Haus zu legen, damit er bei der nächsten Fuhre eingesammelt wird.«

Jodokus zögerte einen Augenblick und es sah so aus, als ob auch er davonlaufen wollte. Dann aber erhob er sich und war der Pestfrau behilflich, den Toten in das Tuch einzuwickeln, das über die Strohsäcke gespannt war, und nach draußen zu schleifen. Die alte aber immer noch kräftig zupackende Frau nickte zufrieden, wobei sie anhaltend über die pflichtvergessenen Gildebrüder schimpfte, die mit faulen Ausreden, ihre Karren seien bereits vollgeladen gewesen, sich mehr und mehr weigerten, die Toten durch das Westerntor vor die Stadt zu fahren und sie dort auf dem Kirmesplatz zu begraben. Der Domfriedhof war bei der großen Anzahl an Toten überfüllt und der Rat hatte ihn aus Angst vor Ansteckung geschlossen.

Die Pestfrau bot ihrem neuen Helfer noch einen Branntwein an, entzündete Wachholderholz und Beeren, die sie aus den Falten ihres Umhangs hervorzauberte und erklärte: »Du kannst unbesorgt hierbleiben. Der Rauch des Wacholder wird die Luft reinigen und die Pestdünste aus dem Haus treiben.«

Der Soldat antwortete nicht, hatte sich insgeheim längst entschlossen, in dem Pesthaus Quartier zu nehmen. Sein schmerzender Fuß brauchte Ruhe. Er griff noch einmal zum Becher mit dem Branntwein, aber die Alte fiel ihm in den Arm, hielt ihn fest und erklärte vieldeutig: »Den guten rheinischen Branntwein benötige ich noch. Er ist nicht zum Kippen da.«

Sie schlug ihren Umhang auf und kramte ein Leinensäckchen hervor, in dem gewöhnlich trockene Linsen aufbewahrt wurden. Sie öffnete den Beutel und ein ganz kleingestoßenes und feingemahlenes Pulver kam zum Vorschein. »Davon etwas in ein Glas getan, mit gutem Branntwein übergossen, durchgerührt und in der Sonne oder am Feuer erwärmt, hat sich bestens bewährt. Sechs bis acht Tropfen davon in Wasser oder Bier geträufelt und getrunken und man ist den ganzen Tag sicher vor jeder Krankheit. Sollte aber«, orakelte die alte Frau, »die Pest schon zu einem gestoßen sein, nehme man einen halben Löffel voll von dieser Medizin und schwitze die Krankheit aus.«

Der ehemalige Bauernsohn hatte aufmerksam zugehört und war beeindruckt. Auch in seinem Dorf hatte man auf Heilmittel aus Kräutern und geheimnisvollen Zutaten vertraut. Aber ein Heilmittel gegen diese unausrottbare Seuche?

»Welche segensreichen Zutaten sind denn in dem Beutel?«

Die Alte ließ wieder ihr auf- und abschwellendes Gelächter erschallen und erklärte, dass die Rezeptur nur von wenigen weisen Frauen gehütet und weitergegeben werde. »Aber Einiges kannst du, wenn du ein feine Nase hast, erriechen. Enthalten sind mehrere Lot von saubersten Aloegewächsen, Safran und Rhabarber, etwas Lorbeer, Mayoran, Enzian und andere seltene Kräuter und Zutaten, die niemand sonst kennt.«

Inzwischen war das Gewitter durchgezogen. Es nieselte noch ein wenig, hellte aber bereits auf und es versprach noch ein angenehm milder Abend mit aufgefrischter Luft zu werden, wenn nicht die fleckige Leiche auf der Gasse den Ausblick getrübt hätte. Die Pestfrau verschwand so schnell wie sie gekommen war und Jodokus legte sich erschöpft in das Bett, behielt aber seine Kleidung an.

In den nächsten Tagen richteten sich die neuen Besatzer mit Schimpfen, Lärmen, Drohen und so mancher Rangelei in der Stadt ein. Die Einnehmer pochten an die Türen und zogen den Leuten die Taler und Groschen aus den Geldkatzen. Der Krieg war ein Geldfresser, da jeder Soldat neben Holz, Licht. Salz und Lagerstatt, Tag für Tag Fleisch, Brot und Bier beanspruchte. Die Kaiserlichen übergaben, wie vor ihnen die Hessen, den Räten ihre Serviceordnung, die in langen Listen verzeichnete, was alle zehn Tage an die Obristen, Hauptleute, Fähnriche, Korporale, Feldscher, Gefreiten, Trompeter bis zum gemeinen Soldaten zu zahlen war, damit die Kompanien gute Ordnung hielten und sich verpflegen konnten. In den Häusern der Paderborner Bürger wurden die Küchen in immer qualmende

Rauchschwaden gehüllt und in ein wimmelndes Durcheinander gestürzt, die Ziegelöfen wurden bei Sonnenaufgang für die ersten Brotlaibe geschrubbt, Geflügel gerupft und zerlegt, Tierkörper aufgespießt, Töpfe an Dreibeine gehängt, Bier angesetzt und gebraut, eine Bedrückung und Belastung für jeden Haushalt.

Jodokus blieb unbelästigt von allem, da er das weiße Kreuz an der Tür erneuert hatte und im Haus Holz, Licht und in einem Verschlag Essensvorräte vorgefunden hatte. Schlafen, Essen und Ausruhen halfen dem angeschlagenen Söldner wieder auf die Beine. Der fehlende Zeh behinderte ihn nicht mehr als er sich umsah. Es herrschte eine merkwürdige Stimmung in der Stadt. Bedrückende Stille wechselte mit lautem Aufbegehren. Wie schnell verschwindende Gespenster huschten Gestalten durch die Stadt, gefolgt von lärmenden Söldnern. Alle Maßnahmen des Rates waren durch die Einquartierungen zum Erliegen gebracht. Wie sollte angesichts der überfüllten Häuser, Buden und Scheunen verhindert werden, dass sich Gesunde und Angesteckte trafen? Zumal die Angehörigen der Armee der städtischen Gerichtsbarkeit entzogen waren und sich nicht um deren Anordnungen scherten. Die fürstbischöflichen Räte beschwerten sich bei den Obristen, waren aber hilflos und konnten nur für die Beseitigung der Pesttoten sorgen.

Die zurückgekehrten Jesuiten öffneten ihre Kirche für die Angehörigen der von der Pest befallenen Häuser, damit die übrigen Kirchen von den giftigen Ausdünstungen freiblieben und die Totgeweihten Trost fänden. In der Jesuitenkirche erblickte Jodokus eine Ansammlung der Verzweifelten und beobachtete gleichgültig die dort abgehaltene Messe. Der Jesuitenpater sprang am Altar hin und her, kniete nieder, bekreuzigte sich und stimmte lateinische Gesänge an. Dann wandte er sich an das Häuflein der schon bald Verlorenen. Und als der hinkende Jesuit sie mit einer Stimme andonnerte, die das jüngste Gericht vorwegzunehmen schien, erkannte Jodokus den Prediger.

Bernhard Löper mahnte, dass es hohe Zeit sei, dass das Volk Buße tue. Sie könnten sich nicht länger auf die Gnade des Herren berufen, die sie schon so lange unberechtigter Weise genossen hätten, wo doch so viele sich dem Abschaum des Aberglaubens hingegeben und ihre Seele an eine ketzerische Religion verloren hätten. Deshalb habe Gott sie mit den drei Ruthen, Krieg, Hunger und Pest geschlagen. »So plagt Gott, der Herr, mit allerlei Mühsal und Krankheiten und so auch mit der Pest die Narren, wie David sagt, um ihrer Sünden willen,« erhob Bernhard Löper bedrohlich seine Stimme, machte dann eine Pause, um das Gesagte wirken zu lassen und schickte dann einen weiteren Zeugen für das bevorstehende Gottesgericht in den Kirchenraum. »Und so sprach Gott durch seinen Propheten Jerimias. Ich will die Bürger dieser Stadt schlagen, dass sie sterben sollen durch eine große Pestilenz.«

Die Kirchenbesucher hatten schuldbeladen die Köpfe gebeugt und die Hände gefaltet, als flehten sie nach etwas Trost und Vergebung. Bernhard Löper sah, dass die Gemeinde bereit war und leiser werdend empfahl er, dass Reue über begangene Sünden und gute Werke den Zorn Gottes besänftigen könnten. »Ein gottgefälliges Leben.« Jodokus war aufgestanden und hatte die Kirche verlassen. Er kannte den Trost der Pfarrer für die Bedrückungen auf der Erde. Im Leben nach dem Tod erhielten die Gottesfürchtigen im Paradies ihren Lohn.

Vor der Kirche stieß Jodokus fast mit einer dunklen Gestalt zusammen. Die Pestfrau zeigte auf die Kirchentür. »Das Beten wird ihnen nicht helfen, die Pest aus ihren Häusern zu vertreiben. Allein in der Marktkirchenpfarrei hat der Pfarrer in dieser Woche über dreißig Tote in seinem Kirchenbuch verzeichnet.«

Die unheimliche Pestfrau musterte den in ihren Augen furcht- und gefühllosen Soldaten, war nach wenigen Augenblicken des Überlegens mit ihrer Prüfung zufrieden und schlug ihm ein Geschäft vor. Da es immer schwerer falle, die Pesttoten aus der Stadt zu bringen, da die verpflichteten Träger sich weigerten, lockte der Rat die Mutigen, die sich freiwillig zum Totentragen meldeten, mit einem Goldgulden die Woche. »Und damit du viele Goldgulden verdienen kannst«, erklärte sie mit einer unschuldigen, freundlichen Miene, »überlasse ich dir für zwei Goldgulden das Säckchen meines Pulvers, das dich vor der Seuche schützt.«

Im Morgengrauen des nächsten Tages stand Jodokus im Kreis der geworbenen Totenträger vor dem Rathaus und ließ die Tiraden des Stadtarztes über sich ergehen. Der dickliche Mann war mit einer spitzen Gesichtsmaske ausstaffiert und krähte wie ein gut gemästeter Hahn, dass schon Hippokrates die verdorbene Luft als Ursache für alle Krankheiten gesehen habe. Diese schädliche Luft habe die Kardinalsäfte des Körpers in Unordnung gebracht. Hier stockte der Stadtarzt und ergänzte die Belehrungen seiner ungebildeten Zuhörer: »Die Körpersäfte Blut, Schleim, schwarze und gelbe Galle finden sich bei jedem Menschen. Wenn die Ordnung dieser Körpersäfte durch schädliche Einflüsse gestört wird, sind die Menschen nicht mehr gegen Krankheiten gefeit. Nur die Reinhaltung der Luft und die Mäßigung in allen Lebenslagen, hält die Pest von der Stadt fern.« Und dann gab der Buchgelehrte den Totengräbern noch mit auf den Weg, sich Tücher vor das Gesicht zu binden, wenn sie ein Pesthaus beträten. Jodokus verhüllte sein Gesicht nicht hinter einem Tuch und schützte sich nicht vor der verpesteten Luft. Er vertraute den Wundertropfen aus dem Pulver der Pestfrau.

Sie schoben ihren hochrädigen Handkarren durch den Schmutz und Unrat der Stadt, deren Luft zu allen Zeiten verdorben war und erbärmlich stank. Schweine und Kühe wurden täglich von Hirten durch die Straßen getrieben, die Abfälle der Gerber und Kürschner landeten auf den Gassen, vermischten sich mit Mist, Asche, Kot und Urin, altem Obst, fauligen Essensresten, Schlachtabfällen und Aas und nun gesellten sich noch die Leichen aus den Pesthäusern dazu. Auf ihren Fuhren durch die Straßen der Stadt besuchten sie fast täglich besonders befallene Häuser bis sie leer waren.

Beim Müller der Marktkirchenpfarrei holten sie zuerst die Ehefrau, dann zwei Söhne und den Müller selbst, um schließlich das letzte der fünf Kinder, ein abgemagertes, kleines Mädchen, auf ihren Karren zu werfen. Sie begruben es namenlos mit den zahlreichen Toten des Tages in einem großen Grab auf dem Kirmesplatz vor der Stadt.

Auf dem Rückweg in die Stadt dachte Jodokus zum ersten Mal seit einer langen bewusstlosen Zeit an ein kleines rothaariges Mädchen und er hoffte, dass die Pest, diese große Totmacherin, dort nicht vorbeigeschaut hatte. Sein junger Begleiter, mit dem er den leeren Karren zurück in die Stadt schob, faselte unterdessen ununterbrochen, dass er mit dem Totentragen nicht Geld, sondern das Bürgerrecht verdienen wolle.

In der Westerngasse torkelte ein Soldat aus dem Haus des Müllers, aus dem sie am Morgen den letzten Bewohner getragen hatten. Der offensichtlich Betrunkene schwankte, versuchte sich am Türrahmen festzuhalten, stürzte vor dem Haus auf den Boden und blieb dort reglos liegen. Jodokus trat hinzu und drehte den großen Mann auf den Rücken.

Jakob Eggers Gesicht war hochrot verfärbt, sein Geist in fiebriger Hitze versunken und er nicht mehr ansprechbar. Jodokus fauchte seinen jungen Begleiter an, den Kranken auf den Wagen zu laden. In dem kleinen Haus am Stadtturm betteten sie den Kranken mit seiner verschmutzten Bekleidung und in dreckigen Stiefeln auf das Strohlager.

Gegen Abend erwachte Jakob Egger, warf sich in großer Pein auf dem Lager hin und her und redete wirr. Er glühte und Jodokus gab ihm Bier zu trinken, in das er ein Löffelchen von der Medizin der Pestfrau gemischt hatte. Er sah die verdächtigen schwarzen Pfefferkörner auf der Haut und die dunklen Flecken, die wie Brandblasen am Hals klebten.

In den nächsten Tagen wurde der Kranke von Fieberwahn geschüttelt. Er aß fast nichts, trank aber Unmengen Bier gegen die verzehrende Hitze. Dann lag er wieder dahindämmernd auf seinem Lager und schien nichts mehr wahrzunehmen. Er wurde von Tag zu Tag schwächer, nur die Beulen links und rechts am Hals wurden größer und größer und drohten ihm die Luft abzudrücken. Jakob Egger fühlte den Tod nahen und rief nach Jodokus. Der setzte sich zu ihm und hörte ihn hecheln: »Begrabt mich auf einem Hügel, damit ich ins Land hinunterschauen kann.« Und nachdem er mehrmals keuchend nach Luft geschnappt hatte, setzte er hinzu: »Und macht den Sarg groß genug, damit mir nicht die Füße wehtun.« Jodokus nickte nur und wartete auf das bevorstehende Ableben des Todkranken.

Kurz vor dem Ersticken bäumte sich Jakob Egger noch einmal auf und da öffneten sich die Pestbeulen am Hals. Der Kranke röchelte und erbrach Eiter und Blut. Jodokus wischte den stinkenden Eiter der aufgebrochenen Pestgeschwüre mit einem Lappen weg. Und wie ein Wunder starb Jokob Egger nicht in dieser Nacht, sondern kehrte ins Leben zurück und erholte sich in den folgenden Tagen.

Die letzten Oktobertage verbreiteten ein weiches, mildes Licht über die gebeutelte Stadt. Die Totenfuhren vor die Stadt wurden weniger, einige Totenträger, unter ihnen Jodokus, wurden nicht mehr gebraucht. Die Pestwelle ebbte ab und die Bürger trauten sich wieder aus ihren Häusern, besuchten die Märkte und genossen es, in diesen sonnigen Herbsttagen beieinander zu stehen. Die Überlebenden klagten, dass der Sensenmann reiche Ernte eingefahren habe, jammerten über die Lücken in ihren Reihen und waren doch erleichtert, davongekommen zu sein.

In den Behausungen junger Witwen hatten sich lebenshungrige Soldaten eingerichtet und die verwaisten Plätze der bisherigen Ernährer schnell eingenommen. Die Angst vor Teuerung und Hunger verschwand nicht, aber schwächte sich ab, da das Korn für das tägliche Brot und die Wintervorräte nun mit weniger Essern geteilt werden mussten. Das Leben schien in gewohnte Bahnen zurückzukehren. Im herannahenden Winter würden die zufällig Zusammengeführten sich die Betten mit Wanzen und Läusen teilen und so wie die zahlreichen Hunde und Katzen mit ihren Flöhen lebten, so würden die Einquartierten als ungebetene, aber vertraute Gefährten von ihren Wirtsleuten leben.

Der wieder zum Leben erwachte Jacob Egger brachte eine derbe Frau mit ins Haus, die er bei den Trossfrauen aufgegabelt hatte. Sie sollte den Haushalt führen, ihre Kleidung in Ordnung halten und seine wiedergewonnene Lebensfreude teilen. Jakob war seinem Freund für die geleistete Pflege in seinen düsteren Krankheitstagen so dankbar, dass er seine neue Gefährtin drängte, auch Jodokus zu Diensten zu sein. Der aber zeigte keine Regungen, als diese große, nicht mehr junge Frau zu ihm auf sein Lager gekrochen kam und sich ihr grobes Gesicht mit einer aufgeregten, hektischen Röte überzog, als sie sich um ihn bemühte. Jodokus blieb unzugänglich und abweisend. Er schien bereits in eine Winterstarre gefallen zu sein.

Jacob und die übrigen Besatzer genossen das Nichtstun und richteten sich auf die Langeweile der kürzer werdenden Tage ein. Völlig unverhofft wurden sie an einem wolkenverhangenen Tag von den Gefreiten des Feldzeugmeisters angegangen, der sie rädern, henken und köpfen wollte, wenn sie nicht unverzüglich am nächsten Tag aufsitzen sollten. Die Götzischen Regimenter mussten noch so spät im Jahr den kaiserlichen Truppen zur Hilfe eilen, die von den Schweden bei Wittstock böse verprügelt worden waren. Nicht alle Reiter konnten ihrem General Götz trotz aller Drohungen sofort folgen, da nicht genügend Pferde vorhanden waren. Jodokus Wallbaum und Jakob Egger hatten mit dem zusätzlichen Geld aus dem Totengräbergeschäft genügend Mittel, um unerschwinglich teure Pferde zu erstehen. Sie hatten verstanden, dass das Überleben in diesem nicht enden wollenden Krieg auf dem Rücken ihrer Pferde lag. Die Verwüstung der Fürstentümer, Stifte und Grafschaften hatte ein solches Ausmaß erreicht, dass zwischen den Heeren weite, leer geräumte Landstriche lagen, die zu rascher Durchquerung zwangen. Die Gebiete längs der Durchzugswege waren von den Heuschreckenschwärmen gefräßiger Soldaten und ihres hungrigen Trosses völlig abgegrast. Nur die Reiterei vermochte diese Todeszonen rasch zu umgehen und in weiter abseits liegenden Landschaften noch etwas aufzustöbern. Der Krieg hielt sich auf solche Weise selbst in Bewegung, damit die Soldateska unterwegs nicht verhungerte. Die Kunst der Obristen und Generäle bestand darin, überlegen und vorausschauend zu planen. Die strategische Stärke eines Feldherrn zeigte sich weniger darin, Schlachten zu schlagen, sondern mit überlegten Feldzügen Versorgungsgebiete und Stützpunkte zu gewinnen, was zugleich bedeutete, dass sie dem Feind weggenommen wurden.

Ihr General Götz war kein großer Stratege und Feldherr, sondern manövrierte sie mit seinen sprunghaften Entscheidungen in den tödlichen Strudel dieses unübersichtlichen Krieges, der von vielen Parteien ohne Rücksicht auf Land und Leute geführt wurde. An einigen Tagen zogen sie ziellos umher, um an anderen untätig sich nicht vom Fleck zu bewegen. Sie hoben Laufgräben aus, schütteten Schanzen auf, feuerten ihre schrundigen Bleikugeln ab, schossen Breschen, schleuderten Granaten, sprengten und bestiegen Mauern, hungerten Städte aus, sammelten und verloren Beutegüter, plünderten Lebende und Tote, kauften oder stahlen Pferde, Kühe, Schafe, tranken Unmengen Bier und Wein, bekamen Koliken und Durchfall, quälten sich mit Blutgang und der französischen Krankheit, marschierten, schwitzten, töteten und starben.

Sie lebten für den Augenblick und alle Anstrengungen, Schmerzen, Ängste und Qualen wichen, wenn es Essen und Trinken gab, wenn Lachen und Geschichtenerzählen abends neben dem Besuch der Hübscherinnen für Kurzweil sorgten, um dann im Morgengrauen wieder aufzustehen und alles genauso zu machen wie bisher. Nicht nur bei Jodokus waren die Gedanken an ein Morgen verschwunden, die Söldner unterwegs hatten keine Vorstellung mehr von einem Leben ohne Krieg. Dieser wilde Krieg beherrschte ihr Denken. Nach trügerischer Ruhe flammte er immer wieder auf, raste gierig weiter, fraß sich unaufhaltsam ins Land, um launisch mal hier und mal dort emporzulodern. Er ließ einerseits einzelne Gegenden, reiche Hintermänner und geschäftstüchtige Städte ungeschoren, die ihn mit ihren Eisenwaren, Waffen und Pulver versorgten und befeuerten. Andererseits kannte er keine Gnade und legte Städte, Dörfer, Wälder, Felder und Weltanschauungen in Asche, um schließlich nur noch seinen eigenen Gesetzen zu gehorchen, indem er wahllos überall hinzüngelte, wo er noch Nahrung vermutete und fand.

Die ehemaligen Bauern Jodokus Wallbaum und Jakob Egger steuerten inmitten der Götzischen Völker Proviantwagen, um nach Durchbrechung eines Belagerungsringes die hungernde, kaiserliche Festung Breisach zu proviantieren.

Das Belagerungsheer des Bernhard von Weimar bestand aus ausgehungerten Soldaten, die darauf hofften, dass die Vorräte in Breisach noch weniger und dürftiger als die ihren seien und der Hunger die Stadt endlich zur Aufgabe zwänge.

Im Hungerkrieg um Breisach verloren Jodokus und Jakob zuerst ihre Proviantwagen an die Weimaraner und kurze Zeit später ihren

Oberbefehlshaber den Grafen von Götz, der vom Kaiser nach dem Verlust seiner Festung seines Kommandos enthoben und verhaftet wurde.

Für die Davongekommenen machte es keinen Unterschied, dass nun andere skrupellose Leuteverderber nach vorne drängten. Jodokus hatte einige von ihnen kommen und verschwinden sehen, den tollen Christian, den gewissenlosen Mansfeld, den Schrammenhans Pappenheim, den einäugigen Holk, den unheiligen Tilly und den geschäftstüchtigen Wallenstein. Jetzt trat an die Stelle des trunksüchtigen Götz der gerissene, dicke Sienese Piccolimini.

In den Hauptquartieren fuhren immer neue Exzellenzen in ihren Kutschen vor, in den Feldlagern war der Ersatz schwerer zu finden, war das Werben neuer Kinder der Fortuna zäher geworden. Die bettelnden Stelzenbeine und die von den Armeen ausgespuckten, nicht mehr tauglichen Marodeure standen nicht für Reichtum und Soldatenglück. Um ihre Ausfälle wettzumachen, wurden neue Werbungen besonders in den verwüsteten Gebieten durchgeführt, wo ein Teil der Geworbenen gleich mit ihren Frauen und Kindern kamen, um ein Überleben auf kurze Sicht zu sichern. Wenn die Familien abends in den Zelten und selbstgebauten Hütten ihrer Kompanien zusammenrückten, lebten sie wie in ihren untergegangenen Dorfgemeinschaften zusammen.

Seine kleine, zufällig zusammengewürfelte Familie hatte Jokob Egger in einem ungemütlichen Sommer des Jahres 1640 um sich versammelt. Da war Eva, die herrenlos von der Pest zurückgelassene Trossfrau, die sich in dem nassen und kalten Sommer darum kümmerte, dass ihre im ständigen Nieselregen durchfeuchtete Kleidung am Feuer getrocknet wurde. Zudem war ihnen mit Konrad ein etwa zwölfjähriger Trossjunge zugelaufen, der die Pferde trockenrieb und versorgte, und sich mit seiner vorwitzigen Frechheit in der Lagergesellschaft behauptete. Jodokus schwieg, lebte abgekehrt wie in einer anderen Welt versunken. Ohne dass er es bemerkte, war er der kleinen Schar um Jakob eine große Hilfe, da man dieser unheimlichen Gestalt aus dem Weg ging und mit ihnen nicht um einen Platz unterwegs beim Marsch oder im Lager rangelte. Jakob selber war ein anspruchsloser, zu groß geratener Bursche, deren querlaufende, rötlich leuchtende Gesichtsnarbe ihm ohne großes Zutun Respekt verschaffte, wenn es galt, geringerwerdende Essensrationen zu erhaschen.

Meutereien lagen in der nasskalten Luft. Ein Gemisch aus Wasser und Eiskörnern machte die Wege unwegsam. Die Pferde schleppten sich ein paar Schritte vorwärts, blieben stehen, fielen hin, wurden geschlagen, kamen hoch und fielen erneut. Wenn auch die Peitsche ihnen nicht mehr aufhalf, standen die abgesessenen Reiter im Morast daneben, beschmutzt von Kopf bis Fuß und überließen es den folgenden Wegelagerern, das Fell abzuziehen und die Hufeisen zu bergen. Ein rasches Fortkommen auf dem tiefgründigen Boden wurde ein für Mensch und Tier kräftezehrender Kampf. Wagen, Karren und Kanonen blieben im Schlamm stecken und die Soldaten mussten tagelang in durchfeuchteter Kleidung daherstiefeln. Abends besuchten sie die Lagerdirnen nur, um sie für das Trocknen von Stiefeln und Kleidung zu bezahlen.

Die unzufriedenen Söldner fluchten über ihren fetten Grafen Piccolimini, der sich in seiner Kutsche und einem gefütterten Zelt trocken hielt und sie in diesem verregneten Sommer im Freien kampieren ließ. Sobald die Schweden sich unter ihrem General Banner näherten, ließ er seine Regimenter hinter aufgeworfenen Erdwällen sich verschanzen. Innerhalb weniger Tage versanken diese Feldlager in einem schlammigen Morast, liefen die Scheißplätze über, verbreiteten sich Krankheiten und es zog Leichengestank durch löchrige Zelte. Die Neugeworbenen erfuhren so, was das Sprichwort besagte, dass Krieg immer übel riecht.

Die Schweden schossen gelegentlich ins Lager ohne großen Schaden anzurichten. Allerdings schlug eine Kanonenkugel bei den Latrinen ein. Jodokus und der Trossbube mussten einen geschwächten Jakob bergen, der dort mit Bauchgrimmen und Koliken die Nacht verbracht hatte und bei dem Beschuss beinahe in das Latrinenloch gestürzt wäre. Ansonsten unternahmen die beiden feindlichen Heere nichts gegeneinander, belauerten sich und zogen schließlich weserabwärts, nur getrennt durch den Fluss.

Als das traurig, windige Wrack von einem Sommer sich verabschiedete, lagerte das Reiterregiment von Jakob und Jodokus an einem kleinen Nebenfluss der Weser in den Nethewiesen. Jodokus war aus seinem Schneckenhaus gekrochen und lief aufgeregt zwischen den Zelten herum als erwartete er eine freudige Überraschung. Eva und Konrad wunderten sich, dass dieser verschlossene, abweisende Mann von einem Dorf und einem verlassenen Hof schwärmte, der weniger als einen halben Tagesmarsch hinter dem nächsten Hügel liegen sollte. Im Gegensatz zu diesem wunderlichen Söldner war im Lager niemand froh, sich in dieser Gegend aufzuhalten und kämpfen zu müssen.

Qualvolle Zeiten kündigten sich an. Kein Korn, kein Mehl, kein Brot, es fehlte an allem und die Soldaten rissen alles von den Feldern, selbst die wilden Pflanzen und unreifen Rüben.

Die kaiserliche Hauptarmee hatte sich mit dreißigtausend Mann wie eine Würgeschlange um Höxter gelegt und drohte diese schon so oft auf dem Speiseplan gefräßiger Kriegsungeheuer stehende Stadt zu verschlingen. Die folgende Aufführung hatten die alten Kriegsknechte Jakob und Jodokus schon des Öfteren auf den verschiedenen städtischen Bühnen gesehen. Die hessischen Verteidiger beschimpften trotz ihrer aussichtslosen Lage ihre Belagerer und gelobten, bis zur letzten Kugel die Stadt zu verteidigen. Die Angreifer schrien zurück, allen den Garaus zu machen und niemanden zu verschonen. Es galt das Gesicht zu wahren. Ohne Kampf aufzugeben, machte einen schlechten Eindruck und tat der Ehre Abbruch. Die Kaiserlichen machten an den nächsten Tagen einige halbherzige Sturmangriffe und die Verteidiger warteten auf eine Gelegenheit, kundzutun, dass es nun genug sei, bevor es für alle Ernst würde und die ritualisierten Scharmützel in Raserei umschlugen.

Als am fünften Tag der Belagerung ein gewaltiges Gewitter mit Blitz und Donner niederging und ein prasselnder Regen alles Pulver auf den Mauern und vor den Mauern durchnässte, schlug die Stunde für einen ehrenvollen akkord. Die hessische Besatzung zog noch am selben Tag bei nun wolkenlosem Himmel und Sonnenschein mit Sack und Pack und mit fliegenden Fahnen über die Weser, wo auf der anderen Seite die schwedische Armee die Orte besetzt hielt. Ottavio Piccolimini logierte in der Stadt mit seinen Generälen, Obristen und Hofstäben, eskortiert von tausenden Pferden, die gefüttert werden wollten. Viele Male war der Krieg über diese Stadt gebraust, hatte Dächer in Brand gesteckt, Mauern zertrümmert und alles Korn ausgedroschen. Die Stadtväter wussten, dass man Obristen gnädig stimmen musste und deshalb scheuten sie sich nicht, für die neuen Herren Geschenke in Form von Speck, Wurst und etliche Fässer guten Weins herbeizuschaffen. Fast jedes Kind konnte berichten, was Generäle, Obristen und ihre Offiziere am meisten schätzten und die Güte des Weins und die gute Laune des Kommandanten in einem nicht zu übersehenden Zusammenhang standen.

In Höxter stellte sich keine gute Laune bei den hohen Herren ein. Die Keller waren schnell leergeräumt und die höheren Offiziere klagten, dass selbst für viel Geld nichts mehr zu kaufen sei. Dass nicht genügend Wein mehr vorhanden sei und sie gezwungen würden, Wasser zu trinken.

Außerhalb der Mauern von Höxter trieben sich die zerlumpten Landsknechte mit knurrendem Magen herum und versuchten, Essbares aus der Weser zu fischen. Der schlaue Trossjunge Konrad schlich zu den Wallgräben und versuchte mit Wurm und Haken, einen Karpfen aus dem trüben Wasser zu ziehen. Eva war mit den Soldatenfrauen auf Schnabelgang und brachte Wurzeln, Kräuter, Pilze und Schnecken mit. In den Garpfannen und Töpfen der Lagerküche köchelten und brutzelten verdächtige Braten. Ein Stück Pferdefleisch war unbezahlbar, aber einen Hund gab es für einen Reichstaler, eine Katze für einen Gulden und eine Ratte für einen halben.

Jakob Egger hatte in den vergangenen Wochen kaum Nahrung bei sich behalten, die ständigen Durchfälle hatten ihn ausgezehrt und abmagern lassen. Ohne etwas von der dünnen Suppe mit winzigen Fleischeinlagen anzurühren, die Eva ihm vorsetzte, stöhnte er kraftlos: »Es wird noch soweit kommen, dass wir wie die Hungernden in Breisach, frische Leichen ausgraben und verspeisen müssen.«

Die in Höxter residierenden Herrschaften verließen nach wenigen Tagen diesen elenden Platz, um in bequemere Quartiere umzuziehen. Ihre Regimenter ließen sie in der Einöde zurück und schickten sie in die Orte des Hochstifts Paderborn in die Winterquartiere. Ausgemergelte Söldner in geflickter Kleidung, manche ohne Strümpfe mit Löchern in den Stiefeln, viele ohne Pferde oder ohne Sättel, die man ausgekocht hatte, verteilten sich in die notleidenden Dörfer und Städte.

Jodokus sah vom Hinrichtungsplatz auf dem Galgenberg den vertrauten Turm von Sankt Michael, stützte den entkräfteten Jakob und trug ihn fast auf dem Rücken durch das Ostheimer Tor in die Stadt Brakel. Schon nach wenigen Schritten setzte er ihn im Hof des Hospitals vom Heiligen Geist ab. Hier befand sich eine Kapelle mit einem angrenzenden weiträumigen Gebäude, in dem seit Menschengedenken die Stadtarmen versorgt wurden und geistlichen Beistand erhielten. Hof und Garten waren in einem verwahrlosten Zustand. Überall lag Gerümpel und Abfall herum, der umgebende Zaun war umgeworfen und längst zu Brennholz verarbeitet, die Schuppen und das Hauptgebäude zeigten Beschädigungen an Dächern und Mauern. Bevor Jodokus den Eingang des Hospitals erreichte, wurde das Oberteil der zweigeteilten Pforte aufgestoßen und ein grämlicher, unfreundlicher Mann schaute heraus.

Der Provisor des Hospitals zum Heiligen Geist war ein krummes, mageres Männchen, das aber zu befehlen verstand. Er führte im Auftrag des Rates die mildtätige Einrichtung, verwaltete die Gelder der Stifter, übernahm mit seiner Frau die Versorgung, Pflege und Betreuung der Armen und Gebrechlichen und achtete darauf, dass die Gottesarmen ihrer täglichen Verpflichtung nachkamen, für die Stadt und ihre Wohltäter zu beten. Nun sah der Armenprovisor angewidert auf die Störer, die ihm womöglich Krankheiten ins Haus schleppten und schimpfte, er könne niemanden mehr unterbringen. Als Jodokus daraufhin bat, er möge etwas Brot und Suppe herausreichen, zeterte das Männchen, er habe nichts mehr zu verteilen, sonst müssten auch sie bald Erde fressen. Sie sollten weiterziehen. Inzwischen drängten weitere Soldatenfamilien in den Hof des Hospitals.

Die Tumulte um die Einquartierungen hatten die Ratsherren der Stadt alarmiert, die mit den kaiserlichen Feldwebeln unterwegs waren, hier besänftigten und dort drohend einschritten. Vorsichtig, fast ängstlich hatte sich ein Ratsherr durch die Menge auf den Hof geschoben und ermahnte den Provisor mit seiner Autorität als Ratsherr, Einquartierungen in der großen Halle vorzunehmen, wo die bisherigen Bewohner eben zusammenrücken müssten. Wütend protestierte der Armenprovisor, dass die Kerle in die reichen Häuser gehörten, die noch Essen übrig hätten. Jodokus sprang dem Ratsherren Heinrich Möhring zur Seite, der dankbar den Vorschlag des verdreckten Reiters aufgriff, den er erst auf den zweiten Blick erkannt hatte. Der Provisor solle wenigstens ein paar von den Todkranken wie den vor der Tür zusammengesunkenen Jakob Egger aufnehmen. Er, Jodokus, verspreche, sich auf den Weg zu machen, um zusätzliche Nahrung herbeizuschaffen.

Nachdem Jakob und einige andere kranke Söldner im Hospital Aufnahme gefunden hatten, begleitete Heinrich Möhring Jodokus noch bis zum Stadttor. Unterwegs zeigte er auf die verlassenen Häuser und klagte, dass die Stadt fast ganz ruiniert sei. Es seien bei den vergangenen Durchzügen mal 60, mal 70, mal 80 Pferde geraubt worden und viele Kontributionen erhoben worden. Brakel habe viele tausend Taler Schulden und könne die Zinsen nicht mehr bezahlen, so dass niemand der Stadt noch etwas leihe. Viele Bürger seien umgekommen oder vor dem Elend aus der Stadt geflohen. Jodokus beruhigte den klagenden Ratsherren zum Abschied, dass er nicht fliehen werde.

Es begann zu regnen und der Wind blies ihm den Regen ins Gesicht, als der Reiter den Ausgang eines Buchenwaldes erreichte und durch junge Buchensprösslinge ritt, an denen noch das braune vertrocknete Herbstlaub hing. Er meinte eine Bewegung im Buschwerk ausgemacht zu haben, dachte beim wiederholten Rascheln an Wild und war nicht darauf vorbereitet, dass einige Strauchdiebe hervorbrachen, dem Pferd in die Zügel griffen und den Reiter vom Pferd rissen. Eine nagelbeschlagene Keule streifte seine Schulter, ein Mann stand über ihm und holte zu einem weiteren Schlag aus. Bevor die Angreifer ihn totschlagen konnten, schrie Jodokus: »Nicht Hinnerk, ich bin's, Jodokus Wallbaum.«

Der mit Hinnerk Angesprochene unterbrach seine Schlagbewegung, stutzte, beugte sich über den am Boden Liegenden und befahl dann seinen Begleitern, ihn loszulassen. Der beinahe Totgeschlagene hatte sich bereits von seinem Schrecken erholt, rappelte sich auf und fauchte Hinnerk und die Burschen aus dem Dorf an.

»Kennt ihr nicht das Soldatengesetz? Der Soldat hat zwei Todfeinde, den Gegner in der Schlacht und den Bauern überall. Ich habe gesehen, dass ein ganzes Dorf abgebrannt wurde, weil dort einem Nachzügler der Söldner aufgelauert wurde.« Hinnerk, ein stämmiger Kerl in Jodokus Alter, grollte: »Wir zahlen doch nur mit gleicher Münze zurück.«

Sie begleiteten ihren ehemaligen Dorfbewohner hinunter ins Tal zu den ersten Häusern. Jodokus bemerkte sofort, dass die kleine Lehmhütte, die einst am Beginn seiner neu errichteten Meierwirtschaft stehen sollte, nicht mehr bewohnt wurde. Marie traf er im Schneeberger Hof, wo der alte, gebrechlich gewordene Bauer ihn begrüßte. Er habe Marie und seinen Enkel aufgenommen, der vielleicht einmal den Hof führen könne. Sein Sohn Johann sei durch den Krieg verdorben, tauge nicht mehr für das bäuerliche Leben und es sei gleichgültig geworden, ob er komme, gehe oder bleibe. Marie hatte bei den Worten des alten Schneebergers ihren Bruder mit unbeweglicher Miene angeschaut, nur die Mundwinkel hatten verräterisch gezuckt. Marie versuchte sich nicht anmerken zu lassen, dass es ihr nach all den Jahren nicht gleichgültig war, was Johann umtrieb, dass sie wartete und hoffte, dass der so Geschmähte in ihre Stube einkehrte. Jodokus hatte sein Pferd im Stall auf der Deele angebunden, wo viele Plätze nach den letzten Besuchen unangemeldeter Männer frei waren. Er begleitete Marie nach draußen zum Brunnen, um Wasser für sein Pferd zu holen.

»War Johann nicht da und hat dir geholfen? Er hat doch den Ring und die goldene Kette des Schwedenkönigs«, erkundigte sich der Bruder. Marie verzog das Gesicht, in dem die vergangenen Jahre Falten hinterlassen hatten, aber in diesem sorgenvollen Gesicht lag ein Ausdruck wachsamer Stärke, der an Gereiztheit grenzte. »Er war immer wieder hier und hat jedes Mal etwas zurückgelassen«, erwiderte sie trotzig. Ein feines, versonnenes Lächeln huschte über ihr Gesicht, als sie hinzusetzte. »Ein paar Taler waren es immer und …« hier brach Marie ab, die nicht über Fehlgeburten und gestorbene Kinder reden wollte. Stattdessen fuhr sie fort, »und von dem Ring und der goldenen Kette hat er allen, die es hören wollten, erzählt, aber geschwiegen, wenn es darum ging, wo sie waren.«

Bei ihrer Rückkehr vom Wasserholen wurde der fremde Söldner im Deelentor von hinten geschubst, so dass Wasser aus dem Holzeimer über seine Beinkleider schwappte. Ein kleines etwa siebenjähriges Mädchen mit roten Haaren, die zu einem Zopf zusammengebunden waren, plärrte. »Geh weg«, und hämmerte mit ihren Fäusten auf ihn ein.

Das Mädchen in der gebrauchten, abgetragenen Kleidung hatte sofort erfasst, wer da eingetroffen war. Zu oft hatte sie ihre Tante gefragt, hatte keine Antwort bekommen oder war vertröstet worden, bis sie beschlossen hatte, dass es diesen Mann, einen Vater nicht gäbe.

»Geh weg«, heulte sie noch einmal und der Angegriffene sah ihre Schnelligkeit, ihre wachen, klugen Augen, aber auch ihre Entschlossenheit.

»Sie ist wie Klara«, stammelte er bestürzt. Die Erinnerungen überfielen und überwältigten ihn. Wie gelähmt verharrte er im Deelentor, unfähig, dem wütenden Mädchen etwas entgegenzusetzen. Marie war es, die das zornige Mädchen packte und anherrschte: »Katharina hör auf und geh rein.«

Jodokus wurde zu einer kargen Brotzeit geladen und war noch so aufgewühlt, dass er Mühe hatte, die auf ihn einprasselnden Fragen zu beantworten. Seine weinende Tochter hatte etwas weggerissen, das nach Klaras Tod wie ein Schleier seinen Blick in die Welt vernebelt hatte. Die Berichte über die vergangenen Heimsuchungen des Dorfes drangen nur gedämpft wie aus weiter Ferne an sein Ohr. Die Mütter hatten die Kinder ermahnt, zu beten. Und auch seine Tochter Katharina kannte die Aufforderung: »Bet Mädchen, bet, morgen kommt der Schwed«. Und ganz allgemein hieß es im Dorf: »Flieh früh, flieh weit, aber komm spät zurück«. Aber wohin sollten sie fliehen? Sie fühlten sich überall gejagt wie das Wild in den Wäldern. Der Schneeberger erregte sich, dass die Ausgestoßenen, die Kriegskrüppel und die Maroden, der Auswurf des Krieges, die Schlimmsten seien. Sie folgten den Armeen und fielen marodierend in die Dörfer ein.

Jodokus erinnerte sich, warum er gekommen war und griff nun in das Gespräch ein: »Ja, auch in den Regimentern landeten diese Marodeure am Galgenbaum, da sie auf schändlichste Weise raubten, was jeder ordentliche Soldat zum Kämpfen und zum Leben brauchte.« Jodokus hielt die Gelegenheit gekommen, nach etwas Gerste und Hafer für einen nahrhaften Brei zu fragen, der seinem Freund und den hungrigen Kranken seines Regiments wieder auf die Beine helfe.

Der alte Bauer polterte: »Hier ist nichts mehr zu holen.« Er stand auf und drehte sich bereits im Weggehen noch einmal um und schäumte: »Frag doch deinen großen Obristen auf der Burg, der Asseburger hat bestimmt zu Michaelis seinen Bauern die Kornabgabe abgepresst.«

Der abgewiesene Bittsteller führte sein Pferd nach draußen und gerade als er aufsteigen wollte, schaute der rote Haarschopf des widerspenstigen Mädchens um die Hausecke. Der Vater zögerte, drehte sich vorsichtig um und als das Mädchen nicht wieder verschwand, sprach er es an: »Katharina, ich bin und bleibe dein Vater, ich komme wieder.« Beim Wegreiten sah er, dass seine Tochter stehenblieb und ihm nachblickte.

Wieder ritt er in den Buchenwald. Die frische Luft verströmte den Geruch modriger Blätter. Im Wald musste er sich entscheiden, den Weg hinunter in die Stadt zu nehmen, ohne das er etwas erreicht hatte, oder doch hinauf zur Burg zu reiten. Die Worte des Schneebergers spukten in seinem Kopf. Selbst in schlechten, unsicheren Zeiten lebte es sich auf den Adelssitzen und Burgen bequem. Die adligen Grundherren ließen sich versorgen, kauften sich in kriegerischen Zeiten frei, erwarben Schutzbriefe der verschiedenen Parteien, die sie vor dem Schlimmsten bewahrten. Bezahlen mussten es in allen Fällen ihre untergebenen Bauern. Jodokus erreichte einen

Bergrücken, der wie ein Sporn in der Landschaft stand, und sah durch den lichten Wald in der Ebene das Städtchen liegen. Ludwig von Asseburg war nicht verstimmt, seinen früheren Kriegsknecht zu treffen, sondern froh, von einem herumgekommenen Soldaten Neues zu erfahren. Er war mit seinem Besucher in den Innenhof der Burg getreten, um ungestört von seiner Familie zu sein. Der Freiherr war in den zurückliegenden Jahren nicht gesetzter, ruhiger und gelassener geworden. Seine erste Frau war gestorben und er hatte sich umgehend neu vermählt. Sein Sohn Johann war als kaiserlichen Rittmeister vor Magdeburg gefallen. Das hatte ihn nicht bewogen, vom Krieg Abstand zu nehmen. Es drängte ihn wieder hinaus, obwohl er mit seinen 57 Jahren für den Krieg eigentlich zu alt war. Der staubige Mantel, in dem er Jodokus nach draußen begleitete, verdeckte seine Knochen und Sehnen und verbarg die dürre Gestalt. Das Gehetzte in seinem Blick und die zappelige Ungeduld schienen sich im Alter zu vergrößern.

Ludwig von Asseburg wollte alles über den Sommerfeldzug, den Grafen Piccolimini und seinen schwedischen Gegenspieler, den General Banner, wissen. Jodokus meinte, dass nichts Entscheidendes vorgefallen sei. Keiner der beiden hatte etwas erreicht oder war einer Entscheidung einen Schritt nähergekommen. Nur die Regimenter waren verschlissen und nicht wenige der Söldner verstreut in Gräbern verscharrt. Im Lager vor Höxter verfluchten die Kaiserlichen wegen der fehlenden Winterquartiere ihre Obristen und Generäle. Der Freiherr nickte zufrieden. Er war ebenfalls nicht gut auf den kaiserlichen Befehlshaber, den Grafen Piccolimini zu sprechen. Mit erregter Stimme überschüttete er seinen ehemaligen Söldner mit den vergangenen Enttäuschungen. Er hatte vor zwei Jahren dem Grafen geschrieben, dass er viele gute Leute, Offiziere und Soldaten, stellen könne. Er sei in der Lage, zwei Regimenter Reiter zu werben, ein jedes zu tausend Köpfe, wenn er nur zügig ein Patent und die nötigen Mittel erhielte.

Asseburg schob sein langes Kinn vor und wetterte: »Dieser Sienese, dieser Günstling des Kaisers, traut niemanden, nur sich selbst und hat man auch noch die besten Referenzen. Er hat mich hingehalten und dann nicht mehr geantwortet.« Man sah dem außer Dienst gestellten Obristen an, dass er sich gekränkt und zurückgesetzt fühlte.

»Ich werde in schwedische Dienste treten«, gewann er seine Selbstsicherheit vor Jodokus zurück. »Ein Angebot an Banner und Königsmark ist schon auf dem Weg.« Sobald er ein Werbepatent erhalte, werde er nach Jodokus schicken. Er könne mit seinen unzufriedenen Gefährten kommen und die Seiten wechseln. Das stehe jedem Obristen und Soldaten frei, wenn sie von ihrer bisherigen Kriegspartei nicht die notwendigen Mittel, Service und Sold erhielten. Jodokus tat so, als pflichtete er seinem zukünftigen Obristen bei, brummte zustimmend und dachte bei sich, dass der schwedische General Banner bei der Auswahl seiner Offiziere wohl nicht dümmer als der kaiserliche Feldmarschall Piccolimini sei.

Mit Worten schmeichelte er dem Asseburger, dass er wie einst mit Johann Schneeberg als Leibgarde für den hochwohlgeborenen Obristen reiten wolle und ob er nicht einen Sack Korn als vorweggenommenes Laufgeld erhalten könne. Ludwig von Asseburg heftete seine ausdruckslosen Augen argwöhnisch auf diesen einfachen Bauernsohn, konnte nichts Verdächtiges in dessen Auftreten feststellen und rief nach einem Bediensteten.

Jodokus hatte den Kornsack quer über den Pferderücken gelegt, als er mit seinem Pferd am Zügel durch das Messmeckertor in die Stadt zurückkehrte. An einem Wasserlauf entlang erreichte er die kleinen Häuser in der Nachbarschaft des Hospitals zum Heiligen Geist. In friedlicheren Zeiten hatten sich dort Schlachter und Tuchfärber niedergelassen, die ihre Abfälle über den kleinen Bachlauf aus der Stadt beförderten. Jetzt hatten sich in einigen der beschädigten und verlassenen Häuser kranke Soldaten mit ihrem Anhang einquartiert. Die unter ansteckenden Lagerkrankheiten leidenden Soldaten waren dort sich selbst überlassen.

Auf dem Hof des Hospitals erwartete ihn Konrad, ihr Trossjunge. Hastig stieß er hervor, dass er mit Eva in einer Scheune untergekommen war. Die Bürger der Stadt verhielten sich sehr feindselig. Von den Kranken wollten sie nichts wissen. Man ließ die Schwerkranken und Toten einfach in den offenen Häusern oder an der Straße liegen. Es sei eine gerechte Strafe Gottes, dass diese auf dem Mist verreckten. Konrad zeigte auf das Hospital und fluchte, dass sich niemand um Jakob gekümmert habe.

Jodokus betrat die große Halle des Hospitals, wo ihm ein fürchterlicher Gestank entgegenschlug, der ihm den Atem nahm. Der Blutgang hatte das Wenige, das die kranken Söldner zu sich genommen hatten, schnell wieder hinausgetrieben. Jakob hatte sich eingenässt und lag auf dem Boden mit dem Oberkörper an der Wand gelehnt. Sein Gesicht war bleich wie ein Wachstuch, sein Blick klar und er lächelte schwach als Jodokus sich zu ihm hockte.

»Du hast mir schon einmal versprochen, mich auf einem Hügel zu begraben«, flüsterte der Kranke. Jodokus erinnerte sich an die Pestzeiten und sein Pulver, entgegnete aber: »Du hast die Gemskugel, sie beschützt dich doch.«

Jakob blickte auf: »Ja, sie hat dich wieder auf die Füße gestellt und mich in all den Jahren gut durch den Krieg gebracht.« Der Kranke machte eine Pause und es schien, als bewege er sich längst in einer anderen Welt. Sein Blick war auf Jodokus gerichtet, schweifte aber abwesend in die Ferne und er redete etwas von den schneebedeckten Bergen seiner Heimat. Jodokus beugte sich näher zu seinem Gefährten hinunter.

»Gegen Hunger ist kein Kraut gewachsen«, flüsterte er ihm ins Ohr. »In den Bergen verhungern in einem kalten, langen Winter auch Gemse, wenn sie nichts mehr zu fressen finden.« Mit einer langsamen, kraftlosen Bewegung streckte Jakob seinem Freund die Hand entgegen, öffnete sie und erklärte mit deutlicher Stimme wie in einem letzten Aufbäumen: »Hier, nimm die Kugel.«

Im Turm: peinlich befragt

Jodokus stand immer noch unbekleidet im Raum vor dem Richterkollegium. Die Augen hatte man ihm verbunden, damit nicht böse Blicke einen irgendwie gearteten Schaden anrichten konnten. Einer der Schöffen, die herangetreten waren, um die merkwürdigen Fundstücke zu begutachten, tat sich groß: »Man erzählt sich in der Stadt, dass der da im Großen Krieg fest und gefroren war und Bleikugeln ihm nichts anhaben konnten. Das zeigt, dass er mit dem Teufel im Bunde steht.«

Und ein anderer Schöffe wies auf das schwarze Pulver, dass die Beisitzer aus dem kleinen Stoffbeutelchen auf die Tischplatte geschüttet hatten, und behauptete. »Mit diesem Pulver da hat er den Schadenzauber im heiligen Bezirk um das Hospital zum Heiligen Geist betrieben und Mensch und Tier vergiftet.«

Der alte Hofrichter sah die vorlauten Schöffen scharf an, gebot ihnen mit strenger Stimme zu schweigen und erteilte seinem Schwiegersohn das Wort. Dr. Hofmann erklärte, dass der Angeklagte sein sündiges Leben bekennen und darlegen solle, wie er vom Teufel angesprochen und betrogen worden sei. Er solle gütlich den Schadenzauber und Teufelspakt gestehen. Jodokus wehrte sich. Er wisse von all dem nichts.

Der belesene Dr. Warzenius belehrte sein Richterkollegium, dass man bei der Bewertung dieser verdächtigen Beweisstücke die Erkenntnisse des jesuitischen Gelehrten Martin Delrio zu Rate ziehen müsse. Dieser sei eine Autorität in allen Fragen von Magie und Hexerei. In seinem Buch fände man die Antworten auf alle Fragen. Zum Beispiel, welche Farbe Hexensalbe habe, wie Hexenfett brenne oder welche Substanzen für den Schadenzauber verwendet werden. Also müsse man als erstes diese Salben und Pulver untersuchen und nach ihrer Herkunft forschen.

Der Greis befahl dem Scharfrichter eine Kerze herbeizuschaffen und die fettige Kugel anzuzünden. Teuflisches Hexenfett verbrenne mit einer dunkelroten Flamme und einem zischenden Geräusch, wie wenn Wasser ins Feuer geschüttet werde. Aber so sehr sich der

Scharfrichter bemühte, die fettige Kugel in Brand zu stecken, sie wollte nicht richtig brennen, sondern glimmte nur ein wenig und verbreitete dabei einen Geruch von verbrannten Haaren.

»Ein Gestank wie in der Hölle«, entfuhr es Dr. Weltermann, der den offensichtlichen Fehlschlag der Untersuchung nach den Vorgaben der Lehren Delrios nicht wahrhaben wollte.

»Eine Gemskugel, ein Glücksbringer«, wiederholte Jodokus seine schon vorgetragene Verteidigung. Überraschender Weise ließ sich da der Scharfrichter vernehmen, der seine Bemühungen einstellte und Dr. Weltermann widersprach: »Sie brennt nicht, die Kugel ist aus dem Magen der Gemse.«

Der Scharfrichter war bereits lange im Amt. Sein schwarzes Haar war grau eingefärbt, sein Körper untersetzt und zu einer im Alter zunehmenden Fettleibigkeit neigend. Er kannte sich von Berufswegen mit Glücksbringern und Amuletten aus. Unter der Hand veräußerte er Splitter vom Galgenholz, Stücke von Galgenstricken, Blut und getrocknete Haut von Geköpften und selbst Diebesdaumen. Er konnte gebräuchliche Zutaten für die Rezepturen der Apotheker besorgen wie das Armensünderfett, das er und seine Kollegen aus den menschlichen Überresten herstellten. Zu seinen Pflichten gehörte es, sich als Schinder um krepiertes Vieh zu kümmern, einmal im Jahr durch die Gassen zu laufen und die wilden Hunde zu töten. Er kannte die lindernde Wirkung von Hundefett auf entzündete Gelenke und seine Kenntnisse des menschlichen Körpers übertrafen die eines jeden Wundheilers oder Baders. Schließlich musste er einschätzen können, welche Wirkung seine Folterwerkzeuge hatten, wie weit er gehen konnte, ohne dass der Gepeinigte vor dem Geständnis seinen Geist aufgab.

Dem erstaunt aufblickenden Richterkollegium teilte er mit: »Gemse lecken sich ab wie die Katzen. Und ihre Haare wandern in den Magen, wie man hier riechen kann.«

Der ehrwürdige alte Richter Warzenius war verärgert über diese ungehörigen Eingriffe in seine Untersuchung und fuhr den Scharfrichter an: »Du willst schlauer sein als der Teufel. Ich rieche hier Kinderhaare und sehe diesen Unhold vor mir, wie er sich an Gräbern zu schaffen macht und Kinderleichen ausgräbt.« Dann beorderte er ihn an seinen Tisch, ließ ihn sich untertänig über den Tisch zu sich herunterbeugen und spuckte ihm einen leisen Befehl ins Ohr.

Meister Hans kam mit einer Schale Wasser zurück, stellte sie vor den Richtertisch, sammelte das schwarze Pulver vom Tisch und streute es ins Wasser. Ein Henkersknecht schleifte einen struppigen, mit Geschwüren bedeckten Straßenhund zum Wassernapf. Der dünne, durstige Köter schlabberte das Wasser aus der Schale, ohne einen Rest in ihr zurückzulassen. Die Beisitzer des alten Hofrichters hatten sich erhoben und schauten neugierig auf den Hund. Der bekam weder Krämpfe noch Zuckungen, die sein Ende ankündigten, sondern wedelte erfreut über die Tränkung mit dem Schwanz. Als sein Zustand sich nach einigem Warten nicht verschlechterte, sondern seine Lebensgeister eher geweckt schienen, da er dem Knecht, der ihn hielt, dankbar über die Hand leckte, unterbrach der Hofrichter die Untersuchung und befahl, den Gefangenen ins städtische Verlies unter der Kirchentreppe zu bringen.

»Er ist ein alter verstockter Hexenmeister, der viele Zaubermittel und Täuschungen kennt«, lautete das vorläufige Urteil vom Hofrichter Warzenius. Das Gericht war sich einig, dass ein solcher Teufelsknecht freiwillig in einer gütlichen Vernehmung keine Aussage machen und nichts gestehen würde. Nach den Anstrengungen des Vormittags würden sie sich am Tisch des Bürgermeisters Matthias erfrischen, um dann ein schärferes Verhör und eine peinliche Befragung durchzuführen.

Die Gerichtsherren hatten sich ausgeruht, gespeist und getrunken, als sie sich im Stadtturm einfanden, wohin man den Angeklagten geschafft hatte. Für eine peinliche Befragung war der Stadtturm besser geeignet als das mit weiteren Beschuldigten überfüllte Stadtgefängnis oder die Ratsstube. Durch seine dicken Mauern drang weniger nach draußen.

Der Hofrichter Warzenius wünschte dem Scharfrichter und seinen Gehilfen ein gutes Gelingen. Mit der Hilfe und dem Beistand des Allmächtigen würde das Übel der Zauberei aufgeklärt und ausgerottet. Bei ihrem guten Vorhaben sei ihnen Gottes Segen und Gnade gewiss und sie sollten sich keine Zurückhaltung auferlegen. Dann wandte sich der Greis im schärferen Ton an den Angeklagten, ob er wisse, was eine peinliche Befragung sei und er deutete auf die Daumen und Beinschrauben, die Meister Hans bereitgelegt hatte. Wenn der Scharfrichter mit seinen Geräten über ihn komme, würde er wohl anders reden als bisher.

»Soll ich gegen mein Gewissen reden«, widersprach Jodokus und sah auf das baumelnde Seil, das ein Henkersknecht durch einen eisernen Ring oben in der Turmwand gezogen hatte. Das Richterkollegium hatte auf herbeigeschafften Stühlen Platz genommen und der erfahrene Scharfrichter wusste, was zu tun war.

Die Knechte banden dem Beschuldigten die Arme hinter dem Rücken zusammen, befestigten das Seil daran und zogen ihn nach oben. So ließen sie ihn hängen, ohne dass die Füße die Erde berührten. Die jungen Dr. Hofmann und Weltermann durften jetzt beweisen, dass sie tüchtige Untersuchungsrichter waren.

Ob er auf Befehl des Teufels malefacta Schadenzauber begangen habe, eröffnete der eifrige Dr. Hofmann das Verhör. Jodokus presste unter Schmerzen in den Schultergelenken ein Nein hervor. Warum das gemeine Geschrei auf der Straße aufgekommen sei, er habe Mensch und Tier geschädigt, Raupen gemacht und das Korn verdorben, setzte Dr. Weltermann nach. Er wisse das nicht, stöhnte Jodokus. Dr. Hofmann kannte die Aussagen und Anschuldigungen, die nicht allein von den lärmenden Besessenen stammten, sondern von achtbaren Bürgern erhoben wurden. Ob es richtig sei, fragte er, dass Jodokus an etlichen Tagen vor Sonnenaufgang Raupen im Hospitalgarten abgekehrt und in andere Häuser und Gärten getrieben habe. Und der ehrgeizige Dr. Weltermann wollte als geschickter Untersuchungsrichter nicht zurückstehen und ergänzte, er solle eingestehen, den Garten von Kleverjohann so voller Raupen gezaubert und damit verdorben zu haben. Jodokus ächzte unter den Qualen und stieß abgehackt hervor, dass er sich nur um den Kohlgarten gekümmert habe. Meister Hans schaute mitleidig weniger auf den Hängenden, als vielmehr auf die beiden eifrigen, aber unbeholfenen Richter, die nicht bemerkten, dass man so nicht weiterkam.

»Lass ihn tanzen«, wies er einen seiner Gehilfen an. Der begann den Hochgezogenen mit leichten Schubsen in eine schaukelnde Bewegung zu versetzen. Jodokus unterdrückte einen Aufschrei. Bei einem weniger robusten Mann, so hatte es der Scharfrichter eingeschätzt, wären die Arme aus den Gelenken gesprungen. Im Auf- und Abschwellen immer neuer Schmerzwellen platzten weitere Fragen. Ob er nicht das rotbraune Pferd von Johann Mangosz angeblasen habe, so dass es nach einer Woche eingegangen sei. Dr. Hofmann war aufgestanden und war nahe an den vor ihm schaukelnden, wimmernden Jodokus getreten und knurrte ihn an: »Gestehe, hast du dem Kleverjohann mit deiner Kugel die Schmerzen in Arme und Beine gehext?« Der Gefolterte winselte und jammerte mit schmerzverzerrtem Gesicht, er habe niemandem ein Leid angetan.

Ungeduldig griff der alte Hofrichter in die Untersuchung ein und befahl dem Scharfrichter: »Meister, streich ihn mit den Ruthen.«

Der Scharfrichter ließ sich ein zusammengeschnürtes Bund dünner Weidenzweige geben und begann im Takt des Schaukelns auf den nackten Oberkörper zu schlagen. Und wieder prasselten neue Vorwürfe auf den Gepeinigten nieder. Ob er nicht dem Pfarrer Deppen einen Trunk Wein gereicht habe, so dass dieser erkrankt darniederlag und nur durch Gottes Hilfe nicht zu Tode kam.

Meister Hans schlug nur, wie er das ausdrückte, gelinde zu, damit der zu Verhörende sich nicht in den Hexenschlaf, in eine Ohnmacht, flüchten konnte. Es floss noch kein Blut, nur dunkle Striemen bildeten ein Gitter auf dem blassen Körper. Aber als Dr. Hofmann ihn anfauchte, ob es nicht wahr sei, dass er Jakobus Möller bezaubert habe, so dass der seine Habe verschenkte und darüber gestorben sei, schüttelte der Gemarterte nur wortlos den Kopf. Der alte Hofrichter war unzufrieden und missgestimmt. Er gab dem Scharfrichter einen Wink, dieser nickte seinen Gehilfen zu und sie ließen den am Seil Hängenden hart auf den Boden fallen, wo er als ein Häuflein Elend liegenblieb.

Wenn Gefangene peinlich befragt wurden und dabei nicht selten unter sich ließen, war es gebräuchlich wegen des Gestanks und der Anstrengung, den Herren Richtern und Schöffen etwas Wein zu reichen. Warzenius nahm das Trinkgefäß, das der junge Stadtbüttel Cord Wulf in den Turm gebracht hatte und wandte sich wieder an den Scharfrichter: »Der da ist verstockt. Ihr müsst ihn stärker strecken. Er muss jetzt ordentlich gereckt werden.«

Die kurze Unterbrechung der Befragung nutzten die Scharfrichtergehilfen, um zwei schwere Steine herbeizuschleppen. Mit einem Ruck wurde der Gefangene wieder in die Höhe gerissen und das Seil festgebunden. Dann banden die Gehilfen die Steine an den Beinen fest. Die Schmerzen waren nicht auszuhalten. Jodokus wurde es schwarz vor Augen, er schrie und in die leiser werdenden Schreie einer gequälten Kreatur vernahm er wie aus weiter Ferne die Hexenrichter fragen: Ob er nicht am Hexentanz teilgenommen habe und ob es wahr sei, dass er auf dem Tanzplatz auf dem Köterberg gewesen sei. So ließen sie ihn ein paternosterlang hängen und als er nur noch schwer atmete, das Schreien aber in ein röchelndes Keuchen übergegangen war, trat wiederum der junge Dr.Hofmann ganz nah an sein Folteropfer heran und zischte ihm ins Ohr: »Gestehe, dass du deinen Mitbürgern mit dem Teufel gedroht hast. Gestehe, dass du Gott den Heiligen und der Kirche abgeschworen hast und dem Teufel die Hand zum Pakt gereicht hast.«

Jodokus erblickte das hassverzerrte Gesicht des Richters und meinte in die Fratze des Teufels zu schauen. In einem letzten Aufbäumen flehte er mit einer brüchigen Stimme: »Fragt die Kapuziner, dass ich immer zu Gott und der Kirche gestanden habe.«

Wütend darüber, dass der Hexenmeister nicht gestehen wollte, stellte Dr. Hofmann seinen Fuß auf die schweren Steine und drückte sie abwechselnd mit aller Kraft nach unten. Jodokus Körper erzitterte, Funken und Sterne blitzen vor seinen Augen und eine gewaltige rote Welle von Schmerzen schlug über ihm zusammen, als seine Arme aus den Schultergelenken gerissen wurden. Im Untergehen seines Bewusstseins, kurz bevor er seine Besinnung verlor, glaubte er, die Bürger der Stadt zu sehen, wie sie grimmig gegen die tote Hand tobten. Er sah ihren Fürstbischof, wie er mit seinen Händen das Kreuz schlug und auch ihn segnete.

5. Das Hospital zum Heiligen Geist

Das gefräßige, unersättliche Kriegsungeheuer war abgemagert. Es lag kraftlos und ausgehungert in seinem öden, unwirtlichen Lager. Magere Kost, verzehrende Fieberhitze und heimtückische Seuchen hatten es geschwächt und neue Kräfte waren ihm nicht mehr zugewachsen. Die Kranken und Halbtoten hatte man sich selbst überlassen, die noch Marschfähigen hatten sich weitergeschleppt, um in besseren Gegenden wieder zu Kräften zu kommen. In der kleinen Stadt war die Not so groß, dass Menschen jeglichen Standes aufbrachen, um nicht vor Hunger zu sterben. Da starb Mancher, ohne dass jemand etwas von seinem Tod wusste. Das Untier Krieg hatte aus Soldat, Bürger und Bauer die unversöhnlich feindlichen Brüder einer Großfamilie gemacht, in der selbst die Frauen und Kinder sich um den letzten Bissen zankten. Durch langes Hungern hing ihnen die Haut am Leib wie ein Sack. Grindig, krätzig mit geschwollenen Beinen liefen Kinder davon, trennten sich Eheleute, um an anderen Orten nach Brot zu suchen.

Jodokus war bei den kranken Söldnern, Invaliden und Verhungernden geblieben. Er hatte es satt, dem Krieg hinterherzuziehen. Klara hatte das Untier verschlungen und die Last auf seiner Brust würde niemals weichen. Durch Katharina, seine Tochter, wurde sie leichter, so dass er mit dem Leben weitermachen konnte. Im Hospital zum Heiligen Geist lagen die vom Krieg Zurückgelassenen und Jodokus wurde zu ihrem Feldscher, Tröster und Bestatter. Der kaiserliche Kommandant versuchte durch drei bis vier Kontributionen, die er der Stadt als Sondersteuer abpresste, eine dürftige Grundversorgung für die vergessenen Söldner im Hospital sicherzustellen. Jodokus musste aber seinem Rittmeister regelmäßig melden, dass trotz des ständigen Vorsprechens bei den Bürgermeistern Möhring und Matthias er nicht das Notwendigste zur Versorgung der Kranken und Invaliden zur Verfügung hatte. Anfangs half ihm noch Konrad, der freche Trossjunge, und Eva, die nach dem Tod von Jakob Egger schon wieder verwitwet war, wie Konrad feixte. Sie säuberten das Hospital vom Kot der Dahinvegetierenden. Heimlich war zuerst

Konrad mit abziehenden Soldaten verschwunden und Eva hatte ihre geheimen Wünsche begraben, mit Jodokus in einer neuen Gemeinschaft dem Krieg zu folgen. Er sah sie auf den Straßen der Stadt, wo sie einem neuen Gewerbe nachging. Jodokus blieb im Hospital. Er pflegte einen leidlichen Umgang mit dem Armenprovisor und seinen wenigen verbliebenen Stadtarmen. Er nächtigte und lebte mit dem Auswurf des Krieges, hoffte für seine Kranken auf das tägliche Brot und sehnte sich nach einem warmen Frühling, der einen strengen Winter ablöste.

Die Hoffnung auf militärische Entscheidungen oder einfache Siege hatten sich nach den vergangenen Hungerkampagnen, festgefahrener Belagerungen, ergebnislosem Herummarschieren auf allen Seiten verflüchtigt. Die Stimmung in den feindlichen Lagern neigte sich in Richtung von Verhandlungen, die auf Widerherstellung der Verhältnisse zielten, wie sie vor Ausbruch des großen Krieges bestanden.

Die kriegerische Bestie litt an Erschöpfung und Auszehrung und es war nicht verwunderlich, dass Hessen, Schweden und Kaiserliche im Hochstift und in den angrenzenden Gebieten Waffenstillstandsverhandlungen führten, abschlossen, verlängerten und wieder aufkündigten. Man teilte sich die Garnisonsorte, die Kontributionszahlungen, verständigte sich auf den Austausch von Gefangenen und die Höhe der Lösegeldzahlungen. Das kleine Brakel konnte aber weder die Verpflegungsgelder für die in der Stadt einquartierten Kaiserlichen aufbringen noch den Verpflichtungen gegenüber den Hessen nachkommen. In seiner Not schickte der Rat der Stadt zwei Abgesandte nach Kassel, die wenigstens die monatlichen Kontributionen auf 90 Taler herunterhandeln konnten. Das Wehklagen in der Stadt wollte nicht verstummen als zum Aufbringen dieser doppelten Geldzahlungen ein Viehschatz erhoben wurde und für ein Pferd 12 und für eine Kuh 6 Groschen eingetrieben wurden. Und wer kein Vieh mehr besaß, wurde mit einem geschätzten Betrag herangezogen. In der Stadt fehlte es an Allem, die Schatzungen hörten nicht auf, sie lasteten auf jedem Besitz und reichten doch nicht aus, die Verschuldung und das Siechtum einzudämmen. Straßen, Brücken, die Stadttore und Mühlen waren in einem bemitleidenswerten Zustand. In der Umgebung des Hospitals wucherte Unkraut aus verödeten Hausstätten und zerfallenen Wohnhäusern. Außerhalb der Mauern lagen Felder unbearbeitet und brach, da Menschen und Pferde fehlten, sie zu bewirtschaften. Die dauernden Einquartierungen und Durchzüge verwilderter Truppen hatten das Zusammenleben der Menschen zerrüttet, hatten sie abstumpfen lassen. Sie waren gefühllos gegen das sie umgebende Leid und im täglichen Überlebenskampf hart geworden.

Mutlos und verzagt hatte Marie ihrem Bruder bei seinen nun regelmäßigen Besuchen im Dorf von den Verwüstungen des Krieges berichtet, die nun auch die Köpfe der Menschen erreicht hatten. Ihre Grundherrenfamilie war heillos zerstritten und zankte sich um den Besitz. Einer der Söhne war als übler Beutegeier mit der katholischen Partei durch die Lande gezogen und schließlich selbst im alles verschlingendem Schlund des abgründigen Krieges verschwunden. Seine Witwe verwickelte den Grundherrn im Dorf daraufhin in einen ruinösen Rechtsstreit, da sie ihren Anteil am Erbe forderte. Der sich inzwischen wieder evangelisch gebärdende Grundherr dachte nicht daran, dem nachzukommen, sondern hielt lieber Zusammenkünfte mit den Knechten und Mägden ab, um ketzerische Schriften zu lesen, wie sich der Pfarrer im benachbarten Kirchdorf beschwerte. Der Pfarrer wiederum wurde von seinen eigenen Pfarrkindern an die immer wieder durchziehenden Hessen verraten, wurde gefangengenommen und musste wieder ausgelöst werden. Er wagte es nun nicht mehr, im Pfarrhaus inmitten seiner Gemeinde zu schlafen.

Der Krieg hatte sein Gift in jeder Familie hinterlassen, hatte Mitleid ausgelöscht und die Herzen der Menschen versteinert, seufzte Marie. Jodokus tröstete seine Schwester damit, dass man in der Stadt häufiger von einem bevorstehenden Frieden redete und beantwortete so gut er es vermochte die Fragen seiner aufgeweckten Tochter nach den Ereignissen jenseits der überschaubaren Vorgänge des Dorfes. Jodokus vermied es, von den Dieben zu sprechen, die nachts durch die Straßen der Stadt schlichen, von den Söldnern, die sich vollsoffen und unter abscheulichem Fluchen Gezänk und Schlägereien anfingen. Er verschwieg das Elend der Frauen, die sich im Umfeld des Hospitals anboten, um für Weniges mit einem Soldaten oder Bürger in eines der verfallenen Häuser zu verschwinden.

Jodokus hatte Eva aus alter Verbundenheit und im Gedenken an seinen toten Gefährten Jakob Egger das ein und andere Mal zum Aufwärmen ins Hospital geladen, wenn sie hustend und frierend in Wind und Regen vor dem dunklen Loch einer elenden Behausung auf- und abging und sich mit anderen, jüngeren Frauen um zahlungsunwillige Männer stritt. Jodokus war Eva auch beigesprungen, als einige Herumtreiber im Bezirk um das Hospital zum Heiligen Geist glaubten, sich niederträchtig gegenüber der nicht mehr jungen, abgelebten Eva verhalten zu können. Mit einem großgewachsenen Schmied war er heftig aneinandergeraten, als der großspurig tönte, er habe gedacht, dass im heiligen Bezirk um das Hospital einige Hübscherinnen unterwegs seien. Was er aber sehe, und dabei schubste er Eva beiseite, seien nur zahnlose alte Vetteln. Jodokus hatte ihn angefaucht, dann könne er ja nach Hause eilen, zu seiner auch nicht mehr ganz jungen Witwe. Jodokus hielt Stoffel Maneken für einen Wichtigtuer und Streithansel. Der hatte die Hinterlassenschaften des Krieges und der Pest für sich genutzt. Er hatte die Witwe Finken geheiratet, so dass er das Bürgerrecht bekommen hatte und dazu noch mit den 55 Morgen Land der Familie Schutzeisen eine nicht unbedeutende Landwirtschaft. Das hielt ihn nicht davon ab, gegen den Schwiegervater wegen der Mitgift seiner Frau zu prozessieren. Selbstbewusst drängelte er sich in den Vordergrund und sah sich schon als Sprecher der Gemeinheit, einem Ausschuss, der die Belange der einfachen Bürgerschaft gegenüber dem Ratskollegium vertrat.

Die Wünsche der gesamten Bürgerschaft zu vertreten, behauptete ebenfalls der Pfarrer Deppen. Er beklagte von der Kanzel das gottlose Treiben in der Stadt, warnte vor der verderblichen Trunkenheit, dem Fluchen und der Gotteslästerung, verdammte die sündige Hurerei und ermahnte alle mit den Worten des heiligen Paulus, den weltlichen Lüsten zu entsagen, maßvoll und gottesfürchtig in dieser Welt zu leben in der seligen Hoffnung, dereinst von der Herrlichkeit des großen Gottes belohnt zu werden. In diesen Zeiten warteten nur wenige auf die Belohnung in einem späteren Leben, sondern nahmen wie Stoffel Maneken mit, was sich mitnehmen ließ. Selbst in den Häusern der angesehenen Ratsherren, in denen die Obristen, Rittmeister und Offiziere einquartiert waren, drang der Lärm der Trinkgelage nach draußen und sagte man den Frauen allerlei Unehrbares nach. Schließlich gelang es Pfarrer Deppen, das Ohr des Stadtkommandanten und die Unterstützung einiger der wichtigen Ratsfamilien zu gewinnen, so dass die öffentlichen Dirnen aus der Stadt gejagt wurden. Jodokus tat es um Eva Leid, aber es kehrte wieder mehr Ruhe im heiligen Bezirk ein.

Neue Unruhe schwappte mit einem Dekret ihres Fürstbischofs in die Stadt. Ganz besorgt schrieb die Kanzlei des Kölner Kurfürsten Ferdinand, dass sie nach glaubwürdigem Zeugnis gehört habe, dass die treuen Untertanen und Einwohner der Stadt Brakel sich herabgesetzt fühlten, da nur ein Priester dort die Messe lese, und sie mit aller Macht wünschten, dass zum Trost und Heil vieler Seelen fromme Männer zur Unterstützung des Pastors entsendet würden. Hier erhob sich erstes erstauntes Gemurmel nicht nur unter den Gemeinheitsvertretern, sondern auch bei einigen Ratsherren, das in lautes Schimpfen und erboste Zwischenrufen überging, als weiter angekündigt wurde, dass zur Aussaat des göttlichen Wortes, Kapuziner in die Stadt kämen. Ihr Landesherr hatte ihnen die Erlaubnis erteilt, in Brakel einen Konvent mit Kirche, Friedhof, Kloster, den notwendigen Werkstätten und sonstigen Einrichtungen aufzubauen und einzurichten.

Stoffel Maneken gehörte zu den lautesten Schreiern, die brüllten, es gäbe schon genug Bettelvolk in der Stadt und die Mönche würden der Stadt zum Schaden gereichen. Jeder wisse doch, dass die »tote Hand« nichts zu den erdrückenden Schatzungen beitrage, da die Mönche von allen Stadt- und Landessteuern befreit seien. Jodokus Wallbaum war überrascht, als Heinrich Möhring nach ihm schickte, nicht wie es bisher vorgekommen war, um die Versorgungslage im Hospital zu besprechen, sondern um die Kapuzinerangelegenheit zu bereden.

Es war ein heißer Sommertag als Jodokus die sanft ansteigende Ostheimerstraße hinaufeilte, den Marktplatz mit dem imposanten Rathaus überquerte und das große Steinhaus mit dem vornehmen Treppengiebel und schönem Erker erreichte. Die Möhrings lagerten in diesem geräumigen Haus die Erzeugnisse einer bedeutenden Landwirtschaft und beherbergten Fremde.

Im Haus herrschte uneingeschränkt Angela Möhring, die von den einquartierten kaiserlichen Offizieren hofiert wurde. Sie war eine große, stolze Frau, die mit ihrem Reichtum und ihrer Herkunft aus einer der alten Patrizierfamilien prunkte. In langen Seidengewändern, in die sie einen Mohrenkopf, das Wappen der Möhrings und einen Strauß mit einem Hufeisen im Schnabel, das Wappen der Hatteisen, einsticken ließ, rauschte sie durch das komfortable Haus. Neben dieser tatkräftigen, großen Dame wirkte ihr zaudernder Ehemann eher unbeholfen und verloren. Nur in ihrer eifernden Frömmigkeit standen sie sich in Nichts nach. Angela Möhring hatte ihren Mann bestärkt, sich im Rat für die Belange der Kapuziner einzusetzen, die im August 1645 in der Stadt erschienen, einen Auflauf verursachten und Heinrich Möhring veranlassten, einen langgedienten Soldaten herbeizurufen.

Pater Victor hatte als Kopf der fünfköpfigen Gruppe von Kapuzinerpatres den beiden Bürgermeistern Hermann Mathias und Kaspar Michael das Gründungsdekret ihres Landesherrn und ein Bestätigungsschreiben des Paderborner Domkapitels vorgelegt und erklärt, dass sie in der Stadt einen neuen Ordenskonvent gründen wollten. Ihre Durchlaucht und das Domkapitel wünschten, dass in dieser vernachlässigten Stadt wieder die wahre katholische Religion verbreitet würde.

Heinrich Möhring empfing Jodokus trotz des schwülen, heißen Sommertages in seiner vornehmen Ratsherrenrobe und hatte selbst die weiße, einengende Halskrause nicht abgelegt. Er war zu aufgewühlt von den Verhandlungen und Besprechungen, die sie im Haus des Ratsherren Düweken abgehalten hatten. Trotz des Widerstandes und der Unruhe in der gemeinen Bürgerschaft waren die Ratsherren übereingekommen, dass der Orden einen Platz an der verwüsteten Stätte des Heilig-Geist-Hospitals einnehmen könne. Man hatte zwar den Anordnungen des Fürstbischofs Folge geleistet, aber eine Ratsmehrheit hatte darauf bestanden, dass die Klostergründung nur gegen Satisfaktion und ohne Demolation der Häuser an der Ostheimerstraße erfolgen könne. Jodokus verstand nicht, was Heinrich Möhring meinte und worauf er hinauswollte. Dieser übersetzte, dass die Ansiedlung der Mönche nur gegen Entschädigungen für Grundstücke und Gebäude und ohne Abriss von Häusern erfolgen sollte. Niemand von den anwesenden Ratsherren war bereit, eiferte sich der Ratsherr, den mittellosen Mönchen erst einmal eine vorläufige residentia zu verschaffen.

»Du kennst das alte baufällige Haus des Valentin Hundt in der Nähe des Hospitals«, wandte sich Heinrich Möhring an Jodokus. Der nickte, ohne etwas zu erwidern. Er fand die Frage überflüssig. Er hatte die letzten Jahre in der Umgebung des Hospitals verbracht und kannte natürlich das Haus, das Heinrich Möhring von einem verstorbenen Verwandten zugefallen war.

»Ich habe es den Patres zur Verfügung gestellt, damit sie vorläufig eine Bleibe haben, da der Rat ihnen keine bessere residentia zur Verfügung stellt.« Wie zu sich selbst sprach Heinrich Möhring mit hochrotem Kopf weiter, dass in dieser verstockten Stadt die Kapuziner zur Bekehrung der Häretiker und zur Rückführung der sündigen Seelen in den Schoß der katholischen Kirche dringend gebraucht würden. Jodokus stand in seinen schiefgelaufenen Stiefeln und seiner abgerissenen, bunt schreienden Kleidung, die sich in den vergangenen Zeiten aus den abgelegten Sachen verstorbener Söldner zusammengefunden hatte, schweigend vor dem schwitzenden Ratsherren, ohne zu wissen, was dieser von ihm wollte.

Heinrich Möhring ging vor seinem Haus auf und ab, seufzte und klagte über die Bürger der Stadt, die sich vor Jahren geweigert hätten, an der Fronleichnamsprozession teilzunehmen. Jodokus befürchtete schon, dass sich der Verstand des frommen Ratsherren in der stechenden Sonne verwirrt haben könnte, als dieser vor ihm stehenblieb, ihn an den Schultern packte und ausrief: »Die Patres brauchen Hilfe, um ihr göttliches Werk auf den Weg zu bringen. Geh ihnen zur Hand und komm zu mir, wenn ihr etwas benötigt.« »Aber die kranken Gefährten im Hospital«, protestierte Jodokus. »Söldner werden bald nicht mehr gebraucht, meint auch dein Rittmeister«, unterbrach Heinrich Möhring aufkommende Bedenken bei Jodokus, in neue Dienste zu treten. Jodokus Wallbaum war sein Leben lang kein eigenständiger Geist gewesen, hatte die jeweilige Herrschaft ob Thron oder Alter, Adelssitz oder Feldherrenhügel nie in Frage gestellt, sich immer gefügt, nie widersprochen und so folgte er auch jetzt selbstverständlich den Anordnungen eines Höhergestellten.

Er war den zwei bärtigen Kapuzinermönchen, die in der Stadt von ihrem Provinzial zurückgelassen wurden, um die Klostergründung voranzutreiben, behilflich, das Dach ihrer Behausung neu mit Stroh einzudecken und winterfest zu machen. Die beiden Bettelmönche, Pater Ludger und Pater Konstantin, waren mit einer notdürftigen Herrichtung ihrer Behausung zufrieden und drängten stattdessen Jodokus mit ihnen zusammen, die alte Kapelle des Hospitals zu reparieren, damit hier wieder Zusammenkünfte stattfinden könnten. Der emsige Pater Ludger schrieb ganz offiziell an den Rat, dass man ihnen die alte, baufällige Hospitalkirche überlassen möge, damit dort wieder Gottesdienste stattfinden könnten, was den Armen im Hospital und den Bewohnern in der Nachbarschaft sehr nützlich und dienlich wäre. Und gleichzeitig bat der Kapuzinerpater den Rat, den Kauf des nebenan liegenden Hauses von Johann Mangosz zu ermöglichen.

Heinrich Möhring unterstützte als »geistiger Vater« und Berater der Kapuziner in allen weltlichen Angelegenheiten im Rat dieses Anliegen. Für ein Kloster sei auf dem Hospitalgelände gesündere Luft und bereits eine alte Kirche. Der Armenprovisor, einige Ratsherren und die Vertretung der Gemeinheit redeten gegen dieses Ansinnen und bekamen überraschenderweise Unterstützung von ihrem Pfarrer Georg Deppen. Auch dieser hatte argwöhnisch das Treiben der Kapuziner im Hospitalbezirk beobachtet.

Pfarrer Deppen war kein Dummkopf und nicht mit den gewöhnlichen Dorfpfarrern gleichzusetzen, die sich wenig um das Zölibat oder die Seelsorge ihrer Pfarrkinder kümmerten und aus ihrer Bequemlichkeit mit ihren Konkubinen nicht aufgeschreckt werden wollten. Er war seit Kriegsbeginn in der Stadt, akademisch gebildet, ein Doktor der Theologie und erkannte sehr gut, dass die Kapuziner nicht nur seinen geistlichen Einfluss, sondern auch seine finanziellen Möglichkeiten schmälern konnten. So beschwerte er sich bei den Bürgermeistern der Stadt und seinem Generalvikar in Paderborn darüber, dass die Kapuziner Zusammenkünfte in der Hospitalkirche abhielten, selbst das Aschekreuz verteilten und sich Handlungen anmaßten, die allein dem Stadtpfarrer vorbehalten seien.

Georg Deppen stellte die beiden Kapuziner vor der Hospitalkirche zur Rede und betonte, dass sie hier zwar einen einfachen Gottesdienst ohne alle Ablässe und dergleichen feiern könnten, aber sich aus allen kirchlichen Belangen seiner Gemeinde heraushalten sollten. Die Kapuziner versuchten zu beschwichtigen und schickten Jodokus in ihr Haus, um einen Trunk für den aufgebrachten Doktor Deppen herbeizuschaffen. Er möge sich doch beruhigen, sie wären doch alle gemeinsam berufen, den verwilderten Weinberg des Herrn zu pflegen und zu bebauen. Pfarrer Deppen nahm den gereichten Becher entgegen, leerte ihn und erklärte, dass er über diese kirchlichen Dinge nicht verhandeln wolle und verschwand.

In den nächsten Wochen stand der Pfarrer für ein klärendes Gespräch nicht zur Verfügung, da er, so munkelte man in der Stadt, mit einer rätselhaften Krankheit darniederlag. Die Drohungen mit dem Fürstbischof oder eher das vergiftete Getränk, wie die alte Schutzeisen, eine Kräuterfrau, orakelte, mussten die Sinne ihres Pfarrers verwirrt haben, hieß es in der Stadt, als der nach einiger Zeit erklärte, er sei jetzt wieder gesund und er kenne keinen besseren Ort für die Klostergründung als die Hospitalkirche mit den benachbarten Gebäuden.

Heinrich Möhring nutzte diese überraschende Wendung, um seine Ratskollegen zu drängen, dem beabsichtigten Hauskauf durch die Kapuziner zuzustimmen. Einige weniger gut betuchte Ratsherren und die Gemeinheitsvertretung, allen voran Stoffel Maneken, verhinderten jedoch eine schnelle Einigung, da sie den Unmut in der

Bürgerschaft vortrugen und danach fragten, wer denn für die Schulden von Johann Mangosz gegenüber der Stadt aufkomme und das Loch schließe, dass durch das Verschwinden eines weiteren Steuerzahlers entstehe und ihre erdrückenden Lasten erhöhe.

Heinrich Möhring schickte Jodokus mit einem Bittbrief an den bischöflichen Landdrosten, der 200 Taler bewilligte, um die Gelder des Rates abzulösen, die an dem Besitz von Johann Mangosz hingen. Die resolute Angela Möhring drängte zudem ihren Mann, einige Morgen Land im Faulensiek vor der Stadt an ihren Bruder Balthasar Hatteisen zu verkaufen. So käme ihr Besitz nicht in fremde Hände und mit dem Erlös könne man das Vorhaben der Kapuziner unterstützen. Es schien nun alles bereit, den Hof des Johann Mangosz zu kaufen. Der war indessen so überschuldet und ruiniert, dass er bereits den Hofgarten, Geräte und Speicher anderen Mietern überlassen hatte, die ebenfalls abgefunden werden wollten. Der verarmte Johann Mangosz besaß nur noch ein halbverhungertes Pferd, das häufig ausbrach, um sich auf Nahrungssuche zu begeben. So auch an einem klaren, frischen Frühlingstag, als Jodokus den rotbraunen, abgemagerten Klepper im Hof des Hospitals einfangen musste. Er packte das Pferd in die Mähne, tätschelte ihm beruhigend den Hals und blies ihm ganz sanft seinen Atem in die Nüstern. Das für gewöhnlich störrische Pferd ließ sich zum Erstaunen der Gottesarmen, die dem Schauspiel im Hospitalhof beigewohnt hatten, lammfromm wieder zurück auf den Mangoszen Hof führen.

Ein paar Tage später verkaufte Johann Mangosz für 60 Taler seinen Hof an die Kapuziner, nachdem zu allem Unglück noch der Rotbraune eingegangen war. Verborgene Kräfte hatten gleichzeitig die Bewohner des Speichers bewogen, Haus und Garten den Kapuzinern zu übergeben. Die alte Schutzeisen, die Schwiegermutter von Stoffel Maneken, unkte vieldeutig, dass bei diesem Geschäft nicht allein Gott der Herr seine Hände im Spiel gehabt habe. Bevor die Kapuziner mit Hilfe ihres Förderers weitere Grundstücke und Gebäude im Umkreis des Armenhospitals erwerben konnten, nahmen andere Herren die Stadt in Besitz. In Münster und Osnabrück feilschten die zahlreichen Kriegsparteien um zukünftige Gebiete und Einfluss.

Der Friedenskongress ließ sich Zeit, brauchte ein halbes Jahr, um die Rangordnung der Gesandten und die Sitzordnung zu regeln, derweil im Geheimen die Feldherren Anweisungen bekamen, auf den verschiedenen Kriegsschauplätzen durch letzte, schnelle Erfolge ihre Verhandlungspositionen zu verbessern. Während in Osnabrück und Münster die Diplomaten schacherten, sich höfliche Briefe schrieben, gemeinsame Bälle feierten und die Potentaten sich auf der Jagd erholten, flüchteten im Hochstift Paderborn die Bauern, brannten Dörfer, wurde Vieh geraubt und versucht, vollendete Tatsachen zu schaffen.

Der schwedische General Wrangel eroberte handstreichartig die Städte im Paderborner Land und übergab sie den Hessen, die jubelten, dass sie das Hochstift auf dem Kongress nicht mehr hergeben würden. Hergeben sollte die Stadt Brakel erneut 2000 Taler, um von Plünderungen verschont zu werden, so forderte es ein schwedischer Reitergeneral, der im Vorbeistoßen auf Paderborn das Städtchen besetzte.

Der hessische Kommandant von Brakel, der alte Mayor Laufmann, war nicht das erste Mal in der Stadt. Hier hatte er Bekanntschaften geschlossen und sprang ihr jetzt bei, indem er seinen jähzornigen Reitergeneral ruhigstellte und der Stadt heimlich 1000 Taler für die Brandschatzzahlung vorstreckte. Der alte Mayor war kriegsmüde, sehnte sich nach einem beschaulicheren Lebensabend und verschonte die Stadt mit den üblichen Härten einer rücksichtslosen Besatzungsmacht. Er verhinderte jedoch nicht, dass die Kapuziner von hessischen Soldaten aus dem Haus des Valentin Hundt geworfen wurden und froh sein konnten, dass sie in das neu erworbene, verkommene Anwesen des Johann Mangosz umziehen konnten. Während der Krieg ins Hochstift zurückkehrte, sich wieder einmal die Schweden und Hessen mit den Kaiserlichen um die größeren Städte schlugen, Paderborn belagert, erobert und mehrmals die Besatzungen wechselten, hielt der Mayor Laufmann nennenswerte Beschädigungen von der Stadt fern und sorgte für einen Stillstand in diesen wechselvollen Zeiten. Der kriegsmüde Stadtkommandant verkehrte in den Häusern der katholischen Ratsherren, war kein religiöser Eiferer und ließ alles beim Alten. Er wartete gemeinsam mit der Bürgerschaft, dass endlich die Friedensglocken läuteten. Nach dem endlich geschlossenen Frieden tobte die hessische Landgräfin, dass ihr das erhoffte und bereits vom schwedischen König Gustav Adolf versprochene Paderborner Land nicht zugesprochen wurde und befahl ihrem Stadtkommandanten, die Stadt beim Abzug in einen Trümmerhaufen zu verwandeln. Mayor Laufmann unternahm nichts dergleichen, er zog es vor, sich krank zu melden, in Brakel zu bleiben und nicht mit seinen Soldaten nach Kassel zurückzukehren.

Als zukünftiger Brakeler Bürger, das Bürgerrecht hatten ihm die Ratsherren als Gegenleistung für seine Hilfe versprochen, stand der alte Mayor an einem regnerischen Oktobertag 1648 unter der Bürgerschaft vor der hohen Rathaustreppe, die im Norden zu Ihrer Kirche hinausführte. Die Menschen drängelten sich bis auf den gegenüberliegenden Kirchhof.

Hermann Matthias stand für alle gut sichtbar in der festlichen Robe eines amtierenden Bürgermeisters mit Amtskette und Allongeperücke oben auf der Treppe und verkündete, dass das große Friedenswerk vollbracht sei und die Herrscher sich geeinigt hätten, die früheren Verhältnisse wiederherzustellen und für einen Ausgleich unter ihnen zu sorgen. Jodokus hielt sich seitwärts vom Rathaus in der Königstraße auf und vernahm wie aus weiter Ferne die schönen Worte ihres Bürgermeister, die wie Hohn in seinen Ohren klangen. Es sei nun eine christliche, immerwährende, wahre und aufrichtige Freundschaft geschlossen worden zwischen der römisch-kaiserlichen Majestät, der königlichen Majestät zu Hispanien, den Kurfürsten und Ständen des heiligen, römischen Reiches, der königlichen Majestät aus Schweden und deren Bundesgenossen, besonders der königlichen Majestät in Frankreich und wer noch an dem großen Händel beteiligt war. Der Bürgermeister vergaß nicht zu erwähnen, dass zur Abdankung und Rückführung der schwedischen und hessischen Soldaten nun jede Stadt ihren Beitrag leisten müsse. Jodokus stand unter den Bürgern, die ohne Begeisterung und schweigend der Ansprache lauschten und dachte wie Viele, dass in diesem Geschacher um Land und Leute an eine Entschädigung für die Bauern und Bürger, die den Krieg ernährt hatten, nicht gedacht worden war.

Geschachert, verhandelt, im Geheimen beraten und Verträge geschlossen wurde ebenfalls in der kleinen Stadt, um die Folgen des Krieges zu bewältigen. Der riesige im Krieg angewachsene Schuldenberg von 35 000 Talern erdrückte die Stadt nur deshalb nicht, weil im Krieg reichgebliebene oder reichgewordene Bürger aus der städtischen Oberschicht Gelder vorschossen. Hermann Matthias, ihr mehrmaliger Bürgermeister, Kaufmann und einer der reichsten Männer der Stadt, ihr Gograf Ludovici und Möhrings Schwager Goehausen liehen der Stadt bedeutende Summen. Die Geldgeber verhandelten geschickt und beschlossen im Rat, ihnen nicht Zinsen auf ihre Kapitalien zu zahlen, sondern ihnen eine Steuerfreiheit auf ihr Vermögen einzuräumen.

Im Winter nach dem Friedensschluss trafen sich die Handwerker, Bauern und einfachen Bürger im vorderen Stadtkeller, der großen Gemeinheitshalle. Hier ging es laut her, wurde viel getrunken und geklagt, dass 125 Ackerwirtschaften eingegangen seien, 1000 Morgen Land brachlägen, nur noch 205 Bürger mit einem notdürftigen Einkommen die Steuerlast der geschrumpften Stadt schultern müssten. Stoffel Maneken, saß mit Bernd Achtennut, dem Stadtboten, Jost Hemmers und Jakob Behlen auf der langen Bierbank an der Wand des vorderen Stadtkellers. Jost Hemmers stöhnte, wie sollen wir die Gelder aufbringen, wenn die Reichsten in der Stadt nichts mehr zur Schatzung beitragen. Der Rat verhandelt unter seinesgleichen und betrügt die Gemeinheit. Über den übelgestimmten, nicht ratsfähigen Bürgern um Stoffel Maneken prangte eine flache Steintafel an der Wand. Die hatten die Ratsherren über der Bierbank anbringen lassen, um das einfache Volk in die Schranken zu weisen: »Zuerst suchet das Reich Gottes und haltet die Obrigkeit für Herren, so bleiben Land und Leute in Ehren.«

Stoffel Maneken spuckte auf solche Ermahnungen und schimpfte in Richtung des hinteren Stadtkellers, wo sich in der Herrenstube die Ratsherren bei Kerzenlicht und Wein trafen: »Sie führen sich auf, wie die Geistlichkeit und der Adel, die von allen Lasten befreit sind.«

Bernd Achtennut, der Ratsbote, flüsterte seinen Freunden vertraulich zu, dass es in Zukunft noch schlimmer komme. Er habe gesehen, wie die Kapuziner ihren Förderern im Rat, allen voran Heinrich Möhring und Konrad Düweken, einen Plan für ihr Kloster übergeben hätten. Dreißig Gebäude, Grundstücke und Gärten im Umkreis des Hospitals sollten ihnen zufallen. Durchflossen wurde das Gelände durch frisches Wasser der Brucht, die ihre Gärten wässern, den Unrat mitnehmen und für gesunde Luft sorgen würde. Stoffel Maneken war bekannt für seine cholerischen Ausfälle und aggressiven Auftritte, jetzt schnappte er nach Luft wie ein Fisch, der aus dem Wasser gezogen wurde. Als Vertreter im Gemeinheitsausschuss war ihm der Steuersatz bekannt, der auf diesen dreißig Hausstätten lag, die die Kapuziner beanspruchten. Jetzt bekam er einen roten Kopf und platzte los: »Dann gehen der Stadt ja 200 Taler Landschatz verlustig«, und wütend setzte er hinzu: »Statt Häuser an die tote Hand zu geben, sollte der Rat besser die besteuerbaren Hausstätten bewahren und Neubürger auf die wüst gefallenen Besitzungen ansiedeln.«

Stoffel Manekens Streitlust war entfacht und wie ein Volkstribun, der auf dem Marktplatz das Volk gegen die Patrizier aufstachelte, trat er in kleiner Runde auf. Das käme dabei raus, wenn nur eine kleine Clique in der Stadt herrsche, der abgehende Rat im Februar jeden Jahres den neuen Rat aus den immer gleichen Ratsherrenfamilien berufe und die zwei alten Bürgermeister zwei neue Bürgermeister bestimmten. Die Rechte der Gekorenen aus der Gemeinheit würden mit Füßen getreten. Alle wichtigen Beschlüsse des Rates müssten der Gemeinheit vorgelegt und durch den Gemeinheitsausschuss gebilligt werden.

»Aber stattdessen regieren Bürgermeister und Rat allein nach ihrem Gefallen, sagt ein Bürger etwas dagegen, wird er bald für ungehorsam und für einen Rebell gehalten, in custodia genommen und gestraft oder mit herben Worten übel durchgenommen«, brüllte der Volkstribun für alle vernehmbar durch den Stadtkeller.

Bernd Achtennut, der geschwätzige Ratsbote, versuchte Stoffel Maneken zu besänftigen, indem er mit weiteren Neuigkeiten aufwartete.

»Aber nicht alle Ratsherren folgen Möhring und den Kapuzinerfreunden. Der reiche Hermann Matthias ist ihnen zuvorgekommen und hat das Haus des vertriebenen evangelischen Bürgermeisters Wippermann an der Ostheimerstraße gekauft. Und wie man hört, hat er nicht vor, es den Kapuzinern zu überlassen.«

»Aber wenn es drauf ankommt«, beendete Stoffel Maneken das Gespräch im Stadtkeller, »stecken sie doch alle unter einer Decke.«

In der Stadt lebten nach dem großen Krieg nur noch 1300 Menschen, unter ihnen viele Kinder, hatte Pfarrer Deppen bei der Inventur seiner Gemeinde festgestellt. Wer gut katholisch war oder noch evangelische Anwandlungen hatte, wer wen beleidigte, verleumdete, verklagte oder heiratete, war jedem bekannt. Hermann Matthias war zu allererst ein kalt kalkulierender Geschäftsmann, hatte zwar die fromme Schwester von Heinrich Möhring geheiratet, aber er hielt seinen Schwager für einen frömmelnden Schwächling. Er war nur zu einem der reichsten Männer der Stadt aufgestiegen, da bei ihm Härte und Habsucht eine Verbindung eingegangen waren und er hatte es nie verstanden, warum die stolze und starke Angela Hatteisen diesen schmächtigen und furchtsamen Heinrich Möhring geheiratet hatte.

Heinrich Möhring schien nach der Ankunft der Kapuziner als ihr wichtigster Unterstützer seine Bestimmung gefunden zu haben. Er war selbstbewusster und entschiedener in seinem Auftreten geworden. Jodokus bekam den Auftrag, einen Garten an der Brucht anzulegen und so die Versorgung der zukünftigen Klosterbewohner zu verbessern. Noch lebte Jodokus im Armenhospital und die Kapuziner hausten im Haus von Johann Mangosz. Sie schämten sich nicht, die Zeichen einer schmutzigen und bettelhaften Armut zur Schau zu stellen. Ihre braunen, abgewetzten Kutten wurden durch einen einfachen Strick zusammengehalten und die spitzen Kapuzen schützten sie vor Wind und Regen, wenn sie zu Kranken eilten und ihnen mit Gebeten beistanden. Das machte Eindruck, wie Jodokus feststellte, der von Jakob Möller auf seinem Totenbett 60 Taler für die Kapuziner bekam.

Auch der Kohl im neuangelegten Garten gedieh prächtig bis er von einer Raupenplage bedroht wurde. Jodokus sammelte in aller

Frühe die Raupen von den Kohlpflanzen und warf sie in das Wasser der Brucht. Aus Mitleid ging er dem alten Kleverjohann zur Hand, der seinen Garten in unmittelbarer Nachbarschaft hatte. Kleverjohann war vor einiger Zeit schwer gestürzt, hatte sich den Unterarm aufgerissen und am Bein verletzt. Jodokus hatte die Blutung gestillt, indem er für kurze Zeit seine Gemskugel auf die Wunde gedrückt hatte. Aber die Wunden verheilten schlecht und Kleverjohann klagte über beständige Schmerzen im Arm und Bein. Jodokus sprang ihm bei, soweit er es vermochte und sammelte am frühen Morgen auch die Raupen aus Kleverjohanns Garten. Als der sich aber kaum noch rühren konnte, verkaufte er den Hof neben dem Wippermannschen Anwesen an Heinrich Möhring, der diese weitere Hausstätte den Kapuzinern schenkte.

Hermann Matthias dachte nicht daran, den Kapuzinern etwas zu schenken, obschon er als guter Katholik jeden Sonntag seiner Sonntagspflicht nachkam und die Messe besuchte. Er plante das alte Wippermannsche Haus abzureißen. Der vorgesehene Neubau würde dem zukünftigen Kloster das Licht nehmen, befürchteten die Kapuziner und ihre Förderer.

Konrad Düweken, ein Schleicher und Leisetreter, unterbreitete Heinrich Möhring einen Vorschlag, wie sie den Emporkömmling Matthias angehen und in die Enge treiben könnten. Mit einer calumnia, einem Gerücht, wollten sie die Hartherzigkeit des Kaufmanns anprangern und sein Ansehen in der Bürgerschaft schädigen. Im Sommer des Jahres traten sie in der Bürgerversammlung auf und gaben ihrer Sorge Ausdruck, dass sie als die Bürgermeister des Vorjahres das Amt bei Hermann Matthias in schlechte Hände wähnten, da dieser ein Wucherer sei und dem Juden Jonas einen Kredit zu einem unchristlichen Zins von jährlich 60 Prozent gegeben habe. Hermann Matthias wehrte sich. Er sei ein ehrlicher Kaufmann, viele Mitbürger, auch ausländische, allesamt aufrichtige und fromme Kaufleute, suchten seine Gemeinschaft und trieben mit ihm Handel. Er habe Armen ohne Entgelt geholfen und der Stadt immer beigestanden. Düweken und Möhring, sein Schwager, seien zänkische Leute, die unschuldige Menschen beleidigten und die Ehre abschnitten. Hermann Matthias bestand darauf, den Juden Jonas vor der Versammlung zu befragen. Und obwohl der Herbeigerufene bestätigte, mit dem Bürgermeister keine Wuchergeschäfte getätigt zu haben, schenkten viele Bürger ihm keinen Glauben. Neidisch und voller Schadenfreude freuten sich Viele, wenn ein Starker und Reicher ins Straucheln geriet.

Die bärtigen Kapuziner waren unzufrieden mit dem Stand der Klostergründung. Zwar hatten sie Grundstücke und Hausstätten in der Nachbarschaft des Hospitals zum Heiligen Geist erworben, die Kapelle erhalten und waren ihnen mildtätige Spenden zugeflossen, aber noch immer lebten fünf Gottesarme mit ihrem widerspenstigen Provisor mitten auf dem Gelände in ihrem Armenhospital und durchschnitt eine öffentliche Gasse ihr geplantes Klosterareal. Um auf dem Hospitalgelände ein claustrum, einen nach außen abgeschlossenen, mauerumwehrten Klosterbezirk, errichten zu können, mussten die Stadtarmen umgesiedelt und die Gasse geschlossen werden. Heinrich Möhring sprach mit einigen einflussreichen Ratsherren, dass man die Gassenschließung bewilligen müsse, da den frommen Brüdern, die Gott im Stillen und im Gebet dienen wollten, nicht zuzumuten sei, ein offenes Haus an offener Straße zu bewohnen.

Die meisten Bürger der Stadt und auch die Ratsherren hatten in diesen Nachkriegsjahren andere vordringlichere Sorgen als sich um das Wohlergehen der Kapuziner zu kümmern. Die Getreideernten waren schlecht ausgefallen, Steuerzahlungen blieben aus und viele Ackerbürger taten sich schwer, die Pachtzinsen an die Grundherren zu entrichten. Ludwig von Asseburg gehörten große Teile des Ackerlandes, die die Brakeler Bürger vor den Mauern der Stadt beackerten. Verärgert forderte er den Rat auf, mit Strafen für eine ordnungsgemäße Bezahlung seiner Pachtgelder zu sorgen. Ludwig von Asseburg beschäftigte sich nur ungern mit der Verwaltung seiner Ländereien, ihn langweilte das friedliche Leben eines Landjunkers, sein Denken wurde vom verlöschenden Krieg beherrscht. Noch während des Friedenskongresses hatte er dem venezianischen Gesandten angeboten, für Venedig 1000 Reiter für den Krieg gegen die Türken anzuwerben. So wie viele der entlassenen Söldner, die marodierend die Gegend unsicher machten, schien es ihm nicht vorstellbar, dass man sie nicht mehr benötigte.

Ludwig von Asseburg war mittlerweile über sechzig Jahre alt, aber in seinem Auftreten, mit diesen fahrigen, unruhigen Bewegungen, strahlte er eine Energie aus, die nach Unternehmungen drängte. In weiter entfernt liegenden Gegenden würden alte Krieger wie sie noch gebraucht, eröffnete er das Gespräch mit Jodokus, den er im Hospital zum Heiligen Geist angetroffen hatte. Einige der nicht aufgelösten kaiserlichen Regimenter würden für die Verteidigung gegen die Türken an die ungarische Grenze verlegt.

»Aber mich«, brach es stolz aus dem immer wieder verhinderten Kriegsherrn heraus, »hat die kurfürstliche Durchlaucht von Köln an ihre königliche Majestät in Polen, Wladislav den Vierten, mit einem Empfehlungsschreiben abgeordnet, um mir die Generalwachtmeisterschaft über das deutsche Kriegsvolk in der polnischen Armee zu geben.«

Jodokus erinnerte sich an das vorgeschossene Laufgeld, an den Sack Korn, machte ein bekümmertes Gesicht und jammerte los, was sonst nicht seine Art war. Er sei nicht mehr so gut auf den Beinen, spüre das Alter, sei hier unabkömmlich, diene den frommen Brüdern und dem Werk Gottes. Er kenne einige abgedankte Söldner und unruhige Geister wie Johann Schneeberg, die bereit wären, den Freiherrn zu begleiten. Jodokus war erleichtert, dass ihre Verhandlungen unterbrochen wurden, da der Armenprovisor des Hospitals zu ihnen getreten war, den Freiherrn ablenkte und mit seinem Anliegen überfiel.

Das schmächtige Männchen überschüttete Ludwig von Asseburg mit Ergebenheitsbekundungen und schmeichelte ihm damit, dass die Asseburger in ihrer langen Vergangenheit immer große und mildtätige Förderer des Hospitals zum Heiligen Geist gewesen wären. Nun aber bestehe die Gefahr, dass die Gottesarmen ihrer jahrhundertalte Bleibe verlustig gingen und ob der gnädige Herr, dessen Meinung bedeutend sei, nicht für sie ein gutes Wort bei den Stadtoberen einlegen könne. Ludwig von Asseburg fühlte sich belästigt. Er war mit wichtigeren Dingen beschäftigt. Er schüttelte den Kopf, brummelte etwas von Nichtigkeiten, die ihn nichts angingen, und sein ganzer Körper wackelte dabei, als müsse er Ungeziefer abschütteln. Wortlos ließ er den Armenprovisor und ebenso Jodokus vor dem Hospital stehen, war in Gedanken schon auf den Weg nach Polen und verschwand.

Die dem Freiherrn so verhassten Alltäglichkeiten und Nichtigkeiten bewegten die Gemüter der Stadt so stark, dass die Erschütterungen ihren neuen Landesherren, den Fürstbischof Dietrich Adolf von der Recke, erreichten. Der schickte zur Schlichtung der Streitigkeiten eine fürstbischöfliche Kommission in die Stadt. Jetzt war die Stunde der Gemeinheitsherren um Stoffel Maneken, Jost Hemmers und Jakob Behlen gekommen, mit der Ratsoligarchie abzurechnen.

Der Gemeinheitsausschuss verlas in der Ratsstube vor den fürstbischöflichen Beamten seine Beschwerden und Forderungen. Der Sprecher der Gemeinheit, ein besonnener Bäcker, trug mit einer dunklen, tiefen Stimme vor, was die gemeine Bürgerschaft bewegte und erregte.

»Weil von altersher gebräuchlich war, wenn Land-, Personal- und andere Schatzung, wie auch städtische Steuern, festgesetzt wurden, ein solches der ganzen Bürgerschaft mit dem Glockenschlag bekannt gemacht wurde. Nunmehr aber wird die arme Bürgerschaft nicht mehr dazu gewürdigt, sondern unsere Obrigkeit verfährt nach ihrem Belieben und Gutdünken und besteuert unter Verschonung ihrer selbst gegen jede Gerechtigkeit.« Hier machte der bedächtige Bäcker eine Pause, um die anschließende Forderung stärker zur Geltung kommen zu lassen: »Zukünftig sollte ein jeder Bürger nach seinem Vermögen die Last tragen und die Freiheiten gehörten abgeschafft.«

Andere Gemeinheitsherren griffen das auf und rechneten den verdutzten Beamten vor, dass selbst der Gograf Ludovici weit mehr Steuern zahlen müsste, als er an Zinsen für die der Stadt geliehenen Gelder beanspruchen könnte. Er und weitere vermögende Leute hätten mit dieser Steuerfreiheit auf ihr Vermögen einen unangemessenen Vorteil erlangt. Weitere Beanstandungen an den undurchsichtigen Geschäften des Rates schlossen sich an. So sei eine Forderung von mehreren 100 Talern, die der Bürgermeister Möhring gegenüber der Stadt erhoben habe, nirgendwo verzeichnet und niemand könne sagen, wozu das Geld verwendet wurde. »Die Fälle zeigen den Exzellenzen«, fasste der Bäcker ruhig das Gesagte zusammen, »dass die Gemeinheit zu Recht eine gerechtere Besteuerung und eine genaue Rechnungslegung verlange.«

Stoffel Maneken hatte sich bisher überraschend ruhig verhalten. Nun aber konnte er sich nicht mehr zurückhalten und polterte los: »Weil es auch nicht herkömmlich ist, dass aus dem alten Rat der neue wiederbesetzt wird, verlangt die Gemeinheit, dass mit Zuziehung der Bürger, Zünfte und der ganzen Gemeinde, wie in anderen Nachbarorten ein ehrbarer Rat möge erkoren und gesetzt werden.«

Die drei bischöflichen Räte nahmen die Klagen und zum Schluss die Beschwerdeschrift entgegen, versprachen, die Rechtfertigungen des Rates zu hören und alles ihrem Landesherrn vorzulegen, der gnädigst einen Ausgleich zwischen den streitenden Parteien herstellen würde.

Stoffel Maneken und die Gemeinheitsherren waren enttäuscht, da sich vorerst nichts an ihren Belastungen durch die Schatzungen und der Vorherrschaft der städtischen Oberschicht änderte. Die Missstimmung in der Stadt entflammte wieder zu wütenden Protesten, als im Sommer 1651 die Kapuziner im Rat beantragten, die städtische Gasse, die durch das vorgesehene Klosterareal führte, zu sperren und ihnen zu übertragen. Ganz hinterhältig sei es, tuschelte man hinter vorgehaltener Hand, dass die schlauen Brüder, dem Rat ein Tauschgeschäft anboten. Sie wollten der Stadt ein Haus, das sie selbst aus dem Besitz des Domkapitels geschenkt bekommen hätten, als neue Bleibe für die Hospitalinsassen übertragen. Die beiden Bürgermeister Heinrich Möhring und Konrad Düweken unterstützten lautstark das Anliegen der Kapuziner, zogen den Kämmerer der Stadt, den Vetter der resoluten Angela Möhring, auf ihre Seite und bedrängten einige der unentschlossenen Ratsherren. Stoffel Maneken und die Gemeinheitsherren kuschten nicht mehr vor der Obrigkeit, sondern erzählten jedem, den sie auf der Straße antrafen, dass ihnen schon genug an steuerbarem Besitz verlorengegangen sei, was ihre Belastungen über die Maßen erhöht habe und nun sollten auch noch die Nutzungsrechte einfacher Bürger beschnitten werden, eine öffentliche Gasse zu betreten.

Nach den Auseinandersetzungen des Frühjahrs mit der Überreichung der Beschwerdeschrift, scheuten sich die einfachen Ratsherrn vor einer erneuten Machtprobe mit den Gemeinheitsherren und einige teilten ihre Bedenken. So stimmte eine Mehrheit im Rat dafür, die Sache der gesamten Bürgerschaft zur Entscheidung vorzulegen. Heinrich Möhring war sehr erbost, als er im Rat überstimmt wurde und die Bitte der Patres abgelehnt wurde, den Weg zu schließen. Der Rat erachtete sich zu gering, Rechte der Bürger zu vergeben, ohne einen Beschluss sämtlicher Bürger einzuholen.

Am nächsten Tag rief Heinrich Möhring Jodokus zu sich, übergab ihm eines seiner besten Pferde und einen Brief der Kapuziner, den er in der Residenz des Fürstbischofs übergeben sollte.

Noch vor Ende des Sommers traf die Antwort ihres Landesherrn in der Stadt ein. Der Gograf Ludovici teilte der Bürgerschaft den Willen ihres Fürstbischofs mit, der keinen Widerspruch duldete. Das Hospital sei den Kapuzinern zu überlassen und vor allem sei die Gasse zu sperren. Unverhohlen drohte der Fürstbischof allen Ratsmitgliedern und Bürgern, welche dieses gottselige und christliche Werk noch nicht begreifen und die Gasse den Patres nicht gutwillig abtreten wollten, dass er es dann mit seiner Macht und Gewalt bewerkstelligen könne.

Heinrich Möhring und die Kapuzinerfreunde konnten ihre Genugtuung kaum verbergen, dass die Nörgler und Aufwiegler durch die klaren Worte des Fürstbischofs ruhiggestellt wurden. Nur der Armenprovisor des Hospitals gab sich noch nicht geschlagen und übergab dem Rat eine Bittschrift der Hospitalarmen, sie an ihrem angestammten Platz zu belassen. Die Kapuzinerpatres ermahnten den Rat, nicht gegen den Landesherrn zu opponieren, das Ansinnen der Armen abzulehnen und endlich die Verlegung des Hospitals ins Werk zu setzen. Die Stadt solle den Armen ihr Steinhaus am Marktplatz zur Verfügung stellen. Jodokus Wallbaum fuhr mit einem Fuhrwerk aus Heinrich Möhrings Stall in den Hospitalhof, um die kümmerliche Habe der letzten Bewohner zu verladen und in die neue Unterkunft zu schaffen. Der Armenprovisor stand dabei, ohne behilflich zu sein. Er giftete Jodokus an, dass er sich am Tod der Gottesarmen mitschuldig mache, wenn er helfe, sie in dieses Steinhaus, diesen kalten Ort ohne Hof und Garten zu verbringen. Jodokus entgegnete dem Männchen, er solle nicht gegen den Willen des Fürstbischofs und des Rates reden. Er tue nur, was ihm aufgetragen würde.

Nachdem die Armen, wie es in der Stadt hieß, mitleidslos aus dem heiligen Bezirk vertrieben worden waren, machten sich dort die Kapuziner breit, errichteten Backofen, Klosterküche und Schreibstube. Jodokus verschaffte ihnen mit Katharina, seiner Tochter, eine tüchtige Küchenhilfe.

Ein weiterer wichtiger Schritt zum Aufbau des Klosters wurde im Sommer 1652 in Angriff genommen. Jodokus bekam den Auftrag, eine Mauer über die öffentliche Gasse zu bauen und damit ihren Klosterbezirk abzuschließen. Die Bürger liefen herbei, behinderten die Arbeiten, beschimpften Jodokus, beschwerten sich beim Rat und forderten diesen zum Einschreiten auf. Die Ratsmitglieder eilten zu einer Ortsbegehung herbei, aber die erzürnten Bürger lehnten es ab, mit dem Bürgermeister Möhring zu verhandeln, da er Partei sei. Die Ratsmehrheit der wohlhabenden Stadtpatrizier erklärte sich für machtlos, da ihr Landesherr die Klostergründung angeordnet habe. Die Gemeinheitsherren maulten, erregten sich und mussten doch klein beigeben, da man nicht die Obrigkeit in Frage stellen konnte. Sie stänkerten gegen die Unterstützer der Patres und nahmen die kleinen Helfer unter Beschuss. Die alte Schutzeisen erzählte, wenn die Frauen zusammenstanden und Neuigkeiten austauschten, dass sie in der Nacht Traumgesichter gehabt habe. Sie habe dunkel gekleidete Gestalten dem Leibhaftigen folgend gesehen und einer habe ausgesehen wie Jodokus, dieser unheimliche Geselle, der in den uralten Gemäuern des Hospitals herumspuke.

Trotz dieser Aufgeregtheiten erschien im Sommer 1652 der Fürstbischof Dietrich Adolf von der Recke selbst in der Stadt, um feierlich den Grundstein für den Neubau des Chores in der alten Hospitalkirche zu legen. Die ganze Stadt war auf den Beinen als der Fürstbischof in einer würdevollen Prozession in Begleitung einiger Domherren, Prälaten, Priester und Fahnenträger die Reliquien des heiligen Kilian durch ein Spalier von Gläubigen in die neu geweihte Kirche trug. Zwei in weiße Gewänder gehüllte Diener trugen eine Weihwasserschüssel und der Fürstbischof segnete mit dem geweihten Wasser die rechts und links seines Weges stehenden Gläubigen. Stoffel Maneken stand unter ihnen und flüsterte Jakob Behlen zu, er segnet die »tote Hand«, aber sie wird keinen Segen für die Stadt bringen. Das Weihwasser spritzte zu allen Seiten und benetzte auch den mürrischen Gemeinheitsherr. Jodokus trafen dicke Weihwassertropfen mitten ins Gesicht, da die vor ihm stehende Katharina sich weggeduckt hatte.

Im Turm: ohnmächtig

Kaltes Wasser klatschte auf die am Boden liegende, leblose Gestalt. Meister Hans hatte die Ohnmacht des Angeklagten genutzt, um ihm mit ruckartigem, schnellem Ziehen die Arme wieder in die Schultergelenke einzurenken. Derweil bedrängten ihn, den jungen, vorlauten Richter ihn, den Hexenschlaf des Angeklagten rasch zu beenden und den Schweigezauber zu brechen, in den sich der Hexenmeister geflüchtet habe. Was verstanden diese klug daherredenden Doktoren schon von seinen Geschäften. Wer praktizierte die hochnotpeinliche Befragung, konnte die Folter über Tage hinziehen, ohne dass der Angeklagte an den Folgen starb? Wer wusste, welche Gelenke sich leicht brechen, wie sich Wunden gut heilen ließen, damit die Befragung fortgesetzt werden konnte? Wer zimmerte die Galgen, konnte einen feinen Knoten schlagen, einen ordentlichen Scheiterhaufen bauen oder den Verurteilten zierlich die Brandmale ins Gesicht zeichnen? Wer geriet ins Gerede, wenn eine Befragung misslang oder sogar eine Hinrichtung schlecht ausgeführt wurde und der Kopf nicht mit einem Schlag vom Rumpf getrennt wurde? Er und seinesgleichen wurden verachtet, als Angstmann, Knüpfauf und Hautabzieher beschimpft. Sie wurden gemieden und wohnten abseits vor den Toren. Und doch schlichen die Bürger in der Dunkelheit zu ihnen, um sich Rat bei Krankheiten zu holen und sich heilen zu lassen. Denn niemand wusste mehr über die Beschaffenheit des Körpers als sie, die Scharfrichter.

Inzwischen hatte Cord Wulf, der junge Stadtbüttel, einen weiteren Eimer Wasser in den Turm geschleppt und die Gehilfen schütteten ihn über dem Bewusstlosen aus. Jodokus regte sich und hob den Kopf ein wenig, um sich zu vergewissern, wo er sich befand. Der Scharfrichter und seine Gehilfen packten ihn unter die Arme, schleiften ihn zum Peinstuhl und banden ihn dort fest. Die eisernen Daumen und Beinschrauben lagen griffbereit neben dem Stuhl und die jungen Doktoren wiederholten ihre Anschuldigungen. Noch benommen vernahm Jodokus etwas vom Rotbraunen des Johann Mangosz, vom Schadenzauber in Kleverjohanns Garten und war nicht in der Lage, zu antworten. Meister Hans sprach den alten Hofrichter an, der hier das letzte Wort hatte: »Es dämmert schon und das Anlegen der Schrauben sollte besser bei Licht vorgenommen werden.«

Das Zudrehen der Schrauben war eine Kunst und Meister Hans musste die Zuckungen und das schmerverzerrte Gesicht beobachten, um nicht durch ein zu starkes Drehen der Schrauben die Knochen zu zersplittern, so dass der peinlich Befragte womöglich die schlimmen Torturen nicht überstand. Der Hofrichter Warzenius murrte unwillig. Er war verärgert, dass diese widerspenstige Kreatur ihnen so viele Mühen abverlangte. In den meisten Fällen, die er verhandelte, reichte es, die Schrauben zu zeigen, damit die Angeklagten gestanden. Er kratzte sich unschlüssig beim Überlegen unter seinem juckenden Kragen. Da meldete sich der bisher zurückhaltende Dr. Koch. Er war der Bruder des Paderborner Bürgermeisters und sehr bewandert in den juristischen Fallstricken der peinlichen Halsgerichtsordnung, an deren Vorgaben sie sich in Hexereisachen zu halten hatten.

»Aber steht nicht in der carolina«, wandte er sich an das Richterkollegium, »dass, wenn die Befragung beendet wird und der Angeklagte auch unter der Folter nicht gesteht, dieser freizulassen ist?«

Dr. Warzenius zuckte wie unter einem Peitschenhieb zusammen und fuhr dann seinen Beisitzer an: »Wir beenden hier nichts, wir unterbrechen nur die peinliche Befragung.« Und in Richtung der zusammengesunkenen Gestalt auf dem Peinstuhl drohte er: »Ich dich Hexenmeister losgeben? Du sollst mir zweimal 24 Stunden auf dem Peinstuhl sitzen, bis du deine Zauberkunst bekennst und deine Mitgespielen nennst und besagst.«

Die fürstbischöflichen Richter erhoben sich und der alte Hofrichter befahl dem Scharfrichter: »Du wirst mir den da, wenn ich danach rufe, wieder vorführen.«

6. Der Besessenheitswahn

Die junge Frau stand im dunklen Eingang eines Hauses und sah die Schöffen und Richter aus dem Stadtturm treten und sich eilig in Richtung des Marktplatzes entfernen. Ein wenig später erschien Cord Wulf, der einfältige, junge Stadtbüttel, mit zwei leeren Wassereimern, die er zum nicht weit entfernten Brunnenhäuschen schaffte. Flink folgte sie ihm, fasste ihm an die Schulter und stieß hervor: »Hast du ihn gesehen? Was ist mit ihm?«

Cord Wulf schaute sie überrascht an. Er wollte sich nicht ein zweites Mal zum Narren halten lassen. Die Rothaarige hatte ihn arglistig getäuscht, ihm seinen Faustpfand, die Perle, abgeschwatzt und ihn dann einfach stehengelassen. Kurz angebunden wie ein beleidigter, verstockter Junge wehrte er sie ab: »Was soll schon sein. Er schweigt noch und redet nicht so, wie die Herren es hören wollen.« Und gehässig, wie um sich für die vergangene Schmach zu rächen, setzte er hinzu, »aber unter den Schrauben hat noch jeder geredet.« Cord Wulf lachte voller Schadenfreude und ließ sie am Brunnenhaus stehen.

Katharina blickte gedankenverloren in Richtung des Stadtturms und hoffte, dass ihr Vater so schweigsam bliebe und sich retten könne, so wie sie in der Vergangenheit gehofft hatte, dass ihr Vater sein Schweigen brechen und sich gegen die Anfeindungen wehren würde. Man hatte ihn als Speichellecker des Bürgermeisters Möhring und als schmutzige Hand der Kapuziner verhöhnt, der die dreckigen Arbeiten für die nichtsnutzige, tote Hand verrichtete. Er hatte das alles unbeeindruckt mit einer großen Gleichgültigkeit hingenommen, sie hingegen hatte gelernt, zu widersprechen und ebenfalls auszuteilen, wenn sie angegriffen wurde.

Pater Ägidius, der Guardian der Kapuziner, hatte ihren Mut und ihre rasche Auffassungsgabe bemerkt und sie gefördert, da sie zu mehr taugte, als in der Küche vom Geschwätz der Mägde und vom Rauch des Feuers benebelt zu werden. Der Kapuzinerpater schätzte derbe Späße, die den gemeinen Mann belustigten. Es hatte ihm gefallen, wie Katharina mit einem jungen Novizen Schabernack getrieben hatte. Um dem Novizen einen Vorgeschmack zu geben, was ihn in einem Bettelorden erwartete, wurde alles, was von den angeblich zusammengebettelten Speisen übrigblieb, in einem Trog durcheinandergerührt und dieses Futter sollte er dann ohne die Hände zu gebrauchen, bloß mit dem Munde, verzehren. Das nannte man nach Art der Schweine speisen und es diene dazu, allen Ekel zu überwinden und sich mit den Dingen zu beschäftigen, vor welchen andere Menschen sich mit Abscheu abwendeten. Denn schließlich verlangten es die Regeln des heiligen Franziskus in Armut zu leben und sich um die Ausgestoßenen zu kümmern. Katharina verschwieg dem ahnungslosen Novizen, dass in ihrer Vorratskammer mittlerweile Köstlichkeiten lagerten, von denen die Regeln des Franziskus nichts wussten.

Die Klostergemeinschaft und Wirtschaft hatte sich entwickelt, war gewachsen und das alte Hospitalgebäude zu klein geworden. Nach einigen weiteren Grundstücksgeschäften und Tauschereien wurde mit dem Neubau eines größeren Konvents begonnen. Geräuschlos war das nicht vor sich gegangen. Der Jude Moses Alexander beschwerte sich öffentlich über den Verkauf seines Hauses an die Patres und die Holzfuhren, die der Rat aus seiner Landwehr für den Neubau bewilligte, sorgten für Unruhe.

Katharina hatte ihren Vater gedrängt, sich gegen die Verdächtigungen zur Wehr zu setzen und als Zeuge in einem Prozess auszusagen. Der Gemeinheitsherr Focke hatte Jodokus fünf Bäume in der Landwehr für den Bau des Klosters bezeichnet. Daraufhin wurde Jodokus als Dieb verleumdet und Focke im Ratskeller von den Gemeinheitsherren um Maneken angegriffen, die ihm drohten, dass man ihn früher für sein Verhalten totgeschlagen hätte. Stoffel Maneken behauptete öffentlich, Focke, dieser hinterlistige Schelm, habe ohne Wissen der Gemeinheit fünfzehn Fuder Holz für die Patres abfahren lassen. Focke klagte, Jodokus wurde als Zeuge vernommen und die fürstliche Hofkammer urteilte: »Die Beklagten haben diffamiert und der Wahrheit zuwider die Zahl der Fuder und Bäume vergrößert, was einen Aufruhr in der Bürgerei verursachte.« Deshalb wurden gegen Maneken und seine Mitstreiter 5 Goldgulden Strafe verhängt.

Katharina hatte die knisternde Spannung in der Stadt gespürt, den Klatsch und das Geschwätz auf den Gassen aufgeschnappt. In den stickigen Sommernächten des Jahres 1655 schwirrten angeblich Gehörtes, Gesehenes, für Wahrgehaltenes, Erfundenes und Unverständliches durch die Straßen der Stadt, waberten aus den Häusern der Gemeinheitsherren immer neue Ungeheuerlichkeiten und Vorwürfe auf die öffentlichen Plätze. Katharina kannte die nur wenig jüngeren Töchter der verurteilten Gemeinheitsherren, hörte sie wispern, der fromme Bürgermeister Möhring triebe es mit seiner Magd Trine im abgeschirmten Garten der Kapuziner. Auch sie selbst wurde als Nönnchen der Kapuziner verlacht, weil sie sich nicht von den großmäuligen Auftritten der Männer beeindrucken ließ und sich nicht wie einige der jungen Frauen in dämmerigen Ecken mit den jungen Burschen der Stadt herumdrückte. In der Stadt waren viele Bürger in Streitigkeiten verhakt, herrschten Hass, Bosheit und Neid, wollte man alte Rechnungen begleichen und wurden neue aufgemacht.

Die Töchter der Gemeinheitsherren hatten die Wut ihrer Väter auf ihre Widersacher in der Stadt übernommen, wurden angesteckt und angetrieben von dem Verschwörungsgeschwätz der Kräuterweiber, die übernatürliche Kräfte am Werk sahen, und steigerten sich so in ihre Anfälle von Besessenheit. Es tat ihnen gut, aus ihrem bescheidenen Dasein als Dienstmägde in den besseren Häusern herauszutreten, Aufsehen zu erregen und selbst die Aufmerksamkeit eines Professors der Theologie zu erheischen. Die Besessenheit eröffnete ihnen die Möglichkeit, über eigene Unzulänglichkeiten hinwegzutäuschen, wenn man verbotene und von den bischöflichen Gerichten verfolgte geschlechtliche Begegnungen dem Teufel in die Schuhe schob.

Nach ihrer Rückkehr aus Paderborn, wo es dem Pater Löper mit seinem Exorzismus nicht gelungen war, die Dämonen dauerhaft zu vertreiben, rasten die mittlerweile schon sieben Besessenen noch schlimmer durch die Stadt. Und selbst als die fürstbischöflichen Beamten die immer wieder belastete Trine Meyer in Haft nahmen, hörte das Unwesen nicht auf. Die Besessenen warfen Scheiben ein, griffen Leute auf der Straße an, beleidigten und verdächtigten immer mehr Leute. Die Angegriffenen verteidigten sich und wendeten den Hexereivorwurf gegen die Familien der Besessenen. Die alte Schutzeisen, die Schwiegermutter von Stoffel Maneken, sei in Wirklichkeit die Hexe und der gesamte Maneken-Clan stamme von Hexen ab. Was der Rat auch unternahm, ob er Arrest anordnete, mit dem Schandpfahl drohte oder Geldstrafen verhängte, es wollte keine Beruhigung der Gemüter eintreten. Die Tobenden wurden von ihren Familien in Schutz genommen und der Pfarrer Deppen hatte nicht mäßigend eingegriffen, sondern ganz im Gegenteil klagten die angegriffenen Kapuziner, es sei Wasser auf die Mühlen der Unzufriedenen gewesen, dass der Pfarrer von der Kanzel von St. Michael über die Ablasstätigkeit der Kapuziner geklagt hatte. Diese Predigt, so hatte es Pater Ägidius Katharina vertraulich mitgeteilt, sei ein Anlass für die wachsende Flut gewesen, die ihre Stadt überschwemmte. Mit großen Hoffnungen wurde in weiten Teilen der Bürgerschaft die erneute Ankunft des Jesuitenpaters Löper in der Stadt begleitet, der im Oktober 1656 den Kampf mit den Teufeln in den Besessenen wieder aufnahm.

Katharina war neugierig zum Pfarrhaus gelaufen, um dem berühmten Exorzisten bei seiner Arbeit zuzuschauen. Ihr Vater Jodokus war im Kloster geblieben und hatte nur bemerkt, er kenne den Hinkefuß, diesen aufbrausenden Jesuiten Löper schon sein Leben lang. Der habe sich immer nur um die Bekämpfung der Ketzer gekümmert und nicht um die Menschen.

In der Stadt kursierten mit der Ankunft des Jesuiten die unglaublichsten Geschichten über seine Teufelsaustreibungen. So habe man in Paderborn einen Lutheraner aufgefordert, er solle, wie der furchtlose Exorzist Löper es tagtäglich tue, einer Besessenen aus Brakel einen Finger in den Mund legen und dadurch, dass er ihn unverletzt zurückziehe, die Wahrheit und Kraft seines Glaubens beweisen. Der Lutheraner wollte sich nicht vorführen lassen und ging auf den Vorschlag ein. Als jedoch aus der Menge gerufen wurde: »Wenn du kannst, so beiß in Dr. Luthers Hand«, erfasste der rasende Teufel den Finger und hielt ihn mit den Zähnen fest, so dass der Lutheraner

vor Schmerz aufschrie. Und erst mit dem lauten Beten der Laure-
tanischen Litanei gab der Teufel den übel zugerichteten Finger frei.
Der Jesuitenpater Löper nahm das als Beleg, dass nur katholische
Prediger den Teufel austreiben könnten, weil allein sie den wahren
Glauben vertreten würden.

Die Besessenen erwarteten den Jesuitenpater schon vor dem
Pfarrhaus. Bernhard Löper hatte sie bisher gegen die Androhung
und Verhängung von Strafen durch die staatliche Obrigkeit verteidigt, da den Bedrängten nicht neue Bedrängnis zugefügt werden dürfte. Katharina erinnerte sich, dass sie beim Auflauf vor dem
Pfarrhaus unsicher geworden war, ob die Urteile der Kapuzinerpatres zutrafen, alles sei nur Lug und Betrug und mit Gewalt und Prügel
auszutreiben. Denn es waren furchterregende Anfälle, mit denen die
jungen Frauen ihren Exorzisten begrüßten. Einige liefen gegen die
Hauswände und warfen sich so heftig auf den Boden, dass sie blute-
ten. Andere krochen um sich schlagend und beißend zwischen die
Beine der zahlreichen Zuschauer. Alle Besessenen zeigten auf das
Thytor nach Westen, wenn Pater Löper sie nach dem Dämon befragte und wann er den Körper der Unglücklichen verlassen würde.

Katharina begriff sofort, in welche Richtung die merkwürdigen
Fragen des Jesuiten führten und was eigentlich gemeint war. Erst
wenn die Magd des Bürgermeisters Möhring, Trine Meyer, die im
Westen in der fürstbischöflichen Residenz inhaftiert war, hingerichtet sei, würde der Teufel seine Gewalt über seine Opfer verlieren.
Der Exorzismus des Jesuitenpaters, der mit großen Gesten und einer
scharfen Stimme die Beschwörungsformeln der Mutter Kirche ze-
lebrierte und standhaft mit den vielen Teufeln und Dämonen rang,
schüchterte die Anwesenden ein und ließ sie angstvoll in die Zukunft blicken. Der Jesuitenprofessor Löper versuchte unablässig, die
zahlreichen Dämonen in den Besessenen niederzuschmettern, aber
was er auch versuchte, schien vergebens zu sein. Katharina mischte
sich unbeachtet unter die Bürger, als Bernhard Löper sein Urteil fäll-
te, das er ihrem Landesherrn mitteilen wollte.

»28 Teufel habe ich vernichtet. Viel Feuer ist noch unter der Asche
verborgen«, begann er mit einer gefährlich leisen Stimme, um dann

die versammelten Bürger fast anzuschreien. »Die Höllenhunde werden nicht eher Ruhe geben, bis die Magd scharf verhört wird und die Justiz einschreitet.«

Katharina hatte an jenem Abend vor jetzt einem Jahr dem Pater Ägidius im Kloster vom Urteil des Jesuiten berichtet. Der hatte sorgenvoll geblickt und vorhergesehen, dass nun viele Bürger das als Bestätigung der Aussagen der besessenen Mädchen auffassen würden. Die Stimmung in der Stadt hatte sich gedreht. Waren bisher noch Viele der Meinung gewesen, Gewalt mit Gewalt, eingeworfene Scheiben mit Prügel, üble Nachrede mit Klageandrohungen zu beantworten, beschloss nun der Rat auf Drängen der Gemeinheit, den Stadtsekretär und einige Gemeinheitsherren zum Fürstbischof zu schicken, ihm das Elend der Stadt zu schildern, und dass die Schuldige, die inhaftierte Person, gebührlich bestraft und ihre fürstbischöfliche Gnaden die Justiz tätig werden lasse.

Katharina Wallbaum fröstelte. Sie lehnte immer noch am Brunnenhäuschen, wo sie Cord Wulf hatte stehengelassen. Die Kälte des hereinbrechenden Abends kroch unter ihre Kleidung. Sie überlegte, vor der Dunkelheit ins Kloster zurückzukehren und Pater Maternus, den jetzigen Vorsteher, vor dem Abendgebet aufzusuchen. Katharina befürchtete, dass nicht mehr viel Zeit blieb. Ihr Vater drohte in den Mühlen der Justiz zerrieben zu werden, von den Schrauben zerbrochen, sich aufzugeben. Wer oder was konnte zur Hilfe kommen? Die Tante Marie mit einer wundersamen Kette, der verschwundene Schneeberger oder Gebete, ein gnädiger Gott und die Kapuziner?

Heinrich Möhring, schoss es ihr durch den Kopf, mehrmaliger Bürgermeister, einflussreicher Ratsherr und verwandt mit dem fürstbischöflichen Gografen Ludovici. Das kinderlose Ehepaar Möhring hatte ihre Nichte, die Ehefrau des Gografen, als ihre alleinige Erbin eingesetzt. Geld verpflichtet, grübelte Katharina. Heinrich Möhring musste seinen Einfluss geltend machen, der ihn und die Kapuziner bisher vor Verfolgung geschützt hatte. Er musste Jodokus, seinem ergebenen Gehilfen, beispringen, wie er wohl im Geheimen seiner Magd Trine beigesprungen war, die weiterhin nur in der Haft festgehalten, aber nicht peinlich verhört wurde.

Katharina zog das Tuch um ihre Schultern fester zusammen, verbarg ihren roten Haarschopf darunter und hastete in Richtung des Marktplatzes. Aus einigen Häusern fiel ein gelblicher Lichtschein angezündeter Kerzen auf die Gasse, so dass es ihr keine Mühe bereitete, in der einbrechenden Dunkelheit den Weg zu finden. Das Möhring-Haus war beleuchtet. Über dem Eingang war eine Laterne befestigt, die späten Besuchern oder Übernachtungsgästen heimleuchtete.

Heinrich Möhring war nicht überrascht die redegewandte Tochter seines schweigsamen, langjährigen Knechtes zu so später Stunde anzutreffen. Er war über die Befragungen und Verhöre der Richterkommission gut unterrichtet. Die entschlossene, junge Frau würde nichts unversucht lassen, um ihrem Vater beizustehen. Vielleicht würde sie gar ihre … Heinrich Möhring brachte den Gedanken an die Jungfräulichkeit Katharinas nicht zu Ende. Wie fast alle Männer der Stadt hatte er gelegentlich dieser Schönheit hinterhergeschaut, hatte ihre Nähe gesucht, was nicht schwerfiel, da es häufig etwas mit den Kapuzinern und dem Vater zu besprechen gab. Katharina war keine alberne Göre, war nicht anfällig für Schmeicheleien gewesen, wie seine junge Magd Trine.

Katharina verharrte noch in der Tür und hoffte von Heinrich Möhring hereingebeten zu werden. Bevor sie ihr Anliegen vortragen konnte, war Angela Möhring aus den hinten liegenden Räumen hervorgetreten, schaute von oben herablassend auf die Besucherin und streng auf ihren Ehemann.

»Heinrich, das Abendessen ist aufgetragen. Wir wollen beten und essen.« Und als Katharina keine Anstalten machte, sich zu entfernen, herrschte die Hausherrin sie an: »Geh, wir können nichts für euch tun.«

Für Angela Möhring war alles gesagt. Ihr Mann sah im Licht der Laterne das enttäuschte Gesicht der jungen Frau und versuchte, bevor er seiner Frau ins Haus zurück folgte, sich leise zu entschuldigen.

»Katharina, du weißt doch, dass ich zur Zeit machtlos bin. Du hast gesehen, wie sie mich aus dem Amt gejagt haben. Aber wenn meine Klage auf Wiedereinsetzung beim Fürstbischof Erfolg hat, dann werde ich …«

Katharina hatte sich bereits abgewendet und war im Dunkeln verschwunden. Wie hatte sie nur denken können, dass nach den Frühjahrstumulten von Heinrich Möhring noch Beistand für ihren Vater zu erwarten war.

Der Exorzist Löper war zu Weihnachten nach Paderborn zurückgekehrt und die rückfälligen besessenen Mädchen wurden ihm im neuen Jahr nach Paderborn zur erneuten Behandlung hinterhergeschickt. Konrad Düweken, der Altbürgermeister, reiste mit einigen Gemeinheitsherren dorthin, um dem Brakeler Rat über den Fortgang der Dinge zu berichten.

Konrad Düweken hatte bisher keine Stellung bezogen, sich aber im Stillen von Heinrich Möhring und den Kapuzinern entfernt, da er bemerkt hatte, dass sich die Stimmung im zwölfköpfigen Ratskollegium drehte, die Furcht vor Verleumdungen und Zauberern um sich griff, alte Rivalitäten aufbrachen, die gemeine Bürgerschaft unzufrieden war und die Renitenz der Maneken-Gruppe Wirkung zeigte. Die Gemeinheitsherren trugen wieder ihre Beschwerden gegen die Kapuziner vor, die sich des vielen Holzfahrens aus den städtischen Hölzern enthalten sollten. Ihnen sollte kein Fingerbreit von Gassen oder Grundstücken zugesprochen werden. Die Bündnisse und Gegnerschaften in diesen umstrittenen Fragen waren unübersichtlicher geworden, die Unterstützer der Kapuziner und des Möhringlagers verloren an Einfluss. Da traf es sich gut, dass Konrad Düweken ein Protokoll des Jesuiten Löper über den Stand seiner Teufelsaustreibungen an den Brakeler Mädchen aus Paderborn mitbrachte. In Stoffel Manekens Haus am Hanekamptor traf er weitere Gemeinheitsherren und übergab ihnen das Schriftstück. »Damit«, soufflierte er, »kann Möhring aus dem Rat entfernt werden, denn er ist ohne Zweifel ein Zauberer.«

Stoffel Maneken war in diesem Jahr einer der Sprecher der acht Gemeinheitsvertreter, ließ die Glocke schlagen und zu einer Bürgerversammlung vor dem Rathaus rufen. Zusammen mit Bernd Mestmeker, Hans Haneken sowie Moritz Hövet stand er vor einer großen zusammengelaufenen Menge und wedelte mit dem Protokoll. Um sich in dem Geschiebe und Lärm besser verständlich zu machen, schleppten sie einen Tisch herbei. Der Küster von St. Michael stieg auf den Tisch und verlas mit lauter Stimme das Protokoll des Exorzisten. Der hatte aufgeschrieben, was die Dämonen in den Mädchen aussagten und daraus wurde unmissverständlich klar, dass der Vorsteher der Kapuziner, der Ratsherr und vielfache Bürgermeister Heinrich Möhring, seine Magd Trine und auch der Kämmerer der Stadt, Ferdinand Duffhuß, der Hexerei beschuldigt wurden. Nun hatte man es schriftlich. Mit der Unterschrift des gelehrten und in Teufelsaustreibungen erfahrenen Theologieprofessors bestätigt, dass die Genannten mit dem Teufel im Bunde ständen.

Die Menge vor dem Rathaus hatte mit wachsender Erregung dem Küster gelauscht, nun schrie und tobte sie, nicht unähnlich den früheren Auftritten der Besessenen. Von irgendwoher wurden Leitern herangeschleppt und an die Wand des Rathauses gestellt. Die erzürnten Bürger kletterten von außen in das erste Stockwerk und drangen in den Sitzungssaal des Rates ein. Da Möhring und Duffhuß dort nicht anwesend waren, riss man die Sitzkissen von ihren Ratssesseln, warf sie aus den Fenstern in die johlende Menge und erklärte sie für abgesetzt. Einige junge Burschen liefen zu den Häusern der Beschuldigten, krakeelten auf der Straße, gingen bei Einbruch der Dunkelheit nach Hause, ohne sich in den nächsten Tagen an Möhring, Duffhuß oder die Kapuziner zu vergreifen. Das Ratskollegium unternahm in der Folgezeit nichts, um die von der Menge verjagten Ratskollegen wieder aufzunehmen. Möhring und Duffhuß nahmen diese Demütigung nicht einfach hin, sondern suchten Schutz bei ihrem Landesherrn und klagten auf Wiedereinsetzung. Auf eine Entscheidung ihres zögerlichen Landesherrn warteten sie bereits über ein halbes Jahr, erinnerte sich Katharina Wallbaum. Wie hatte sie nur glauben können, dass der Altbürgermeister Möhring sich für einen unbedeutenden Mann verwenden könnte, der durch seine Dienste für den frommen Ratsherrn in Todesgefahr geraten war. In solchen schlimmen Zeiten zählte keine Nächstenliebe, war sich jeder erst einmal selbst der Nächste, wie Angela Möhring es ihrem Mann erklärte. Inzwischen war es dunkel geworden. Den Weg zurück ins Kloster fand Katharina auch ohne Diener, die gewöhnlich höhergestellte Personen heimleuchteten. Der Spätherbst kündigte erste Nachtfröste an und die junge Frau betrat frierend den neuen, noch nicht fertiggestellten Klosterbau, der sich von Norden nach Westen an die ausgebaute Hospitalkirche anlehnte. Oben unter dem Dach hatte sie eine kleine Kammer bezogen. Dort hatte sie nach der täglichen Arbeit beim Licht einer Kerze die Schriften verschlungen, die ihr Pater Ägidius ausgeliehen hatte.

Sie hatte in den ersten Jahren bei den Kapuzinern schnell lesen und schreiben gelernt, weil sie beständig gefragt hatte, vor jeder Inschrift stehengeblieben war und mit dem Finger den Buchstaben der aufgezeichneten Ordensregeln gefolgt war. Pater Ägidius hatte sie mit kleinen Aufgaben unterstützt und unterrichtet. Lachend erklärte er seinen überraschten Mitbrüdern, die Kapuziner seien ihrer ursprünglichen Bestimmung treugeblieben, Hinwendung zu Gott, zum Gebet und nicht zu vergessen zu den Menschen. Sie suchten keine gelehrte Beschäftigung wie die Jesuiten, wollten sich nicht durch Gelehrsamkeit über das einfache Volk erheben, sondern auf die Denkart des Volkes eingehen und es fördern, so wie er den Wissensdurst von Katharina stille. Die Patres in den braunen Kutten und den löchrigen Sandalen wollten die Bildung der einfachen Leute heben und die Volksfrömmigkeit befördern. Dazu hielten sie derbe Ansprachen, die als Kapuzinerpredigten bekannt wurden, und führten eine neue Andacht ein. Ein vierzigstündiges Gebet wurde mit einem vollkommenen Ablass verbunden. Dabei beriefen sich die Mönche auf eine päpstliche Bulle und handelte sich eine Auseinandersetzung mit dem Stadtpfarrer Dr. Deppen ein. In ihrer Volksmission müsse man Widerstände überwinden und sich von Schwierigkeiten nicht entmutigen lassen, erklärte ihr umtriebiger Vorsteher Ägidius. So hatten sie das erste Auftreten der Besessenen nicht ernstgenommen. Pater Ägidius hatte sich in der Schreibstube lustiggemacht über die Dämonen, die Angst vor einem Knüppel hatten. Katharina ließ sich von der Sorglosigkeit des Guardian beruhigen, obschon sie ein ungutes Gefühl hatte bei dem Rumoren in der Stadt. Mit dem Auftreten des Jesuitenpaters Löpers hatte sich alles gewandelt, war den Besessenen eine anerkannte Autorität beigesprungen und hatte mit seinen öffentlich zur Schau gestellten Befragungen nur Öl ins Feuer gegossen.

Nach den Frühjahrstumulten in der Stadt erkannte selbst der immer frohgestimmte Kapuzinerguardian heraufziehende Gefahren und bat seinen Provinzial um einen Rat. Katharina wurde nicht aus der Schreibstube geschickt, wo sie gerade ein Verzeichnis der im vergangenen Jahr eingegangenen Einkünfte und Spenden eintrug, als eine Antwort eintraf, die der Vorsteher seinen zusammengerufenen Mitbrüdern vorlas. Pater Benedikt, der Provinzial schrieb, dass sie sich zuerst nach den christlichen Tugenden Beten und Demut, Vertrauen auf Gott und die Liebe, sogar zu ihren Feinden, richten sollten. Ihrem Bischof jedoch sollten sie ausrichten, die Besessenen bei Wasser und Brot einzusperren und von der Menge zu trennen, damit sie keinen Schaden mehr anrichten könnten. Ein Priester sollte sie besuchen und mit ihnen beten, aber nur wenig mit ihnen sprechen. Hier wurde Pater Ägidius von einem jungen Kapuziner unterbrochen, der verwundert ausrief: »Soll man denn nicht nach den Dämonen forschen?«

»Nein«, antwortete der Vorsteher, nachdem er noch einmal einen Blick in den Brief geworfen hatte. »Man soll nicht mit den Dämonen sprechen und ihnen so Antworten in den Mund legen, wie es der Pater Löper mit seinen unsinnigen Befragungen getan hat. Denn wenn sie wirklich eingefahren sind, sind Dämonen voller Lügen und selten kann man von ihnen etwas Wahres erfahren.« Zum Ende seines Ratschlags wurde Pater Benedikt sehr deutlich, als er empfahl, der Fürstbischof und das Domkapitel sollten den Jesuitenpater Löper in eine andere Provinz schicken. Dann kehre Ruhe ein.

Ruhe kehrte vorerst nicht ein, da immer neue Nachrichten eintrafen, dass der Jesuit eifrig weiterexorzierte und die Geister und Dämonen, die er rief, nun nicht mehr loswurde. Die Zahl der Besessenheitsfälle stieg, sprang auf andere Orte und zeigte erste Ansteckungsopfer in Paderborn. Dietrich Adolf, ihr zaudernder Landesherr, geriet unter Druck, endlich etwas Wirksames gegen diese Besessenheitsplage zu unternehmen. Er war unsicher, worauf er seine Beurteilung und Entscheidung stützen sollte, welchen seinen

Beratern er folgen sollte, seinen Hofrichtern um den alten Warzenius, die durchgreifen wollten oder seinem Vertrauten Dr. Hansche, dem Leiter seiner Kanzlei, der wie die Kapuziner davor warnte, auf lügnerische Aussagen von Dämonen, Hexereiprozesse einzuleiten. Der Fürstbischof schwankte. Waren die Unglücklichen wirklich von Dämonen besessen oder gaukelten sie etwas vor und steigerten sich gegenseitig in einen Wahn? Aber wenn sie wirklich besessen waren, konnte man da den Aussagen des Dämons trauen? Konnte man Satan, dem Vater der Lügen, glauben, dass sie durch die Hinrichtung von Zauberern und Hexen ihre Gewalt über die armen Mädchen verlieren würden? Der Fürstbischof stellte seine Fragen den theologischen Fakultäten und schrieb selbst an den Vatikan. Er neigte nach deren Gutachten der Meinung der Kapuziner zu. Zudem stand der Landtag bevor, die Vertreter der Geistlichkeit, des Adels und die Bürgermeister der Städte im Hochstift würden sich in seiner Hauptstadt versammeln und sollten bei ihren Beratungen nicht gestört werden. Er erließ die Anordnung, die Besessenen von der Bevölkerung zu trennen, in das Paderborner Laurentius-Hospital einzuweisen und unter Aufsicht zu stellen. Die Exorzismen sollten nicht mehr in der Bartholomäus-Kapelle neben dem Dom öffentlich stattfinden, sondern die geistliche Betreuung sollte im abgeschlossenen Hospital fortgeführt werden. Der eifernde Jesuitenprofessor wehrte sich zunächst heftig gegen diese Anordnung. Da er aber selbst von seinem eigenen Ordensoberen nicht unterstützt wurde, hoffte der Fürstbischof, dass Löper entmutigt sein Amt als Exorzist niederlegen würde.

Empört berichtete Pater Ägidius, der als Vertreter der Geistlichkeit für die Brakeler Kapuziner beim Landtag anwesend war, wie durchtrieben der Jesuit Löper sein Amt als Exorzist aufgab. Mit Beginn des Landtages hatte er seine Schutzbefohlenen ein letztes Mal in ihrer vertrauten Stätte der Bartholomäus-Kapelle um sich versammelt. Den zwölf Erschienenen, unter ihnen die Mädchen aus Brakel, teilte er in einer Abschiedsrede mit, dass der Fürstbischof und das Domkapitel weitere Zusammenkünfte hier untersagt hätten. Daher könne er ihnen seine Hilfe nicht mehr zukommen lassen. Das tue ihm leid, aber wenn sie etwas ändern wollten, müssten sie sich an höhere Stellen wenden. Mit schrillen, entrüsteten Aufschreien verließen die Besessenen die Kapelle, gefolgt von einer neugierigen, großen Menschenmenge und rannten zu der höheren Stelle, da sie begriffen hatten, was gemeint war. Der weite Kanzleihof, vor dem zusammengetretenen Landtag quoll über vor Menschen.

Pater Ägidius geriet bei der Schilderung der Paderborner Vorfälle wieder in große Erregung. Katharina hatte ihn noch nie so aufgewühlt gesehen. »

Unter den Augen des Fürstbischofs, seiner Beamten und der Stände tobten sie durch den Hof, anscheinend getrieben und geschüttelt von den hineingehexten Geistern der Hölle. Der Fürst, die Prälaten, Ritter und Bürgermeister und das herbeigelaufene Volk haben es vernommen, wie die Tobsüchtigen wie öffentliche Herolde Männer und Frauen ausgerufen haben, die als Zauberer und Hexen verbrannt werden müssten.«

Pater Ägidius hatte bisher hinter einem langen Tisch in der Schreibstube gesessen, auf dem viele Papiere verstreut lagen. Vor ihm standen die Kapuzinermönche und Katharina, die durch die Tür hinter sie getreten war, sah ihren Förderer erst, als er hinter dem Tisch aufsprang und grimmig fortfuhr. Und diese Elenden schrien dem Bischof und seinen Beamten ins Gesicht, sie seien träge und zeigten nicht den rechten Eifer bei der Hexenverfolgung. Die Maneken Töchter aus Brakel erhielten lautstarke Unterstützung, da andere Besessene gifteten: »Um die Besessenen aus Brakel hat man sich nicht gekümmert. Man hat ihre Aussagen angefeindet und unterdrückt. Deshalb hat Gott in seiner Gerechtigkeit gestattet, dass wir in die Paderborner fuhren, damit endlich diejenigen, deren Amt es ist, die Bosheit auszurotten, einsehen, dass Gerechtigkeit walten muss. Wir werden nicht eher ausfahren, bis die Obrigkeit brennen lässt.«

So hatte noch niemand mit dem Fürsten in aller Öffentlichkeit gesprochen. Das war Aufruhr und Beleidigung eines Reichsfürsten, der in die Nähe eines Hexenanwalts gerückt wurde.

»Warum ist denn die fürstliche Wache nicht eingeschritten«, fragte Pater Maternus, der neue Vorsteher der Kapuziner, der Pater

Ägidius im Amt des Guardians gefolgt war, aber bei den Paderborner Ereignissen noch nicht anwesend war.

»Der Fürstbischof konnte nicht gegen die verbreitete öffentliche Meinung die Mädchen zur Verantwortung ziehen, da doch viele glaubten, dass allein die Teufel ihr Unwesen trieben und aus ihnen sprächen. Dieser schlaue Jesuit hat mit seinem hinterhältigen Rücktritt, die Mädchen aufgestachelt und nur neue Heimsuchungen losgetreten«, beendete Pater Ägidius die Zusammenkunft.

Katharina hatte erlebt, wie die Besessenen in ihre Heimatstadt Brakel zurückkehrten und sich die Fälle von Besessenheit im gesamten Hochstift vermehrten. Auf den Straßen von Paderborn und Brakel war bald die Hölle los, als ob sich die Büchse der Pandora geöffnet habe. Die rasenden Mädchen gerieten außer jeglicher Kontrolle. Am Hanekamptor trieben sich die Maneken Töchter herum und belästigten jeden, der die Stadt verließ oder betrat. Der Frau des Kämmerers Duffhuß versperrte eine der Töchter den Weg. Und als Frau Duffhuß auswich und grußlos vorbeigehen wollte, wurde sie von dem frechen Mädchen angesprungen und ihr die Haube vom Kopf geschlagen. Wie irre trommelte die Maneken Tochter mit ihren Fäusten auf Frau Duffhuß und heulte dabei: »Du Hexe, du Hexe.«

Die Frau des Kämmerers wehrte sich und schubste das Mädchen von sich. In diesem Augenblick kam der Altbürgermeister Matthias vorbei, sah alles und eilte in das Haus des Feldschers Mangold, wo er Ferdinand Duffhuß antraf und warnte: »Deiner Frau ist vor dem Tor ein großes Unglück begegnet. Stoffel Manekens Tochter hat ihr Gewalt angetan.«

Ferdinand Duffhuß hastete zum Stadttor, traf dort seine weinende Frau und die hinzugekommene Mutter der Besessenen und donnerte sie an: »Wäre ich dabei gewesen, als deine Tochter meine Frau angefallen hat, hätte ich meine Hellebarde in sie gedrückt.«

Frau Maneken lachte laut auf. Ihre Geringschätzung fing sich in diesem gellenden Lachen und sie höhnte: »Dann hätte das Elend ja ein Ende.«

Ferdinand Duffhuß versetzte das Lachen in noch größere Wut und mit sich überschlagender Stimme keifte er: »Du lachst wie eine

Hexe. Ihr seid doch alle von Hexen hergekommen.« Die Frau von Stoffel Maneken hatte ihrem Mann abgeschaut wie man den Höhergestellten gegenübertrat und sich nicht einschüchtern ließ. Sie trat einen Schritt auf den wütenden Kämmerer zu und entgegnete: »Du solltest nicht zu denen gehalten haben, die meinen Kindern den Teufel in den Leib gegeben haben. So hätten sie Frieden und du hättest auch Frieden.«

Ferdinand Duffhuß antwortete nicht, sondern schlug zu. Er griff sich eine Hellebarde, die von der Wache am Tor lehnte und versetzte der zu Boden stürzenden Frau einige Schläge auf den Hintern.

Noch am gleichen Tag suchte er den amtierenden Bürgermeister Rothermund auf, um eine Anzeige vorzubringen. Dort stieß er mit Stoffel Maneken zusammen, der ebenfalls eine Klage wegen der Misshandlung seiner Frau erheben wollte. Bürgermeister Rothermund musste einige gerade anwesende Felddiener herbeirufen, die verhinderten, dass Stoffel Maneken mit einem Stock auf den Kämmerer losging.

Als Katharina nach dem vergeblichen Vorsprechen in Bürgermeister Möhrings Haus ins Kloster zurückkehrte, hatte sie kein Licht mehr in den Räumen der Patres gesehen. Sie gingen gewöhnlich früh schlafen, um schon noch in der halben Nacht zum Morgengebet aufzustehen und ihre Arbeit beim ersten Licht des Tages zu beginnen. In der Klosterküche war das Herdfeuer nur noch ein glimmender Haufen gewesen, so dass Katharina es vorgezogen hatte, die Stiege in ihre Kammer heraufzusteigen. Es war kalt und Feuchtigkeit zog in den kargen Raum, in dem sich ein Bett, ein Stuhl und eine Kleidertruhe befanden. Katharina verzog sich vor der auszehrenden Kälte in den Bettkasten, häufte alles was wärmte über sich, konnte aber, obwohl es ihr wärmer wurde, keinen Schlaf finden.

Die Bilder aus dem vergangenen Sommer stiegen vor ihren Augen wieder auf. Sie hatte sich nur ungern in der Stadt aufgehalten, die überkochte vor Leidenschaften, wo immer neue Unruheherde aufbrachen und die Auseinandersetzungen sich verschärften. Sie war im Kloster geblieben, hatte im Klostergarten geholfen und natürlich mit Pater Ägidius in der Schreibstube gearbeitet. Die täglichen Aufzeichnungen aus der Klosterwirtschaft überließ Pater Ägidius Katharina. Er selbst hatte viel Arbeit mit der Abfassung der Kapuziner-Annalen, die natürlich in Latein geschrieben wurden. Mittlerweile hatte sich das ehemalige Schreibzimmer zu einer kleinen Bibliothek gemausert, die als Ort für die Zusammenkünfte und Beratungen genutzt wurde. So saßen Pater Ägidius und Pater Maternus an einem milden Juniabend in diesem vergangenen hitzigen Sommer mit dem Provinzial Pater Benedikt in der Bibliothek zusammen, als plötzlich die Fächer in einigen Fenstern zertrümmert wurden. Katharina befand sich gerade auf dem Weg, Kerzen für die Patres zu holen, als sie das Splittern der Scheiben hörte. Die großgewachsene Frau raste aus der Klosterpforte, umrundete das Kloster und erreichte die Gasse, wo sich die Steinewerfer befinden mussten. Ihr langer roter Haarschopf hing ihr im Gesicht, als sie außer Atem den Anschlagsort erreichte. In einem Menschenknäuel erkannte sie Bernhard Düvel, einen Klostergehilfen, der eine zappelnde Eva Behlen festhielt und ihren Vater, der versuchte, die um sich Schlagende zu bändigen.

»Schluss jetzt«, knurrte Jodokus Wallbaum sie an, sonst gibt es in Düvels und meinem Namen eine Tracht Prügel.«

Bernhard Düvel grinste über die Drohung mit Bezug auf seinen Namen und hockte mittlerweile auf der Besessenen und belustigte sich: »Gib Ruhe oder soll ich dir in Düvels Namen gleich den Hals umdrehen?«

Schnell schaltete sich Katharina ein, die wie ihr Vater und Bernhard Düvel nicht an die Besessenheit von Eva Behlen glaubte.

»Lasst sie los!«

Katharina hatte Mitleid mit Eva Behlen. Sie konnte sich in die Gefühle der Mädchen hineinversetzen und war froh, für sich einen besseren Weg gefunden zu haben. Die Mädchen, wie Eva, arbeiteten fast alle als Dienstmägde in fremden Diensten. Unzufrieden waren sie, eine Heirat in weiter Ferne, ein Verlassen der ungeliebten Häuser und eine Aufkündigung des Dienstverhältnisses kaum möglich. Die Besessenheit war Auflehnung und Ausweg, ermöglichte ein Ausbrechen, da man doch Opfer war und selbst die Sünderin nicht für ihre Verfehlungen belangt werden konnte.

Katharina beugte sich zu Eva hinunter, die nun eingeschüchtert auf die beiden Männer starrte, die ihr Prügel angedroht hatten.

»Eva, du musst nicht Andere für deinen Fehltritt verantwortlich machen und«, setzte sie mit beruhigender Stimme hinzu, »alles nachplärren, was dein Vater, die Manekens und die alte Schutzeisen überall rausposaunen.«

»Gib sie frei«, wandte sie sich erneut an Bernhard Düvel, der nun aufstand. Das Mädchen sprang auf und rannte wie von Furien gehetzt davon. Die beiden Klosterknechte riefen ihr noch hinterher: »Der Teufel soll dich holen.«

Ihr Vater hätte das besser sein gelassen, wie Katharina heute wusste, da es nach seiner Verhaftung hieß, er habe Mitbürgern mit dem Teufel gedroht. Damals war Katharina noch in die Bibliothek der Kapuziner zurückgekehrt und hatte alles als nicht so schlimm geschildert und Pater Maternus solle die eingeworfene Scheibe vom Vater der Eva Behlen ersetzen lassen.

Der belesene und gelehrte Pater Benedikt, der zur Unterstützung seiner angefeindeten Brüder angereist war, war beeindruckt von der klaren Auffassungsgabe dieser jungen Frau, die sich von den angeblich Besessenen nicht hinters Licht führen ließ. Auch er hatte bei seinen Nachforschungen mit einem Mann gesprochen, der sich damit brüstete, einer betrunkenen Besessenen gefolgt zu sein, die in den Straßen grölte, die Kapuziner seien Hexenmeister. Dieser Mann rühmte sich, die Frau von ihrem Dämon befreit zu haben, indem er sie angefasst und ihr beigewohnt habe. Pater Benedikt ergriff das Wort und zeigte den anwesenden Kapuzinermönchen seine neueste Schrift: »Es war höchste Zeit, die Vindiciae fratrum Capucinorum secundum innocentiam contra Bernadum Löper zu veröffentlichen.« Pater Ägidius hatte Katharina später erklärt, dass der Titel der lateinisch gehaltenen gelehrten Schrift des Provinzials übersetzt lautete: »Die Verteidigung der Kapuziner und ein scharfer Angriff auf Löper«. Das hatte sie sich aber selbst zusammengereimt, da sie aufmerksam dem Gedankenaustausch der Kapuziner gefolgt war und sich kein Wort der Debatte entgehen ließ. Der im Gegensatz zum lebensfrohen Pater Ägidius sanfte und feinsinnige Pater

Maternus hatte die in Latein geschriebene Streitschrift bereits gelesen. Er fasste sie für seine Mitbrüder noch einmal zusammen und wollte sich gegenüber Pater Benedikt vergewissern, dass er sie richtig verstanden hatte.

»Auch wir Kapuziner bestätigen, dass es Zauberer und Hexen gibt, die ihre Macht vom Teufel haben. Zauberer und Teufelspakt werden zuallererst durch Gottes Gnade zunichte gemacht und weniger durch Exorzismen.«

»Ja«, redete an dieser Stelle Pater Benedikt dazwischen, »denn Gott lässt in seinem unerklärlichen Walten bisweilen auch das Böse gewähren.«

Pater Maternus fuhr fort: »Daher begeht jeder Priester eine Todsünde, wenn er beim Exorzismus nach Überflüssigem und für die Menschen Verderblichem fragt.«

»Ja, Mitbruder, du hast meine Schrift klar erfasst und richtig wiedergegeben. Es liegt auf der Hand, wie man dem Teufel beim Exorzismus nicht trauen kann, so kann man auch den Besessenen und Löper, der dessen Lügen verbreitet, nicht trauen.«

Der Provinzial deutete auf seine Schrift, die auf dem großen Tisch lag: »Darauf hat der Pater Löper mit einer wütenden Gegenschrift geantwortet, mit ausufernden Beschreibungen seiner Tätigkeiten, um die Richtigkeit seiner Ansichten zu belegen.«

Pater Ägidius räusperte sich vernehmlich und unterbrach die sich anbahnende Debatte über Aussagen von diversen Kirchenvätern zur Belegung der eigenen Standpunkte.

»Müssen wir diesem Unwesen nicht Einhalt gebieten, indem wir das Volk in seiner Sprache aufklären?«, eröffnete der bodenständige, zuweilen etwas grob auftretende Mönch einen neuen Austausch. Nicht eine gelehrte in Latein abgefasste Schrift, sondern ein einfaches Traktat in deutscher Sprache werde benötigt. Pater Benedikt lächelte über diesen ungeduldigen, aber zupackenden Aufklärer.

»Gemach, gemach, Bruder Ägidius, unser Orden kennt viele Wege, hat viele Freunde. Mir ist da etwas übergeben worden, das demnächst in Druck gehen soll und fürs Volk bestimmt ist. Er zog ein zusammengefaltetes Papier hervor, strich es auf dem Tisch glatt und bemerkte: »Der Verfasser verbirgt sich, will nicht erkannt werden, aber er hat meine Schrift gelesen. Und mit einer kraftvollen Stimme begann Pater Benedikt die Vorlesung: »O, Löper, O Löper, du hältst dich selbst für weise und gelehrt und meinst, du hörst das Gras wachsen und die Flöhe husten und merkst nicht, dass deine Versuche vom Teufel verborgene Dinge zu erfahren, nur der Anfang zu einem Bündnis mit dem Teufel waren. O Löper, du hast deinen Mund im Himmel wider Gott und wider seinen Orden des Heiligen Francisci, den Kapuzinern, gestellt. Deine Zunge geht durch ganz Deutschland wider dem Vaterland, wider ehrliche, fromme, unschuldige Gerechte. Du verschontest Brakel und Paderborn nicht. Dein Vaterland hast du in solches Elend gebracht, wie seit dem Großen Krieg nicht mehr. Halberstädter, Schweden und andere haben Brakel und Paderborn, Geld und Gut, Silber und Goldschätze abgenommen, aber die Ehre und das Leben gelassen. Du hast ihnen jetzt die Ehre und den guten Namen genommen und willst ihnen darüberhinaus auch das Leben nehmen. Lies doch deines geistreichen Patres Friedrich Spees Buch, das er wider die Strenge Nachfrage auf die Hexen geschrieben hat, so wirst du dich im Herzen schämen.«

Pater Benedikt griff nach einem Becher Wasser, trank einen Schluck und las weiter: »Ein jeder kann nach dem Gesetz der Natur sich selbst verteidigen, denselben umbringen, der ihn an Ehre und Leben angreift. Und Löper und die besessenen Hexen greifen an Leib und Ehr an.«

Ein Stuhl fiel um und störte den Vortrag. Pater Maternus war erregt aufgesprungen und hatte dabei seinen Stuhl umgeworfen. Erstaunt schaute Pater Benedikt auf, als es aus dem sanftmütigen Vorsteher der Brakeler Kapuziner herausplatzte. »Aber wir können doch nicht dulden oder dazu aufrufen, einen Geistlichen wie Pater Löper umzubringen und anderen Unglücklichen ein Leid anzutun.«

Pater Benedikt legte das Papier beiseite und beschwichtigte: »So weit darf niemand gehen. Aber auch unser anonymer Verfasser dieser Schrift ermahnt in seinen Schlussworten, wer nicht eine Todsünde begehen will, darf seinem Nächsten nicht schädigen, sondern muss ihn verteidigen so gut er kann.«

Katharina lag immer noch wach auf ihrem Strohlager, als ihr diese Worte wieder durch den Kopf gingen. Durch eine kleine Fensterluke sah sie den hellen Sternenhimmel einer klaren kalten Nacht. Alle im Kloster hatten sich gefreut, erinnerte sie sich, als zum Ende des Sommers ihr Fürstbischof die Geduld verlor und dafür sorgte, dass der Jesuit Bernhard Löper in ein anderes Ordenshaus außerhalb Westfalens geschickt wurde und Paderborn verlassen musste. Aber es war zu spät, hatte Katharina da schon geahnt. In dem Bemühen seine angeschlagene Autorität wiederherzustellen und dem Eindruck entgegenzutreten, er ginge nicht energisch gegen Zauberer und Hexen vor, erteilte er die Befehle zu einer inquisitio generalis. Er hatte angeordnet, dass die Aussagen der Besessenen und die Anklagen der aus ihnen sprechenden Dämonen bei den eingeleiteten Untersuchungen nicht berücksichtigt werden sollten. Es sammelten sich dennoch bei den Untersuchungsrichtern zahlreiche verdächtige Hinweise und Aussagen von Bürgern, so dass auch in Brakel erste Verhaftungen erfolgen konnten. Zu sehr hatten die Auseinandersetzungen der vergangenen Jahre, das Gezänk und die üble Nachrede das Klima in der Stadt vergiftet. Es fiel der in der Stadt erscheinenden Hexenkommission nicht schwer, Verdächtige aufzuspüren, zu verhaften, zu befragen und abzuurteilen. Vornehme Bürger der Stadt waren in der ersten Verfolgungswelle nicht unter den Leuten, die ins Gefängnis unter der Kirchentreppe oder den Stadttürmen eingesperrt wurden. Stellvertretend für die verschiedenen Lager gerieten zuerst mittellose Frauen und am Rande der Stadtgesellschaft stehende Menschen wie Jodokus in die Mühlen der Justiz.

Das helle Licht eines klaren frostigen Dezembertages fiel in die Dachkammer des Klosters. Katharina erschrak. Sie musste nach den Grübeleien und Albträumen der Nacht eingeschlafen sein. Nun hatte sie das Morgengebet verpasst und sie schämte sich, dass ihr jetzt verspätetes Erscheinen als Nachlässigkeit ausgelegt werden könnte. Sie kleidete sich an, strich mit einem Kamm durchs Haar und verließ ihre Kammer. Das kleine Häuschen, wo sie ihre Notdurft verrichten konnte, befand sich im Hof vor den Wirtschaftsräumen. Dort befand sich ein Brunnen und sie schlug sich eiskaltes Wasser ins Gesicht. Dann eilte sie in die Küche, füllte etwas Brei aus dem über dem Herd hängenden Topf in eine Holzschüssel und schlang ihn hastig hinunter.

Als sie die Schreibstube und Bibliothek betrat, sah sie Pater Maternus an dem großen Tisch im Gebet versunken. Vorsichtig näherte sie sich und setzte sich schweigend an den Tisch. Als der Vorsteher aufschaute, überfiel ihn Katharina mit einer schnell hervorgebrachten Frage. »Gibt es neue Nachrichten von Dr. Hansche?«

Der Vorsteher der Kapuziner seufzte: »Mein Bruder schreibt, dass nun überall im Hochstift gegen Zauberer und Hexen gerichtlich vorgegangen wird. Das Unheil und die Not sind groß. Er weiß keinen Ausweg und Rat, da gegenwärtig alles Handeln von Leidenschaften bestimmt wird, kein Vertrauen mehr herrscht und der Friede untereinander zerstört ist. Das sind die unerwünschten Früchte des Großen Krieges.« »Aber wann hört das auf?«, entfuhr es Katharina, »es wurden doch bereits die Ehefrauen von Johann Brunnen, Peter Niepen und Konrad Freitag sowie der Bürger Hermann Röttger wegen Zauberei verurteilt und auf dem Galgenberg verbrannt.« Pater Maternus schaute betrübt auf die besorgte junge Frau: »Ob die Hexen zu Recht oder zu Unrecht verbrannt worden sind, weiß nur Gott. Aber was die Allmacht der Folterwerkzeuge herauspressen kann, das wird gut nachgewiesen in der Cautio Criminalis von Pater Spee. Unseren Herren Kommissaren genügt es, wenn die Angeklagten unter der Folter sich schuldig bekennen, andere als Hexen besagen und ihr Geständnis nach der Folter nicht widerrufen. Was ich aber an Verdruss, Angst und Qual ausstehen musste, weiß auch nur Gott.«

Pater Maternus war gerufen worden, den Angeklagten nach ihrem Geständnis geistlichen Beistand zu geben und sie zur Hinrichtung zu begleiten. Er ahnte etwas von den notwendigen Widerrufen, wenn die Verurteilten vor ihm ihre Unschuld beteuerten. Aber die Verurteilten wollten lieber einen entehrenden Tod sterben als sich erneut foltern zu lassen, wenn sie ihr Geständnis widerriefen.

»Haben denn die gelehrten Räte um Dr. Hansche bisher nichts beim Fürstbischof erreicht?«, versuchte es Katharina noch einmal. Pater Maternus dozierte weiter, dass die gelehrten Räte zwar zur

Besonnenheit rieten, der Fürstbischof aber von den Hofrichtern und den vulgaribus rationibus, dem Volksempfinden, getrieben wurde und darüber nicht glücklich sei.

Katharina hatte gehofft, dass der Gerechtigkeit Genüge getan war, nachdem bereits überall die Scheiterhaufen gebrannt hatten. Sie hatte gehofft, dass der Fürstbischof den Teufelskreis aus immer neuen Besagungen von Hexen unterbrach und die tödliche Kette anhielt. Sie übersah dabei, dass der Einfluss der gelehrten Räte nur soweit reichte, dass weder die Kapuziner, noch Möhring und seine Magd oder Duffhuß, der Kämmerer, in die Fänge der Hexenrichter gerieten. »Nichts erreicht«, das galt für das Schicksal ihres Vaters, dessen Leben nur noch an dünnen Fäden hing. Katharina hatte das Gesicht von Pater Ägidius vor Augen, als er ihr zur Eröffnung der vom Fürstbischof angeordneten inquisitio generalis einige der Warnungen des Pater Spee übersetzt hatte, der schon vor zwanzig Jahren geschrieben hatte: »Die Mehrzahl aller unwissenden, sorglosen Richter schreiten auf haltlose Indizien hin zur Festnahme und Folterung. Die Gewalt der Folterqualen schafft Hexen, die es gar nicht sind. Es ist unvorstellbar, wieviel Lügen die Angeschuldigten unter dem Zwang der Folter über sich und Andere aussprechen.« Katharina war verzweifelt, fühlte sich alleingelassen von der ganzen Welt im Allgemeinen und den Bessergestellten im Besonderen, denen ihr Vater, ohne sich zu beklagen, immer zu Diensten war. Sie dachte an ihre Tante Marie, die ihre Suche nach der Kette aufgegeben hatte und mutlos gejammert hatte, »die Armut bringt Leute wie uns an den Galgen.«

Pater Maternus war die Verzweiflung Katharinas nicht verborgengeblieben und er tröstete: »Die Hofrichter haben die weitere Befragung deines Vaters aufgeschoben. Sie vernehmen die alte Schutzeisen, die freiwillig und ohne Folter alles gestehen will und haben mich dazu bestellt.«

Und wieder fielen Katharina Ratschläge des Pater Spee ein, die die alte Schutzeisen nicht kennen konnte. Der kluge Pater Spee hatte nämlich sarkastisch einer Angeklagten empfohlen: »Warum hast du dich nicht beim ersten Betreten des Kerkers für schuldig erklärt? Törichtes Weib, warum willst du den Tod so viele Male erleiden, wo du es nur einmal zu tun brauchtest? Nimm meinen Rat an, erkläre dich noch vor aller Marter schuldig und stirb. Entrinnen wirst du nicht.« Die alte Schutzeisen war klug und hatte den unbekannten Rat des Pater Spee beherzigt.

Einige Tage später war die ganze Stadt auf den Beinen. Katharina schaute vom Klostergelände auf die Straße. In einem langen Zug fuhren die Müller die verurteilte Schutzeisen auf einem Karren durch das Ostheimertor aus der Stadt. Katharina hatte kein Mitleid mit der alten Frau. Die Verdächtigungen waren nun auf sie zurückgefallen. Der Vorwurf der Hexerei war zu seinem Ausgangsort zurückgekehrt. Die alte Oberhexe hatte Hexenkunststücke den Richtern vorgeführt, hieß es und den Teufelspakt und die Buhlschaft mit dem Teufel zugegeben, so dass sie zum Scheiterhaufen verurteilt wurde. Katharina sah, dass viele der Besessenen ihrer Lehrmutter das Geleit gaben. Diese Frau war ihr immer unheimlich gewesen. Sie hatte ihre Zöglinge nicht nur in Kräuterkunde unterrichtet, sondern ihnen ebenfalls beigebracht, wie sie in der Öffentlichkeit für Aufsehen sorgen konnten. Bevor der Karren mit der alten Frau durch das Stadttor in Richtung des Galgenbergs verschwand, hörte Katharina die Verurteilte ihre letzte Botschaft der Stadt zuschreien: »Die Läuse verbrennen sie, aber die mit den silbernen Löffeln werden verschont.«

Die junge Frau hinter der Klostermauer zuckte zusammen, musste der im Angesicht des Todes klarsichtigen alten Frau beipflichten und sah nun selbst sehr deutlich, dass ihre Hoffnungen in die Justiz, die Obrigkeit oder die Kapuziner nicht weiterhalfen. Sie würden ihren Vater nicht retten. Sie war auf sich alleingestellt. Wie sehr sie auch grübelte, über Auswege und Hilfen nachdachte, es gab keinen Ausweg. Sie hatte keine andere Wahl.

Im Turm: alles gestanden

Katharina legte ihre Perle um den Hals, als sie in der Dämmerung zum Stadtturm schlich. Als Pfand war sie wertlos geworden, aber ihrem Vater gab sie Halt. Dieser schmierige, großmäulige Stadtbüttel Cord Wulf ließ sich nicht noch einmal mit Versprechungen ködern und sie hatte ihm zugesichert, dass er dieses Mal nicht nur mit Worten abgespeist würde. Cord Wulf hatte es eingerichtet, dass er allein in der kleinen Wachstube beim Stadtturm war, um die schöne Rothaarige zu empfangen. Einen Zutritt zu ihrem Vater würde er ihr verschaffen, wenn sie ihm im Gegenzug vorher einen Zugang gewähren würde, hatte er Katharina in einem Gefühl von Macht und Rache erpresst. In der Wachstube brannte ein kleines offenes Feuer, das den Raum nur unzureichend wärmte. Sie hatte einen Krug Wein mitgebracht und schlug vor, bevor sie ihre Kleidung ablegten, mit einem Schluck Wein ein wenig einzuheizen, da es in der Stube doch sehr kühl sei. Aber nicht nur wegen der Kälte hatte Katharina einige Kleidungsstücke übereinander gezogen, als sie den Wachraum betrat. Cord Wulf nahm einen tiefen Schluck aus dem mitgebrachten Krug. Wollte sich damit nicht länger aufhalten und konnte es kaum erwarten, bei Katharina zum Zug zu kommen, wie er sich das schon lange vorgestellt hatte. Kalt und gefühllos, ließ sie es über sich ergehen, dass Cord Wulf sofort begann, sie zu befingern und ihren Busen zu kneten. Schon bald keuchte er und begann, seine Hände unter ihre Kleidung zu schieben. Währenddessen dachte Katharina, wie weit sie ihn gewähren ließ, wann der richtige Zeitpunkt gekommen war, um zu handeln. Sie hoffte, dass sie die beabsichtigte Wirkung und die benötigte Zeitspanne richtig bestimmt hatte.

Katharina hatte sich das alles genau vorgestellt und zurechtgelegt. Aufreizend langsam begann sie mit der ersten Schicht ihrer Bekleidung. Umständlich schnürte sie hier eine Kordel auf, zerrte dort an einem Ärmel, verhakte sich anscheinend beim Ausziehen einer Überziehjacke. Cord Wulf war schon sehr erregt, wurde immer zudringlicher und Katharina befürchtete bereits, dass die Lehren aus den Kräuterbüchern und ihre Schlüsse aus Pater Ägidius Verstopfungen keine Wirkung zeigten, da zuckte Cord Wulf zusammen und ließ von Katharina ab.

»Drei Tropfen machen Not, zehn Tropfen machen tot«, erinnerte sie sich an die Beschreibung der schwarzen Nieswurz in den Kräuterbüchern, die sie in der Klosterbibliothek studiert hatte. Vor der Giftigkeit dieser Pflanze wurde gewarnt und gleichzeitig ihre Vorzüge als Brech- und Abführmittel gepriesen. Pater Ägidius hatte nach einigen sinnesfrohen Abenden sein Völlegefühl und fast regelmäßig seinen trägen Darm mit ein, zwei Tropfen dieser Heilpflanze aus ihrer Klosterapotheke behandelt.

Cord Wulf stöhnte auf, schlug seine Hände vor den Bauch, würgte, stürzte nach draußen, wurde von Krämpfen geschüttelt und übergab sich. Katharina wünschte Cord Wulf nicht den Tod, hatte aber mehr als die verträglichen zwei Tropfen in den Wein geträufelt, so dass anhaltendes Erbrechen, heftiger Durchfall und schmerzende Muskelkrämpfe ihr die Zeit verschafften, die sie glaubte, zu benötigen. Sie schob den Riegel zur Tür des Stadtturms auf und betrat das Gefängnis. In der Dunkelheit konnte sie zuerst nichts erkennen. Als sich ihre Augen an das diffuse Licht gewöhnt hatten, das vom Feuer in der Wachstube durch die offene Tür in den Turm fiel, sah sie eine zusammengekrümmte Gestalt am Boden liegen. Katharina ging in die Knie, beugte sich zu Jodokus hinunter, rüttelte an seiner Schulter und schrie ihm in die Ohren: »Ich bin`s, Katharina. Wach auf, wir haben nicht viel Zeit.«

Katharina schüttelte ihren Vater heftiger, der aber nur laut aufstöhnte und sich mit Hilfe seiner Tochter ein wenig aufrichtete. Katharina sah, dass seine Augen geöffnet waren und seine Lippen sich bewegten, als führe er Selbstgespräche. Sie rutschte ganz nahe an ihn heran und hörte, wie er flüsterte. »Es ist zu spät«.

Ihr Vater saß nun an der Turmmauer gelehnt, ächzte unter starken Schmerzen und als er mit seiner linken Hand seine Rechte in den Schoß legte, sah sie den zerquetschten Daumen und die blutverkrustete Hand.

»Es ist zu spät, ich habe alles gestanden, was die Herren hören wollten. Sie ließen nicht ab, nachdem die Schutzeisen mich als

Hexenmeister besagt hatte. Es ist vorbei!«, hauchte Jodokus kaum hörbar. Katharina sprang auf, packte ihn nun fester unter den Armen und kreischte: »Nichts ist vorbei. Steh auf, ich bringe dich aus der Stadt«, und wütend setzte sie hinzu: »Der Henker soll dich nicht haben!« und dabei zerrte sie heftig an Jodokus, um ihn auf die Beine zu stellen. Der heulte auf vor Schmerzen und japste: »Lass mich hier liegen.« Katharina ließ los, hockte sich vor ihn und sah ihn verzweifelt an. Jodokus schnappte nach Luft und als der Schmerz nachließ, presste er hervor: »Sie haben die Schrauben so lange gedreht, bis das Blut spritzte und das Bein splitterte und brach.« Der jungen Frau schossen die Tränen in die Augen, als sie die schmutzigen Lappen bemerkte, die der Scharfrichter nach dem erfolterten Geständnis um das zerbrochene Bein geschlungen hatte. Katharina ließ ihren Kopf sinken und alle ihre Tatkraft schwand beim Anblick dieses geschundenen Körpers. Jodokus legte seiner von Weinkrämpfen geschüttelten Tochter seine noch heile linke Hand auf ihren wilden roten Haarschopf, wurde ruhiger und tröstete sie mit einer jetzt klaren, vernehmlichen Stimme: »Du musst nicht weinen. Mein Weg bringt mich bald zu ihr.« Und sanft schob er seine Tochter von sich und forderte sie auf, zu gehen, bevor sie noch in die Fänge der dunklen Herren geriete. »Geh jetzt, aber sei da, wenn ich meinen letzten Weg antreten muss.«

Katharina erhob sich, stürzte aus den Turm und sah noch Cord Wulf sich aufrappelnd im Erbrochenen liegen. Sie rannte mit tränennassem Gesicht ziellos durch die dunklen Gassen der Stadt. Eine ohnmächtige, hilflose Wut erfasste sie, richtete sich gegen die Kapuziner, die nicht halfen, gegen den Ratsherrn Möhring, der sich versteckte, auf ihre Tante Marie mit ihren Vorahnungen und Zauberketten, auf die zänkischen Bürger der Stadt, die sich gegenseitig bekämpften und auf einen Gott, der alles zuließ. Katharina spürte den einsetzenden Schneeregen nicht, sie lief an der Stadtmauer entlang vom Ostheimer- zum Hanekamptor, sie jammerte, heulte und schluchzte, hetzte weiter über das Tytor zum Messmeckertor, folgte dem kleinen Wasserlauf in Richtung des Klosters und kehrte völlig durchnässt und erschöpft zurück. Am Vormittag des nächsten

Tages war sie zur Stelle, als die Knechte der Stadtmüller mit einem Fuhrwerk vor dem Stadtturm hielten und Jodokus Wallbaum auf den Wagen hievten. Zuvor war noch schnell das Urteil verlesen worden, da die Hofrichter in Eile waren und zwei Tage vor Weihnachten ihre Rechtsgeschäfte beendet hatten und darauf drängten, rechtzeitig zum Weihnachtsfest nach Paderborn zurückzukehren. Laut des Kaisers Caroli des fünften und des heiligen Reichs Ordnung war für Recht erkannt worden, dass Jodokus Wallbaum Gott ab und dem Teufel zugesagt, das abscheuliche Laster der Zauberei gelernt, dadurch seinen Nebenmenschen Schaden zugefügt hatte und deswegen zur wohlverdienten Strafe mit dem Schwert vom Leben zum Tode gerichtet werde. Ferner sein Leib durch Feuer verbrannt werden soll. Sie vergaßen auch nicht zu erwähnen, dass der Verurteilte es nur der Milde ihres Fürstbischofs zu verdanken hätte, dass er nicht wie anderen Orts noch üblich, lebendig verbrannt würde. Dann forderten sie den anwesenden Scharfrichter auf, sein Amt zu verrichten.

Im Schneetreiben dieses kalten Dezembertages begleitete nur noch ein kleiner Haufen Schaulustiger den Karren aus der Stadt zum Galgenberg. Die siebte Hinrichtung innerhalb eines Monats, noch dazu von einem unbedeutenden Niemand, hatte das Besondere eines solchen Ereignisses geschmälert und das für gewöhnlich große Aufsehen gedämpft. Pater Maternus ging neben dem Karren und Katharina verfolgte mit einer gewissen Bitternis, dass er mit ermutigenden Gebeten ihrem Vater Trost geben wollte, der diesen aber nicht mehr zu erreichen schien. In sich gekehrt, mit geschlossenen Augen kauerte Jodokus auf dem Wagen und zeigte keine Regung, als die Müllersknechte ihn auf dem Galgenberg vom Wagen hoben und zwei Scharfrichtergehilfen übergaben. Neben dem aufgeschichteten Holzhaufen für die Verbrennung war ein Holzklotz aufgestellt, hinter dem Meister Hans mit seinem Henkerbeil wartete. Katharina stand nicht weit von der Hinrichtungsstätte entfernt, wie es ihr Vater gewünscht hatte. Ihr war heiß und trotz des einsetzenden Schneetreibens hatte sie ihr Tuch vom Kopf genommen. Ihre Haare wurden nass und glänzten in einem schimmernden Dunkelrot, wie auch die weiße Perle um ihren Hals durch kleine Tropfen bläulich glitzerte. Bevor das Beil des Scharfrichters niedersauste, öffnete Jodokus seine Augen und mit seinem letzten Blick sah er sie, rothaarig, schön mit seiner Perle um den Hals aus weißen dicken Schneeflocken auf ihn zugehen: Klara, die er sein halbes Leben vermisst und gesucht hatte.

Nach dem Verschwinden des Vaters im Feuer des Scheiterhaufens wurde auch Katharina unsichtbar. Sie verbarg sich zukünftig in der Klosterwirtschaft und floh in die Welt der Bücher. Sie empfand weder Mitleid, noch Schadenfreude oder Rachegefühle, als im Sommer des Folgejahres eine weitere Verfolgungswelle in der Stadt wütete und mit Ferdinand Duffhuß dieses Mal ein Vertreter der Ratsherrenschicht und mit Stoffel Manekens Frau eine Widersacherin ihres Vaters hingerichtet wurden. Es war nicht mehr wichtig. Sie versuchte zu vergessen und erinnerte sich doch ihr ganzen Leben daran, dass ihre Mutter im Großen Krieg der eifernden Glaubenskrieger und gnadenlosen Leuteverderbern und ihr Vater in scheinbar friedlicheren Nachkriegszeiten von nicht minder eifernden Glaubenskämpfern und mitleidslosen Leuteverbrennern in Richtergewändern verschlungen wurden.

Marie Wallbaum hielt Zeit ihres Lebens die Erinnerung an zwei junge Männer lebendig, die ausgezogen waren, ihr Glück zu finden. Aber selbst in ihren unwirklichsten Traumgesichtern und klarsichtigsten Vorhersagen, hätte sie sich nicht vorstellen können, dass ihr Bruder und die hingerichteten Hexen im dunklen Loch einer vergessenen Geschichte verschwinden würden, aber der unstete, nur schwer greifbare Johann Schneeberg, der zu Lebzeiten kam und verschwand, einen festen Platz im Gedächtnis späterer Zeiten behaupten würde.

Epilog

»Ist denn kein Feldscher aufzutreiben«, jammerte eine Stimme. «Feldscher, Feldscher«, echote es noch einmal von einer Liege, auf der ein bärtiger Mann mit einem nassen Tuch auf der Stirn lag. Eine Frau schaute durch die Tür in ein abgedunkeltes Zimmer, musterte die Jammergestalt und murmelte etwas von «jetzt hat er komplett seinen Verstand verloren.« Der lädierte Mann bettelte noch einmal mit dem Ruf nach dem Feldscher um Hilfe und erklärte seiner ihm nicht beispringenden Gefährtin, dass er vor vielen Jahren als schauspielender Soldat dem tollen Christian gedient habe und da habe man nach den blutigen Feldschlachten immer nach dem Feldscher gerufen, so wie er es heute nach den friedlicheren Kneipenschlachten täte.

Er hatte damals in jungen Jahren keine große Rolle gespielt, als auf ihrer Freilichtbühne das Historienspektakel um den tollen Christian aufgeführt wurde. Sie hatten als Soldaten des tollen Christians hinter den Stadtmauern aus bemalten und auf Dachlatten genageltem Pappmaschee gestanden und sich den Bauch vor Lachen gehalten, als oben auf der Mauer ein Verteidiger Paderborns vor den anrückenden Horden des Braunschweiger Herzogs warnte und sein «und wilde Weiber sind auch dabei« ausrief. Das war das Signal, um in die Stadt zu stürmen und ein aktionsreiches Schauspiel auf die Bühne zu bringen, einschließlich einiger blauen Flecken und Prellungen, die nicht ausblieben, wenn man im nachgespieltem Getümmel sehr echt einige Paderborner aus ihren Häusern warf. Der Ruf nach dem Feldscher durfte da natürlich nicht fehlen.

Die Söldner aus dem Dreißigjährigen Krieg hatten nicht nur auf der Freilichtbühne einen bleibenden Eindruck hinterlassen, sondern stießen auch bei ihrem alten, geschichtsinteressierten Pfarrer auf große Beachtung. Er hatte sich immer gewundert, wie ein eigentlich doch friedlich gestimmter und der christlichen Nächstenliebe verpflichteter Pfarrer mit solch einem Enthusiasmus von einem Sohn des Dorfes, dem Johann Schneeberg sprach, dessen Leistung darin bestand, einen anderen Menschen, den Schwedenkönig, umgebracht zu haben. Stolz berichtete ihr Pfarrer, dass schon ein Paderborner Fürstbischof diese Tat in seinen Annalen erwähnt habe und er nun einen weiteren Beleg und Beweis für diese Tat des Schneebergers gefunden habe, ein Schlachtengemälde aus der damaligen Zeit. Wenn bei ihrem Pfarrer das christliche Gebot, du sollst nicht töten, in den Hintergrund trat, musste er gewichtige Gründe haben.

Auch er hatte sich als junger Mann schon sehr für Geschichte interessiert. Ein aufgeschlossener Lehrer im Gymnasium hatte mit ihnen die ethischen Probleme eines Tyrannenmordes behandelt und ihnen die Männer des 20. Julis vorgestellt. War der Schneeberger vielleicht ein dreihundertjähriger Vorfahr des Staufenbergs, des Hitlerattentäters? Musste man seine Tat womöglich in einem solchen Kontext sehen und ihn deshalb in einem ehrenden Gedenken behalten? Der Pfarrer sprach damals häufiger von der Diaspora, wo Gläubige unter Ungläubigen leben und um die Beibehaltung ihres Glaubens kämpfen mussten. Da war es doch eine historisch beachtenswerte Leistung, dass der Schneeberger bereits vor dreihundert Jahren den wahren Glauben verteidigte und den Führer der ketzerischen Protestanten beseitigte.

Es war ein glücklicher Zufall der Geschichte, dass in diesen Jahren, als der tolle Christian auf ihrer Dorfbühne als ein übler Reliquienräuber dargestellt wurde, ihr Pfarrer das Schlachtengemälde vom Tod Gustav Adolfs interpretierte und er die Diaspora schon im benachbarten Lipperland verortete, ihr kleines Dorf in die nächste Kleinstadt eingemeindet wurde. Die einfache Zählung der Häuser nach Hausnummern reichte nun nicht mehr aus, Straßennamen wurden benötigt. Was lag da näher, als dem Weg am Geburtshaus dieses berühmten Sohnes den Namen «Schneebergerstraße» zu geben. Ein einfacher Mann aus dem Volk hatte den Sprung auf ein Straßenschild geschafft und stand dort neben den örtlichen Vertretern des Adelsgeschlechts der Haxthausen und der vom Pfarrer hoch geschätzten Dichterin Annette von Droste-Hülshoff, deren literarisches Werk mit einer Straßenbenennung gewürdigt wurde.

Den Ruf nach dem Feldscher hatte der Kopfschmerzgeplagte nach durchzechten Nächten in den späteren Jahren beibehalten, sich aber mehr und mehr für die Geschichte seines Dorfes interessiert, war den spärlichen Spuren des Schneebergers in den Großen Krieg gefolgt. Er war dort auf keine Helden und selbstlose Verteidiger des Glaubens gestoßen, sondern nur auf verrohte Spießgesellen, mitleidslose Totschläger, Mordbrenner, beutegierige große und kleine Kriegsunternehmer, zu Gott betende Leuteschinder. Selbst die vom Pfarrer hochverehrte Dichterin Annette von Droste-Hülshof hatte über die Gallionsfigur der katholischen Partei, den General Tilly, gedichtet.

»O Tilly, deine blutige Hand hat guter Sache Schmach gespendet, wohin dein buschig Aug sich wendet, ein Kirchhof wird das weite Land.«

Der Untergang und die Zerstörung Magdeburgs, dieses Massaker mit vielen tausend Toten wird auf immer mit dem Namen des General Tilly verbunden bleiben. War er ein Heiliger oder ein Kriegsverbrecher? Auch das Bild des von Friedrich Schiller als lichten Helden beschriebenen Schwedenkönigs Gustav Adolf schwankt zwischen den Extremen. War er ein beutehungriger Eroberer, ein Okkupant, der sich Teile des zerbröselnden Reiches für Schweden einverleiben wollte oder war er der von protestantischem Sendungsbewusstsein getriebene, siegreiche Heerführer, der den Untergang des Protestantismus auf deutschem Boden abwehrte und als ein Märtyrer für den evangelischen Glauben starb?

Die Zeitzeugenberichte aus dem Dreißigjährigen Krieg liefern da einen eindeutigeren Befund. Für die Menschen war es ein dreißigjähriger Albtraum, der verödete Landschaften, entvölkerte Dörfer, Hunger, Seuchen und Gewaltexzesse mit sich brachte. Das Trauma dieses Großen Krieges ängstigte noch die nachfolgenden Generationen. Selbst nach den zur damaligen Zeit gültigen Militärordnungen und Kriegsartikeln machten sich die Truppen beider Seiten schwerster Kriegsverbrechen schuldig. Im Namen Gottes wurden von den Glaubenskämpfern der verschiedenen Parteien abscheuliche Gräueltaten verübt. Es war wohl keine Zeit, die Menschen hervorbrachte, die sich als Vorbilder für kommende Generationen eigneten. Und doch wurde für den Totengräber von Magdeburg noch bis 2009 täglich in der Stiftskirche von Altötting eine Messe gelesen. Tilly hatte viel Geld gestiftet, auf dass bis in alle Ewigkeit für sein Seelenheil eine Messe gelesen würde. Das Geld reichte nicht aus, aber vielleicht bleibt Tilly bis in alle Ewigkeit in seinem gefensterten Sarg in Altötting ausgestellt, wo ihn die Schaulustigen besichtigen können. Und sein großer Gegenspieler Gustav Adolf bekommt bis heute seine jährlichen Gedenkfeiern in einer eigens errichteten Kapelle auf dem Schlachtfeld in Lützen.

Wenn man die großen Glaubenskämpfer und Leuteverderber bis heute verehrt, warum dann nicht eine Straße in einer unbedeutenden Ortschaft nach einem kleinen Niemand benennen, der für einen Moment in das Rampenlicht einer gewalttätigen Geschichte geriet. Täter waren sie Alle und vielleicht auch Opfer, aber es schmerzte ihn, wenn er mal wieder nach dem Feldscher rief, dass für die unschuldigen Opfer keine Plätze reserviert waren, einen Wallbaumweg gab es nicht und auch keinen Gedenkstein, der an Hexenverbrennungen erinnerte.

Nachwort

Die vorliegende Erzählung stützt sich trotz der fiktiven Geschichte auf umfangreiche Fachliteratur und reichhaltige Quellenbasis, die zur Beschreibung der realen historischen Personen, der Auseinandersetzungen und Schlachten herangezogen wurden. Da es sich hier nicht um eine wissenschaftliche Abhandlung handelt, besteht nicht der Anspruch, hier alle im Einzelnen und vollständig aufzuführen. Zu nennen seien die älteren, facettenreichen Werke von *Ricarda Huch, Der dreißigjährige Krieg, Leipzig 1957* und *Cicely Wedgewood, Der dreißigjährige Krieg, München 1967*. Einen schonungslosen Blick auf den Kriegsalltag liefert auch die neuere Fachliteratur, die schon in ihrer Titelwahl auf den Charakter dieses Krieges hinweist wie *Hans Christian Huf, Mit Gottes Segen in die Hölle, München 2003*; *Peter Milger, Gegen Land und Leute, München 1998*; *Peter Englund, Die Verwüstung Deutschlands, Stuttgart 1998* oder *Dieter Walz, Der Tod kam als Sachsengänger, Leipzig 1994*. Die eher lokale Perspektive, die Zustände im Hochstift Paderborn, wurden rekonstruiert aus dem Quellenband von *Andreas Neuwöhner, Im Zeichen des Mars, Paderborn 1998*; *Gunnar Teske, Bürger, Bauern, Söldner und Gesandte, Münster 1998*; *Ruprecht Ewald, Geschichte der Stadt Brakel, Brakel 1925*; *Dr. Herbert Engemann, Die Kapuziner in Brakel, Brakeler Schriftreihe, Heft Nr.7 (1991)*

Besonders inspirierend für das Schreiben dieser Geschichte war die Studie von *Rainer Decker: Die Hexen und ihre Henker, ein Fallbericht, Freiburg 1994*. Diese Untersuchung der Hexenverfolgungen in Brakel eröffnete einen Blick auf die sozialen Verwerfungen, die der Dreißigjährige Krieg in einer Stadtgesellschaft verursachte und sie bildete die wichtigste Grundlage für die Abfassung dieser Teile der Geschichte.